dtv

Deutsche Lyrik
von den Anfängen bis zur Gegenwart

Band 7

Deutsche Lyrik
von den Anfängen bis zur Gegenwart
in 10 Bänden
Herausgegeben von Walther Killy

Gedichte 1800–1830

Nach den Erstdrucken in zeitlicher Folge
herausgegeben von
Jost Schillemeit

Deutscher Taschenbuch Verlag

Unveränderter Reprint der in den Jahren 1969–1978
erstmals unter dem Titel ›Epochen der deutschen Lyrik‹
erschienenen Sammlung deutscher Gedichte, Band 7,
München 1970, 1978.

Originalausgabe
September 2001
Deutscher Taschenbuch Verlag GmbH & Co. KG,
München
www.dtv.de
© 1970, 1978, 2001 Deutscher Taschenbuch Verlag, München
Umschlagkonzept: Balk & Brumshagen
Gesamtherstellung: Druckerei C. H. Beck, Nördlingen
Gedruckt auf säurefreiem, chlorfrei gebleichtem Papier
Printed in Germany · ISBN 3-423-59052-1

Einleitung

Die deutsche Lyrik der Jahre zwischen 1800 und 1830 erscheint hier in einer Darbietungsform, die von dem aus Klassiker-Ausgaben und Anthologien vertrauten Bild in mancher Hinsicht abweicht. Die Abweichungen betreffen gleichermaßen die Wiedergabe, die Anordnung und die Auswahl der Gedichte und hängen größtenteils, mittelbar oder unmittelbar, mit dem Prinzip des Rückgriffs auf die Erstdrucke zusammen, das unter den Herausgebern der ganzen Reihe vereinbart wurde. Nach diesem Prinzip war für die Wiedergabe der Gedichte die Textgestalt der Erstdrucke, einschließlich der Orthographie und Interpunktion, und für die Anordnung deren chronologische Abfolge verbindlich. Beabsichtigt ist dabei ein Bild dessen, was einmal literarische Öffentlichkeit war, und zugleich ein Bild davon, wie sie sich von Jahr zu Jahr wandelte. Für die Auswahl bedeutet das zunächst den Verzicht auf solche Gedichte, die damals, aus was für Gründen auch immer, ungedruckt blieben: Gedichte wie Hölderlins hymnische Entwürfe, Goethes *Tagebuch* oder manche Brentanoschen Gedichte, namentlich geistliche und erotische. Um der Klarheit des Gesamtbildes willen ist dieser Verzicht hier konsequent durchgeführt. Die Textauswahl im ganzen ist, im Sinne der dargelegten Grundsätze, nicht so sehr darauf bedacht, die innere Geschichte des einzelnen Autors zu dokumentieren, wie es für die großen Lyriker dieser Epoche der Praxis der meisten Gesamtausgaben entspräche, als vielmehr darauf, zu zeigen, was er für seine Zeit und seine Zeit für ihn war, wie er sich dem Publikum, absichtlich oder unabsichtlich, darstellte – wozu auch die Wahl von Pseudonymen oder die Entscheidung für anonymes Auftreten gehören – und welche Wirkungen von ihm ausgehen konnten und ausgingen. Mag auch manches der hier abgedruckten Gedichte die persönliche Situation seines Autors wiederspiegeln, manches sogar eben deshalb ausgewählt sein, in jedem Fall handelt es sich um einen Beitrag zur literarischen Situation der Zeit, zu den Themen, die sie beschäftigten, und den Formen, die sie ausbildete.

Damit sind bereits einige der Gesichtspunkte genannt, die die Auswahl der Gedichte im einzelnen bestimmten: Vorstellung der bedeutendsten Autoren in ihrer literarischen Wirksamkeit, Vorführung der wichtigsten, d. h. der führenden, meistbehandelten Themen und Motive sowie der Formen, in denen sich die Zeit vorzugsweise aussprach, und ihres Wandels. Als weiterer Gesichtspunkt tritt hinzu die Repräsentation der führenden Publikationsorgane und, was damit eng zusammenhängt, der literarischen Gruppenbildungen, Parteiungen und Beziehungen. So war etwa, um mit dem letzten Punkt zu beginnen, die Romantik nicht nur als geistes- und stilgeschichtliches Phänomen zu repräsentieren, sondern auch als das gesellige, als das sie zu ihrer Zeit auftrat: als Geflecht von Beziehungen, von literarischen Freundschaften und Feindschaften, als Neben- und Nacheinander von literarischen Kreisen, die sich ihre eigenen Publikationsorgane schufen und eben durch ihre Konsolidierung gegnerische Gruppenbildungen auf den Plan riefen. Zu repräsentieren war zunächst der Kreis, der im Schlegel-Tieckschen *Musen-Almanach für das Jahr 1802* in Erscheinung tritt. Sein räumlicher Mittelpunkt ist die Universität Jena, sein idealler die bereits legendäre Gestalt des Novalis, in dessen Todesjahr der Almanach herauskam. (Novalis starb am 25. März 1801, der Almanach erschien im November desselben Jahres, mit der Jahreszahl 1802 auf dem Titelblatt, entsprechend einer Gepflogenheit der Zeit, die auch bei den übrigen hier herangezogenen Buchveröffentlichungen zu beachten ist: ihr aktuelles Erscheinungsdatum liegt meist, wenn auch nur wenige Monate, vor dem nominellen, nach dem sie hier eingeordnet sind.) Die für die Epoche ebenso typische wie folgenreiche Legendenbildung um den Namen Novalis wird hier an ihrem Ursprung faßbar, in den Gedichten Tiecks an Novalis wie in der Huldigung August Wilhelm Schlegels am Schluß des *Todtenopfers* für seine Stieftochter Auguste Böhmer. Dieser Zyklus, wohl die meistbeachtete lyrische Dichtung August Wilhelms, ist hier auch deshalb aufgenommen worden, weil er mit seinen artifiziellen Zügen, seinem reichen Aufgebot an poetischen und rhetorischen Kunstmitteln und seinem strengen Gesamtaufbau exemplarisch ist für das neue, an romanischen Vorbildern orientierte Verhältnis zur Form, das sich jetzt entwickelt, in striktem Gegensatz zu dem bekannten Klischee, das sich die Romantiker vor allem auf der Suche nach der blauen Blume vorstellt. Von diesem Kreis aus, der schon bald nach dem Erscheinen des Almanachs zerfällt, gehen Linien historischer Kontinuität zu Friedrich Schlegels Zeitschrift *Europa*, zum *Dichter-Garten* des Novalis-Bruders Rostorf, in dem dieser selbst, sein Bruder Georg Anton von Hardenberg *(Sylvester)*, Friedrich Schlegel und andere publizieren, und schließlich zur *Zeitschrift für Wissenschaft und Kunst*, die der Landshuter, ehemals Jenaer Altphilologe Friedrich Ast von 1808 bis 1810 herausgab. An allen vier literarischen Unternehmungen ist Friedrich Schlegel beteiligt; jede von ihnen kennzeichnet eine Station auf dem Wege, den Friedrich Schlegel in diesen Jahren zurücklegt, und umgekehrt. Am Ende dieses Weges steht die Konversion, offiziell vollzogen um eben die Zeit, als Asts Zeitschrift zu erscheinen beginnt. Beide Ereignisse markieren den Kulminationspunkt einer katholisierenden Tendenz in aestheticis, die für den zeitgenössischen Begriff von Romantik und das damalige Urteil bestimmend war wie wenig anderes. Goethe sprach anläßlich der Schlegelschen Konversion, die ihm als ein *Zeichen der Zeit* erschien, von dem Bestreben, *sich mit einem gewissen ehrenvollen Schein als Apostel einer veralteten Lehre darzustellen.* Die Gedichte in Asts Zeitschrift stehen unter ähnlichen Auspizien, ebenso wie die Malerei der Nazarener, an die sie manchmal erinnern. Für die Geschichte der deutschen Lyrik wären sie von geringerem Interesse – es sei denn für die Frühgeschichte des deutschen Kitsches – wären nicht unter ihnen die ersten Publikationen eines Lyrikers, dessen Ruhmesgeschichte später einen beispiellosen Verlauf nahm, nämlich Eichendorffs. Seine Anfänge und die Umgebung, in der er seine literarische Laufbahn begann, lassen sich so an den Texten selbst studieren. Hier ist auch der Ort, seinen Freund Loeben zu erwähnen, der die Beziehung zu Ast und seinem Kreis vermittelte und ihn überhaupt erst zum Publizieren ermunterte. Als Lyriker ist er ein fruchtbarer Dilettant, Epigone des Novalis, vielfach auch Nachahmer Tiecks und insofern ein stilistisches Bindeglied zwischen dem Jenaer und dem Landshuter Kreis. Zu repräsentieren war schließlich auch die Kritik, auf welche die ganze angedeutete Entwicklung bei aufklärerisch und humanistisch gesinnten Zeitgenossen stieß. Ihre Wortführer waren Männer wie Voß und Baggesen, ein charakteristisches Publikationsorgan der *Karfunkel*-Almanach, den Baggesen mit einigen Heidelberger Freunden in wenigen Tagen zusammenschrieb, parodistische Replik vor allem auf Asts Zeitschrift und die Arnim-Brentanosche *Zeitung für Einsiedler.* Bevorzugter Gegenstand der Polemik ist bezeichnenderweise immer wieder ein formales Element, das dabei allerdings als eine Art Symbol für das ganze romantische Wesen steht: die Form des Sonetts. Es ist das einer von vielen Belegen dafür, daß es sich hier nicht um private, allenfalls biographisch interessante Fehden und Freundschaften, sondern um literarische Phänomene handelt, d. h. um Gegensätze und Gemeinsamkeiten der Formensprache und der Sprache überhaupt. Dasselbe gilt für die anderen Gruppenbildungen, die im folgenden vorgestellt werden, etwa die Gruppe der Freunde Hölderlins – Neuffer, Siegfried Schmid, Böhlendorff, Sinclair – oder den Kreis schwäbischer Romantiker, der zuerst in Kerners *Poetischem Almanach* (1812) und im *Deutschen Dichterwald* (1813) versammelt erscheint: Kerner, Uhland, Schwab, Karl Mayer. Im übrigen kann hier auf das Quellenverzeichnis des Anhanges verwiesen werden, wo man zu jeder Quelle die Verfasser der aus ihr entnommenen Gedichte genannt findet – eine Angabe, die nicht immer, aber doch oft einen Hinweis auf eine gewisse Zusammengehörigkeit enthält.

Um 1812 geht die große Zeit der literarischen Kreise und der allgemeinen wechselseitigen Anregung zu Ende, und gleichzeitig beginnt auch die Bedeutung, nicht die Quantität, der poetischen Almanache und Taschenbücher zurückzugehen. Die Gründe dafür darzulegen, wäre Sache einer eigenen historischen Darstellung, die weit auszuholen und auf die Bedingungen jener erhöhten Produktivität und Kommunikation im ersten Jahrzehnt des Jahrhunderts zurückzugreifen hätte. Sie hätte nicht zuletzt auf die vielfältigen Erscheinungen einer fast eschatologischen Erwartung einzugehen, die als Reaktion auf die politischen Erschütterungen der Zeit – Französische Revolution, Untergang des deutschen Reiches, napoleonische Herrschaft – durch dieses Jahrzehnt ging und die Geister unter den verschiedensten Zeichen zusammenführte, sei es unter dem der Hoffnung auf eine neue politische Ordnung oder, weit typischer, unter dem der Hoffnung auf ein neues und zugleich altes, inneres und unsichtbares Reich. So sondert Eichendorff 1809 in einem Brief an Ast von *unserer abtrünnigen Nation in ihrer kultivierten Barbarei* die *wenigen Treuen,* die *in göttlichem Schmerz und als erkorene Könige ihrer Zeit* über deren Niederungen stehen und auf die der Schreiber seine Hoffnungen setzt: *Welche Himmelreiche von Hoffnungen und Wünschen erschließt nicht dieser innere, vom irdischen Treiben der schlimmen Zeit sich losgesagte Staat, in dem sich der gediegene, königliche Sinn der Deutschen heldenmütig verklärt. Rührte Alle diese Andacht des Heimwehs, sie würden erlöst in mutiger Demut niederknieen unter diesem ewig blauen Himmel, und das alte Reich Gottes wäre wieder aufgethan.* Als große Zäsur, diesseits deren sich eine völlig andere literarische Landschaft ausbreitet, erscheint die Periode der Befreiungskriege (an denen notabene derselbe Eichendorff als Lützowscher Jäger teilnahm) samt der unmittelbar darauf einsetzenden Wendung zur Restauration. Beides hat seine Folgen auch für die Lyrik, Folgen, die freilich schwer abzuschätzen und keinesfalls pauschal, etwa im Sinne eines durchgängigen Kausalzusammenhanges, zu begreifen sind. Unmittelbar greifbar sind sie nur in der politischen Lyrik der Zeit. Da ist zunächst die Springflut von Propaganda- und Kriegsgedichten, in denen sich auf allen Stilebenen, von der populären des Soldatenliedes bis zur anspruchsvollen und buchmäßigen des Sonettenzyklus, und in allen Tonstärken, bis zum Fortissimo der Kleistschen Paränese, das patriotische Pathos der Freiheitskriege artikuliert. 1816 registriert dann ein anonym publiziertes Gedicht Uhlands zum zweiten Jahrestag der Schlacht bei Leipzig die Enttäuschung der liberalen Erwartungen, mit denen jenes Pathos von 1813 sich bei vielen bürgerlichen Patrioten verbunden hatte. Wenig später findet man dieselben Ideen, umgemünzt zur Trias von Freiheit, Teutschheit und Mannheit, wieder in den Liedern der Burschenschaften und ihren Invektiven gegen Fürsten und Philister. Weiter anzureihen wäre hier schließlich auch die eigene Gattung von Gedichten, die in den zwanziger Jahren von der allgemeinen, durch ganz Europa gehenden Welle der Anteilnahme am Freiheitskampf der griechischen Patrioten hervorgerufen wurde. Hauptbeispiele dieser Gattung, die auch im Deutschland der Restauration noch einmal ein unschuldiges Schwärmen für Freiheit und Selbstbestimmung erlaubte, sind Wilhelm Müllers *Griechenlieder* und die hoffnungslos dilettantischen philhellenischen Gedichte Ludwigs I. von

Bayern, beide hier mit je einem Gedicht vertreten, was keineswegs ihrem zeitgenössischen Ruhm entspricht. Neben diesen Gattungen aber, die die Zeitereignisse unmittelbar zum Thema machen, laufen andere einher, die sich von ihnen kaum betroffen zeigen, auch untereinander nur lose oder gar keine Beziehungen unterhalten: gleichzeitig mit den Kriegsgedichten Ernst Moritz Arndts und Körners erscheinen Kerners und Uhlands Balladen von der *traurigen Hochzeit* und *der Wirthin Töchterlein* und die höchst folgenreiche Hafis-Übersetzung Joseph von Hammers, gleichzeitig mit Wilhelm Müllers *Griechenliedern* die *Winterreise* desselben Dichters, Eichendorffs *Taugenichts* und Platens *Ghaselen*. Der Begriff der Einheit der Epoche ist hier so fragwürdig wie nur irgendwo sonst. Am ehesten faßt man sie im historischen Prozeß, in gewissen durchgehenden Veränderungen und Verschiebungen, im Verbraucht- und Hinfälligwerden ständig wiederholter Formen und Motive, in ihrem zunehmend distanzierten, reflektierten oder auch parodistischen Gebrauch bei den künstlerisch bewußten Autoren, im Aufkommen neuer Typen von Zeitschriften, die mehr und mehr den diffusen Interessen eines velociferischen Zeitalters Rechnung tragen, im Stilwandel der Musenalmanache, die, wie gesagt, keineswegs aus der Mode kommen, aber allmählich den Anstrich des Altmodischen gewinnen und sich gern mit Blumennamen – *Aurikeln*, *Rheinblüthen*, *Moosrosen* – schmücken, die bereits aufs Biedermeier vorausdeuten.

Vor diesem geschichtlich bewegten Hintergrund hat man die *form*- und *motiv*geschichtlichen Vorgänge zu sehen, die sich in den folgenden Gedichten abzeichnen. Die annalistische Anordnung macht sie unmittelbar sinnfällig, auf eine Weise, die zugleich etwas vom Fortschreiten der Epoche erkennen läßt. Die Loreley-Gedichte Loebens und Heines (1821 und 1824) lassen, im Vergleich mit denen von Brentano (1802) und Eichendorff (1815), das Vorrücken der Zeit ebenso ermessen wie ein Vergleich der Tieckschen römischen Reiseskizzen (1805/06, gedr. 1823) mit älterer Rom-Dichtung, etwa Goethes *Römischen Elegien*, auf welche Tiecks *Reisegedichte eines Kranken* sich mehrfach beziehen. Ähnliche Aufschlüsse gewähren die verschiedenen Verwendungsweisen der Sonettform von A. W. Schlegel bis zu Platen, die Geschichte des Liedes vom *Wunderhorn* bis zu Wilhelm Müller und Heine und die ihr benachbarte der Ballade oder auch das Hervortreten und Zurücktreten ganzer Gattungen: man denke an den Kairos der antiken Dichtungsformen um die Jahrhundertwende, der schon bald nach Hölderlins letzten Veröffentlichungen vorüber ist, um nie mehr wiederzukehren, oder an das Auftreten des Ghasels nach Hammers Hafis-Übersetzung und Goethes *Divan*. Einer der wichtigsten formgeschichtlichen Vorgänge ist an den Texten selbst gar nicht oder erst auf den zweiten Blick abzulesen: das zeitweilig dominierende Hervortreten des eingelegten oder besser: integrierten

Gedichts, das in einen erzählenden oder dramatischen Text nicht bloß ‚eingelegt' ist, sondern aus ihm hervorwächst. Ein erstaunlich großer Teil von Brentanos, Arnims, Tiecks und Eichendorffs Gedichten gehört zu dieser Kategorie, in der man einen instruktiven Beleg für die von Friedrich Schlegel in seiner Definition der romantischen Poesie postulierte Verschmelzung der poetischen Gattungen vor sich hat. Die romantische Poesie *will und soll*, so heißt es in Schlegels berühmtem Fragment weiterhin, *Kunstpoesie und Naturpoesie bald mischen, bald verschmelzen*. Auch das bestätigt sich in den Gedichten der eben genannten Autoren, sowohl in den namentlich gezeichneten als auch in solchen, die als Naturlaut, als ‚*Volkslied*' mitgeteilt wurden. Es bestätigt sich nicht zuletzt in den Liedern des *Wunderhorns*, in welchen, soweit sie nicht aus älteren Sammlungen übernommen wurden, auf eine ununterscheidbare Weise die Kunst der Herausgeber mit den älteren Bestandteilen, die man als ‚Natur' empfand, verschmolzen erscheint.

Im übrigen erschöpft sich die Absicht dieser Anthologie nicht in der Darstellung solcher allgemeiner, übergreifender Vorgänge. Gewissermaßen quer dazu wird man eine andere Betrachtungsweise angewendet finden, die von den *Autoren* und ihren Leistungen ausgeht, nicht bloß um wohlbekannte Texte nochmals abzudrucken – obwohl auch das durchaus nicht vermieden wurde – sondern wiederum mit einer historischen Absicht, die einerseits auf die Ursprünge und Voraussetzungen, andererseits auf Wirkungen und Spiegelungen gerichtet ist. Unter diesem Gesichtspunkt erschien es beispielsweise sinnvoll, die literarischen Anfänge Eichendorffs, Heines, Platens, Mörikes darzustellen und nicht nur den *West-oestlichen Divan*, sondern auch die früher gedruckten Vorstufen gleichen Titels zu repräsentieren. Ebenso schien es nicht sinnlos, die im *Buch der Lieder* eigentümlich verhüllte zeitliche Entfaltung von Heines Lyrik durch eine entsprechende, chronologisch angeordnete Auswahl sichtbar zu machen – ein Unternehmen, dem allerdings durch den Umfang dieses Bandes seine Grenzen gesetzt waren. Dasselbe gilt erst recht für den hier gleichwohl gewagten Versuch, die Wege und Formen von Goethes Alterslyrik, einschließlich der Goetheschen Spezialgattungen – Spruch, *Zahme Xenien*, naturwissenschaftliche Lyrik – anzudeuten. – Abschließend möchte der Herausgeber den Mitarbeiterinnen der Göttinger Fernleihe für ihre Hilfsbereitschaft, seinen Freunden für Rat und Unterstützung und dem Verlag für Verständnis und Langmut herzlich danken.

FRIEDRICH HÖLDERLIN

Der Zeitgeist.

Zu lang schon waltest über dem Haupte mir
Du in der dunkeln Wolke, du Gott der Zeit!
    Zu wild, zu bang ist's ringsum, und es
        Trümmert und wankt ja, wohin ich blicke.

Ach! wie ein Knabe, seh' ich zu Boden oft,
Such' in der Höhle Rettung vor dir, und möcht'
    Ich Blöder, eine Stelle finden,
        Alleserschütt'rer! wo du nicht wärest.

Lass' endlich, Vater! offenen Aug's mich dir
Begegnen! hast denn du nicht zuerst den Geist
    Mit deinem Strahl aus mir geweckt? mich
        Herrlich an's Leben gebracht, o Vater! –

Wohl keimt aus jungen Reben uns heil'ge Kraft;
In milder Luft begegnet den Sterblichen,
    Und wenn sie still im Haine wandeln,
        Heiternd ein Gott; doch allmächt'ger weckst du

Die reine Seele Jünglingen auf, und lehrst
Die Alten weise Künste; der Schlimme nur
    Wird schlimmer, daß er bälder ende,
        Wenn du, Erschütterer! ihn ergreiffest.

Stimme des Volks.

Du seyest Gottes Stimme, so ahndet' ich
In heil'ger Jugend; ja, und ich sag' es noch. –
    Um meine Weisheit unbekümmert
        Rauschen die Wasser doch auch, und dennoch

Hör' ich sie gern, und öfters bewegen sie
Und stärken mir das Herz, die gewaltigen;
    Und meine Bahn nicht, aber richtig
        Wandeln in's Meer sie die Bahn hinunter.

Sonnenuntergang.

Wo bist du? trunken dämmert die Seele mir
Von aller deiner Wonne; denn eben ist's,
   Daß ich gelauscht, wie, goldner Töne
     Voll, der entzückende Sonnenjüngling

Sein Abendlied auf himmlischer Leyer spielt';
Es tönten rings die Wälder und Hügel nach.
   Doch fern ist er zu frommen Völkern,
     Die ihn noch ehren, hinweggegangen.

CASIMIR ULRICH BÖHLENDORFF

Auf dem See.

Bey der heil'gen Sternenhelle,
Gleit' ich auf der dunkeln Welle,
Mit der Hoffnung munterm Sinn,
In dem leichten Nachen hin.

Zitternd in der Dämm'rung Hülle
Weben Bilder durch die Stille,
Und, vom sanften West bewegt,
Bebt die Woge, die mich trägt.

An dem Ufer wallen Schatten
Durch des Wiesthals Blumenmatten,
Über Rasen schwebt ihr Fuß
Leicht, wie eines Zephyrs Kuß;

Und das Ruder schlägt die Welle,
Silberfunken blinken helle,
Und das Schifflein strebt und sinkt,
Wie sich Well' an Welle schlingt.

Horch, der Töne neues Leben!
Nachtigallenchör' entschweben
Und des Mondes Blick erhellt
Eine neue Zauberwelt.

Welche Nacht nach dumpfer Schwühle!
Welch ein Steigen der Gefühle!
Wie das Herz in Wehmuth schwebt,
Und nach einem Herzen strebt!

Aber seht! die Bilder schwinden;
Stille steigt aus dunkeln Gründen,
Und in heil'gem Schweigen ruht
30   Schon das Ufer und die Fluth.

Liebe waltet hier; sie schwebet
Auf der Wellenfläch' und webet
Um die sanfterhellte Flur
Diesen Schleyer der Natur.

35   Liebe winkt auch mir von ferne,
Duftend in dem letzten Sterne;
Und auf spiegelheller Bahn
Schlägt mein Schiff an's Ufer an.

CHRISTIAN LUDWIG NEUFFER

Meinem Freunde
Christian Landauer.
Den 11. Dec. 1798.

5 Herzlich sey mir gegrüßt, du werthester meiner Genossen!
    Welchen die Hand des Geschicks frühe vereinte mit mir.
 Herzlich sey mir gegrüßt an dem süssen, erfreulichen Tage,
    Der dich, trefflicher Freund! einst in das Leben gebar.
 Freudig wallet mein Herz, von hohen Gefühlen entflammet,
10   Da es den festlichen Wunsch heute zum Opfer dir bringt.
 Wandle mit heiterem Sinn auf lieblichen Auen des Lebens,
    Und kein rauher Orkan stürme die Freuden hinweg.
 Was du säest, sprosse dir auf in herrlichen Blüthen,
    Und dein sinnender Geist erndte die reichlichste Frucht.
15 Glücklich als Gatte, geliebt und liebend, glücklich als Vater,
    Koste des häuslichen Wohls himmlische Segnungen stets.
 Dessen will ich mich freu'n; denn nichts ist süsser dem Herzen,
    Als den trefflichen Freund frohes Genusses zu seh'n.
 Bruder! reich mir die Hand, wir werden beständig uns lieben,
20   Ob mit geflügeltem Schritt Jahre zu Jahren entflieh'n.
 Freundschaft ändert sich nicht, wie die eilenden Stunden sich
    Denn sie thronet, erhöht über die Fluthen der Zeit.   [ändern,

FRIEDRICH HÖLDERLIN

Des Morgens.

Vom Thaue glänzt der Rasen; beweglicher
Eilt schon die wache Quelle; die Buche neigt
Ihr schwankes Haupt und im Geblätter
Rauscht es und schimmert; und um die grauen

Gewölke streifen röthliche Flammen dort,
Verkündende, sie wallen geräuschlos auf;
Wie Fluthen am Gestade, woogen
Höher und höher die Wandelbaren.

Komm nun, o komm, u. eile mir nicht zu schnell,
Du goldner Tag, zum Gipfel des Himmels fort!
Denn offner fliegt, vertrauter dir mein
Auge, du Freudiger! zu, so lang du

In deiner Schöne jugendlich blickst und noch
Zu herrlich nicht, zu stolz mir geworden bist;
Du möchtest immer eilen, könnt ich,
Göttlicher Wandrer, mit dir! – doch lächelst

Des frohen Übermüthigen du, dass er
Dir gleichen möchte; segne mir lieber dann
Mein sterblich Thun und heitre wieder
Gütiger! heute den stillen Pfad mir.

Abendphantasie.

Vor seiner Hütte ruhig im Schatten sizt
Der Pflüger, dem Genügsamen raucht sein Herd.
Gastfreundlich tönt dem Wanderer im
Friedlichen Dorfe die Abendglocke.

Wohl kehren izt die Schiffer zum Hafen auch,
In fernen Städten, fröhlich verrauscht des Markts
Geschäft'ger Lärm; in stiller Laube
Glänzt das gesellige Mahl den Freunden.

Wohin denn ich? Es leben die Sterblichen
Von Lohn u. Arbeit; wechselnd in Müh' u. Ruh'
Ist alles freudig; warum schläft denn
Nimmer nur mir in der Brust der Stachel?

15 Am Abendhimmel blühet ein Frühling auf;
Unzählig blühen die Rosen und ruhig scheint
Die goldne Welt; o dorthin nimmt mich
Purpurne Wolken! und möge droben

In Licht u. Luft zerrinnen mir Lieb' u. Leid! –
Doch, wie verscheucht von thöriger Bitte, flieht
20 Der Zauber; dunkel wirds und einsam
Unter dem Himmel, wie immer, bin ich –

Komm du nun, sanfter Schlummer! zu viel begehrt
Das Herz; doch endlich, Jugend! verglühst du ja,
Du ruhelose, träumerische!
25 Friedlich und heiter ist dann das Alter.

Der Mayn.

Wohl manches Land der lebenden Erde möcht'
Ich sehn und öfters über die Berg' enteilt
Das Herz mir und die Wünsche wandern
5 Über das Meer, zu den Ufern, die mir

Vor andern, so ich kenne, gepriesen sind,
Doch lieb ist in der Ferne nicht Eines mir,
Wie jenes, wo die Göttersöhne
Schlafen, das trauernde Land der Griechen.

10 Ach! einmal dort an Suniums Küste möcht'
Ich landen, deine Säulen, Olympion!
Erfragen, dort, noch eh der Nordsturm
Hin in den Schutt der Athenertempel

Und ihrer Götterbilder auch dich begräbt;
15 Denn lang schon einsam stehst du, o Stolz der Welt
Die nicht mehr ist! – und o ihr schönen
Inseln Joniens, wo die Lüfte

Vom Meere kühl an warme Gestade wehn,
Wenn unter kräft'ger Sonne die Traube reift,
20 Ach! wo ein goldner Herbst dem armen
Volk' in Gesänge die Seufzer wandelt,

Wenn die Betrübten izt ihr Limonenwald
Und ihr Granatbaum, purpurner Äpfel voll
Und süsser Wein und Pauk' und Zithar
25 Zum labyrinthischen Tanze ladet –.

DER MAYN 17 Joniens *Der Anlaut ist aus metrischen Gründen vokalisch zu lesen.*

Zu euch vielleicht, ihr Inseln! geräth noch einst
Ein heimathloser Sänger; denn wandern muss
Von Fremden er zu Fremden und die
Erde, die freye, sie muss ja leider!

30 Statt *Vaterlands* ihm dienen, so lang er lebt,
Und wenn er stirbt – doch nimmer vergess ich dich
So fern ich wandre, schöner Mayn! und
Deine Gestade, die vielbeglückten.

Gastfreundlich nahmst du Stolzer! bei dir mich auf
35 Und heitertest das Auge dem Fremdlinge,
Und still hingleitende Gesänge
Lehrtest du mich und geräuschlos Leben.

O ruhig mit den Sternen, du Glücklicher!
Wallst du von deinem Morgen zum Abend fort,
40 Dem Bruder zu, dem Rhein; und dann mit
Ihm in den Ocean freudig nieder!

AUGUST WINKELMANN*

An Tieck.
Sonnet.

Der Frühling blüht, die goldnen Sterne singen,
5 Es rauscht die Fluth, die Wolken fliehen weit,
Und wunderbar, im liebevollen Streit
Des Einen Lebens bunte Töne klingen.

Ein frommer Geist nur kann den Streit bezwingen,
Nur wer sich kindlich der Natur geweiht,
10 Sieht Stern' und Blüth' in Einen Kranz gereiht,
Und kann in Ein Gedicht das Weltall bringen!

O, wie so schön ist Dir der Sieg gelungen!
Vertrauet gern mit Deiner Freundlichkeit,
Ihr Innerstes die Poesie Dir beut!

15 Dich trägt der Mai, wenn er erscheint, im Arm;
Und die Musik feir't, dankbar Dir und warm,
Dein Angedenken mit beredten Zungen.

CLEMENS BRENTANO*

Phantasie.

(Für Flöte, Klarinette, Waldhorn und Fagott.)

Flöte.

5 Stille Blumen,
In der Liebe Heiligthumen
Nicht entsprossen,
Welken nieder.
Süße Lieder,
10 Ohne Echo hingeflossen,
Kehren nimmer wieder.

Klarinette.

Doch zeiget der Spiegel im Quelle,
So freundlich und helle,
15 Das eigne Gebild;
Wie's flüchtig in rastloser Schnelle
Sich eilend geselle,
Und Welle an Welle
Dem Leben entquillt.

20 Fagott.

Wohnen nicht klar in mir
Des Geistes Gestalten;
Leben, so will ich Dir
Den Busen entfalten;
25 Wer den eignen Ton nicht hört,
Lausche, bis er wiederkehrt –
Wiederschein
Blickt in's dunkle Herz herein.

Waldhorn.

30 Des Vorhangs leises Beben
Erschreckt mich nicht,
Und kann ich nicht erstreben
Das eigne Licht:
So wandl' ich schön und stille
35 Ein Kind dahin:
Mich grüßt durch fromme Hülle
Ein heil'ger Sinn.

---

1 *Zu den folgenden zwei Gedichten findet sich im Inhaltsverzeichnis der Quelle als Verfasserangabe das Pseudonym* Maria.

Alle.

Es eilet jed' Leben die eigene Bahn;
Es schauet der Spiegel den Menschen nicht an;
Es küßet die Welle die Welle so gerne,
Und reißet vom Ganzen nicht Einer sich los;
Doch blüht einem jeden das Ganze im Schooß,
Und tief durch den Schleier, da weht es von ferne.

Flöte.

Helle Sterne
Blinken aus der weiten Ferne
Fremdes Licht –
Und die Thränen,
Die sich nach dem Freunde sehnen,
Siehst Du nicht.

Waldhorn.

Es wandelt voll Liebe im Leben
Die Sonn' und das Mondlicht herauf;
Doch, wenn wir das eigne nicht geben,
Schließt nimmer der Schatz sich uns auf.

Fagott.

Was wir suchen, ach, das wohnet,
Unerkannt
Uns im Herzen, unbelohnet;
Und die Hand
Haschet stets nach äußerm Schimmer.
Was wir nicht umfassen,
Das müssen wir lassen;
Denn wir fassen's sicher nimmer.

Klarinette.

Die ganze Welt
Umwölbet ein Zelt,
Über jeglicher Pforte
Stehn goldne Worte.
Das Aug' der Sonne glühet
Zur Blume, die aufsteht,
Den heißen Gruß;
Auf Mondeslippen blühet
Der Blume, die heimgeht,
Der stille Kuß.

Und wer mit beiden
Nicht kindlich spricht,
Dem leuchtet kein Licht,
80   Der findet den Ein- und den Ausgang nicht,
Der kann nicht kommen, nicht scheiden.

Alle.

Und wer sich mit Liebe nicht selber umarmt,
Für den ist das Leben zum Bettler verarmt.
85   In eigenem Busen muß alles erklingen,
Und daß der Sinn leicht finden es kann,
Hat's viele buntfarbige Kleider an,
Und Hülle und Geist sich zum Leben verschlingen.

Der goldne Tag ist heimgegangen;
Ich sah ihn über die Berge ziehn,
Und all mein sehnendes Verlangen
Floh mit ihm hin.

5   Bunt ist wohl um des Jünglings Hüften
Der schimmernde Mantel hingewallt,
Und leise in den Himmelslüften
Sein Lied verhallt.

Ich sah wohl die glühenden Locken
10   Am Berge wehn,
Oben ihn stehn,
Und freundlich goldne Flocken
Auf die Bahn hinsäen,
Drauf weiter zu gehen.

15   Da breitet das Leben
Die Schmetterlingsflügel,
Am duftigen Hügel
Ihn hoch zu erheben,
Uns nochmals zu geben.

20   So traurig saß er oben
Im Purpurzelt,
Und grüßt' die Welt:
Leb wohl da unten!

Da hat ihn der Flügel
25 Mit Flammen umwunden,
Am duftigen Hügel
Hinübergehoben.

Sein ödes Reich bleibt still zurücke,
Die Welt verweilt ganz herrenlos.
30 Das Leben forscht mit trübem Blicke
Im eignen Schooß.

Ein düstrer Mantel rauschet nieder
Rund um des Jünglings verlassnen Thron,
Und aus den Wäldern hallet wieder
35 Ein trunkner Ton.

Es rühren die nächtlichen Stunden
Sich tief im Thal,
Bereiten ein Mahl
Im dämmernden Saal,
40 Mit dichten Gewändern umwunden.

Ein matter Strahl
Blinkt am Pokal,
Und süß betrunken,
Vom goldenen Wein,
45 Schlummert die jüngste
Der Stunden schon ein,
Die andern lauschen
Von außenher zu,
Und stürzen herein.
50 Es sterben die Funken,
Hinabgesunken
Ist der letzte Strahl
Von ihrem Pokal.
Sie irren und rauschen
55 Ohn' Schimmer und Schein,
Ohn' alle Ruh.
Zerstört ist das Mahl
Und dunkel der Saal.

Da schreiten die Stunden so leise
60 Wohl in die Nacht,
Verhüllen auf finsterer Reise
Mit ernstem Bedacht,

---

27 *In der Erzählung, in die das Gedicht eingelegt ist, folgt hier eine Unterbrechung, während der der Sänger seinen Gesang erläutert.*

In dunkeln Falten
Die regen Gestalten,
65 An denen sie sinnend vorüber wallten.
Und alles umarmt sich rings umher,
Es giebt keine einzelne Rechte mehr,
Es öffnet jed' Leben dem andern die Brust,
Und trinket mit Lust,
70 Ganz ohnbewußt,
Den himmlischen Kuß,
Den Wechselgenuß.
So innig umschlungen,
So heilig durchdrungen,
75 Umhüllet ein Rausch,
Den lieblichen Tausch.

Und endlich lösen die Arme sich auf,
Der Mond zieht herauf;
Der dämmernde Blick
80 Träumt trunkenen Traum.
Im himmlischen Raum
Erblühen die Sterne,
Und kehret das Licht
Bescheiden zurück.
85 Das Leben flicht
Dann in der Ferne
Den bräutlichen Kranz,
Entzündet die Lieder,
Erleuchtet den Tanz.
90 Die reizenden Glieder
Umhüllt ein Gewand,
Durchsichtig gewebet.
Das Leben erhebet,
Zum Himmel gewandt,
95 Den Busen, und strebet
Sich wieder zu finden.
Die Sehnsucht erwacht
In schimmernder Nacht.

FRIEDRICH HÖLDERLIN

Heidelberg.

Lange lieb' ich dich schon, möchte dich, mir zur Lust,
Mutter nennen, und dir schenken ein kunstlos Lied,
5   Du, der Vaterlandsstädte
      Ländlichschönste, so viel ich sah.

Wie der Vogel des Walds über die Gipfel fliegt,
Schwingt sich über den Strom, wo er vorbei dir glänzt,
     Leicht und kräftig die Brücke,
10   Die von Wagen und Menschen tönt.

Wie von Göttern gesandt, fesselt' ein Zauber einst
Auf die Brücke mich an, da ich vorüber ging,
     Und herein in die Berge
      Mir die reitzende Ferne schien,

15 Und der Jüngling, der Strom, fort in die Ebne zog,
Traurigfroh, wie das Herz, wenn es, sich selbst zu schön,
     Liebend unterzugehen,
      In die Fluthen der Zeit sich wirft.

Quellen hattest du ihm, hattest dem Flüchtigen
20   Kühle Schatten geschenkt, und die Gestade sahn
     All' ihm nach, und es bebte
      Aus den Wellen ihr lieblich Bild.

Aber schwer in das Thal hing die gigantische,
Schicksalskundige Burg nieder bis auf den Grund,
25   Von den Wettern zerrissen;
      Doch die ewige Sonne goß

Ihr verjüngendes Licht über das alternde
Riesenbild, und umher grünte lebendiger
     Epheu; freundliche Wälder
30   Rauschten über die Burg herab.

Sträuche blühten herab, bis wo im heitern Thal,
An den Hügel gelehnt, oder dem Ufer hold,
     Deine fröhlichen Gassen
      Unter duftenden Gärten ruhn.

Empedokles.

Das Leben suchst du, suchst, und es quillt und glänzt
   Ein göttlich Feuer tief aus der Erde dir,
     Und du in schauderndem Verlangen
        Wirfst dich hinab in des Aetna Flammen

So schmelzt' im Weine Perlen der Übermuth
   Der Königin; und mochte sie doch! hättst du
     Nur deinen Reichthum nicht, o Dichter!
        Hin in den gährenden Kelch geopfert!

Doch heilig bist du mir, wie der Erde Macht,
   Die dich hinweg nahm, kühner Getödteter!
     Und folgen möcht' ich in die Tiefe,
        Hielte die Liebe mich nicht, dem Helden.

CLEMENS BRENTANO*

Ich eile hin, und ewig flieht dem Blikke
Des Lebens Spiegel fort in wilder Fluth,
Die Sehnsucht in die Ferne nimmer ruht,
Und weinend schaut Erinnerung zurücke
Da blickt aus einer Blume neu Geschicke.
Zwei blaue Kelche voll von Liebes-Gluth
Erwecken in dem Flüchtling neuen Muth,
Daß er das Leben wieder jung erblicke.

Es hat der Sinn die Aussicht wiederfunden,
Er sieht im klaren Strome abgespiegelt,
Des Wechsel-Lebens zwiefach-lieblich Bild,
Die Fläche ruht und schwillt in tiefen Stunden,
Wenn Leidenschaft die Trunkenheit entzügelt,
Und Liebe sich dem Strome nackt enthüllt.

Die Seufzer des Abendwinds wehen
So jammernd und bittend im Thurm;
Wohl hör' ich um Rettung dich flehen,
Du ringst mit den Wogen, versinkest im Sturm.

5   Ich seh' dich am Ufer; es wallet
Ein traurendes Irrlicht einher.
Mein liebendes Rufen erschallet,
Du hörest, du liebest, du stürzest ins Meer.

Ich lieb' und ich stürze verwegen
10 Dir nach in die Wogen hinab,
Ich komme dir sterbend entgegen,
Ich ringe, du sinkest, ich theile dein Grab.

Doch stürzt man den Stürmen des Lebens
Von neuem mich Armen nun zu.
15 Ich sinke; ich ringe vergebens,
Ach nur in dem Abgrund des Todes ist Ruh.

Da schwinden die ewigen Fernen,
Da endet kein Leben mit dir.
Ich kenn' deinen Blick in den Sternen,
20 Ach sieh nicht so traurig, hab' Mitleid mit mir!

Um die Harfe sind Kränze geschlungen,
Schwebte Lieb' in der Saiten Klang:
Oft wohl hab ich mir einsam gesungen,
Und wenn einsam und still ich sang,
5   Rauschten die Saiten im tönenden Spiel,
Bis aus dem Kranze, vom Klange durchschüttert,
Und von der Klage der Liebe durchzittert,
Sinkend die Blume herniederfiel.

Weinend sah ich zur Erde dann nieder,
10 Liegt die Blüthe so still und todt:
Seh' die Kränz' an der Harfe nun wieder, –
Auch verschwunden des Lebens Roth,

DIE SEUFZER ... 1 ff. *Die folgenden acht Gedichte stammen aus dem* Godwi, *der unter dem Pseudonym* Maria *erschien.*

Winken mir traurig wie schattiges Grab,
Wehen so kalt in den tönenden Saiten,
15 Wehen so bang' und so traurig: Es gleiten
Brennende Thränen die Wang' herab.

Nie ertönt meine Stimme nun wieder,
Wenn nicht freundlich die Blüthe winkt;
Ewig sterben und schweigen die Lieder,
20 Wenn die Blume mir nicht mehr sinkt.
Schon sind die meisten der holden entflohn;
Ach! wenn die Kränze die Harfe verlassen,
Dann will ich sterben; die Wangen erblassen,
Stumm ist die Lippe, verhallt der Ton.

25 Aber Wonn', es entsprosset zum Leben
Meiner Asche, so hell und schön,
Eine Blume. – Mit freudigem Beben
Seh' ich Tilie so freundlich stehn.
Und vor dem Bilde verschwindet mein Leid.
30 Herrlicher wird aus der Gruft sie ergehen –
Schöner und lieblicher seh' ich sie stehen,
Wie meinen Feinden sie mild verzeiht.

Wenn der Sturm das Meer umschlinget,
Schwarze Locken ihn umhüllen,
Beut sich kämpfend seinem Willen
Die allmächt'ge Braut und ringet,

5 Küsset ihn mit wilden Wellen,
Blitze blicken seine Augen,
Donner seine Seufzer hauchen,
Und das Schifflein muß zerschellen.

Wenn die Liebe aus den Sternen
10 Niederblicket auf die Erde,
Und dein Liebstes Lieb begehrte,
Muß dein Liebstes sich entfernen.

---

28 Tilie *Im* Godwi *die Tochter des alten Werdo, der – eine dem Harfner aus* Wilhelm Meisters Lehrjahren *nachgebildete Gestalt – dieses Lied ebenso wie das vorhergehende und das folgende singt.*

Denn der Tod kömmt still gegangen,
Küsset sie mit Geisterküssen,
15   Ihre Augen dir sich schließen,
Sind im Himmel aufgegangen.

Rufe, daß die Felsen beben,
Weine tausend bittre Zähren,
Ach, sie wird dich nie erhören,
20   Nimmermehr dir Antwort geben.

Frühling darf nur leise hauchen,
Stille Thränen niederthauen,
Komme, willst dein Lieb' du schauen,
Blumen öffnen dir die Augen.

25   In des Baumes dichten Rinden,
In der Blumen Kelch versunken,
Schlummern helle Lebensfunken,
Werden bald den Wald entzünden.

In uns selbst sind wir verloren,
30   Bange Fesseln uns beengen,
Schloß und Riegel muß zersprengen,
Nur im Tode wird geboren.

In der Nächte Finsternissen
Muß der junge Tag ertrinken,
35   Abend muß herniedersinken,
Soll der Morgen dich begrüßen.

Wer rufet in die stumme Nacht?
Wer kann mit Geistern sprechen?
Wer steiget in den dunkeln Schacht,
40   Des Lichtes Blum' zu brechen?
Kein Licht scheint aus der tiefen Gruft.
Kein Ton aus stillen Nächten ruft.

An Ufers Ferne wallt ein Licht,
Du möchtest jenseits landen;
45   Doch fasse Muth, verzage nicht,
Du mußt erst diesseits stranden.
Schau still hinab, in Todes Schooß
Blüht jedes Ziel, fällt dir dein Loos.

So breche dann, du todte Wand,
50   Hinab mit allen Binden;
Ein Zweig erblühe meiner Hand,
Den Frieden zu verkünden.

Ich will kein Einzelner mehr seyn,
Ich bin der Welt, die Welt ist mein.

55 Vergangen sey vergangen,
Und Zukunft ewig fern;
In Gegenwart gefangen
Verweilt die Liebe gern,

Und reicht nach allen Seiten
60 Die ew'gen Arme hin,
Mein Daseyn zu erweiten,
Bis ich unendlich bin.

So tausendfach gestaltet,
Erblüh' ich überall,
65 Und meine Tugend waltet
Auf Berges Höh, im Thal.

Mein Wort hallt von den Klippen,
Mein Lied vom Himmel weht;
Es flüstern tausend Lippen
70 Im Haine mein Gebet.

Ich habe allem Leben
Mit jedem Abendroth
Den Abschiedskuß gegeben,
Und jeder Schlaf ist Tod.

75 Es sinkt der Morgen nieder,
Mit Fittigen so lind,
Weckt mich die Liebe wieder,
Ein neugeboren Kind.

Und wenn ich einsam weine,
80 Und wenn das Herz mir bricht,
So sieh im Sonnenscheine
Mein lächelnd Angesicht.

Muß ich am Stabe wanken,
Schwebt Winter um mein Haupt,
85 Wird nie doch dem Gedanken
Die Glut und Eil geraubt.

Ich sinke ewig unter,
Und steige ewig auf,
Und blühe stets gesunder
90 Aus Liebes-Schooß herauf.

Das Leben nie verschwindet,
Mit Liebesflamm' und Licht
Hat Gott sich selbst entzündet
In der Natur Gedicht.

95 Das Licht hat mich durchdrungen,
Und reisset mich hervor;
Mit tausend Flammenzungen
Glüh ich zur Glut empor.

So kann ich nimmer sterben,
100 Kann nimmer mir entgehn;
Denn um mich zu verderben,
Müßt' Gott selbst untergehn.

Sprich aus der Ferne
Heimliche Welt,
Die sich so gerne
Zu mir gesellt.

5 Wenn das Abendroth niedergesunken,
Keine freudige Farbe mehr spricht,
Und die Kränze stillleuchtender Funken
Die Nacht um die schattige Stirne flicht:

Wehet der Sterne
Heiliger Sinn
Leis' durch die Ferne
Bis zu mir hin.

Wenn des Mondes still lindernde Thränen
Lösen der Nächte verborgenes Weh;
15 Dann wehet Friede. In goldenen Kähnen
Schiffen die Geister im himmlischen See.

Glänzender Lieder
Klingender Lauf
Ringelt sich nieder,
20 Wallet hinauf.

Wenn der Mitternacht heiliges Grauen
Bang durch die dunklen Wälder hinschleicht,
Und die Büsche gar wundersam schauen,
Alles sich finster tiefsinnig bezeugt:

25   Wandelt im Dunkeln
        Freundliches Spiel,
        Still Lichter funkeln
        Schimmerndes Ziel.

        Alles ist freundlich wohlwollend verbunden,
30   Bietet sich tröstend und traurend die Hand,
        Sind durch die Nächte die Lichter gewunden,
        Alles ist ewig im Innern verwandt.

            Sprich aus der Ferne
            Heimliche Welt,
35   Die sich so gerne
            Zu mir gesellt.

1802

UNBEKANNTER VERFASSER

            Mutter.
    Maria, wo bist zur Stube gewesen?
    Maria, mein einziges Kind!

5   Kind.
    Ich bin bey meiner Großmutter gewesen.
    Ach weh! Frau Mutter, wie weh!

            Mutter.
    Was hat sie dir dann zu essen gegeben?
10 Maria, mein einziges Kind!

            Kind.
    Sie hat mir gebackene Fischlein gegeben.
    Ach weh! Frau Mutter, wie weh!

            Mutter.
15 Wo hat sie dir dann das Fischlein gefangen?
    Maria, mein einziges Kind!

            Kind.
    Sie hat es in ihrem Krautgärtlein gefangen.
    Ach weh! Frau Mutter, wie weh!

---

2 ff. *Im* Wunderhorn *(1806) unter dem Titel* Großmutter Schlangenköchin *und der Angabe* Mündlich *nochmals abgedruckt. Nach einer brieflichen Äußerung Brentanos hat eine* schwäbische achtzigjährige Amme *ihm das Lied in seiner Jugend vorgesungen.*

20
Mutter.
Womit hat sie denn das Fischlein gefangen?
Maria, mein einziges Kind!

Kind.
Sie hat es mit Stecken und Ruthen gefangen.
25 Ach weh! Frau Mutter, wie weh!

Mutter.
Wo ist denn das Übrige vom Fischlein hinkommen?
Maria, mein einziges Kind!

Kind.
30 Sie hats ihrem schwarzbraunen Hündlein gegeben.
Ach weh! Frau Mutter, wie weh!

Mutter.
Wo ist denn das schwarzbraune Hündlein hinkommen?
Maria, mein einziges Kind!

35
Kind.
Es ist in tausend Stücke zersprungen.
Ach weh! Frau Mutter, wie weh!

Mutter.
Maria, wo soll ich dein Bettlein hinmachen?
40 Maria, mein einziges Kind!

Kind.
Du sollst mir's auf den Kirchhof machen.
Ach weh! Frau Mutter, wie weh!

CLEMENS BRENTANO*

Ein Fischer saß im Kahne,
Ihm war das Herz so schwer,
Sein Liebchen war gestorben,
5 Das glaubt' er nimmermehr.

Und bis die Sternlein blinken,
Und bis zum Mondenschein,
Harr't er sein Lieb zu fahren
Wol auf dem tiefen Rhein.

---

2 ff. *In Christian Brentanos Ausgabe (1852 ff.) und den ihr folgenden Drucken unter dem Titel* Auf dem Rhein.

Da kömmt sie her gegangen
Und steiget in den Kahn,
Sie schwanket in den Knien,
Hat nur ein Hemdlein an.

Sie schwimmen auf den Wellen
Hinab in tiefer Ruh,
Da zittert sie und wanket,
O Liebchen frierest Du?

Dein Hemdlein spielt im Winde,
Das Schifflein treibt so schnell;
Hüll' dich in meinen Mantel,
Die Nacht ist kühl und hell.

Sie strecket nach den Bergen
Die weißen Arme aus,
Und freut sich, wie der Vollmond
Aus Wolken sieht heraus.

Und grüßt die alten Thürme,
Und will den hellen Schein,
Mit ihren zarten Armen,
Erfassen in dem Rhein.

O setze dich doch nieder
Herzallerliebste mein!
Das Wasser treibt so schnelle
O fall nicht in den Rhein.

Und große Städte fliegen
An ihrem Kahn vorbey,
Und in den Städten klingen
Der Glocken mancherlei.

Da kniet das Mädchen nieder
Und faltet seine Händ'
Und seine hellen Augen
Es zu dem Himmel wend't.

Lieb Mädchen bete stille,
Schwank' nicht so hin und her,
Der Kahn, er möchte sinken,
Das Wasser treibt so sehr.

In einem Nonnen-Kloster
Da singen Stimmen fein
Und in dem Kirchenfenster
Sieht man den Kerzenschein.

50
Da singt das Mädchen helle
Die Metten in dem Kahn,
Und sieht dabey mit Thränen
Den Fischerknaben an.

Der Knabe singt mit Thränen
55
Die Metten in dem Kahn,
Und sieht dabey sein Mädchen
Mit stummen Blicken an.

So roth und immer röther
Wird nun die tiefe Fluth,
60
Und weiß und immer weißer
Das Mädchen werden thut.

Der Mond ist schon zerronnen,
Kein Sternlein mehr zu sehn,
Und auch dem lieben Mädchen
65
Die Augen schon vergehn.

Lieb Mädchen guten Morgen!
Lieb Mädchen gute Nacht!
Warum willst du nun schlafen?
Da schon die Sonn' erwacht.

70
Die Thürme blinken helle,
Und froh der grüne Wald
Von tausend bunten Stimmen
In lautem Sang erschallt.

Da will er sie erwecken,
75
Daß sie die Freude hör',
Er sieht zu ihr hinüber
Und findet sie nicht mehr.

Und legt sich in den Nachen
Und schlummert weinend ein,
80
Und treibet weiter weiter
Bis in die See hinein.

Die Meereswellen brausen
Und schleudern ab und auf
Den kleinen Fischernachen
85
Der Knabe wacht nicht auf.

Doch fahren große Schiffe
In stiller Nacht einher,
So sehen sie die beiden
Im Kahne auf dem Meer.

Die lustigen Musikanten.

Da sind wir Musikanten wieder,
Die nächtlich durch die Straßen ziehn,
Von unsren Pfeifen lust'ge Lieder,
Wie Blitze durch das Dunkel fliehn. –
    Es brauset und sauset
    Das Tambourin,
    Es prasseln und rasseln
    Die Schellen drinn;
    Die Becken hell flimmern
    Von tönenden Schimmern,
    Um Kling und um Klang,
    Um Sing und um Sang
    Schweifen die Pfeifen, und greifen
    Ans Herz,
    Mit Freud und mit Schmerz.

Die Fenster gerne sich erhellen,
Und brennend fällt uns mancher Preis,
Wenn wir uns still zusammen stellen
Zum frohen Werke in den Kreis.
    Es brauset und sauset
    Das Tambourin,
    Es prasseln und rasseln
    Die Schellen drinn;
    Die Becken hell flimmern
    Von tönenden Schimmern,
    Um Kling und um Klang,
    Um Sing und um Sang
    Schweifen die Pfeifen, und greifen
    Ans Herz,
    Mit Freud und mit Schmerz.

An unsern herzlich frohen Weisen
Hat nimmer Alt und Jung genug,
Wir wissen alle hinzureißen
In unsrer Töne Zauberzug.
    Es brauset und sauset
    Das Tambourin,
    Es rasseln und prasseln
    Die Schellen drinn;
    Die Becken hell flimmern
    Von tönenden Schimmern,

Um Kling und um Klang,
Um Sing und um Sang
Schweifen die Pfeifen, und greifen
45   Ans Herz,
Mit Freud und mit Schmerz.

Schlug zwölfmal schon des Thurmes Hammer,
So stehen wir vor Liebchens Haus,
Aus ihrem Bettchen in der Kammer
50   Schleicht sie, und lauscht zum Fenster raus.

Es brauset und sauset
Das Tambourin,
Es rasseln und prasseln
Die Schellen drinn;
55   Die Becken hell flimmern,
Von tönenden Schimmern,
Um Kling und um Klang,
Um Sing und um Sang
Schweifen die Pfeifen, und greifen
60   Ans Herz,
Mit Freud und mit Schmerz.

Wenn in des goldnen Bettes Kissen,
Sich küssen Bräutigam und Braut
Und glauben's ganz allein zu wissen,
65   Macht bald es unser Singen laut.

Es sauset und brauset
Das Tambourin,
Es prasseln und rasseln
Die Schellen drinn;
70   Die Becken hell flimmern
Von tönenden Schimmern,
Um Kling und um Klang,
Um Sing und um Sang
Schweifen die Pfeifen, und greifen
75   Ans Herz,
Mit Freud und mit Schmerz.

Bey stiller Liebe lautem Feste
Erquicken wir der Menschen Ohr,
Denn holde Mädchen, trunkne Gäste
80   Verehren unser klingend Chor.

Es brauset und sauset
Das Tambourin,

Es rasseln und prasseln
Die Schellen drinn;
85 Die Becken hell flimmern
Von tönenden Schimmern,
Um Kling und um Klang,
Um Sing und um Sang
Schweifen die Pfeifen, und greifen
90 Ans Herz,
Mit Freud' und mit Schmerz.

Doch sind wir gleich den Nachtigallen,
Sie singen nur bey Nacht ihr Lied,
Bey uns kann es nur lustig schallen,
95 Wenn uns kein menschlich Auge sieht.
Es brauset und sauset
Das Tambourin,
Es rasseln und prasseln
Die Schellen drinn;
100 Die Becken hell flimmern
Von tönenden Schimmern,
Um Kling und um Klang,
Um Sing und um Sang
Schweifen die Pfeifen, und greifen
105 Ans Herz,
Mit Freud' und mit Schmerz.

Die Tochter.

Ich habe meinen Freund verloren,
Und meinen Vater schoß man todt,
110 Mein Sang ergötzet eure Ohren,
Und schweigend wein' ich auch mein Brod.
Es brauset und sauset
Das Tambourin,
Es rasseln und prasseln
115 Die Schellen drinn;
· Die Becken hell flimmern
Von tönenden Schimmern,
Um Sing und um Sang,
Um Kling und um Klang
120 Schweifen die Pfeifen, und greifen
Ans Herz,
Mit Freud und mit Schmerz.

Die Mutter.

Ist's Nacht? ists Tag? ich kann's nicht sagen,
125 Am Stabe führet mich mein Kind,
Die hellen Becken muß ich schlagen
Und ward von vielem Weinen blind.
    Es sauset und brauset
    Das Tambourin,
130   Es rasseln und prasseln
    Die Schellen drinn;
    Die Becken hell flimmern
    Von tönenden Schimmern,
    Um Sing und um Sang,
135   Um Kling und um Klang
    Schweifen die Pfeifen, und greifen
    Ans Herz,
    Mit Freud und mit Schmerz.

Die beiden Brüder.

140 Ich muß die lustgen Triller greifen,
Und Fieber bebt durch Mark und Bein,
Euch muß ich frohe Weisen pfeifen,
Und möchte gern begraben seyn.
    Es sauset und brauset
145   Das Tambourin,
    Es rasseln und prasseln
    Die Schellen drinn;
    Die Becken hell flimmern
    Von tönenden Schimmern,
150   Um Kling und um Klang,
    Um Sing und um Sang
    Schweifen die Pfeifen, und greifen
    Ans Herz,
    Mit Freud und mit Schmerz.

155 ### Der Knabe.

Ich habe früh das Bein gebrochen,
Die Schwester trägt mich auf dem Arm,
Aufs Tambourin muß rasch ich pochen –
Sind wir nicht froh? daß Gott erbarm!
160   Es brauset und sauset
    Das Tambourin,

Es rasseln und prasseln
Die Schellen drinn;
Die Becken hell flimmern
165   Von tönenden Schimmern,
Um Kling und um Klang,
Um Sing und um Sang
Schweifen die Pfeifen, und greifen
Ans Herz,
170   Mit Freud und mit Schmerz.

Zu Bacharach am Rheine
Wohnt eine Zauberin,
Sie war so schön und feine
Und riß viel Herzen hin.

5   Und brachte viel zu schanden
Der Männer rings umher,
Aus ihren Liebesbanden
War keine Rettung mehr.

Der Bischoff ließ sie laden
10   Vor geistliche Gewalt –
Und mußte sie begnaden,
So schön war ihr' Gestalt.

Er sprach zu ihr gerühret:
„Du arme Lore Lay!
15   „Wer hat dich denn verführet
„Zu böser Zauberei?

„Herr Bischoff laßt mich sterben,
„Ich bin des Lebens müd,
„Weil jeder muß verderben,
20   „Der meine Augen sieht.

„Die Augen sind zwei Flammen,
„Mein Arm ein Zauberstab –
„O legt mich in die Flammen!
„O brechet mir den Stab!

---

1 ff. *In Christian Brentanos Ausgabe (1852 ff.) und den ihr folgenden Drucken unter dem Titel* Lore Lay.

25 „Ich kann dich nicht verdammen,
„Bis du mir erst bekennt,
„Warum in diesen Flammen
„Mein eigen Herz schon brennt.

„Den Stab kann ich nicht brechen,
30 „Du schöne Lore Lay!
„Ich müßte dann zerbrechen
„Mein eigen Herz entzwei.

„Herr Bischoff mit mir Armen
„Treibt nicht so bösen Spott,
35 „Und bittet um Erbarmen,
„Für mich den lieben Gott.

„Ich darf nicht länger leben,
„Ich liebe keinen mehr –
„Den Tod sollt Ihr mir geben,
40 „Drum kam ich zu Euch her. –

„Mein Schatz hat mich betrogen,
„Hat sich von mir gewandt,
„Ist fort von hier gezogen,
„Fort in ein fremdes Land.

45 „Die Augen sanft und wilde,
„Die Wangen roth und weiß,
„Die Worte still und milde
„Das ist mein Zauberkreis.

„Ich selbst muß drinn verderben,
50 „Das Herz thut mir so weh,
„Vor Schmerzen möcht ich sterben,
„Wenn ich mein Bildniß seh.

„Drum laßt mein Recht mich finden,
„Mich sterben, wie ein Christ,
55 „Denn alles muß verschwinden,
„Weil er nicht bey mir ist.

Drei Ritter läßt er holen:
„Bringt sie ins Kloster hin,
„Geh Lore! – Gott befohlen
60 „Sey dein berückter Sinn.

„Du sollst ein Nönnchen werden,
„Ein Nönnchen schwarz und weiß,
„Bereite dich auf Erden
„Zu deines Todes Reis'.

65 Zum Kloster sie nun ritten,
Die Ritter alle drei,
Und traurig in der Mitten
Die schöne Lore Lay.

„O Ritter laßt mich gehen,
70 „Auf diesen Felsen groß,
„Ich will noch einmal sehen
„Nach meines Lieben Schloß.

„Ich will noch einmal sehen
„Wol in den tiefen Rhein,
75 „Und dann ins Kloster gehen
„Und Gottes Jungfrau seyn.

Der Felsen ist so jähe,
So steil ist seine Wand,
Doch klimmt sie in die Höhe,
80 Bis daß sie oben stand.

Es binden die drei Ritter,
Die Rosse unten an,
Und klettern immer weiter,
Zum Felsen auch hinan.

85 Die Jungfrau sprach: „da gehet
„Ein Schifflein auf dem Rhein,
„Der in dem Schifflein stehet,
„Der soll mein Liebster seyn.

„Mein Herz wird mir so munter,
90 „Er muß mein Liebster seyn! –
Da lehnt sie sich hinunter
Und stürzet in den Rhein.

Die Ritter mußten sterben,
Sie konnten nicht hinab,
95 Sie mußten all verderben,
Ohn Priester und ohn Grab.

Wer hat dies Lied gesungen?
Ein Schiffer auf dem Rhein,
Und immer hats geklungen
Von dem drei Ritterstein:[a]

Lore Lay
Lore Lay
Lore Lay

Als wären es meiner drei.

a) **Bei** Bacharach steht dieser Felsen, Lore Lay genannt, alle vorbeifahrende
Schiffer rufen ihn an, und freuen sich des vielfachen Echo's.

FRIEDRICH LEOPOLD FREIHERR VON HARDENBERG[*]

Der Himmel war umzogen,
Es war so trüb' und schwül,
Heiß kam der Wind geflogen,
Und trieb sein seltsam Spiel,

Ich schlich in tiefem Sinnen,
Von stillem Gram verzehrt. –
Was soll ich nun beginnen?
Mein Wunsch blieb unerhört.

Wenn Menschen könnten leben
Wie kleine Vögelein,
So wollt' ich zu ihr schweben,
Und fröhlich mit ihr seyn.

Wär' hier nichts mehr zu finden,
Wär Feld und Staude leer,
So flögen gleich den Winden,
Wir über's dunkle Meer.

Wir blieben bey dem Lenze
Und von dem Winter weit,
Wir hätten Frücht' und Kränze,
Und immer gute Zeit.

---

1 *Die folgenden fünf Gedichte erschienen unter dem Pseudonym* Novalis.

Die Myrthe sproßt im Tritte
Der Wohlfahrt leicht hervor,
Doch um des Elends Hütte
25 Schießt Unkraut nur empor.

Mir war so bang zu Muthe,
Da sprang ein Kind heran,
Schwang fröhlich seine Ruthe
Und sah mich freundlich an.

30 Warum mußt du dich grämen?
O! weine doch nicht so,
Kannst meine Gerte nehmen,
Dann wirst du wieder froh.

Ich nahm sie und es hüpfte
35 Mit Freuden wieder fort,
Und stille Rührung knüpfte
Sich an des Kindes Wort.

Wie ich so bei mir dachte:
Was soll die Ruthe dir?
40 Schwankt aus den Büschen sachte
Ein grüner Glanz zu mir.

Die Königin der Schlangen
Schlich durch die Dämmerung;
Sie schien gleich goldnen Spangen
45 In wunderbarem Prunk.

Ihr Krönchen sah ich funkeln
Mit bunten Strahlen weit,
Und alles war im Dunkeln
Mit grünem Gold bestreut.

50 Ich nahte mich ihr leise
Und traf sie mit dem Zweig,
So, wunderbarer Weise
Ward ich unsäglich reich.

Wo bleibst du Trost der ganzen Welt?
Herberg' ist dir schon längst bestellt.
Verlangend sieht ein jedes dich,
Und öffnet deinem Segen sich.

5   Geuß, Vater, ihn gewaltig aus,
Gieb ihn aus deinem Arm heraus:
Nur Unschuld, Lieb' und süße Schaam
Hielt ihn, daß er nicht längst schon kam.

Treib ihn von dir in unsern Arm,
10   Daß er von deinem Hauch noch warm;
In schweren Wolken sammle ihn
Und laß ihn so hernieder ziehn.

In kühlen Strömen send' ihn her,
In Feuerflammen lodre er,
15   In Luft und Oel, in Klang und Thau
Durchdring' er unsrer Erde Bau.

So wird der heil'ge Kampf gekämpft,
So wird der Hölle Grimm gedämpft,
Und ewig blühend geht allhier
20   Das alte Paradies herfür.

Die Erde regt sich, grünt und lebt,
Des Geistes voll ein jedes strebt
Den Heiland lieblich zu empfahn
Und beut die vollen Brüst' ihm an.

25   Der Winter weicht, ein neues Jahr
Steht an der Krippe Hochaltar.
Es ist das erste Jahr der Welt,
Die sich dies Kind erst selbst bestellt.

Die Augen sehn den Heiland wohl,
30   Und doch sind sie des Heilands voll,
Von Blumen wird sein Haupt geschmückt,
Aus denen er selbst holdselig blickt.

Er ist der Stern, er ist die Sonn',
Er ist des ewgen Lebens Bronn,
35   Aus Kraut und Stein und Meer und Licht
Schimmert sein kindlich Angesicht.

In allen Dingen sein kindlich Thun,
Seine heiße Liebe wird nimmer ruhn,
Er schmiegt sich seiner unbewußt
40 Unendlich fest an jede Brust.

Ein Gott für uns, ein Kind für sich
Liebt er uns all' herzinniglich,
Wird unsre Speis' und unser Trank,
Treusinn ist ihm der liebste Dank.

45 Das Elend wächst je mehr und mehr,
Ein düstrer Gram bedrückt uns sehr,
Laß, Vater, den Geliebten gehn,
Mit uns wirst du ihn wieder sehn.

Hymne.

Wenige wissen
Das Geheimniß der Liebe,
Fühlen Unersättlichkeit
5 Und ewigen Durst.
Des Abendmahls
Göttliche Bedeutung
Ist den irdischen Sinnen Räthsel;
Aber wer jemals
10 Von heißen, geliebten Lippen
Athem des Lebens sog,
Wem heilige Gluth
In zitternde Wellen das Herz schmolz,
Wem das Auge aufging,
15 Daß er des Himmels
Unergründliche Tiefe maß,
Wird essen von seinem Leibe
Und trinken von seinem Blute
Ewiglich.
20 Wer hat des irdischen Leibes
Hohen Sinn errathen?
Wer kann sagen,
Daß er das Blut versteht?

---

37 *Im Erstdruck Punkt am Versende.*

Einst ist alles Leib,
25 *Ein* Leib,
In himmlischem Blute
Schwimmt das selige Paar. –
O! daß das Weltmeer
Schon erröthete,
30 Und in duftiges Fleisch
Aufquölle der Fels!
Nie endet das süße Mahl,
Nie sättigt die Liebe sich.
Nicht innig, nicht eigen genug
35 Kann sie haben den Geliebten.
Von immer zärteren Lippen
Verwandelt wird das Genossene
Inniglicher und näher.
Heißere Wollust
40 Durchbebt die Seele.
Durstiger und hungriger
Wird das Herz:
Und so währet der Liebe Genuß
Von Ewigkeit zu Ewigkeit.
45 Hätten die Nüchternen
Einmal gekostet,
Alles verließen sie,
Und setzten sich zu uns
An den Tisch der Sehnsucht,
50 Der nie leer wird.
Sie erkennten der Liebe
Unendliche Fülle,
Und priesen die Nahrung
Von Leib und Blut.

Bergmanns-Leben.

Der ist der Herr der Erde,
 Wer ihre Tiefen mißt,
Und jeglicher Beschwerde
5 In ihrem Schooß vergißt.

---

1 ff. *Als Vorabdruck aus dem* Ofterdingen *von A. W. Schlegel und Tieck herausgegeben und von ihnen mit diesem Titel versehen.*

Wer ihrer Felsen-Glieder
 Geheimen Bau versteht,
Und unverdrossen nieder
 Zu ihrer Werkstatt geht.

10 Er ist mit ihr verbündet,
 Und inniglich vertraut,
Und wird von ihr entzündet,
 Als wär sie seine Braut.

Er sieht ihr alle Tage
15 Mit neuer Liebe zu,
Und scheut nicht Fleiß und Plage;
 Sie läßt ihm keine Ruh.

Die mächtigen Geschichten
 Der längst verflossnen Zeit
20 Ist sie ihm zu berichten
 Mit Freundlichkeit bereit.

Der Vorwelt heil'ge Lüfte
 Umwehn sein Angesicht.
Und in die Nacht der Klüfte
25 Strahlt ihm ein ew'ges Licht.

Er trifft auf allen Wegen
 Ein wohlbekanntes Land,
Und gern kommt sie entgegen
 Den Werken seiner Hand.

30 Ihm folgen die Gewässer
 Hülfreich den Berg hinauf,
Und alle Felsenschlösser
 Thun ihre Schätz' ihm auf.

Er führt des Goldes Ströme
35 In seines Königs Haus,
Und schmückt die Diademe
 Mit edlen Steinen aus.

Zwar reicht er treu dem König
 Den Glückbegabten Arm,
40 Doch fragt er nach ihm wenig,
 Und bleibt mit Freuden arm.

Sie mögen sich erwürgen
 Am Fuß um Gut und Geld,
Er bleibt auf den Gebürgen
45 Der frohe Herr der Welt.

An Tieck.

Ein Kind voll Wehmuth und voll Treue,
Verstoßen in ein fremdes Land,
Ließ gern das Glänzende und Neue,
Und blieb dem Alten zugewandt.

Nach langem Suchen, langem Warten,
Nach manchem mühevollen Gang,
Fand es in einem öden Garten
Auf einer längst verfallnen Bank

Ein altes Buch mit Gold verschlossen,
Und nie gehörte Worte drinn;
Und, wie des Frühlings zarte Sprossen,
So wuchs in ihm ein innrer Sinn.

Und wie es sitzt, und liest, und schauet
In den Krystall der neuen Welt,
An Gras und Sternen sich erbauet,
Und dankbar auf die Kniee fällt:

So hebt sich sacht aus Gras und Kräutern
Bedächtiglich ein alter Mann,
Im schlichten Rock, und kommt mit heiterm
Gesicht ans fromme Kind heran.

Bekannt doch heimlich sind die Züge,
So kindlich und so wunderbar;
Es spielt die Frühlingsluft der Wiege
Gar seltsam mit dem Silberhaar.

Das Kind faßt bebend seine Hände,
Es ist des Buches hoher Geist,
Der ihm der sauern Wallfahrt Ende
Und seines Vaters Wohnung weis't.

Du kniest auf meinem öden Grabe,
So öffnet sich der heilge Mund,
Du bist der Erbe meiner Habe,
Dir werde Gottes Tiefe kund.

Auf jenem Berg als armer Knabe
Hab' ich ein himmlisch Buch gesehn,
Und konnte nun durch diese Gabe
In alle Kreaturen sehn.

Es sind an mir durch Gottes Gnade
Der höchsten Wunder viel geschehn;
40 Des neuen Bunds geheime Lade
Sahn meine Augen offen stehn.

Ich habe treulich aufgeschrieben,
Was innre Lust mir offenbart,
Und bin verkannt und arm geblieben,
45 Bis ich zu Gott gerufen ward.

Die Zeit ist da, und nicht verborgen
Soll das Mysterium mehr seyn.
In diesem Buche bricht der Morgen
Gewaltig in die Zeit hinein.

50 Verkündiger der Morgenröthe,
Des Friedens Bote sollst du seyn.
Sanft wie die Luft in Harf' und Flöte
Hauch' ich dir meinen Athem ein.

Gott sey mit dir, geh hin und wasche
55 Die Augen dir mit Morgenthau.
Sey treu dem Buch und meiner Asche,
Und bade dich im ewgen Blau.

Du wirst das letzte Reich verkünden,
Was tausend Jahre soll bestehn;
60 Wirst überschwenglich Wesen finden,
Und Jakob Böhmen wiedersehn.

---

47 *und* 50 *Anspielungen auf Schriften Jacob Böhmes:* Mysterium magnum *und* Aurora.

LUDWIG TIECK

An Novalis.

I.

Wer in den Blumen, Wäldern, Bergesreihen,
  Im klaren Fluß, der sich mit Bäumen schmücket,
5 Nur Endliches, Vergängliches erblicket,
  Der traure tief im hellsten Glanz des Maien.

Nur der kann sich der heil'gen Schöne freuen,
  Den Blume, Wald und Strom zur Tief' entrücket,
  Wo unvergänglich ihn die Blüth' entzücket,
10 Dem ew'gen Glanze keine Schatten dräuen.

Noch schöner deutet nach dem hohen Ziele
  Des Menschen Blick, erhabene Gebehrde,
  Des Busens Ahnden, Sehnsucht nach dem Frieden.

Seit ich dich sah, vertraut' ich dem Gefühle,
15 Du müßtest von uns gehn und dieser Erde.
  Du gingst: fahr wohl; wir sind ja nicht geschieden.

II.

Wann sich die Pflanz' entfaltet aus dem Keime,
  Sind Frühlingslüfte liebliche Genossen,
  Kommt goldner Sonnenschein herabgeflossen,
20 Sie grünt und wächst, empfindet süße Träume.

Bald regt sie sich, in Ängsten, daß sie säume,
  Luft, Sonne, Wasser, die sie schön genossen,
  Macht quellend Leben und den Kelch erschlossen;
  Nun ist es Nacht, sie schaut die Sternenräume.

25 Da fühlt sie Liebe, und den stillen Lüften
  Giebt sie, von tiefer Inbrunst angesogen,
  Den Blumengeist und stirbt in süßen Düften.

So wurdest du zum Himmel hingezogen,
  Sanft in Musik schiedst du in Freundesarmen,
30 Der Frühling wich, und Klagen ziemt uns Armen.

AUGUST WILHELM SCHLEGEL

Todten-Opfer.

I.
Sinnesänderung.

Ich wollte dieses Leben
Durch ein unendlich Streben
Zur Ewigkeit erhöhn.
Ich fragte nicht nach drüben,
Mein Hoffen und mein Lieben
War mir hienieden schön.

Was die Natur gewoben,
Was Menschen drauf erhoben,
Verband mir Poesie.
So wähnt' ich klar zu lösen
Das Gute samt dem Bösen
Zu hoher Harmonie.

Was plötzlich abgebrochen,
War dennoch ausgesprochen
Dem ordnenden Gefühl:
Ein Lied war mir die Jugend,
Der Fall der Heldentugend
Ein göttlich Trauerspiel.

Doch bald ist mir zerronnen
Der Muth, so dieß begonnen,
Die Gnügsamkeit in Dunst.
Gefesselt vom Verhängniß
Im irdischen Gefängniß:
Was hilft mir weise Kunst?

Die Rose, kaum entfaltet,
Doch süßer mir gestaltet
Als aller Schmuck der Welt,
Die hat ein Wurm gestochen,
Die hat der Tod gebrochen,
Die hat der Sturm gefällt.

---

2 ff. *Zum Tode Auguste Böhmers, der Tochter Carolines (gest. 12. Juli 1800 in Bad Bocklet bei Bamberg).*

Nun schau' ich zu den Sternen,
Zu jenen ew'gen Fernen,
Wie tief aus öder Kluft;
Und, ihre blauen Augen
Dem Himmel zu entsaugen,
Küss' ich die leere Luft.

O, werde mein Orakel,
Du, die du ohne Makel
Der falschen Welt entflohst!
Sieh mich in meiner Demuth
Und hauch' in meine Wehmuth
Der zarten Liebe Trost.

Wenn dort die Ros' erblühte,
So sey die heil'ge Güte
Endlos gebenedeyt.
Zwar sehnlich werd' ich schmachten,
Doch nicht vermessen trachten
Aus dieser Sterblichkeit.

Wo ich mich wiederfinde
Bey meinem süßen Kinde,
Muß Heil seyn, Wonn' und Licht.
Sie wird, wenn meiner Zungen
Der Klage Laut verklungen,
Mein himmlisches Gedicht.

Den strahlenden Karfunkel
Nahm ich in grausem Dunkel
Der Schlange Tod vom Haupt,
Ich will ihn bey mir tragen,
In allen Lebenstagen
Wird er mir nie geraubt.

II.
Auf der Reise.

65 Von ferne kommt zu mir die trübe Kunde.
Es trennt mich ein Gebirg mit Wald und Klüften,
Blau dämmernd in des Horizontes Düften,
Von dort, wo ich erlitt die Todeswunde.

Da mach' ich auf die Wandrung mich zur Stunde:
70 Wo Bäche stürzend rauschen in den Schlüften,
Wo Felsen sich gewölbt zu dunkeln Grüften,
Da ist der Pfad mit meinem Sinn im Bunde.

Hier reiste jüngst hindurch, die ich betraure,
Nicht achtend auf des schroffen Wegs Beschwerde;
75 Zur heitern Landschaft südlich hingezogen.

Mai wars, nun heißt es Sommer, und ich schaure
Von kaltem Sturm; ihr ward zum Grab die Erde:
Der Lenz hat Allen, Jugend ihr gelogen.

III.
Der Gesundbrunnen.

80 Der Himmel lacht, es wehen warme Lüfte,
Die Gauen blühn ringsum mit Wein und Korne.
Hier schirmen Hügel vor des Nordwinds Zorne
Ein kleines Thal voll frischer Wiesendüfte.

Und es ergießt der Schooß der kühlen Klüfte
85 Heilsamen Trank in ewig regem Borne.
Da fällt mich die unheimliche, verworrne
Vorahndung an: hier sind auch Todtengrüfte.

Kannst du dich so, Natur, mit Mord besudeln?
Wie, oder war dir jede Kraft und Tugend
90 Vom unerbittlichsten Gestirn gebunden?

Ja, hier, wo selbst die Quellen Leben sprudeln,
Hat, in der Rosenfülle froher Jugend,
Mein süßes Leben seinen Tod gefunden.

IV.
Der erste Besuch am Grabe.

95   Schon Wochen sind es, seit sie hier versenket
        Den süßen Leib, von aller Huld umflossen,
        Der das geliebte Wesen eingeschlossen,
        Zu dem umsonst mein Sehnen nun sich lenket.

    Welk ist der Kranz, dem Grabe frisch geschenket,
100   Und nicht ein Halm dem Hügel noch entsprossen;
        Die Sonne zielt mit glühenden Geschossen,
        Noch Thau noch Regen hat den Staub getränket.

    Auch werd' ich dazu nicht des Himmels brauchen.
        Kehr dich nur weg, fühlloses Weltenauge!
105   Ihr Wolken mögt euch anderswo ergießen.

    Nur meine Thränen, heil'ger Boden, sauge!
        Bey warmem Liebesblick und kühlem Hauchen
        Der Seufzer sollen Wunderblumen sprießen.

V.
Geliebte Spuren.

110   Dich sollt' ich hassen, und ich muß dich lieben,
        Ort! der mein Kleinod geizig wollte haben,
        Nicht um sich sein zu freun, es zu vergraben;
        Selbst reicher nicht, indeß ich arm geblieben.

    Hier sind noch ihre Spuren eingeschrieben:
115   Auf diesen Wiesen saß sie; Schatten gaben
        Ihr Busch und Baum, und Früchte, sie zu laben;
        Die Blumenlust ließ Au und Feld sie üben.

    Hier sang sie noch dem Echo muntre Lieder;
        Jungfräulich wandelnd im Cyanenkranze
120   Ließ sie das goldne Haar anmuthig flattern.

    Bald aber sank sie, ach! entseelt danieder,
        Wie den Gespielen weggerafft im Tanze
        Eurydice vom Stiche falscher Nattern.

VI.
Das Schwanenlied.

₁₂₅ Oft, wenn sich ihre reine Stimm' erschwungen,
    Schüchtern und kühn, und Saiten drein gerauschet,
    Hab' ich das unbewußte Herz belauschet,
    Das aus der Brust melodisch vorgedrungen.

Vom Becher, den die Wellen eingeschlungen,
₁₃₀   Als aus dem Pfand, das Lieb' und Treu getauschet,
    Der alte König sterbend sich berauschet,
    Das war das letzte Lied, so sie gesungen.

Wohl ziemt sichs, daß der Lebensmüde Zecher,
    Wenn dunkle Fluten still sein Ufer küssen,
₁₃₅   In ihren Schooß dahingiebt all sein Sehnen.

Uns ward aus liebevoller Hand gerissen,
    Schlank, golden, süßgefüllt, bekränzt, der Becher;
    Und uns zu Füßen braust ein Meer von Thränen.

VII.
Die himmlische Mutter.

₁₄₀ Der Himmel, sagt man, kann Gewalt erleiden.
    O drängen meiner Blicke Liebespfeile
    Die Wolken durch, daß ich an deinem Heile,
    Geliebtes Kind, mein Herz doch möchte weiden!

Du mußtest von der treuen Mutter scheiden:
₁₄₅   Ward eine Mutter droben dir zu Theile?
    Wer sagt dir Tröstung, die dein Mitleid heile,
    Wenn du so fern herabschaust auf uns beyden?

Ein heil'ges Wort hat Botschaft ja gesendet,
    Dort walt' ein weiblich Bild der Muttertriebe,
₁₅₀   Das Herz der Welt, in ewigem Umarmen.

O, wenn von ernster Glorie Strahl geblendet,
    Die zarte Seele flieht zum Schooß der Liebe:
    Birg du, Maria, sie in deinen Armen!

VIII.

155   An Novalis.

Ich klage nicht vor dir: du kennst die Trauer;
Du weißt wie an des Scheiterhaufens Flammen
Die Liebe glüh'nder ihre Fackel zündet.
Der Freuden Tempel stürzt' auch dir zusammen,
160   Es hauchten kalt herein des Todes Schauer,
Wo Reiz und Huld ein Brautgemach gegründet.
Drum sey mit mir verbündet,
Geliebter Freund, das Himmlische zu suchen,
Auf daß ich lerne, durch Gebet und Glauben
165   Dem Tod sein Opfer rauben,
Und nicht dem tauben Schicksal möge fluchen,
Deß Zorn den Kelch des Lebens mir verbittert,
Daß mein Gebein vor solchem Tranke zittert.

Du schienest, losgerissen von der Erde,
170   Mit leichten Geistertritten schon zu wandeln,
Und ohne Tod der Sterblichkeit genesen.
Du riefst hervor in dir durch geistig Handeln,
Wie Zauberer durch Zeichen und Geberde,
Zum Herzvereine das entschwundne Wesen.
175   Laß mich denn jetzo lesen,
Was deiner Brust die Himmel anvertrauen;
Das heil'ge Drüben zwar entweihen Worte,
Ließ' auch die ew'ge Pforte
Noch wen zurück, er schwiege: laß nur schauen
180   Mein Aug' in deinem, wenn ich bang erbleiche,
Den Wiederschein der sel'gen Geisterreiche.

Es ruft uns mit lebendigem Geräusche
Des Tages Licht zu irdischen Geschäften,
Ihr leiblich Theil verleihend den Naturen.
185   Die Sonne will auf sich den Blick nur heften,
Und duldet, daß sie allgebietend täusche,
Kein Jenseits an den himmlischen Azuren.
Doch wenn die stillen Fluren
Scheinbar die Nacht mit ihrer Hüll' umdunkelt,
190   Dann öffnet sich der Räum' und Zeiten Ferne;
Da winken so die Sterne,
Daß unserm Geist ein innres Licht entfunkelt.
Bey Nacht ward die Unsterblichkeit ersonnen,
Denn sehend blind sind wir im Licht der Sonnen.

195 Bey Nacht auch überschreiten kühne Träume
Die Kluft, die von den Abgeschiednen trennet,
Und führen sie herbey, mit uns zu kosen:
Wir staunen nicht, wenn ihre Stimm' uns nennet,
Sie ruhn mit uns im Schatten grüner Bäume,
200 Derweil sich ihre Grüfte schon bemoosen.
Ach die erblichnen Rosen
Auf dem jungfräulich zarten Angesichte,
Das selbst der Tod, gleich nach der That versöhnet,
Entstellt nicht, nein, verschönet,
205 Erblühn mir oft im nächtlichen Gesichte,
Daß meine Brust ganz an dem Bilde hänget,
Wovon des Tags Gewühl sie weggedränget.

So ist mir jüngst das theure Kind erschienen,
Wie auferstanden aus der Ohnmacht Schlummer,
210 Eh noch das dumpfe Grab sie überkommen.
Uns Traurenden verscheuchte sie den Kummer,
Und waltete mit ihren süßen Mienen,
Als wäre sie der Heimath nie entnommen.
Doch heimlich und beklommen
215 Schlich sich der Zweifel ein in unsre Seelen:
Ob sie, uns angehörig, wahrhaft lebte?
Ob sie als Geist nur schwebte,
Den herben Tod uns freundlich zu verhehlen?
Und keiner wagte sie darum zu fragen,
220 Um nicht den holden Schatten zu verjagen.

Mir hat sich Traum und Wachen so verworren,
Und Grab und Jugend, daß ich schwankend zaudre
Nach irgend einem Lebensgut zu greifen.
Vor allen Blüthen steh' ich fern und schaudre,
225 Als würden sie von einem Hauch verdorren,
Und nie zu labungsvollen Früchten reifen.
So muß ich unstät schweifen,
Aus meiner Liebe Paradies vertrieben,
Bis ich gelernt vom Ird'schen mich entkleiden,
230 Und an dem Troste weiden,
Daß diese Ding' in leeren Schein zerstieben;
Und nur die drinnen wohnenden Gedanken
Sich ewiglich entfalten, ohne Wanken.

Geh hin, o Lied! und sage:
235 Du jugendlicher Himmelspäher, labe

Mit deiner Weihe den, der mich gesungen,
Daß er, emporgeschwungen
Zum Ziel des Sehnens, nicht versink' am Grabe.
Ich bring' ein Opfer für zwey theure Schatten,
240 Laß uns denn Lieb' und Leid und Klage gatten.

IX.
An denselben.

Du Theurer, dem ich dieses Lied gesendet,
    Muß ich dich selbst schon suchen bey den Todten?
    Zur Todtenfeyer hab' ich dich entboten:
245 Nun werd' ein Todtenopfer dir gespendet.

Wer sich zu ferner Lieben Heimath wendet,
    Dem wird gar mancher zarte Gruß geboten;
    So find' in dir mein Sehnen einen Boten,
    Wenn je mein Herz dir liebend sich verpfändet.

250 Sag' ihr: – doch in der Sprache jener Sphären
    Verstummt der Laut des Schmerzes, den ich meyne,
    Und diese Trauer läßt sich dort nicht nennen.

O könntest du den Perlenschmuck der Zähren
    Ihr bringen, die ich ihr und dir nun weine!
255 Für wen sie fließen, weiß ich nicht zu trennen.

FRIEDRICH SCHLEGEL

Romanze vom Licht.

Unsre Erde liebt den Aether,
    Möchte gern der Sonne nahn.
5 Starres Eisen ward lebendig,
    Als das Licht hernieder kam,
Heil'ges Licht der heil'gen Sonne,
    Und uns alles Schöne gab.
Kühne Steine trieb die Tiefe,
10   Hohe Lüfte schwebten nah,
Von dem Aether abgesendet,
    Um die große Braut zu fahn.

Scham macht roth den blauen Schleyer,
   In den Adern rinnt Metall,
15 Edelsteine blitzen unten,
   Und in Wolken blüht der Strahl,
Süßes Blut durchdringt die Glieder,
   Flammen rieseln unsichtbar,
Sehnsucht schwellt die üpp'gen Hügel,
20   Grüne Fülle quillt im Thal,
Und es spielen bunte Thiere,
   Wo den Schooß der Aether traf.
Pflanzen, Thiere und Metall
   Athmen nur des Lichtes Kraft;
25 Andre Wesen leuchten anders,
   Mancher Schein von einem Strahl.
Leichtes Eisen, fester Aether,
   Steht der Mensch vollendet da,
In dem Antlitz glänzt die Erde
30   Und zur Sonne will die That.
Wo die Farben wieder eins,
   Wird das Licht sich selber klar,
Denket muthig auf die Rückkehr,
   Wann der Heimath es gewahrt.
35 Frohe Zeichen schaut das Auge,
   Wo das kühne Leben wallt,
Wo die wilde Erdenfülle
   Schön vereint ist zu Gesang:
Da erinnert an die Sonne
40   Uns ihr Abglanz, die Gestalt.
Freyer regt sich dann die Liebe,
   Die so tief verschlossen lag;
Wo die Schönheit angesprochen,
   Hatte Liebe schon gefragt.
45 Wenn das Herz in schöner Liebe
   Kühnlich schwebet gleich dem Aar,
Strömet hoch die Fantasie,
   Wie die Flamme vom Altar.
Was der Geist so hell gedichtet,
50   Lebet ewig fest und wahr;
Und zur Sonne kehrt das Licht,
   Wo das heil'ge rein und klar.

Johann Wilhelm Süvern

Wiedergeburt;

im Herbste 1800.

Ins Dunkel will des Jahres Licht sich neigen;
5   Des Lebens heiße Glut, sie kehret wieder
In ew'gen Feuers Schooß zurück; es schweigen,
Die sie entzündet, schon im Hain die Lieder;
Die Liebe flieht, und kalt entlöst den Zweigen
Sich mattes Laub, der Blumen Schmuck sinkt nieder.
10   Das Herz erstirbt, die Adern sind verschlossen,
Worin Gedeihn und Kraft sich frisch ergossen.

Und laß den Glanz in dichte Nacht sich hüllen:
Dem tiefen Geiste geht das Weltlicht auf!
Und laß den Strom der Schöpfungsglut nicht quillen:
15   In dir beginnt er unversiegten Lauf!
Laß kalten Tod Natur umher erfüllen,
Das schönste sinke hin in grausen Hauf:
Das Herz erwacht mit heißem Lebenstriebe,
In neuer Schöpfung waltet ew'ge Liebe!

20   Der Feindschaft hat sich Eintracht schön entwunden,
Nach blut'gem Streite folgt ein beßrer Friede,
Aus ew'gem Haß ist ew'ge Lieb' entbunden.
Was Herkules, des schweren Kampfs nie müde,
Was Er, der blut'gen Schweiß vergoß, empfunden,
25   Und Satan trat, daß er gen Himmel schiede,
Muß auf die eigne Brust der Starke laden,
Dem Herrlichkeit gebührt, und ew'ge Gnaden.

Auch Kronos altes Reich ist längst verschwunden,
Es schwand, und wich den mächtigern Gewalten;
30   Als Zeus das Heer Titanen überwunden,
Erschienen erst die herrlichen Gestalten.
Nun weben hehr der Schöpfung sel'ge Stunden,
Selbst Erebos nicht mag sie neidisch halten:
Sie schweben lichtumwallt in schönem Tanze,
35   Olympos strahlt hinfort in hellem Glanze.

Die Zeit verrollt, mit schaudervollem Sausen
Durch Nacht und wüstes Dunkel fliegt ihr Schwingen;

---

33 Erebos   *die Finsternis, besonders der Unterwelt.*

Die Erde lös't sich krachend, und mit Brausen
Verzischt das Meer; die Elemente ringen
40 Im letzten Kampfe strebend unter Grausen
Ins alte Nichts, das sie gebahr, zu dringen:
Es öffnet sich ein ungeheures Grab,
Und jähling stürzt zerstiebt das All hinab.

Und sieh! ein himmlisch Licht, in sich gedrungen,
45 Das dicht geheimnißvolle Nacht umwebet,
Hat der Zerstörung mächtig sich entschwungen:
Der Geist des Herrn, der ob der Tiefe schwebet.
Sich selbst hat diese ew'ge Kraft errungen,
Das Ein und All; und wie sie ist, erhebet
50 Sich alles neu, es blüht verjüngt die Erde,
Und ewig tönt ein ewig schaffend: Werde!

Ein Liebesathem weht in lauen Lüften,
Ein Liebesmeer nun wogt in Silberwellen,
Ein Liebeshauch zerfleußt in Balsamdüften,
55 Ein Liebesglanz verströmt in lichten Quellen,
Ein Liebesfeuer dringt aus tiefen Klüften,
Von Liebeskraft des Lebens Adern schwellen,
In ew'ger Liebesglut mit Macht entzündet
Unendlich Daseyn sich dem Nichts entwindet.

60 Die Erde lacht in bräutlichem Gewande,
Voll Inbrunst hält der Himmel sie umfangen,
Gewässer schmiegt sich sehnend um die Lande,
In Lüften seufzt ein zärtliches Verlangen,
Und alles schlingt sich fest in süße Bande,
65 Will innig Eins am Andern liebend hangen.
All Leben keimt zu einer schönen Blume
Aus ew'ger Liebe tiefstem Heiligthume.

O selig, wen der Wunderdrang ergriffen,
Wer in der Liebe Gluten neu gebohren!
70 Ihm ist des Geistes Spiegel hell geschliffen,
Zum ew'gen Priester ist er auserkohren!
Den Strom der Zeiten mag er freudig schiffen:
Sinkt alles, nicht ist er in ihm verlohren;
Umschleyert Todesdunkel seinen Blick,
75 Er kehrt in ew'ger Liebe Schooß zurück.

FRIEDRICH WILHELM JOSEPH SCHELLING*

Lied.

In meines Herzens Grunde,
Du heller Edelstein,
Funkelt all' Zeit und Stunde
Nur deines Namens Schein.
Erfreuest mich im Bilde
Mit Spiel und leichtem Scherz,
Rührend so süß als milde
Mir an das wilde Herz.

Über Berge seh' ich ziehen
Dein' jugendlich' Gestalt,
Doch, wie die Wolken fliehen,
Das Bild vorüberwallt;
Es führt mich fort durch Wiesen
Weit ab in Thales Grund,
Doch wenn ichs will genießen,
Zerfließet es zur Stund.

Ich will dich nicht umfassen,
Nur fliehe nicht von mir.
Das Bild kann ich nicht lassen,
Noch läßt es auch von mir.
Bey dir nur ist gut wohnen,
Drum ziehe mich zu dir.
Endlich muß sich doch lohnen
Schmerz, Sehnsucht und Begier.

Bringt jeder Tagesschimmer
Doch neuer Hoffnung Schein,
Und schreibt uns beyd' noch immer
Ins Buch des Lebens ein.
Drum laß mich vor dir grünen,
Und leben froh und frey.
Gerne will ich dir dienen,
Daß treu dein Herze sey.

---

1 *Pseudonym:* Bonaventura.

FRIEDRICH HÖLDERLIN

Stimme des Volks.

Du seiest Gottes Stimme, so glaubt' ich sonst
In heil'ger Jugend; ja, und ich sag' es noch!
    Um unsre Weisheit unbekümmert
        Rauschen die Ströme doch auch, und dennoch,

Wer liebt sie nicht? und immer bewegen sie
Das Herz mir, hör' ich ferne die Schwindenden,
    Die Ahnungsvollen meine Bahn nicht,
        Aber gewisser ins Meer hin eilen,

Denn selbstvergessen, allzubereit den Wunsch
Der Götter zu erfüllen, ergreift zu gern,
    Was sterblich ist, wenn offnen Aug's auf
        Eigenen Pfaden es einmal wandelt,

Ins All zurük die kürzeste Bahn; so stürzt
Der Strom hinab, er suchet die Ruh, es reißt,
    Es ziehet wider Willen ihn, von
        Klippe zu Klippe den Steuerlosen

Das wunderbare Sehnen dem Abgrund zu;
Das Ungebundne reizet und Völker auch
    Ergreift die Todeslust und kühne
        Städte, nachdem sie versucht das Beste,

Von Jahr zu Jahr forttreibend das Werk, sie hat
Ein heilig Ende troffen; die Erde grünt
    Und stille von den Sternen liegt, den
        Betenden gleich, in den Sand geworfen

Freiwillig überwunden die lange Kunst
Vor jenen Unnachahmbaren da; er selbst,
    Der Mensch, mit eigner Hand zerbrach, die
        Hohen zu ehren, sein Werk der Künstler.

Doch minder nicht sind jene den Menschen hold,
Sie lieben wieder, so wie geliebt sie sind,
    Und hemmen öfters, daß er lang im
        Lichte sich freue, die Bahn des Menschen.

---

2 ff. *Hier korrigierte Druckfehler des Erstdrucks:* 9 meiner   43 An Xanthos
62 Vater 67 Rohre

35 Und, nicht des Adlers Jungen allein, sie wirft
  Der Vater aus dem Neste, damit sie nicht
   Zu lang' ihm bleiben, uns auch treibt mit
    Richtigem Stachel hinaus der Herrscher.

  Wohl jenen, die zur Ruhe gegangen sind,
40 Und vor der Zeit gefallen, auch die, auch die
   Geopfert, gleich den Erstlingen der
    Erndte, sie haben ein Theil gefunden.

  Am Xanthos lag, in griechischer Zeit, die Stadt,
  Jetzt aber, gleich den größeren die dort ruhn
45   Ist durch ein Schiksal sie dem heilgen
    Lichte des Tages hinweggekommen.

  Sie kamen aber nicht in der offnen Schlacht
  Durch eigne Hand um. Fürchterlich ist davon,
   Was dort geschehn, die wunderbare
50   Sage von Osten zu uns gelanget.

  Es reizte sie die Güte von Brutus. Denn
  Als Feuer ausgegangen, so bot er sich
   Zu helfen ihnen, ob er gleich, als Feldherr,
    Stand in Belagerung vor den Thoren.

55 Doch von den Mauern warfen die Diener sie
  Die er gesandt. Lebendiger ward darauf
   Das Feuer und sie freuten sich und ihnen
    Streket' entgegen die Hände Brutus

  Und alle waren ausser sich selbst. Geschrei
60 Entstand und Jauchzen. Drauf in die Flamme warf
   Sich Mann und Weib, von Knaben stürzt' auch
    Der in die Schlacht, in der Väter Schwert der.

  Nicht räthlich ist es, Helden zu trozen. Längst
  Wars aber vorbereitet. Die Väter auch
65   Da sie ergriffen waren, einst, und
    Heftig die persischen Feinde drängten,

---

43 Xanthos *Fluß in Kleinasien; die an ihm gelegene gleichnamige Stadt wurde
42 v. Chr. von Brutus belagert, wobei sie, antiken historischen Berichten zufolge, in Brand
geriet und in den von den Bewohnern selbst genährten Flammen unterging.* 63 ff. *bezieht
sich auf die – ebenfalls von antiken Historikern bezeugte – Selbstverbrennung der Stadt in den
Perserkriegen.*

Entzündeten, ergreiffend des Stromes Rohr,
　　Daß sie das Freie fänden, die Stadt. Und Haus
　　Und Tempel nahm, zum heilgen Aether
70　　　　Fliegend und Menschen hinweg die Flamme.

So hatten es die Kinder gehört, und wohl
　　Sind gut die Sagen, denn ein Gedächtniß sind
　　Dem Höchsten sie, doch auch bedarf es
　　　　Eines, die heiligen auszulegen.

JOHANN HEINRICH VOSS

An
Jens Baggesen.
1800.

5　　　　—◡ —◡◡—, —◡◡— ◡—
　　　　—◡ —◡◡—, —◡◡— ◡—
　　　　—◡ —◡◡—, —◡◡— ◡—
　　　　　—◡ —◡◡— ◡—

Der du, wackerer Freund Baggesen, gleich Homers
10　　Vielgewandertem, viel Länder und Sitten sahst,
　　Und aus tobendes Grolls Wallungen deinen Geist
　　　　Fehllos trugst in das Vaterland.

Schau vom Ufer den schifbrüchigen Meertumult,
　　Voll ehrsüchtiges Schwarms, welcher, gemeines Wohl
15　　Lügend, Unsrigkeit sucht, selber die Unsrigkeit
　　　　Lügend, eigenes Ich nur sucht.

Froh des Trockenen nun, spanne das Barbiton,
　　Bald das goldene, dem Dania horcht mit Lust,
　　Bald auch, welches die Gastfreundin Teutonia
20　　　　Dir tonkundigem Sippen gab.

Mit orfeïschem Hall sänftige Meer und Sturm;
　　Warn' auch tröstend den kleinmütigen Steuerer,
　　Daß er Mast und Verdeck leichtere, nicht zu rasch
　　　　Fracht auswerfe, noch Unterlast.

---

17 Barbiton *altgriechisches Saiteninstrument.*　　18 Dania *Dänemark.*　　19 Teutonia *Deutschland.*

25   Oder blind dem Tumult zaubere dich Homer,
Durch Heroengesang, den du, im Geiste erhellt,
Deiner Dania singst, treu der Natur, und treu
    Schöndarstellender Griechenkunst.[a]

    Unverlockt von dem Wahn, welcher mit Bárbarzier
30   Schönheit selber verschönt, wolle, wie Rafael
Durch Apelle gelehrt, lieber der letzte Griech'
    Als der erste Moderne seyn.

    Ob den Griechengesang blöderes Volk verschmäht;
Sprich Du, deiner bewußt: Wenige Hörer sind
35   Meinem Liede genug; fehlen die Wenigen,
    Mir ist Einer genug, mein Voß!

a) Homers Ilias. Förste Sang, fordansket i Hexametrer af Jens Baggesen.
Skandinavisk Museum, I. B. 1798. Beide Übersetzer, der Däne und der Deut-
sche, haben einerlei Zweck.

JENS PETER BAGGESEN

An
Johann Heinrich Voß.

Rhodope folgte des Thrakers Gesang; tiefwurzelnde Wälder
5 Tanzten ihm nach; es wallte was starrt; und selber in Orkus
Regte der Leyer durchbebender Laut die schlafenden Riesen:
Also weckte mich, Voß! dein fernhertönender Aufruf.
Niedergebeugt an dem Heerd, (ein Ambos ward mir der Altar)
Lag ich vom Rauch' erstickt; umsonst anblasend die Kohlen
10 Meines kargen Erwerbs – dem göttlichen Schmied Hefaistos
Nur zu vergleichen im Sturz, und im Loos der reizenden Gattin.
Denn nicht schmied' ich, wie jener, des Donnerers Bliz' und
Fernhertreffende Spieß' und Eros goldene Pfeile;   [Apollons
Sondern geringeren Rangs, ein ganz alltäglicher Küklops,
15 Nur ungöttliches Werkelgeräth, Brodmesser, und Scheeren,
Die mit Gesang einst froher ich schliff, Kneipzangen, und Ketten
Schmied' ich verstummt in der dunkelen Höhl', entfremdet den
    Musen,
Manchmal weinend im Schlaf, und lautaufseufzend im Traume:

31 Apelle *Bezieht sich auf den griech. Maler Apelles (4. Jh. v. Chr.); die Form am ehe-
sten als Plural zu erklären.*
4 Rhodope *Gebirge in Thrakien;* Thrakers *Orpheus.*

„Flügel ertheilt die holde Natur dem spinnenden Wurme;
20 „Mir dem beflügelten rupft das Geschick, was Mutter Natur gab!
„Glücklich annoch, wenn dem Himmel entstürzt mir gelänge des
                                      Maulwurfs
„Wühlender Fleiß, wenn ein ehrliches Grab mir erwühlte der
                                      Staubdienst.
„Aber es darbet nicht bloß der Schmetterling, selbst in dem Staube,
„Troz dem gewaltsamen Zwang der Entsagung, darbet die Raupe,
25 „Und nach Verschwinden der Seel', ach! magert der Leib noch wie
                                      vormals!"
Also klagt' ich, am Boden geschnallt die geflügelten Füße,
Und mit ermatteten Armen gestreckt, umhüllt von dem
                                      Nachtgraun –
Als urplötzlich erscholl ein rufender Ton, und die Höle
Bebt', und der Ambos klang, und es flötete selber der Blasbalg,
30 Jegliches rings durchtönt von der starkeinwirbelnden Stimme:
„Baggesen, auf! entkette die Füß'! und ergreife die Leyer!"
Sieh! ich erwachte; denn tief, tief drang mir der Ruf in das Herz ein.
Nicht ergriff ich, o Freund, das Barbiton; aber ergriffen
Von dem gewaltigen Gott entfuhr ich der schweigenden Höle
35 Tönendes Flugs; es glitschen mir ab im luftigen Aufschwung
Schurzfell, Kutt', und Ketten der Füß', und die eisernen
                                      Handschuh'.
Nunmehr schwebet wie vor im Licht der Apollongerafte –
Und ihn hört hoch oben das Chor empfangender Musen,
Hör', ergreifender Gott, und Du, sein winkender Priester,
40 Hör' ihn! seegnet den Schwur: Euch treu bis zum letzten der Tode!

FRIEDERIKE BRUN

Der beßre Lethe.

Leis' umschweben,
Hell umbeben
5 Uns des Abends Rosengluthen;
Still entwanken
Die Gedanken
Diesen leichtgefurchten Fluthen!

Grüne Hügel
10 Stehn im Spiegel
Des Gewässers eingetaucht,

Dunkle Haine
Sind vom Scheine
Goldner Wolken angehauchet.

15 Kleiner Nachen,
Hilf die wachen
Träume unsrer Seelen bilden!
Schon entschweben
Wir dem Leben
20 Zu Elysischen Gefilden!

Auf den Lethe
Blickt die Röthe
Keines Sommerabends nieder!
Uns entquelle
25 Deiner Welle
Der Erinnrung Schwangefieder!

Nicht vergessen,
Nur ermessen
Wollen wir der Vorzeit Stunden!
30 Auf! und Kränze
Aus dem Lenze
Froher Jugend still gewunden!

Auch nicht Schmerzen
Zarter Herzen
35 Werden in die Fluth versenket —
Sanft erfrische
Das Gemische,
Thräne, die des Freunds gedenket.

Tief hinunter
40 Sink', o bunter
Tand des öden Weltgewühles!
Sorg' und Kummer
Wieg' in Schlummer
Das Geträum des Kinderspieles!

45 So entschweben
Wir dem Leben
Hin in des Vergangnen Haine!
Nichts verlohren!
Neugebohren
50 Steigt der Tag aus Dämmrungsscheine!

KARL LUDWIG AUGUST HEINO
FREIHERR VON MÜNCHHAUSEN

Die Dichter.

Siehst du sie tanzen im rhythmischen Takte, lustig und lieblich,
5 Und mit attischem Witz würzen das züngelnde Lied;
Hörst du mit Zauber-Gesäusel erzälen vom mächtigen Eros
Und der Cypria Kunst – hat sie Apollo gelehrt:

> Doch, hörst du voll Tugend-Gefühl,
> Wie Wehen im sausenden Eichwald,
10 Wie Wogen-Gedröhn am Urfels
> Ein kriegrisches Lied;

Vernimmst du die Thaten der Vorwelt
> Im Sangliods-Hall,
Vergleichbar erschütterndem Donner-Gerolle
15 Und reißendem Sturm',
Und dennoch lieblich, wie Lüftchen
> Im blumigen Lenze,
Und hell, wie des Himmels
> Harmonische Weisen –
20 Ha! solchen Helden-Gesang
> Hat Braga gelehrt.

FRIEDRICH VON SCHILLER

An ***.

Edler Freund! Wo öfnet sich dem Frieden,
> Wo der Freiheit sich ein Zufluchtsort?
5 Das Jahrhundert ist im Sturm geschieden,
> Und das neue öfnet sich mit Mord.

Und die Grenzen aller Länder wanken,
> Und die alten Formen stürzen ein,
Nicht das Weltmeer sezt der Kriegswut Schranken,
10 Nicht der Nilgott und der alte Rhein.

DIE DICHTER 7 Cypria *Aphrodite.*   13 *im Tönen des Liedes (archaisierende Bildung, zu ahd. liod).*   21 Braga Gott der Weisheit und Dichtkunst, Begeisterer der Skalden und Barden *(Erklärung des mythologischen Nomenklators zu Anfang des ‚Barden-Almanachs', in dem das Gedicht erschien).*

AN *** 2 *Späterer Titel:* Der Antritt des neuen Jahrhunderts. An ***.

Zwo gewalt'ge Nationen ringen
　　Um der Welt alleinigen Besitz,
Aller Länder Freiheit zu verschlingen
　　Schwingen sie den Dreizack und den Blitz.

15　　Gold muß ihnen jede Landschaft wägen,
　　Und wie *Brennus* in der rohen Zeit
Legt der Franke seinen ehrnen Degen
　　In die Waage der Gerechtigkeit.

Seine Handelsflotten streckt der Britte
20　　Gierig wie Polypenarme aus,
Und das Reich der freien Amphitrite
　　Will er schliessen wie sein eignes Haus.

Zu des Südpols nie erblickten Sternen
　　Dringt sein rastlos ungehemmter Lauf,
25　　Alle Inseln spürt er, alle fernen
　　Küsten – nur das Paradies nicht auf.

Ach umsonst auf allen Ländercharten
　　Spähst du nach dem seligen Gebiet,
Wo der Freiheit ewig grüner Garten,
30　　Wo der Menschheit schöne Jugend blüht.

Endlos liegt die Welt vor deinen Blicken,
　　Und die Schiffahrt selbst ermißt sie kaum,
Doch auf ihrem unermeßnen Rücken
　　Ist für zehen Glückliche nicht Raum.

35　　In des Herzens heilig stille Räume
　　Must du fliehen aus des Lebens Drang,
Freiheit ist nur in dem Reich der Träume,
　　Und das Schöne blüht nur im Gesang.

---

16 ff. *Der Gallierfürst Brennus soll nach dem Sieg über die Römer (387 v. Chr.) deren Löse-
geld falsch abgewogen und, auf ihren Protest, mit dem Ruf ,Vae victis' sein Schwert in die Waag-
schale geworfen haben.*

Friedrich von Schiller

Sehnsucht.

Ach, aus dieses Thales Gründen,
  Die der kalte Nebel drükt,
5 Könnt' ich doch den Ausgang finden,
  Ach wie fühlt' ich mich beglückt!
Dort erblick' ich schöne Hügel,
  Ewig jung und ewig grün!
Hätt' ich Schwingen, hätt' ich Flügel,
10 Nach den Hügeln zög ich hin.

Harmonieen hör' ich klingen,
  Töne süßer Himmelsruh,
Und die leichten Winde bringen
  Mir der Düfte Balsam zu,
15 Gold'ne Früchte seh ich glühen
  Winkend zwischen dunkelm Laub,
Und die Blumen, die dort blühen,
  Werden keines Winters Raub.

Ach wie schön muß sich's ergehen
20 Dort im ew'gen Sonnenschein,
Und die Luft auf jenen Höhen
  O wie labend muß sie seyn!
Doch mir wehrt des Stromes Toben,
  Der ergrimmt dazwischen braußt,
25 Seine Wellen sind gehoben,
  Daß die Seele mir ergraußt.

Einen Nachen seh ich schwanken,
  Aber ach! der Fährmann fehlt.
Frisch hinein und ohne Wanken,
30 Seine Segel sind beseelt.
Du mußt glauben, du mußt wagen,
  Denn die Götter leihn kein Pfand,
Nur ein Wunder kann dich tragen
  In das schöne Wunderland.

JOHANN GOTTFRIED SEUME

Ich eilte fort, und Nachtigallen schlugen
Mir links und rechts in einem Zauberchor
Den Vorgeschmack des Himmels vor,
5 Und laue leise Weste trugen
Mich im Genuß für Aug' und Ohr
Durch Gras wie Korn und Korn wie Rohr.

Balsamisch schickte jede Blume
Mir üppig ihren Wohlgeruch,
10 Der Göttin um uns her zum Ruhme,
Aus Florens großem Heiligthume;
Und rund umher las ich das schöne Buch
Der Schöpfung, jauchzend, Spruch vor Spruch.

Die goldnen Hesperiden schwollen
15 Am Wege hin in freundlicher Magie,
Und Mandeln, Wein und Feigen quollen
Am Lebenstrahl des Segensvollen
In stillversteckter Eurhythmie;
Und Klee wie Wald begränzte sie.

20 Ich eilte fort, hochglühend ward die Sonne,
Und fühlte schon voraus die Wonne,
Mit Pästums Rosen in der Hand,
An eines Tempels hohen Stufen,
Wo Maro einst begeistert stand,
25 Die Muse Maros anzurufen.

Die Tempel stiegen, groß und hehr,
Mir aus der ferne schon entgegen,
Da ward die Gegend menschenleer
Und öd' und öder um mich her,
30 Und Wein wuchs wild auf meinen Wegen.

Da stand ich einsam an dem Thore
Und an dem hohen Säulengang,
Wo ehmals dem entzückten Ohre
Ein voller Zug in vollem Chore
35 Das hohe Lob der Gottheit sang.
Verwüstung herrschet um die Mauer,
Wo einst die Glücklichen gewohnt,
Und mit geheimen tiefem Schauer
Sah ich umher und sahe nichts verschont;

---

22 *Paestum war im Altertum bekannt für seine prächtigen, zweimal im Jahr blühenden Rosen; sie werden in der römischen Dichtung mehrfach erwähnt, auch von Vergil (Georg. IV 119), worauf Z. 24 anspielt.*

40 Und meine Freude ward nun Trauer.
Umsonst blickt Titan hier so milde,
Umsonst bekrönet er im Jahr
Zwey Mal mit Ernte die Gefilde;
Du suchst von allem, was einst war,
45 Umsonst die Spur; ein zottiger Barbar
Schleicht mit der Dummheit Ebenbilde,
Ein Troglodyt, erbärmlicher als Wilde,
Um den verschütteten Altar.
Nur hier und da im hohen Grase wallt,
50 Den Menschensinn noch greller anzustoßen,
Dumpf murmelnd eine Mönchsgestalt.
Freund, denke Dir die Seelenlosen,
In Pästum blühen keine Rosen.

Wider die Ordonnanz. [a]

Nun darf ich nicht lesen, nun darf ich nicht schreiben,
Und muß mir mit Grillen die Tage vertreiben;
Da sitz' ich denn hier, ich erbärmlicher Tropf,
5 Mit brausendem übel zerstoßenem Kopf.

Ich hab' in der neuen Welt und in der alten
Zu Wasser und Lande manch Stürmchen gehalten,
Und manche Kartätsche flog glücklich vorbey;
Nun brach ich fast selbst mir den Schädel entzwey.

10 Herr Eckold, der Meister, schnitt rüstig und blickte,
Was unter und über dem Schlafe mich drückte,
Und sondete klüglich bis nah an das Ohr,
Und drehte das Knochenfragmentchen hervor.

Das dröhnte, das wühlte, das brannte von innen,
15 Als wollte das Hirn in dem Kasten zerrinnen,
Als bräche der Knöchler von oben herein:
So löst sich mit Wuth nur ein Zöllchen Gebein.

a) Bey einer sehr schmerzhaften Operation, die den Dichter betraf, ge-
sungen. B. [= F. J. Bertuch, Wielands Mitarbeiter bei der Redaktion des Neuen
Teutschen Merkur. A. d. H.].

---

41 Titan *die Sonne.* 47 Troglodyt *(griech.) Höhlenbewohner.*
1 Ordonnanz *hier: ärztliche Anordnung.*

Hier lungr' ich indessen, mit Blindheit geschlagen,
Bey schuftigem Schädel und herrlichem Magen,
20   Den Kopf in der Binde, und träume mit Ruh
Von Hirngicht und Knochenfraß etwas dazu.

Der Schmerz ist ein Übel von Leipzig bis Goa,
Trotz aller Behauptung der Herrn aus der Stoa;
Doch darum hat man mit der Weisheit gedingt,
25   Damit sie den Schmerz und das Übel bezwingt.

Der Mann nimmt die Schickungen, wie sie ihm kamen,
Und wer dann nicht Kraft hat, verdient nicht den Namen.
Was wäre denn unsere Philosophie?
Hilft sie nicht wenn's Noth ist, so braucht man sie nie.

30   Ich hätte ja schändlich die Jahre versplittert,
Wär' ich jetzt ein Knabe, der weinerlich zittert.
Wem Tod und Gefahren noch fürchterlich sind,
Der bleibt für die Wahrheit wohl ewig ein Kind.

Schon wird es, Dank sey es der Zang' und dem Messer,
35   Schon wird es um's Auge mir leichter und besser.
Der Unfug hat Luft, und die Splitterchen drehn
Sich sanft, um ganz sanft ihre Wege zu gehn.

Es kommen die Freunde mit traulichem Wesen,
Den Zustand bey jedem Verbande zu lesen.
40   Das thut dann doch gütlich, so nimmt man den Schnitt,
Den Schmerz, die Verknorplung, die Narbe noch mit.

GERHARD ANTON HERMANN GRAMBERG

Wir Dichter.

Wir Dichter, wir Sylphen,
Wir singen und schweben,
Mit duftigem Flügel
5   Durchs fröhliche Leben.

Wir spielen im Lenze
Um Knospen und Blüthen,
Und nehmen, was duftend
10   Die Kelchlein uns bieten.

---

22 *damals portugiesische Kolonie an der Westküste Vorderindiens.*

Senkt Stengeln und Zweigen
Die Krone sich nieder,
So regen wir mächtig
Das bunte Gefieder.

15 Und Schmetterlingsfarben
Umstreuen die Schwingen,
Sie Wäldern und Auen
Zum Schmucke zu bringen.

So lächelt uns ewig
20 Im Lenze das Leben;
Es ward uns: den Frühling
Zu nehmen, zu geben.

CASIMIR ULRICH BÖHLENDORFF

Elegie.
An –

Von dem entfernten Freund kam neulich mir traurige Kunde;
5 „Siehe! des Genius Hauch, welcher mich jetzo beseelt,
Ist entwichen, es flohn mit ihm die heitern Gespielen,
Freud' und lächelnder Scherz, selber die Muse, sie floh,
In den Schleier sich hüllend, den rosigen, floh sie zum Himmel,
Und in der graulichen Nacht ließ sie mich Einsamen hier.“
10 Also schrieb mir der Freund die Klagen des trauernden Herzens,
Aus der innersten Brust quollen die Laute: wie treu!
Keine Zierde suchend den Worten, den innigen, keinen
Gleißenden Schimmer dem Schmerz, welcher die Thräne beseelt!
Alles fühl' ich mit dir, dein Leid und die einsamen Tage,
15 Ach! in unliebender Welt, bald ist die Liebe allein!
Aber dort schauen die Freund' aus des Aethers fernem Gestade,
Dort die Heimath, sie winkt! taumelnd entweiche die Nacht.
Sieh! wie die freundliche Mus' in hellem Gewande herabwallt,
Anmuth-lächelnd genaht hebt sie den lieblichen Kranz
20 Vom jungfräulichen Haupt, ihn dir, dem Treuen zu reichen,
Lindere Klag' enttönt, tiefaufathmende, dir!

---

3 *Hölderlin?*   5 mich jetzo *vielleicht verderbter Text für ursprüngliches* bis jetzt
mich *oder Ähnliches.*

Leis' im zitternden Hauch, wie zärtlicher Flöten Gelispel
Schwebt sie herüber zum Freund; bist du es Seele, du selbst,
Die mit der Sehnsucht zartem Laut mich durch dunkelnde Wolken,
25 Wie der gesellige Kreis heiterer Farben, erquickt? –
Ruhe denn dir im Busen das Herz; die Muse, sie selber,
Klag' und lindernden Trost haucht sie dem Sehnenden ein!

KARL PHILIPP CONZ

Dem Andenken meines Eduard.
Elegie.

Alles theilt' ich mit Dir, und jegliche Freude genoß ich
5   Froher und doppelt in Dir, seeliges freundliches Kind!
Nun im Lande der Schatten Du ruhst, ist öde mein Daseyn;
   Aller Freude verschloß sich mein erstarretes Herz.
Denn der süßeste Duft ist meinem Leben entflogen;
   Licht und Wärme verließ meinen umnachteten Sinn.
10 Saget mir nicht, es lindre die Zeit, und heile die Schmerzen!
   Täglich erneut sich und wächst mir mit den Stunden die Pein.
Täuschung ist jenes: So lang des furchtbaren Schlages Betäubung
   Lastete, fühlt' ich geschwächt minder den herben Verlust.
Nun ich erwacht bin zu mir, ersetzt mir die Kräfte die Zeit nur,
15   Daß ich lebendiger so fühle den ewigen Schmerz.

An die sichtbare Welt mit rosigen schöneren Banden
   Hast Du im Leben mich schön, seeliger Knabe, geknüpft.
Nun Dich die Stunden entführt, mit heiligen ernsteren Banden
   An die unsichtbare Welt fühl' ich durch Dich mich geknüpft.
20 Dir vergönnte der Gott die frischeste Blüthe des Morgens,
   Eines rosigen Mais vollen entwölktesten Strahl: [bergend,
Dann umschattete Dich, vor den kommenden Stürmen Dich
   Stille die Wolke des Tods, ach! und entführte Dich mir.
Glückliches Kind! Dich liebten die freundlichen feindlichen
                           Hohen;
25   Als sie vom Weh Dich befreit, schufen das herbste sie mir.

Wie man Inferien brachte den Schatten der süssen Geliebten,
   Und das gesprengte Naß mit dem Gelocke dem Grab
Weihete, Kränze streut' und Gaben bereitet' und Mahle,
   Und von dem heil'gen Gebein theure Reliquien las.

---

26 Inferien   *Totenopfer.*

30 Wie man die Rückkehr der Todten gefey'rt, mit lange geborgnen
   Wieder gewandelt, und neu ernste Gespräche geführt;
   Wie in jeglicher Zon' und in jeglichem Alter der Menschen
   Sehnsucht und glaubiger Wahn theure Geschiedne geehrt;
   Das versteh' ich, das schau ich nun an, seit meinen geliebten
35 Edon, mein einziges Kind, Ais der strenge mir nahm.

AUGUST WILHELM SCHLEGEL
und
SOPHIE BERNHARDI-TIECK*

Variationen.

5   Thema.
        Liebe denkt in süßen Tönen,
        Denn Gedanken stehn zu fern
        Nur in Tönen mag sie gern
        Alles, was sie will, verschönen.

                     I.
10   Blumen, ihr seyd stille Zeichen,
        Die aus grünem Boden sprießen,
        Düfte in die Lüfte gießen
        So das Herz zur Lieb' erweichen.
        Dennoch mögt ihr nicht erreichen
15   So das Herz, den Schmerz versöhnen,
        Enden alles Leid und Stöhnen,
        Daß ihr könntet als Gedanken
        In den grünen Blättern schwanken:
        Liebe denkt in süßen Tönen.

20   Wollt' ich meine Liebe sprechen,
        Ach! als Boten meiner Klagen
        Sollte meine Hand nicht wagen
        Bunte Blumen abzubrechen.
        Still lass' ich die Dornen stechen,
25   Wag' die süßen Schmerzen gern,
        Denn mir scheint kein günst'ger Stern,
        Drum will ich nicht Worte hauchen,
        Mag auch nicht Gedanken brauchen,
        Denn Gedanken stehn zu fern.

---

35 Ais *Hades, der Gott der Unterwelt.*
   3 *Das Ganze ist mit* A. W. Schlegel *unterzeichnet, doch stammen die erste und die vierte Variation von Sophie, der Schwester Tiecks.* 5 *Das Thema stammt aus einem Gedicht Tiecks, das in den* Phantasien über die Kunst *(1799) zuerst erschien.*

30
Blumen, Worte und Gedanken.
Manche Sehnsucht mögt ihr stillen,
Manchen holden Wunsch erfüllen,
Manches Herz mag wohl euch danken.
Träume, süß, wie mich umwanken,
35
Denen bleibt ihr ewig fern;
Sie regiert ein andrer Stern.
Selbst der Purpurglanz der Rosen
Ist zu matt der Liebe: kosen
Nur in Tönen mag sie gern.

40
Hätt' ich zarte Melodien
Sie als Boten wegzusenden,
Würde bald mein Leid sich enden,
Und mir alle Freude blühn.
Holde Liebe zu mir ziehn
45
Würd' ich dann mit süßen Tönen,
Meinen Bund auf ewig krönen:
Denn mit himmlischen Gesängen
Kann Musik in goldnen Klängen
Alles, was sie will, verschönen.

II.

50
Worte sind nur dumpfe Zeichen
Die Gemüther zu entziffern;
Und mit Zügen, Linien, Ziffern
Mag man Wissenschaft erreichen.
Doch aus den äther'schen Reichen
55
Läßt ein Bild des ew'gen Schönen
Nieder zu der Erde Söhnen
Nur in Licht und Ton sich schicken:
Liebe spricht in hellen Blicken,
Liebe denkt in süßen Tönen.

60
Liebe stammt vom Himmel oben,
Und so lehrte sie der Meister,
Welchen seine hohen Geister
In derselben Sprache loben,
Denn beseelt sind jene Globen.
65
Strahlend redet Stern mit Stern,
Und vernimmt den andern gern,
Wenn die Sphären rein erklingen.
Ihre Wonn ist Schaun und Singen,
Denn Gedanken stehn zu fern.

70 Stumme Zungen taube Ohren,
Die des Wohllauts Zauber fliehn,
Wachen auf zu Harmonien,
Wenn sie Liebe neu gebohren.
Memnons Säule, von Auroren
75 Angeschienen leis und fern,
Haucht so aus dem starren Kern
Ihre Sehnsucht aus in Liedern,
Und der Mutter Gruß erwiedern
Nur in Tönen mag sie gern.

80 Musik ist die Kunst der Liebe,
In der tiefsten Seel' empfangen
Aus entflammenden Verlangen
Mit der Demuth heil'gem Triebe.
Daß die Liebe selbst sie liebe,
85 Zorn und Haß sich ihr versöhnen,
Mag sie nicht in raschen Tönen
Bloß um Lust und Jugendscherzen
Sie kann Trauer, Tod und Schmerzen,
Alles, was sie will, verschönen.

III.

90 Laß dich mit gelinden Schlägen
Rühren meine zarte Laute!
Da die Nacht hernieder thaute,
Müssen wir Gelispel pflegen.
Wie sich deine Töne regen,
95 Wie sie athmen, klagen stöhnen,
Wallt das Herz zu meiner Schönen,
Bringt ihr aus der Seele Tiefen
Alle Schmerzen, welche schliefen.
Liebe denkt in süßen Tönen.

100 Zu dem friedlichen Gemach,
Wo sie ruht in Blumendüften,
Laß noch in den kühlen Lüften
Tönen unser schmelzend Ach.
Halb entschlummert, halb noch wach
105 Angeblickt vom Abendstern
Liegt sie, und vernimmt wohl gern
In den leisen Harmonieen
Träume, Bilder, Phantasieen,
Denn Gedanken stehn zu fern.

110 Inn'ger, liebe Saiten, bebet!
Lockt hervor den Wiederhall!
Weckt das Lied der Nachtigall,
Und wetteifernd mit ihr strebet!
Doch wenn sie die Stimm' erhebet,
115 Dann erkennet euren Herrn,
Lauscht demüthig und von fern.
Horch! schon singt der holde Mund,
Denn verrathen unsern Bund
Nur in Tönen mag sie gern.

120 Nun noch einmal, gute Nacht!
Und an deinem Lager säume
Nur der zärtlichste der Träume
Bis der Morgen wieder lacht.
Dann geh' auf in stiller Pracht,
125 Wie der Tag den Erdensöhnen,
Meine Hofnungen zu krönen.
Kann doch deine Blüthenjugend,
Unschuld, Anmuth, reine Tugend,
Alles, was sie will, verschönen.

IV.

130 Hör' ich durch die dunkeln Bäume
Nicht, wie sie sich rauschend neigen,
Wünsch' aus treuem Busen steigen,
Die sich leise nahn, wie Träume?
Schwebt nicht durch die grünen Räume,
135 Was das Leben mag verschönen
Und mit aller Wonne krönen?
Fühl' ich nicht, wie die Gedanken
Holder Liebe mich umwanken?
Liebe denkt in süßen Tönen.

140 Flieht, o Töne, flieht zurücke,
Wie ihr euch in Wipfeln schaukelt,
Schmeichlerisch mein Herz umgaukelt,
So ertrag' ich nicht mein Glücke.
Trüget ihr doch meine Blicke
145 Wieder hin zu eurem Herrn,
Brauchtet euren Zauber gern,
Strömtet aus in süßen Klängen
Liebender Gefühle Drängen,
Denn Gedanken stehn zu fern.

150 Wie die Tön' in Lüften schweben,
Blumen zitternd, wankend Gras,
Ach, sie alle fühlen das,
Was mich zwingt vor Lust zu beben.
Worte, euer regstes Streben
155 Ist mir ohne Mark und Kern;
Bleibt, o bleibt mir jetzo fern!
Was uns kann in Wonne tauchen
Weiß die Lieb', und es verhauchen
Nur in Tönen mag sie gern.

160 Rührt die Zweige dann, ihr Winde!
Singet, bunte Vögelein!
Rauschet, klare Bäche, drein!
Daß ich also Bothen finde.
Denn verklungen, ach! geschwinde
165 Sind die Lieder, von den Tönen
Muß sich nun mein Ohr entwöhnen.
Darum spielt mit zartem Triebe,
Dient der Lieb', es kann die Liebe
Alles, was sie will, verschönen.

AUGUST WILHELM SCHLEGEL

Die Sylbenmaaße.

1. Der Hexameter.

Gleichwie sich dem, der die See durchschifft, auf offener Meerhöh
5 Rings Horizont ausdehnt, und der Ausblick nirgend umschränkt ist,
Daß der umwölbende Himmel die Schaar zahlloser Gestirne,
Bei still athmender Luft, abspiegelt in blaulicher Tiefe:
So auch trägt das Gemüth der Hexameter; ruhig umfassend
Nimmt er des Epos Olymp, das gewaltige Bild, in den Schooß auf
10 Rhythmischer Fluth, urväterlich so den Geschlechten der
                                                    Rhythmen,
Wie vom Okeanos quellend, dem weit hinströmenden Herrscher,
Alle Gewässer auf Erden entrieseln oder entbrausen.
Wie oft Seefahrt kaum vorrückt, mühvolleres Rudern
Fortarbeitet das Schiff, dann plötzlich der Wog' Abgründe
15 Sturm aufwühlt, und den Kiel in den Wallungen schaukelnd
                                                    dahinreißt.

So kann ernst bald ruhn, bald flüchtiger wieder enteilen,
Bald, o wie kühn in dem Schwung! der Hexameter, immer sich
selbst gleich,
Ob er zum Kampf des heroischen Lieds unermüdlich sich gürtet,
Oder, der Weisheit voll, Lehrsprüche den Hörenden einprägt,
20 Oder geselliger Hirten Idyllien lieblich umflüstert.

Heil dir, Pfleger Homers! ehrwürdiger Mund der Orakel!
Dein will ferner gedenken ich noch, und andern Gesanges.

2. Die Elegie.

Als der Hexameter einst in unendlichen Räumen des Epos
25 Ernst hinwandelnd, umsonst innigen Liebesverein
Suchte, da schuf aus eignem Geblüt ihm ein weibliches Abbild
Pentametrea, und ward selber, Apoll, Paranymph
Ihres unsterblichen Bundes. Ihr sanft anschmiegend Umarmen
Brachte dem Heldengemahl, spielender Genienschaar
30 Ähnlich, so manch anmuthiges Kind, elegeische Lieder.
Er sah lächelnd darin sein Maeonidengeschlecht.
So, freiwillig beschränkt, nachläßigen Gangs, in der Rhythmen
Wellenverschlingungen, voll lieblicher Disharmonie,
Welche, sich halb auflösend, von neuem das Ohr dann fesselnd,
35 Sinnigen Zwist ausgleicht, bildeten dich, Elegie,
Viel der Hellenischen Männer und mancher in Latium, jedes
Liebebewegten Gemüths linde Bewältigerin.

3. Der Jambe.

Wie rasche Pfeile sandte mich Archilochos
40 Vermischt mit fremden Versen, doch im reinsten Maaß,
Im Rhythmenwechsel meldend seines Muthes Sturm.
Hoch trat und fest auf, dein Kothurngang, Aeschylos;
Großart'gen Nachdruck schafften Doppellängen mir,
Samt angeschwellten Wörterpomps Erhöhungen.
45 Fröhlicheren Festtanz lehrte drauf Aristophanes,
Labyrinthischeren: die verlarvte Schaar anführend ihm,
Hingaukl' ich zierlich in der beflügelten Füßchen Eil.

4. Der Choliambe oder Skazon.

Der Choliambe scheint ein Vers für Kunstrichter,
50 Die immerfort mit sprechen, ob's gleich schlecht fort will,
Und eins nur wissen sollten, daß sie nichts wissen:

---

27 **Paranymph** *Brautführer.*   31 Maeonidengeschlecht *von Homer – dem* Maeo-
niden – *abstammendes Geschlecht.*

Wo die Kritik hinkt, muß ja auch der Vers lahm seyn.
Wer sein Gemüth labt am Gesang der Nachteulen,
Und wenn die Nachtigall beginnt, das Ohr zustopft,
55　Dem sollte man's mit scharfer Dissonanz abhaun.

CLEMENS BRENTANO

Aus:　　　　Die Lustigen Musikanten.

Vierter Auftritt.

(Der blinde Piast, Fabiola führt ihn an einem Stabe, und hat den Knaben
5　auf dem Arm. Hinter der Scene hört man eine Flöte, die sich nähert, und end-
lich tritt Ramiro auf).

Piast.
Nun sind wir auf dem Markte mein Kind, wie es still ist, hörst
du die kühlen Brunnen rauschen?

10　　　　　　　Fabiola.
Hör', es klagt die Flöte wieder,
Und die kühlen Brunnen rauschen.

Piast.
Golden weh'n die Töne nieder,
15　Stille, stille, laß uns lauschen!
(angemeßnes Solo der Flöte).

Fabiola.
Holdes Bitten, mild Verlangen,
Wie es süß zum Herzen spricht!

20　　　　　　　Piast.
Durch die Nacht, die mich umfangen,
Blickt zu mir der Töne Licht,

Ramiro.
(nähert sich und giebt Fabiola seinen Mantel.)
25　O Jungfrau, wirf ihm diesen Mantel um, denn es ist kühl [. . .]

---

11 ff. *In Christian Brentanos Ausgabe (1852 ff.) und den ihr folgenden Drucken stehen
die Verse unter dem Titel* Abendständchen.

Johann Peter Hebel*

Sonntagsfrühe.

Der Samstig het zum Sunntig gseit:
„Jez hani alli schlofe gleit;
„sie sin vom Schaffe her und hi
5 „gar sölli müed und schlöfrig gsi,
„und 's gohtmer schier gar selber so,
„i cha fast uf ke Bei me stoh."

So seit er, und wo's Zwölfi schlacht,
10 se sinkt er aben in d' Mitternacht.
Der Sunntig seit: „Jez ischs an mir!"
Gar still und heimli bschließt er d' Thür;
er düselet hinter de Sterne no,
und cha schier gar nit obsi cho.

15 Doch endli ribt er d'Augen us,
er chunnt der Sunn an Thür und Hus;
sie schloft im stille Chämmerli;
er pöpperlet am Lädemli;
er rüeft der Sunne: „d' Zit isch do!"
20 Sie seit: „I chumm enanderno!" –

Und lisli uf de Zeche goht,
und fründli uf de Berge stoht
der Sunntig, und 's schloft alles no;
es sieht und hört en niemes goh;
25 er chunnt ins Dorf mit stillem Tritt,
und winkt im Guhl: „Verroth mi nit!"

Und wemmen endli au verwacht,
und gschlofe het die ganzi Nacht,
se stoht er do im Sunne-Schi',
30 und luegt eim zu de Fenstern i
mit sinen Auge mild und gut,
und mittem Meyen uffem Hut.

Drum meint ers treu, und was i sag,
es freut en wemme schlofe mag,
35 und meint es seig no dunkel Nacht,
wenn d'Sunn am heitere Himmel lacht;

Worterklärungen (nach dem von Hebel selbst beigegebenen Wörterverzeichnis): **13** düsele
schlummern, halbschlafend gehen. **26** Guhl *Hahn.*

drum isch er au so lisli cho,
drum stoht er au so liebli do.

Wie glitzeret uf Gras und Laub
40   vom Morgethau der Silberstaub!
Wie weiht e frische Mayeluft,
voll Chriesi-Blust und Schleche-Duft!
Und d'Immli sammle flink und frisch,
sie wüsse nit, aß 's Sunntig isch.

45   Wie pranget nit im Garte-Land
der Chriesi-Baum im Maye-Gwand,
Gel Veieli und Tulipa;
und Sterneblume nebe dra,
und gfüllti Zinkli blau und wiiß;
50   me meint, me lueg ins Paredies!

Und 's isch so still und heimli do,
men isch so rüeihig und so froh!
me hört im Dorf kei *Hüst* und *Hott*;
e *Gute Tag!* und *Dank der Gott!*
55   und *'s git gottlob e schöne Tag!*
isch alles, was me höre mag.

Und 's Vögeli seit: „Frili io!
„Potz tausig, io, er isch scho do:
„Er dringtmer scho im Himmels-Glast
60   „Dur Bluest und Laub in Hurst und Nast!"
Und 's Distelzwigli vorne dra
het 's Sunntig-Röckli au scho a.

Sie lüte weger 's Zeiche scho,
der Pfarer, schints, well zitli cho.
65   Gang, brechmer eis Aurikli ab,
verwüschet mer der Staub nit drab,
und Chüngeli, leg di weidli a,
de muesch derno ne Meje ha!

---

42 Chriesi *kleine Waldkirschen.*   60 Nast *Ast*   67 Chüngeli *Kunigunde.*
68 Meje *Blumenstrauß.*

1804

KLAMER SCHMIDT

Grabschrift auf Klopstock.

1.

Von der unsterblichen Seele, die Christus sang, den Erlöser –
Klopstock nannten wir sie – ruhet die Hülle nur hier.

2.

5 Deutschlands Retter sang ich, und sang den größern der
Menschheit:

Wein', o Wanderer! nicht über mein Sterbliches hier!
Was unsterblich an mir gewesen, flog, von Eloa
Über die Sonnen geführt, auf die ätherische Flur.

JOHANN CHRISTOPH FRIEDRICH HAUG*

Aus: Hundert Hyperbeln auf Herrn Wahls große Nase.

1.
Einladung.

Seht das achte Wunderwerk,
5 Diesen Nasen-Gotthardsberg!

26.
Erfüllte Weissagung eines Griechen.[a]

Seines Nasen-Unholds Ende
Steht so ferne vom Gesicht' –
Unerreichbar ist's für seine Hände;
10 Wenn er niest, so hört er's nicht.

27.
Ein Wunder, und doch keines.

Von Wahls Geburt hat mir die Baase
Des Accoucheurs erzählt:

a) S. die griechische Anthologie, B. II Cent. 8. Epigr. 15. *[= Buch XI, Nr. 268 in der Ausgabe von Beckby. A. d. H.]*

GRABSCHRIFT ... 7 Eloa *alttestamentl. Gottesname; im* Messias *Engelgestalt.*
HUNDERT ... 1 *Pseudonym:* Fr. Hophthalmos *(von griech.* ὀφθαλμός, *Auge).*

Zwey Tage lang kam seine Nase,
15   Am dritten Er zur Welt.

28.
Geruchsfülle.

Deine Wohlgeruchsextase
Muß beneidenswürdig seyn;
Denn du schnüffelst mit der Nase
20   Husch! den ganzen Frühling ein.

96.
Wahrscheinlich.

Wärst du Adam gewesen im Paradies,
Gott hätte den Lebensodem gewiß
Dir nicht in die längste der möglichsten Nasen,
25   Nein! Kürze halber, in's Ohr geblasen.

97.
Zwey Merkwürdigkeiten.

Wenn er durch die Nase spricht,
Donnerts in die Runde.
Wenn er seine Nase rümpft,
30   Dauerts eine Stunde.

98.
An Wahl.

Was unterscheidet uns von dir?
Kurz, ohne Periphrase:
Àus Seel' und Leib bestehen wir,
35   Du, Freund! aus Seel' und Nase.

99.
Wahls Epitaphium.

Schildert mich in keinem Trauerliede!
Weder Denkmal mir, noch Leichenstein!
Mein Verewiger, mein Nasenbein,
40   Rag' aus meiner Gruft, als Pyramide.

100.
Abbitte an Herrn Wahl.

Vergieb mir! – Du bist von gerechtem Schmerz
Ob meinen Nasepasquillen durchdrungen;
Denn, was ich *Hyperbeln* nannt' im Scherz,
45   Das sind in Wahrheit – *Verkleinerungen.*

Johann Wolfgang von Goethe

Weltschöpfung.

Vertheilet euch nach allen Regionen,
Von diesem heilgen Schmaus,
5   Begeistert, reißt euch durch die nächsten Zonen
In's All und füllt es aus.

Schon schwebet ihr in ungemeßnen Fernen,
Den selgen Göttertraum.
Und leuchtet neu, gesellig, unter Sternen,
10   Im lichtbesäten Raum.

Dann treibt ihr euch, gewaltige Kometen,
Ins Weit' und Weit' hinan.
Das Labyrinth der Sonnen und Planeten
Durchschneidet eure Bahn.

15   Ihr greifet rasch nach ungeformten Erden
Und wirket, schöpfrisch jung,
Daß sie belebt und stets belebter werden,
Im abgemeßnen Schwung.

Und kreisend führt ihr in bewegten Lüften
20   Den wandelbaren Flor,
Und schreibt dem Stein in allen seinen Grüften,
Die festen Formen vor.

Nun alles sich, mit göttlichem Erkühnen,
Zu übertreffen strebt;
25   Das Wasser will, das unfruchtbare grünen
Und jedes Stäubchen lebt.

Und so verdrängt, mit liebevollem Streiten,
Der feuchten Qualme Nacht;
Nun glühen schon des Paradieses Weiten,
30   In überbunter Pracht.

Wie regt sich bald, ein holdes Licht zu schauen,
Gestaltenreiche Schaar,
Und ihr erstaunt auf den beglückten Auen,
Nun als das erste Paar

---

2 *Späterer Titel:* Weltseele.

35 Und bald verlischt ein unbegränztes Streben,
Im selgen Wechselblick.
Und so empfangt, mit Dank, das schönste Leben
Vom All ins All zurück.

Nachtgesang.

O! gieb, vom weichen Pfühle,
Träumend, ein halb Gehör.
Bey meinem Saitenspiele,
5 Schlafe! was willst du mehr?

Bey meinem Saitenspiele
Seegnet der Sterne Heer
Die ewigen Gefühle;
Schlafe! was willst du mehr?

10 Die ewigen Gefühle
Heben mich, hoch und hehr,
Aus irdischem Gewühle;
Schlafe! was willst du mehr?

Vom irdischen Gewühle
15 Trennst du mich nur zu sehr,
Bannst mich in diese Kühle;
Schlafe! was willst du mehr?

Bannst mich in diese Kühle,
Giebst nur im Traum Gehör.
20 Ach! auf dem weichen Pfühle,
Schlafe! was willst du mehr?

---

1 ff. *Nach einem italienischen Volkslied. – Vgl. Eichendorffs Parodie, S. 204, sowie im
8. Bd. dieser Anthologie die von Hoffmann von Fallersleben (S. 83) und Herwegh (S. 106).*

LUDWIG TIECK

Aus: Kaiser Octavianus.

[. . .]

Der Dichter tritt auf.

5   Wie sehnsuchtsvoll fühlt sich mein Herz gezogen,
Dem frischen grünen Walde zugelenket,
Von Bächen wird das neue Gras getränket,
Die Blumen schauen sich in klaren Wogen.
Ein blau Krystall erscheint der Himmelsbogen,
10   Zur blühnden Erde liebend hergesenket,
Die Sonne zeigt, daß sie der Welt gedenket,
Sie hat die Blumen küssend aufgesogen.
Die Pflanzen glänzen, Wasserwogen lachen,
Die muntern Thiere regen sich in Sprüngen,
15   Der Vogel singt, vom grünen Zweig umrauschet.
Wenn Thiere, Wasser, Blumen, Flur' erwachen,
Läßt höher noch der Mensch die Stimm' erklingen,
Der Dichter fühlt von Gottheit sich berauschet.

[. . .]

20   Dichter.
Wer empfindet, wer entzückt ist,
Kann er glühend Worte reden?
Wenn dein Blick mein Herze anlacht,
Bin ich nicht mehr auf der Erden.
25   Was ich wollte, was ich suchte,
Was mir keiner konnte geben,
Alle Fülle, Schönheit, Anmuth,
Seh' ich spielend dich umschweben.
Wenn du lächelst, will die Seele
30   Fort aus dem Gefängniß streben,
Sich in diese Lippen fangen,
In die rothen Fesseln legen:
Mit dem Lächeln auferblühen,
Sich in goldne Freiheit heben,
35   Mit dem leisen Seufzer wieder
In dem holden Kerker leben.
Kannst du mir gewogen sein?
Möchtest du mich nicht verschmähen?

5–18 *In Tiecks Gedichtsammlung von 1821–23 unter dem Titel* Der Dichter. Sonett.

O dann würd' ich in der Freude
40 Überseelig untergehen.
Du bist Liebe, du bist Glauben,
Du bist Tapferkeit und Scherzen,
Wenn ich deinen Blick empfinde,
Kann ich alles leicht verstehen.
45 Jeder hat, was er gewünschet,
Nach dem Herzen sich erwählet,
Willst du günstig mir erscheinen,
Hab' ich nicht des Glücks verfehlet.

Romanze.

50 Wenn du dienest, wenn du treu bleibst,
Will ich dich mit Muth beseelen,
Bleibe meiner eingedenk,
Wenn die andern mich verschmähen.
Einmal hab' ich dich durchleuchtet,
55 Nun mußt du mir treu bestehen,
Und dein Herze wird geläutert,
Wie der Blick durch Silber gehet.
Folge denen, die nie dienten,
Liebe sie mit voller Seele,
60 Wer da will ein Priester heissen,
Muß des Tempels nie vergessen. –
Mondbeglänzte Zaubernacht,
Die den Sinn gefangen hält,
Wundervolle Märchenwelt,
65 Steig' auf in der alten Pracht!

Musik.

Mit Trompeten kommen die Krieger auf der einen, die Schäfer mit Flöten
auf der andern Seite zurück. In der Mitte stehen Glauben und Liebe, zur
Seite des Glaubens Tapferkeit, zwischen ihnen der Liebende und die
70 Pilgerinn, neben der Liebe der Scherz, zwischen diesen der Ritter und
das Hirtenmädchen, im Vorgrunde der Dichter und die Romanze.

Chor der Krieger.

Über die Berge, über die Bäume,
Schwebt des Mondes goldner Flimmer,
75 Durch den Wald senkt sich der Schimmer,
Drinn erwachen zarte Träume.
Geister schweifen sacht
Durch die grüne Nacht
Im Walde.

Chor der Schäfer.

80 Der Tag versteckt sich in den Schatten,
Mondenlicht will uns verkünden,
Daß sich Traum und Wahrheit gatten,
Sich die Geister wiederfinden,
85 Die auf Erden hier geschieden,
Die das Irdische getrennt;
Wenn Mondschein brennt,
Dann wandeln sie in Frieden
Im Walde.

90 Liebe.

Liebe läßt sich suchen, finden,
Niemals lernen, oder lehren,
Wer da will die Flamm' entzünden
Ohne selbst sich zu versehren,
95 Muß sich reinigen der Sünden.
Alles schläft, weil er noch wacht,
Wann der Stern der Liebe lacht,
Goldne Augen auf ihn blicken,
Schaut er trunken von Entzücken
100 Mondbeglänzte Zaubernacht.

Tapferkeit.

Aber nie darf er erschrecken,
Wenn sich Wolken dunkel jagen,
Finsterniß die Sterne decken,
105 Kaum der Mond es noch will wagen,
Einen Schimmer zu erwecken.
Ewig steht der Liebe Zelt,
Von dem eignen Licht erhellt;
Aber Muth nur kann zerbrechen,
110 Was die Furcht will ewig schwächen,
Die den Sinn gefangen hält.

Scherz.

Keiner Liebe hat gefunden,
Dem ein trüber Ernst beschieden,
115 Flüchtig sind die goldnen Stunden,
Welche immer den vermieden,
Den die bleiche Sorg' umwunden.
Wer die Schlange an sich hält,
Dem ist Schatten vorgestellt,

120 Alles was die Dichter sangen,
Nennt der Arme, eingefangen,
Wundervolle Märchenwelt.

Glauben.
Herz im Glauben auferblühend
125 Fühlt alsbald die goldnen Scheine,
Die es lieblich in sich ziehend
Macht zu eigen sich und seine,
In der schönsten Flamme glühend.
Ist das Opfer angefacht,
130 Wird's dem Himmel dargebracht,
Hat dich Liebe angenommen,
Auf dem Altar hell entglommen
Steig' auf in der alten Pracht!

Allgemeines Chor.
135 Mondbeglänzte Zaubernacht,
Die den Sinn gefangen hält,
Wundervolle Märchenwelt,
Steig' auf in der alten Pracht!

[. . .]

140 Romanze tritt ein.
Wie beglückt, wer auf den Flügeln
Seiner Phantasieen wandelt,
Erde, Wasser, Luft und Himmel
Sieht er in dem hohen Gange.
145 Aufgeschlossen sind die Reiche
Wo das Gold, die Erze wachsen,
Wo Demant, Rubinen keimen,
Ruhig sprießen in den Schaalen.
Also sieht er auch der Herzen
150 Geister, welche Rathschlag halten,
In der Morgen-Abendröthe
Lieblich blühende Gestalten.
Phantasie im goldnen Meere
Wirft wo sie nur will den Anker,
155 Und aus grünen Wogen steigen
Blumenvolle Wunder-Lande.

---

138 *Schluß des Prologs. Z. 91–Z. 138 stehen in Tiecks Gedichtsammlung vor 1821–23 – ohne die Bezeichnung der Sprecher – unter dem Titel* Wunder der Liebe. Glosse.
141–204 *In Tiecks Gedichtsammlung von 1821–23 unter dem Titel* Begeisterung. Romanze.

Nirgend ruht sie, wer ihr folget
An dem schönen Zauberbande,
Steigt in's Innre, schaut die Kräfte
160 Der regierenden Gewalten:
Wie aus Wasser alle Welten
Hat der ewge Trieb erschaffen,
Wie das Feuer ihre Wurzel,
Die in ihren Kindern pranget.
165 Und das Licht die höchste Blüthe,
In dem Menschen Lieb' ihr Nahme,
Wie sich alles dahin stürzet,
Eilt im brünstigen Verlangen.
Immer will die Erde auswärts
170 Liebend an der Sonne hangen,
Und das Feuer hält sie innen
In sich selber eingefangen;
So erbiert sie aus dem Sehnen
Liebelechzend reine Wasser,
175 Diese sind die Mutter-Thränen,
Die ihr fließen von den Wangen:
Und sie läßt die Blumen grünen,
Keimen läßt sie schöne Pflanzen,
Berge, Wälder, Flur sind trunken
180 Von dem allerliebsten Glanze.
Dürstend lechzt der Menschenbusen,
Seele will hinauf gelangen,
Und in tiefster Inbrunst leise
Wird des Schaffens Trieb empfangen:
185 Denn das Feuer fängt die Liebe,
Und sie kann nun nicht von dannen,
Worauf manche tiefe Meister
Wissenschaft und Kunst ersannen:
Und am herrlichsten, am freisten
190 Die kristallnen Brunnen sprangen,
Die in Reimen, die in Tönen,
Immer edle Dichter schafften.
Wieder sind es Mutterthränen,
Daß die Kinder sind vergangen,
195 Daß die Lieb' und süßes Leben
Um sie in den Steinen starret.

---

173 erbiert *Jakob Böhmesches Wort, Gebären und Erzeugen zugleich meinend; Nieder-
schlag der Böhme-Rezeption, auf die das auf S. 46 f. abgedruckte Gedicht des Novalis an Tieck
anspielt.*

Aber drinn sieht man das Herze,
Das die ganze Welt erlabet,
Und der Liebesgeist die Flügel
200 Lauter schwinget im Gesange.
Und der Schäfer hört es rauschen
Fern an seinem Blumenhange,
Und sein Herz in Freude zitternd
Will erwiedern, kann nur stammeln.

205   [. . .]

              Marcebille.
Seht die Wasser, wie sie gleiten,
Und sich in der Fluth die Bäume
Still beschauen, gold'ne Träume
210 Seh' ich durch die Wolken schreiten.
Wie die Wogen ringend streiten,
Sich entfliehen und vereinen,
Spielen mit den Widerscheinen,
Und die Blumen roth und gold
215 Sich bespiegeln, und so hold
Thau in diese Wellen weinen!

              Roxane.
Sieh, es ist ein Liebesringen,
Welle hascht die flücht'ge Welle
220 Und sie lacht so fröhlich, helle,
Glänzend sie sich all verschlingen,
Alle liebend sich durchdringen,
Im Ergötzen lieblich spielen;
Wie sie durch einander wühlen
225 Scheint der reine blaue Himmel
In das hüpfende Getümmel,
Seine Wange abzukühlen.

              Lealia.
Also spiegelt Liebestreue
230 Sich im wechselnden Empfinden,
Wie Gefühle kommen, schwinden,
Im Erinnern baden, neue
Sich vermischen in die Reihe,
Wandeln vor und gern zurück,

207–251 *In Tiecks Gedichtsammlung von 1821–23 – ohne die Bezeichnung der Sprecher –
unter dem Titel* Liebe und Treue.

235 Doch der innerlichste Blick
Sieht Gestalten fortgeschwommen
Und die andern nahe kommen
Und in allen nur Ein Glück.

Marcebille.
240 Darum wechselt nur Gedanken,
Wie ihr wandelt in Gestalten,
Weiß ich eins doch fest zu halten
Ohne Wandel, ohne Wanken.

Roxane.
245 Denn nie darf der Glaub' erkranken,
Glaube ist das Element,
In dem nur die Liebe brennt.

Lealia.
Und des Herzens reinste Bläue
250 Klärt sich hell und heller, Treue
In der Liebe sich erkennt.

[. . .]

Eine Stimme.
Mondbeglänzte Zaubernacht,
255 Die den Sinn gefangen hält,
Wundervolle Märchenwelt,
Steig' auf in der alten Pracht!

Florens.
Wenn die Blumen sich erschließen
260 Und die Frühlingslüfte ziehen,
Will die Welt sich selbst entfliehen
Und sich hin in Liebe gießen.

Marcebille.
Darum muß im Herzen fließen
265 Kühler Labung Strom, und sacht
Bringt ihn die Erfüllung: lacht
Uns die Holde freundlich milde,
Sehen wir in ihrem Bilde
Mondbeglänzte Zaubernacht.

270 Leo.
Eine Andacht, Eine Liebe
Ist dem Herzen und dem Leben

In der Demuth nur gegeben,
Weichend keinem andern Triebe.

Lealia.

275

Und daß diese in uns bliebe,
Ist die Treue hingestellt,
Sie bewacht die rege Welt
Aller wechselnden Gedanken,
Treue nur läßt uns nicht wanken,
Die den Sinn gefangen hält.

280

Octavianus.

Wer in Liebe sich berauschet,
Und sich selber will entfliehen,
Daß er Kälte mit dem Glühen,
Haß mit seiner Liebe tauschet,
Den ein böser Stern belauschet,
Bis er in die Sünde fällt.

285

Felicitas.

290

Wenn er liebend treu aushält,
Muß sich alles fügen, schicken,
Daß ihm dünkt Glück und Entzücken
Wundervolle Märchenwelt.

Roxane.

295

Was die Geister denken, sinnen,
Wonach Wünsche und Verlangen
Jemals nur die Flügel schwangen,
Können Schöners nichts gewinnen
Sie als Liebe, denn darinnen
Uns das Herz der Welten lacht.

300

Hornvilla.

Wenn die Güte fertig macht
Deiner Hörer, dich, Gedicht,
Dann, was dir auch sonst gebricht,
Steig' auf in der alten Pracht! –

305

(Musik; Tanz)

Ende.

CLEMENS BRENTANO

Wenn die Sonne weggegangen,
Kömmt die Dunkelheit heran,
Abendroth hat goldne Wangen,
Und die Nacht hat Trauer an.

Seit die Liebe weggegangen,
Bin ich nun ein Mohrenkind,
Und die rothen, frohen Wangen,
Dunkel und verloren sind.

Dunkelheit muß tief verschweigen,
Alles Wehe, alle Lust,
Aber Mond und Sterne zeigen,
Was ihr wohnet in der Brust.

Wenn die Lippen dir verschweigen
Meines Herzens stille Gluth,
Müssen Blick und Thränen zeigen,
Wie die Liebe nimmer ruht.

Nach Sevilla, nach Sevilla,
Wo die hohen Prachtgebäude
In den breiten Straßen stehen,
Aus den Fenstern reiche Leute,
Schön geputzte Frauen seh'n,
Dahin sehnt mein Herz sich nicht!

Nach Sevilla, nach Sevilla,
Wo die letzten Häuser stehen,
Sich die Nachbarn freundlich grüßen,
Mädchen aus dem Fenster seh'n,
Ihre Blumen zu begießen,
Ach, da sehnt mein Herz sich hin!

In Sevilla, in Sevilla
Weiß ich wohl ein reines Stübchen,
Helle Küche, stille Kammer,
In dem Hause wohnt mein Liebchen,
Und am Pförtchen glänzt ein Hammer.
Poch ich, macht die Jungfrau auf!

Guten Abend, guten Abend –
20 Lieber Vater, setzt euch nieder,
Ey, wo seyd ihr dann gewesen?
Und dann singt sie schöne Lieder,
Kann so hübsch in Büchern lesen,
Ach! und ist mein einzig Kind.

LUDWIG ACHIM VON ARNIM

Dichteraussicht.

1. Das Paradies der Erde.

(Gemählde von Breughel, in der Sammlung des Herrn von
5 St. Saphorin zu Wien.)

Urkräftig treibt die Erd' in neugebor'nen Räumen,
In neuer Sonne Strahlen bunte Sprossen,
Die Blüth' und Frucht sind einer Zeit Genossen
Im klaren Grün der Flur, in Goldorangenbäumen.

10 Der Vögel rothe Sängerkreise herrlich säumen,
Die Bäume sind vom Farbenglanz umflossen,
Vom Wiederschein im Bache eingeschlossen.
In blauer Höhe zieht der Ar, und nach ihm bäumen

Sich Rosse wiehernd, Wellen fischreich rinnen.
15 Das bunte Raubthier sich vom Wohlseyn nährt;
Kein Thier entflieht und kein's will and're jagen.

O könnten wir dieß Paradies gewinnen,
Wo frey von Schmerz und Angst das Weib gebärt
Und keine Zeiten uns zum Tode tragen!

20 2. Das Paradies des Himmels.

(Ein heiliges Haus, Gemählde von Carl Maratti in
derselben Sammlung.)

In Himmelsbläue schwelgt das helle Aug' des Knaben,
Er blickt der Heimath wonnevoll entgegen,
25 Die ihm auf Erden niemahls hat gelegen,
Auf ihn allein so Aug' wie Geist geheftet haben

Der ird'sche Vater, durch den ew'gen Sohn erhaben,
Er siehet Wunder, die noch nicht geschehen,
Er ahndet Wunder, die er nicht wird sehen;
30 Maria kniet vor ihm, sich an dem Sohn zu laben.

Die Sehnsucht nach dem Licht ist uns geblieben,
Die Seligkeit in ihm zu leben nicht,
Sie muß der kalten Erde Traumwelt fliehen.

Wir müssen Dich wie jener Knabe lieben,
35 Doch unser Blick erträgt nicht volles Licht,
Wir senken ihn zur Erdenblüth', bis wir zum Licht erblühen.

Pendellied.

I.
Der zweyte Gesang der Dichterschule.

Stunden fliehen,
Ziehen Tage,
5 Jagen Jahre;
Bahre, Trauer,
Trauerjahre
Fahren über;
Trüber schwebet,
10 Bebet winkend,
Sinket Liebe.

II.
Der erste Gesang der Dichterschule.

Liebegluthen
Fluthen immer,
15 Immer strebe,
Bebe nimmer;
Immer wendet,
Endet Wähnen
Thränen Schmerzen,
20 Herzenssehnen.

---

1 ff. *Das Gedicht ist unterzeichnet* : Ariel.

CAROLINE VON GÜNDERODE*

Liebe.

O reiche Armuth! Gebend, seliges Empfangen!
In Zagheit Muth! in Freiheit doch gefangen.
  In Stummheit Sprache,
  Schüchtern bei Tage,
  Siegend mit zaghaftem Bangen.

Lebendiger Tod, im Einen sel'ges Leben
Schwelgend in Noth, im Widerstand ergeben,
  Genießend schmachten,
  Nie satt betrachten
Leben im Traum und doppelt Leben.

Der Adept.

  Ein Weiser, der schon viel erforschet,
  Doch nie des Forschens müde war,
  Gelangte einst zum Indier Lande,
  Nach manchem langen Wandrungsjahr.

  Die Priester dieses Landes rühmen
  Sich viel geheimer Wissenschaft,
  Sie wissen Seyn und Schein zu trennen,
  Und kennen aller Dinge Kraft.

  Zum Schüler läßt sich Valus weihen,
  Verbindet sich durch einen Eid,
  Geheimnißvoll, zu diesem Orden,
  Wie es der Priester ihm gebeut.

  Wie eitel all sein vorig Wissen;
  Das siehet bald schon Valus ein,
  Kannt' er doch nie der Dinge Seele
  Begnügt' an Namen sich und Schein.

  Eins sieht er nun in jeder Summe,
  Sieht den Naturgeist immer neu
  Und immer alt in ew'gem Wandel
  Wie er in allen Formen sey.

LIEBE ... 1 *Die folgenden zwei Gedichte erschienen unter dem Pseudonym Tian.*

Jetzt kann er die Natur belauschen,
Er kann ihr tiefstes Wirken schaun,
Weiß, wie die Stoffe sich vermählen
25 Und wie die Erden sich erbaun.

Jetzt giebt man ihm die dritte Weihe,
Ein Vorzug wen'ger Weisen nur;
Denn sie, die alles sonst durchschauten
Beherrschen jetzo die Natur.

30 Nachdem er dreimal so geweihet,
Hat er den großen Schritt gethan,
Der seines Lebens lange Reise
Geschieden von der Menschheit Bahn.

Viel Zeiten gehn an ihm vorüber,
35 Er siehet die Geschlechter fliehn,
Und bleibt allein in allem Wandel,
Indes die Dinge kommen, ziehn.

Nachdem er oft den Kreis gesehen
Den immer die Natur gemacht,
40 Ergreiffen Schauer seine Seele,
Denn Alles kehrt wie Tag und Nacht.

Der Neuheit Reiz ist ihm verlohren,
Er-kennet was die Erde trägt.
Er findet sich allein auf Erden,
45 Die Menschen sind nicht sein Geschlecht.

Geleert hat er des Lebens Becher
Und lebet immer, immer fort.
Er kann dem Meere nicht entsteigen
Und hat gelandet doch im Port.

50 Weh' dem! ruft er: der auf dem Gipfel
Des Daseyns also stille steht.
Nicht Ew'ges kann der Mensch ertragen,
Und wohl ihm, wenn er auch vergeht.

LOUISE BRACHMANN

Der Führer.

Nieder von des Berges Höhen,
Stieg ein Jüngling schön und licht,
Hold und freundlich anzusehen,
Wie ein Stern durch Wolken bricht.

Eine sanfte Fackel glühte
Hoch in seiner rechten Hand;
Freier ward mir's im Gemüthe,
Als er lächelnd vor mir stand.

Willst du, sprach er, arme Kleine,
Die so einsam still sich hält,
Mit mir wandeln bei dem Scheine
Sanften Lichtes in die Welt?

Wecken in der Menschen Busen
Will ich tiefe Sympathie,
Und mit heilger Kraft der Musen
Die verborgne Harmonie.

Gern, o gern, du Guter, Milder,
Rief ich, will ich mit dir gehn!
Bringst du schöne, ros'ge Bilder
Mir von deines Himmels Höhn?

Bilder aus beglücktern Sphären,
Sprach er, wirst du ahndend sehn;
Doch ich will vorher dich lehren
Auch des Lebens Reiz verstehn.

Diese Fackel wird dir zeigen,
Wo der Born der Freude quillt,
Wo die Ros' in duft'gen Zweigen
Purpurn ihrer Knosp' entschwillt.

Deutlich wird vom Blattgeflüster,
Dir Musik der Geister wehn;
Wird aus Hainen still und düster,
Und aus Bächen murmelnd gehn.

35
Selbst hinab in jene Tiefen,
In der Gnomen nächtlich Reich
Steig ich, wo die Geister schliefen
Unter Trümmern kalt und bleich.

40
Daß mein Ruf das Leben zünde,
Schlummernd in des Steines Nacht;
Daß sich Kraft mit Kraft verbinde,
In geheimer Wundermacht.

45
Daß die geistgen Funken blitzen
Aus dem lebenden Metall,
Und von dunklen Geistersitzen
Redet laut der Wiederhall.

50
So im ew'gen Lebensodem
Hält die Erd' ein geistig Band,
Wo dein Fuß berührt den Boden,
Ist der Liebe heilges Land."

Sprach's, und froh mit ihm zu gehen,
Zeigt' er mir die sanfte Spur,
Lehrte mich den Sinn verstehen
Dunkler, heiliger Natur.

55
Und ich sah in glüh'ndem Leben
Schwellend rings das All der Welt;
Alles war mit Lieb umgeben,
Und von sel'gem Licht erhellt.

60
Aber jetzt, bewegt und leise,
Senkt' er seiner Fackel Brand.
Freundinn, von der Pilger-Reise,
Kehr' ich in mein Vaterland.

65
Lebe wohl und pfleg im Innern
Treu der Wahrheit leichten Sinn
Und mit seligem Erinnern
Gieb der heilgen Macht dich hin.

70
Oft mit stiller frommer Liebe
Denkst du meiner noch gewiß;
Doch daß dir mein Nam' auch bliebe,
Wiß, ich heiße Novalis.

FRIEDRICH HÖLDERLIN

1.

Chiron.

Wo bist du, Nachdenkliches! das immer muß
Zur Seite gehn, zu Zeiten, wo bist du, Licht?
    Wohl ist das Herz wach, doch mir zürnt, mich
        Hemmt die erstaunende Nacht nun immer.

Sonst nämlich folgt' ich Kräutern des Wald's und lauscht'
Ein weiches Wild am Hügel; und nie umsonst.
    Nie täuschten, auch nicht einmal deine
        Vögel; denn allzubereit fast kamst du,

So Füllen oder Garten dir labend ward
Rathschlagend, Herzens wegen; wo bist du, Licht?
    Das Herz ist wieder wach, doch herzlos
        Zieht die gewaltige Nacht mich immer.

Ich war's wohl. Und von Krokus und Thymian
Und Korn gab mir die Erde den ersten Straus.
    Und bei der Sterne Kühle lernt' ich,
        Aber das Nennbare nur. Und bei mir

Das wilde Feld entzaubernd, das traur'ge, zog
Der Halbgott, Zevs Knecht, ein, der gerade Mann;
    Nun sitz' ich still allein, von einer
        Stunde zur andern, und Gestalten

Aus frischer Erd' und Wolken der Liebe schafft,
Weil Gift ist zwischen uns, mein Gedanke nun;
    Und fern lausch' ich hin, ob nicht ein
        Freundlicher Retter vielleicht mir komme.

Dann hör' ich oft den Wagen des Donnerers
Am Mittag, wenn er naht, der bekannteste,
    Wenn ihm das Haus bebt und der Boden
        Reiniget sich, und die Quaal Echo wird.

---

*1 Die Folge Hölderlinscher Gedichte, die 1805 im Wilmannsschen Taschenbuch erschien,
ist hier vollständig wiedergegeben.*   *2 Zentaurengestalt der griechischen Mythologie; wichtig
hier vor allem sein Leiden an einer Wunde, die Herakles ihm mit einem vergifteten Pfeil (vgl.
Z. 24) beibrachte. (Zum vollen Verständnis des mit diesen Mythologemen Ausgesprochenen und
ebenso zur Deutung der folgenden Gedichte muß auf die Hölderlinliteratur verwiesen werden.)*
8 Ein weiches Wild *wohl prädikativ zu verstehen.*   20 Herakles.   27 des Donnerers
des Zeus.

Den Retter hör' ich dann in der Nacht, ich hör'
Ihn tödtend, den Befreier, und d'runten voll
    Von üpp'gem Kraut, als in Gesichten
      Schau ich die Erd', ein gewaltig Feuer;

35   Die Tage aber wechseln, wenn einer dann
Zusiehet denen, lieblich und bös', ein Schmerz,
    Wenn einer zweigestalt ist, und es
      Kennet kein einziger nicht das Beste;

Das aber ist der Stachel des Gottes; nie
40   Kann einer lieben göttliches Unrecht sonst.
    Einheimisch aber ist der Gott dann
      Angesichts da, und die Erd' ist anders.

Tag! Tag! Nun wieder athmet ihr recht; nun trinkt,
Ihr meiner Bäche Weiden! ein Augenlicht,
45   Und rechte Stapfen gehn, und als ein
      Herrscher, mit Sporen, und bei dir selber

Örtlich, Irrstern des Tages, erscheinest du,
Du auch, o Erde, friedliche Wieg', und du,
    Haus meiner Väter, die unstädtisch
50   Sind, in den Wolken des Wilds, gegangen.

Nimm nun ein Roß, und harnische dich und nimm
Den leichten Speer, o Knabe! Die Wahrsagung
    Zerreißt nicht, und umsonst nicht wartet,
      Bis sie erscheinet, Herakles Rückkehr.

2.

Thränen.

Himmlische Liebe! zärtliche! wenn ich dein
Vergäße, wenn ich, o ihr geschicklichen,
    Ihr feur'gen, die voll Asche sind und
5   Wüst und vereinsamet ohnedies schon,

---

47 Örtlich *am zugehörigen Ort;* Irrstern des Tags *angeredet ist die Sonne.*
52 *bezieht sich auf die* Wahrsagung, *daß Prometheus dann von seinen Leiden erlöst sein werde, wenn ein Unsterblicher sie übernehmen und für ihn in den Tod gehen werde; dieser Unsterbliche wird Chiron sein.*

Ihr lieben Inseln, Augen der Wunderwelt!
  Ihr nämlich geht nun einzig allein mich an,
    Ihr Ufer, wo die abgöttische
      Büßet, doch Himmlischen nur, die Liebe.

10 Denn allzudankbar haben die Heiligen
  Gedienet dort in Tagen der Schönheit und
    Die zorn'gen Helden; und viel Bäume
      Sind, und die Städte daselbst gestanden,

Sichtbar, gleich einem sinnigen Mann; itzt sind
15 Die Helden todt, die Inseln der Liebe sind
    Entstellt fast. So muß übervortheilt,
      Albern doch überall seyn die Liebe.

Ihr weichen Thränen, löschet das Augenlicht
  Mir aber nicht ganz aus; ein Gedächtniß doch,
20 Damit ich edel sterbe, laßt ihr
      Trügrischen, Diebischen, mir nachleben.

3.

An die Hoffnung.

O Hoffnung! holde! gütiggeschäftige!
  Die du das Haus der Trauernden nicht verschmäh'st,
    Und gerne dienend, Edle, zwischen
5   Sterblichen waltest und Himmelsmächten,

Wo bist du? wenig lebt' ich; doch athmet kalt
  Mein Abend schon. Und stille, den Schatten gleich,
    Bin ich schon hier; und schon gesanglos
      Schlummert das schaudernde Herz im Busen.

10 Im grünen Thale, dort, wo der frische Quell
  Vom Berge täglich rauscht, und die liebliche
    Zeitlose mir am Herbsttag aufblüht,
      Dort, in der Stille, du Holde, will ich

Dich suchen, oder wenn in der Mitternacht
15 Das unsichtbare Leben im Haine wallt,
    Und über mir die immerfrohen
      Blumen, die blühenden Sterne glänzen,

THRÄNEN 6 *Angeredet sind die griechischen Inseln.*
AN DIE HOFFNUNG 3 verschmäh'st *Im Erstdruck:* verschmähst'

O du des Aethers Tochter! erscheine dann
   Aus deines Vaters Gärten, und darfst du nicht,
20   Ein Geist der Erde, kommen, schröck', o
        Schröcke mit anderen nur das Herz mir.

4.

Vulkan.

Jetzt komm und hülle, freundlicher Feuergeist,
   Den zarten Sinn der Frauen in Wolken ein,
     In goldne Träum' und schütze sie, die
5   Blühende Ruhe der Immerguten.

Dem Manne laß sein Sinnen, und sein Geschäfft
   Und seiner Kerze Schein, und den künft'gen Tag
     Gefallen, laß. des-Unmuths ihm, der
      Häßlichen Sorge zu viel nicht werden,

10 Wenn jetzt der immerzürnende Boreas,
   Mein Erbfeind, über Nacht mit dem Frost das Land
     Befällt, und spät, zur Schlummerstunde,
      Spottend der Menschen, sein schröcklich Lied singt,

Und unsrer Städte Mauren und unsern Zaun,
15   Den fleissig wir gesetzt, und den stillen Hain
     Zerreißt, und selber im Gesang die
      Seele mir störet, der Allverderber;

Und rastlos tobend über den sanften Strom
   Sein schwarz Gewölk ausschüttet, daß weit umher
20   Das Thal gährt, und, wie fallend Laub, vom
      Berstenden Hügel herab der Fels fällt.

Wohl frömmer ist, denn and're Lebendige,
   Der Mensch; doch zürnt es draussen, gehöret der
     Auch eigner sich, und sinnt und ruht in
25   Sicherer Hütte, der Freigeborne.

Und immer wohnt der freundlichen Genien
   Noch einer gerne seegnend mit ihm, und wenn
     Sie zürnten all', die ungelehr'gen
      Geniuskräfte, doch liebt die Liebe.

---

1 *Gott des Feuers (römisch)*.   10 Boreas *Nordwind*.

5.

Blödigkeit.

Sind denn dir nicht bekannt viele Lebendigen?
  Geht auf Wahrem dein Fuß nicht, wie auf Teppichen?
    D'rum, mein Genius! tritt nur
      Baar in's Leben, und sorge nicht!

Was geschiehet, es sey alles gelegen dir!
  Sey zur Freude gereimt, oder was könnte denn
    Dich beleidigen, Herz, was
      Da begegnen, wohin du sollst?

Denn, seit Himmlischen gleich Menschen, ein einsam Wild
  Und die Himmlischen selbst führet, der Einkehr zu,
    Der Gesang und der Fürsten
      Chor, nach Arten, so waren auch

Wir, die Zungen des Volks gerne bei Lebenden,
  Wo sich vieles gesellt, freudig und jedem gleich,
    Jedem offen, so ist ja
      Unser Vater, des Himmels Gott,

Der den denkenden Tag Armen und Reichen gönnt,
  Der, zur Wende der Zeit, uns die Entschlafenden
    Aufgerichtet an goldnen
      Gängelbanden, wie Kinder, hält.

Gut auch sind und geschickt einem zu etwas wir,
  Wenn wir kommen, mit Kunst, und von den Himmlischen
    Einen bringen. Doch selber
      Bringen schickliche Hände wir.

6.

Ganymed.

Was schläfst du, Bergsohn, liegest in Unmuth, schief,
  Und frierst am kahlen Ufer, Geduldiger!
    Denk'st nicht der Gnade, du, wenn's an den
      Tischen die Himmlischen sonst gedürstet?

BLÖDIGKEIT 1 *im alten Sinne von ‚Zaghaftigkeit'.*

Kennst d'runten du vom Vater die Boten nicht,
  Nicht in der Kluft der Lüfte geschärfter Ziel?
    Trifft nicht das Wort dich, das voll alten
      Geists ein gewanderter Mann dir sendet?

10 Schon tönet's aber ihm in der Brust. Tief quillt's,
  Wie damals, als hoch oben im Fels er schlief,
    Ihm auf. Im Zorne reinigt aber
      Sich der Gefesselte nun, nun eilt er

Der Linkische; der spottet der Schlacken nun,
15 Und nimmt und bricht und wirft die Zerbrochenen
    Zorntrunken, spielend, dort und da zum
      Schauenden Ufer und bei des Fremdlings

Besondrer Stimme stehen die Heerden auf,
  Es regen sich die Wälder, es hört tief Land
20 Den Stromgeist fern, und schaudernd regt im
      Nabel der Erde der Geist sich wieder.

Der Frühling kömmt. Und jedes, in seiner Art,
  Blüht. Der ist aber ferne; nicht mehr dabei.
    Irr' gieng er nun; denn allzugut sind
25 Genien; himmlisch Gespräch ist sein nun.

7.

Hälfte des Lebens.

Mit gelben Birnen hänget
Und voll mit wilden Rosen
Das Land in den See,
5 Ihr holden Schwäne,
Und trunken von Küssen
Tunkt ihr das Haupt
Ins heilignüchterne Wasser.

Weh mir, wo nehm' ich, wenn
10 Es Winter ist, die Blumen, und wo
Den Sonnenschein,
Und Schatten der Erde?
Die Mauern stehn
Sprachlos und kalt, im Winde
15 Klirren die Fahnen.

8.

Lebensalter.

Ihr Städte des Euphrats!
Ihr Gassen von Palmyra!
Ihr Säulenwälder in der Eb'ne der Wüste,
5   Was seyd ihr?
Euch hat die Kronen,
Dieweil ihr über die Gränze
Der Othmenden seyd gegangen,
Von Himmlischen der Rauchdampf und
10   Hinweg das Feuer genommen;
Jetzt aber sitz' ich unter Wolken (deren
Ein jedes eine Ruh' hat eigen) unter
Wohleingerichteten Eichen, auf
Der Haide des Reh's, und fremd
15   Erscheinen und gestorben mir
Der Seeligen Geister.

9.

Der Winkel von Hahrdt.

Hinunter sinket der Wald,
Und Knospen ähnlich, hängen
Einwärts die Blätter, denen
5   Blüht unten auf ein Grund,
Nicht gar unmündig
Da nämlich ist Ulrich
Gegangen; oft sinnt, über den Fußtritt,
Ein groß Schicksal
10   Bereit, an übrigem Orte.

LEBENSALTER 3 Palmyra   *Stadt in Syrien, 273 n. Chr. von den Römern zerstört.*

DER WINKEL . . . 1 *Felsbildung im Wald bei Hardt, unweit von Nürtingen, bestehend aus zwei aneinander lehnenden Platten; im Jahr 1519 fand hier, der Sage nach, der in Z. 7 genannte Herzog Ulrich Zuflucht vor seinen Verfolgern.*

JOHANN WOLFGANG VON GOETHE

Das Sonett.

Sich in erneutem Kunstgebrauch zu üben
Ist heil'ge Pflicht, die wir dir auferlegen.
Du kannst dich auch, wie wir, bestimmt bewegen
Nach Tritt und Schritt, wie es dir vorgeschrieben.

Denn eben die Beschränkung läßt sich lieben,
Wenn sich die Geister gar gewaltig regen;
Und wie sie sich denn auch gebärden mögen,
Das Werk zuletzt ist doch vollendet blieben.

So möcht' ich selbst in künstlichen Sonetten,
In sprachgewandter Maßen kühnem Stolze,
Das beste, was Gefühl mir gäbe, reimen;

Doch weiß ich hier mich nicht bequem zu betten,
Ich schneide sonst so gern aus ganzem Holze,
Und müßte nun doch auch mitunter leimen.

FRIEDRICH HÖLDERLIN

Die Heimat.

Froh kehrt der Schiffer heim an den stillen Strand
Von Inseln fernher, wenn er geerndtet hat;
So käm' auch ich zur Heimat, hätt' ich
Güter so viele, wie Leid, geerndtet.

Ihr theuern Ufer, die mich erzogen einst,
Stillt ihr der Liebe Leiden, versprecht ihr mir,
Ihr Wälder meiner Jugend! wenn ich
Komme, die Ruhe noch einmal wieder?

Am kühlen Bache, wo ich der Wellen Spiel,
Am Strome, wo ich gleiten die Schiffe sah,
Dort bin ich bald; euch, traute Berge!
Die mich behüteten einst, der Heimat

15 Verehrte sichre Gränzen, der Mutter Haus
Und jüngerer Geschwister Umarmungen
  Begrüß' ich bald, und ihr umschließt mich,
    Daß, wie in Banden, das Herz mir heile,

Ihr Treugebliebnen! Aber ich weiß, ich weiß,
20 Der Liebe Leid – dieß heilet so bald mir nicht,
  Dieß singt kein Wiegensang, den tröstend
    Sterbliche singen, mir aus dem Busen.

Denn sie, die uns das himmlische Feuer leihn,
Die Götter schenken heiliges Leid uns auch,
25 Drum bleibe dieß! Ein Sohn der Erde,
    Schein' ich, zu lieben gemacht, zu dulden.

ISAAC VON SINCLAIR*

Päan.

Laßt den Wein mit Rosen uns bekränzen,
Und die Rosen taucht in Wein!
5 Laßt die Rosen in den Bechern glänzen!
'S ist der Freude Wiederschein.
Befreit das Herz von seiner Klage,
Ergebt euch eins der Lust!
Empfangt sie in der innern Brust,
10 Am feyerlichen Tage!

Chor.
Das schöne Jahr
Ist uns geworden,
Und neue Lüfte wehen,
15 Und Wolken licht und klar
In blaue Fernen gehen.

Jeglichem der Tag nicht wird gesendet,
Und der Strahl der Freud' in's Herz,
Mannichfach von Sorg' und Furcht geblendet,
20 Und von eitlen Kummers Schmerz.
Ihm hat die Zeit es nicht gewähret,
Wonach die Sehnsucht tracht't,
Daß nun des Leides nur bedacht,
In seine Nacht es kehret.

1 *Pseudonym:* Crisalin.

25

Chor.

Am Tag der Lust,
Am Tag der Freude,
Des Ursprungs es gedenket,
Sich nur *des* Seyns bewußt,

30 Das kein Verhängniß lenket.

Was ereilt auf schnellem Flug getragen,
Ahndungsvoll die Seele nicht?
Jenseits, als des Lichtes Flächen tagen,
Sieht sie ihres Tages Licht.

35 Sie eilt hinab über die Hügel
Zum Silberstrom, wohin
Ins Bad die Sonnenrosse ziehn
Gesenkt die goldnen Zügel.

Chor.

40 In's Abendroth
Versinken – sterben –
Aus ew'ger Still' gegangen,
Vergangen in den Tod,
Von Wonne-Füll' umfangen!

45 Schönheit hat sich über's Land ergossen,
Steigt vom Berg vom Thal empor,
Und die kleinen Keime alle sprossen
Froh aus ihren Hüllen vor.
Blüht alles nur, um zu verschwinden,

50 Daß wieder auf es hör'?
Es eilt in neuer Schöpfung Meer,
Ein gränzlos Grab zu finden.

Chor.

Das Herz geht vor
55 Aus seinen Banden
Beim Ruf, den es vernommen.
Doch nimmer an sein Ohr
Die Hoffnungsworte kommen.

Sanfte Triebe wurden uns verliehen,
60 Und der mild'ren Freuden Sinn.
Aber sind zum Schmerz sie nur gediehen?
Es erlangt das Herz nur ihn.

Soll es von dem Verlangen lassen
Mit ewigem Verzicht?
65 Es findet doch die Ruhe nicht;
Soll's sehnend es umfassen?

Chor.

Doch wann es kehrt
Zur Erd', dann ruht es
70 Von ihrer Schönheit trunken,
Vom Leben nicht gestört,
In süßen Traum versunken.

Daß ihr doch vermöchtet zu verkünden,
Wohin nun das Herz sich neigt –
75 Unbewegtes Dasein zu empfinden,
Noch den letzten Wunsch erreicht!
Wie eine goldne Wolke breitet
Die Sehnsucht sich um's Haupt.
Es hat die Hoffnung, der es glaubt,
80 Sich nun das Herz bereitet.

Chor.

Die fessello-
Se Seel' am Strome
Und an den Quellen schwebet,
85 Und öfter noch zum Schoos
Der Freiheit sie sich hebet.

Unsichtbar auf Morgenwindes Flügeln
Wallt Versöhnung mild hervor,
In der Frühlingswolke von den Hügeln
90 Steiget Dank zu ihr empor,
Die Seele sanfter zu bezügeln,
Strömt Melodie in's Ohr,
Und holde Bilder treten vor,
Sie schöner zu bespiegeln.

95 Chor.

Wer kennt den Geist?
Wer kann wohl seines
Fluges Bewegung sehen,
Die leichtem Raum entfleußt,
100 Wo weiche Lüfte wehen?

SIEGFRIED SCHMID

Zeus.

Der höchste der Götter
Schwebt seligen Anschauns
Über der Welt.
Mit leisen Blicken
Sammelt er Wolken.
Ein Ruck seiner Wimper
Gebietet dem Donner;
Ein Blitz seiner Augen
Lenket den Strahl.
Mit sanfter Würde
Erhebt er das Haupt,
Und freundlich erheitert
Die Sonne den Äther.

Der höchste der Götter
Blickt mühelos, lächelnd
Auf Sterbliche hin.
Ihr Eifer und Toben
Sind Spiele der Kinder
Dem hohen Beherrscher.
Ein Hauch seiner Lippen
Vernichtet ihr Mühen;
Ein Wink seines Fingers
Verwehet sie selber,
Die Armen in Staub.

JOHANN GOTTFRIED SEUME

Der Bourbonide fiel durchs Beil,
Und ließ zu seines Nahmens Rache
Der Nation entweihte Sache
Den Kühnsten im Verbrechen feil:
Schnell rief die Wuth mit Hohngelache
Im Sturm entfernten Völkern Heil,
Und überzog sie wie ein Drache
Mit neuer Knechtschaft Geißelseil.

10   Man tönte hoch die hehren Nahmen
Von Freyheit und Gerechtigkeit;
Und alle, die zu nahe kamen,
Sahn in des Himmels schönem Saamen
Der Hölle Unkraut ausgestreut,
15   Und bebten vor der Folgezeit.
Man drohte rund umher den Thronen,
Als bräch' ihr Weltgericht herein;
Und baute Konstitutionen,
Und riß sie trümmernd wieder ein;
20   Und predigte mit Legionen
Des neuen Glückes Litaneyn,
Und dezimierte Nationen
Ins herrliche System hinein.
Man ließ das Volk laternisieren,
25   Guillotinieren, septembrieren,
Durch Teufen es iniziieren,
Zur Freyheit es zu sublimieren;
Und die Verstockten zu kasteyn
Mit kurzer Hand sie kayennieren:
30   Und es erschienen lange Reihn
Verfassungen, auf schlechte schlechte;
Und immer kam noch nicht die rechte,
Nun hohlet man den Papst mit seiner Zunft,
Den Erzhatschier der Unvernunft,
35   Den Korsen unbedingt und rein
Zum Avtokrator einzuweihn,
Und mit des Glaubens Nebelschein
Zum leidenden Gehorsam alle Frommen,
Die schaarenweis zur Benedeyung kommen,
40   Von Licht und Freyheit zu befreyn:
Das wird nun wohl die rechte seyn.

---

25 septembrieren *bezieht sich auf die Septembermorde von 1792.*   **29** *nach* Cayenne *(frz. Strafkolonie in Südamerika) schicken.*   **34** Erzhatschier *oberster Leibwächter.*

Die Zeit der Dichtung ist vorbey,
Die Wirklichkeit ist angekommen;
Und hat des Lebens schönen May
Unwiederbringlich weggenommen.
5 Dem Geiste Dank, der mit mir war,
Daß mich mein Traum nicht weit entfernte;
So leb' ich ruhig nun das Jahr,
Wo Vater Kato griechisch lernte.

Sonst hatt' ich noch den hohen Muth,
10 Trotz den Hyänen und den Wölfen,
Und wollt' in meines Eifers Glut
Die Erde mit verbessern helfen:
Jetzt seh ich die Verworfenheit,
Womit sich alle knechtisch schrauben,
15 Und lasse sie auf lange Zeit
Der Geißel und dem Aberglauben.

Wohl war es eine schöne Zeit,
Wo mich ein Götterfeuer wärmte,
Daß ich bis zur Vermessenheit
20 Für Schönes und für Gutes schwärmte.
Jetzt hat der Blick rund um mich her
Die heißern Flammen abgekühlet,
Daß meine Seele sich nunmehr
Nur stiller denkt und leiser fühlet.

25 Ich habe manche Mitternacht
Mit glühend zehrenden Gedanken
Der großen Rettung nachgedacht;
Nun hat mein Auge seine Schranken.
Man hat die himmlische Vernunft
30 Blasphemisch in den Koth getreten,
Und läßt der alten Gauklerzunft
Neu aufgelegten Unsinn beten.

Die schändlichste Pleonexie
Mit Kastengeist und Übermuthe
35 Zerstöret alle Harmonie,
Und tödtet schleichend alles Gute.
Und diese sind, spricht Cäsars Knecht,
Uns unaustilgbar eingegraben:
Da hat die Sklavenseele Recht;
40 Doch nur für sich und ihre Raben.

---

9 *Cato d. Ä. soll erst im Alter Griechisch gelernt haben.*   33 Pleonexie *Habgier.*

Die Pergamente streuen Staub
Anathematisch in die Augen;
Des Dolches Spitze trifft den Raub,
Und läßt dann die Harpyen saugen:
45 Die Frömmeley lügt für Gewinn;
Der Geldsack drückt nach allen Seiten;
Der Witzler quält den Menschensinn
Und preist die Schande seiner Zeiten.

Nichts gleicht des Einen Gaunerey,
50 Als nur die Dummheit eines andern;
Bey dieser darf er kühn und frey
In seinem Nebelnimbus wandern.
Der Bonze brummt, der Zwingherr braust;
Der arme Sünder kniet und beichtet,
55 Und folgt dem Rauchfaß und der Faust,
Und wird begnadigt und erleuchtet.

Man raubet dieses Lebens Lohn
Mit Molochsblick und blankem Eisen,
Und will mit Spottreligion
60 Nur in das andere verweisen;
So spricht man dem Verstande Hohn:
Doch sprächens tausend Priesterzungen
Mit ihrer Salbung schwerem Ton,
Es blieben Gotteslästerungen.

65 Verzeih mir, Freund, ich glaube gar,
Daß ich oft wieder jünger werde.
Der Rückfall kommt zuweilen zwar;
Doch heilt ein Blick auf unsre Erde.
Ich bin zufrieden, daß ich mich
70 Für mich auf meinem Standpunkt halte:
Ein jeder thue das für sich;
Im Ganzen bleibt es wohl das Alte.

Wer blickte mit Besonnenheit
Umher in unsrer Weltgeschichte,
75 Ganz ohne Furcht, daß nicht im Streit
Ein Dämon ihm den Muth vernichte?
Das Urtheil drängt sich mächtig ein,
Als wärs vom Schicksal zugeschworen:
Der Mensch vielleicht kann weise seyn;
80 Allein die Menschen bleiben Thoren.

---

42 Von „Anathema‘, dem (kirchlichen) Bannfluch.

Wir erzählten traulich und durchliefen
Noch einmahl das Leben Jahr für Jahr,
Da erschien ein Freund, und seine tiefen,
Hohlen, ernsten Trauertöne riefen
5   Uns die Bothschaft, die gekommen war.

Schiller ist gestorben! Alle schwiegen
Drey Minuten feyernd, bis empor
In des Schmerzes schweren Athemzügen
Unserm Liebling Todtenopfer stiegen,
10   Und die Pressung ihr Gewicht verlor.

Schiller ist gestorben! scholls in allen
Zirkeln an der Newa auf und ab,
Von dem Marmor in den Kaiserhallen.
Freund, so schöne Blumenkränze fallen
15   Selten nur auf eines Dichters Grab.

Aber selten heiligen die Musen
Einen Geist auch so sich zum Altar,
Wohnen himmlisch so in einem Busen,
Wie vom Griechen bis zu dem Tongusen
20   Unser Liebling stets ihr Liebling war.

Von dem Rheine bis zum Oby haben
Tausende sich oft durch ihn erfreut,
Reicher sich gelebt durch seine Gaben,
Die er, ihren Seelendurst zu laben,
25   Unerschöpflich um sich ausgestreut.

Mächtig klang dem Delier die Laute,
Wenn er ihre Saiten Schillers Hand,
Ihre Lieder seiner Brust vertraute;
Und die dichte stille Menge schaute
30   Dann durch ihn sich in das Geisterland.

Seine Zauber öffneten die Pforte,
Daß der Blick in neue Welten ging;
Blumen schuf er, wo die Flur verdorrte,
Und der Sturm beflügelte die Worte,
35   Die er flammend von dem Gott empfing.

Groß und mit der Tugend hohem Muthe,
Die den Männerwerth in Lumpen ehrt,

---

12 *Die Nachricht erreichte Seume in Petersburg.*   19 Tongusen *Tungusen (Volks-stamm in Sibirien).*   21 Oby *Ob (Fluß in Sibirien).*   26 Delier *Apollo.*

Sprach er kühn und offen für das Gute,
Unbekümmert ob der Thor verblute,
40   Der vom Mark der stillen Einfalt zehrt.

Wem nicht er des Himmels Götterfunken
Aus des Wesens letzter Tiefe schlägt,
Wenn er göttlich singt und feuertrunken,
Bleibet, in des Stumpfsinns Nacht versunken,
45   Zu den Seelenlosen hingelegt.

Liebenswürdig war der Mann als Dichter;
Und der Dichter es noch mehr als Mann.
Glücklich wer wie er so viel Gesichter,
So viel Herzen, auch als strenger Richter,
50   Auf den guten Weg erheitern kann.

Schiller wird mit seinem Posa leben;
Leben, wenn der Undank ihn vergißt.
Niemand kann ätherischer uns heben,
Niemand besser zu genießen geben,
55   Was der Silberblick des Lebens ist.

Karl Müchler

An die Deutschen.

Kennt ihr das Volk, das fest, wie seine Eichen,
Und feurig, wie sein Rebensaft,
5   Im blut'gen Kampf, kühn mit Heroenkraft,
Den Römer zwang, aus fremder Gau zu weichen?

Wie heißt der Held, der *Varus* Legionen,
Ein Vaterlands Erretter, schlug? –
Sein Name lebt in *Klopstocks* Odenflug,
10   Und ewig blühn des Siegers Lorbeerkronen!

Es ist das Volk, dem die Natur den Stempel
Des Biedersinns tief eingedrückt,
Das nie sich feig in fremdes Joch gebückt,
Hellschimmernd in der Weltgeschichte Tempel.

15   Es ist das Volk der Helden und der Weisen,
Das kein zweydeutig Gold bethört,

---

41 Wem *Im Erstdruck (auch in späteren Drucken):* Wenn

Der Treue Schwur bundbrüchig nie entehrt,
Doch unbiegsam, wie seiner Lanzen Eisen.

„Frey wie die Luft und keines Lasters Sclave!"
20   So pries es einst ein *Tacitus*;
Dir, stolzes Rom! ein strenger Genius,
Und dem verderbten Zeitgeist eine Strafe!

Es ist das Volk, das seiner Kräfte Meister,
Entsagend der Eroberung,
25   Sich frey erhob mit hohem Adlerschwung,
Und Sieg erfocht in dem Gebiet der Geister.

Es ist ein *Luther* unter ihm erstanden,
Der mit dem Schwerdt der Rede schlug;
Sein kühner Geist, entschleiernd Mönchsbetrug,
30   Riß Deutschland aus des Aberglaubens Banden.

Ein *Friedrich* ward aus *Herrmanns* Volk geboren,
Das Wunder jeder Folgezeit,
Vor seinem Ruhm sinkt in Vergessenheit,
Was Schmeicheley zum Götzen sich erkohren.

35   Ihr Söhne *Teuts*! erkennet eure Ahnen –
Die Erben der Unsterblichkeit –
In diesem Bild'! – Laßt die Vergangenheit!
Nicht fruchtlos euch zu gleichen Thaten mahnen!

UNBEKANNTER VERFASSER

Der Falke.
Mündlich.

Wär ich ein wilder Falke,
5   Ich wollt mich schwingen auf,
Und wollt mich niederlassen
Vor meines Grafen Haus.

Und wollt mit starken Flügel,
Da schlagen an Liebchens Thür,
10   Daß springen sollt der Riegel,
Mein Liebchen trät herfür.

---

2 ff. *Vermutlich von Arnim stammende Variation auf ein Volkslied; vgl. Bd. 3 dieser Anthologie unter 1574:* Wer ich ein wilder Falcke ...

„Hörst du die Schlüssel klingen,
„Dein Mutter ist nicht weit,
„So zieh mit mir von hinnen
15   „Wohl über die Heide breit.“

Und wollt in ihrem Nacken
Die goldnen Flechten schön
Mit wilden Schnabel packen,
Sie tragen zu dieser Höhn.

20   Ja wohl zu dieser Höhen,
Hier wär ein schönes Nest,
Wie ist mir doch geschehen,
Daß ich gesetzet fest.

Ja trüg ich sie im Fluge,
25   Mich schöß der Graf nicht todt,
Sein Töchterlein zum Fluche,
Das fiele sich ja todt.

So aber sind die Schwingen
Mir allesamt gelähmt,
30   Wie hell ich ihr auch singe,
Mein Liebchen sich doch schämt.

UNBEKANNTER VERFASSER ·

Liebesdienst.

Mündlich durch die gütige Bemühung des Herrn A. B. Grimm aus Schlüch-
tern bei Heilbronn, eines Studierenden in Heidelberg, dem wir noch einige
5   andere verdanken.

Es war ein Markgraf über dem Rhein,
Der hatte drey schöne Töchterlein;
Zwey Töchterlein früh heirathen weg,
Die dritt hat ihn ins Grab gelegt.
10   Dann ging sie singen vor Schwesters Thür:
„Ach braucht ihr keine Dienstmagd hier?“

„Ei Mädchen, du bist mir viel zu fein,
„Du gehst gern mit den Herrelein.“

---

2 ff. *Nach Ausweis der bei Erk-Böhme mitgeteilten Melodie eigentlich zweizeilige Strophen.*

„Ach nein! ach nein! das thu ich nicht,
15 „Daß ich so mit den Herrlein geh!"
Sie dingt das Mägdlein ein halbes Jahr,
Das Mägdlein dient ihr sieben Jahr.

Und als die sieben Jahr um warn,
Da wurd das Mägdlein täglich krank;
20 „Sag Mägdlein, wenn du krank willst seyn,
„So sag mir, wer sind die Ältern dein?"
„Mein Vater war Markgraf über dem Rhein,
„Und ich bin sein jüngstes Töchterlein."

„Ach nein! ach nein, das glaub' ich nicht,
25 „Daß du meine jüngste Schwester bist!"
„Und wenn du mir's nicht glauben willst,
„So geh nur an meine Kiste hin,
„Daran wird es geschrieben stehn."
Und als sie an die Kiste kam,

30 Da rannen ihr die Backen ab:
„Ach bringt mir Weck, ach bringt mir Wein,
„Das ist mein jüngstes Schwesterlein!"
„Ich will auch kein Weck, ich will auch kein Wein,
„Will nur ein kleines Lädelein,
35 „Darin ich will begraben seyn."

UNBEKANNTER VERFASSER

Das fahrende Fräulein.
Mündlich.

O weh der Zeit, die ich verzehrt
5 Mit meiner Buhler Orden,
Nachreu ist worden mein Gefährt,
Ich bin zur Thörin worden.

Mich reut die Schmink und falscher Fleiß,
Den ich darauf gewendet,
10 Die Sonne schien, ich baut auf Eis,
So war ich schier verblendet.

---

2 ff. *Vermutlich größtenteiis von Arnim. Die ersten beiden Strophen nach einem Volkslied,
das in Georg Forsters* Frischen Teutschen Liedlein *überliefert ist. Vgl. Bd. 3 dieser Antho-
logie unter 1540:* Owe der zeyt . . .

Wie wird es heiß, fort zieht das Eis,
Und meine goldnen Schlösser,
Wie ruft es doch im Flusse leis,
15   Da drunten wär es besser.

Und wie sie in das Wasser fällt,
Da hat sie fest gehalten,
Der Liebste, dem sie nachgestellt,
An ihres Schleyers Falten.

20 Laß mir den Schleyer, halt mich nicht,
Laß still mich 'nunter ziehen,
Denn mein verstörtes Angesicht,
Das würde nach dich ziehen.

Der Strom ist stark, sein Arm zu schwach,
25 Sie will den Schleyer nicht lassen,
So zieht verlorne Liebe nach,
Er wollte sie nicht verlassen.

UNBEKANNTER VERFASSER

Vertraue.
Mündlich.

Es ist kein Jäger, er hat ein Schuß,
5 Viel hundert Schrot auf einen Kuß:
„Feins Lieb, dich ruhig stelle,
„Und willst du meinem Kuß nicht stehn,
„So küßt dich mein Geselle.“

„Mein Kuß ist leicht, wiegt nur ein Loth,
10 „Du wirst nicht bleich, du wirst nicht roth,
„Du brauchst dich nicht zu schämen,
„Ich will den schwarzen Vogel dir
„Vom Haupt herunter nehmen.“

„Feins Lieb sitz still im grünen Moos,
15 „Der Vogel fällt in deinen Schoos,
„Wohl von des Baumes Spitzen;
„In deinem Schoose stirbt sich gut,
„Feins Lieb bleib ruhig sitzen.“

---

2 ff. *Vermutlich von Arnim, unter Verwendung von Volksliedformeln.*

20
Sie wollt nicht trauen auf sein Wort,
Brauns Mädelein wollt springen fort,
Der Schuß schlug sie darnieder;
Der schwarze Vogel von dem Baum
Schwang weiter sein Gefieder.

25
„Mein Kuß ist leicht, wiegt nur ein Loth,
„Du wirst nicht bleich, du wirst nicht roth,
„Brauchst dich nicht mehr zu schämen,
„In deinem Schooße stirbt sichs gut."
Er thät sichs Leben nehmen.

UNBEKANNTER VERFASSER

Die Kindermörderinn.

Wehmüthig klagend.

Joseph, lieber Joseph, was hast du gedacht,
daß du die schöne Nanerl ins Unglück gebracht!

---

2 *Wie der Herausgeber des Erstdrucks, K. G. Horstig, mitteilt, hat er* Worte und Töne
nach dem Gesang eines gefälligen Knaben vom Berge *mitstenographiert, auf den ihn der Her-*
ausgeber des Wunderhorns – gemeint ist Arnim – *aufmerksam gemacht hatte.*

3 ff. *Der Text des Gedichtes, im Erstdruck in zwei leicht differierenden Fassungen mitgeteilt,*
erst in der Einleitung des Herausgebers, dann innerhalb der Musikbeilage, wird hier in der ersten
Fassung wiedergegeben.

₅ Joseph, lieber Joseph mit mir ists bald aus,
und wird mich bald führen zu dem Schandthor hinaus.

Zu dem Schandthor hinaus auf einen grünen Platz,
da wirst du bald sehen, was die Lieb hat gemacht.

Richter, lieber Richter, richt nur fein geschwind,
₁₀ ich will ja gern sterben, daß ich komm zu meinem Kind.

Joseph, lieber Joseph, reich mir deine Hand,
ich will dir verzeihen, das ist Gott wohl bekannt.

Der Fähnrich kam geritten und schwenket seine Fahn,
halt still mit der schönen Nanerl, ich bringe Pardon!

₁₅ Fähnrich, lieber Fähnrich, sie ist ja schon todt.
Gut Nacht, meine schöne Nanerl, deine Seel ist bei Gott.

1807

LOUISE BRACHMANN

Das Hirtenmädchen.

Wohin im Hauch der Lüfte,
Ihr Wolken, so geschwind?
₅ Hier wehn ja Blumendüfte,
In Blüten spielt der Wind.

Die Schäfchen gehn und weiden
In Blumen tief am Bach;
Ihr Wolken zieht den Freuden
₁₀ Vergangner Stunden nach.

Wohl schön're Lenzgefilde
Erblickt ihr von der Höh?
Wie wird mir bei dem Bilde
So wohl und doch so weh!

₁₅ Wollt ihr in jener Ferne
Den holden Fremdling sehn?
Der Augen lichte Sterne,
Die Mienen sanft und schön?

20   Ach Wolken, wie vermessen!
Das Schönste schaut ihr kühn!
Doch ich – ich will vergessen,
Und still zur Heimath ziehn!

GEORG PHILIPP SCHMIDT

Todes Wiegen-Lied.

Mit Musik von H. Zelter.

Ich hab' eine Wiege so schmuck und nett,
5   Und drinnen so weich und so warm ein Bett;
Ich wiege Groß, ich wiege Klein,
Und was ich wiege, schlummert ein.

Ich hab' eine Weise mir ausgedacht,
Es horchet wol gerne, was weint und lacht;
10   Sie trällert Kind und Greis zur Ruh,
Das Auge fällt von selber zu.

Ich hab ein fast liebliches Glockenspiel,
Das wol auch dem Könige selbst gefiel;
Es klingelt, klingelt leise kaum,
15   Und was da weh that – ist ein Traum.

So kommt dann ihr Kindlein Hand in Hand,
Was Kronen getragen und Besen band,
In meine Wiege, gleich bequem
Für Bettelstab und Diadem.

20   Was steht da die liebliche Braut so fern?
Ich habe die blühenden Bräute gern;
Der Rosen achte nicht, mein Kind,
Die Lilien viel schöner sind.

Was hat er die Krücke so lieb der Greis!
25   Was will er auf Erden? sein Haar ist weiß.
Komm her, vergiß es, daß du bist,
Es ist nur glücklich, wer vergißt.

---

1 *Der Name des Verfassers erscheint hier – wie auch sonst meist – in der Form* Schmidt
von Lübeck.

Wol steht er dir stattlich der Doctorhut,
Doch irdische Weisheit macht schweres Blut;
30 Das Kopfweh und den kranken Wahn
Verschauckelt dir mein leichter Kahn.

Laß, arme Verlorne, dir nimmer graun,
Hier ist noch ein Plätzchen, du darfst vertraun;
Die Tugend und das Glas zerbricht,
35 Ich wiege nur und richte nicht.

Ehrwürdiger Bischoff gestreng und fromm,
Verschmähe die Nachbarin nicht und komm;
Ob man die Münze lobt und schilt,
Mich kümmert's wenig, was sie gilt.

40 Was schöne Prinzessin ist Hermelin?
Ich habe Cypressen und Rosmarin. –
Doch heut' ist nun die Wiege voll,
Drum gute Nacht! schlaft alle wohl.

JENS PETER BAGGESEN

An Lilia.

Allgegenwärtig bist Du meinen Sinnen,
    O *Lilia!*
5 Du bist von aussen, und Du bist von innen
    Mir ewig da.
Ich denke Dein am Markt in des Gewimmels
    Gelärm-Verein,
Und unter'm Domgewölb des Sternenhimmels
10   Im Wald' allein.
Ich suche Dich in jedem zarten Triebe
    Der flücht'gen Zeit,
Und finde Dich in der erhabnen Liebe
    Der Ewigkeit.
15 Ich sehe Dich, wenn hoch der Himmel funkelt
    In heller Pracht,
Und wenn auf Erden alles um mich dunkelt
    In tiefer Nacht.

---

2 ff. *In metrischer Form und Motivik an die im vorigen Band dieser Anthologie auf S. 260,
264 und 269 abgedruckten Gedichte anschließend.*

Ich höre Dich, wo Felsen wiederhallen
20   Vom Hörnerklang,
Im Harfenton und in der Nachtigallen
        Choralgesang.

Ich athme Deinen Hauch in Morgenlüften,
        Wo Veilchen blüh'n,
25 In Mittagsschatten und in Abenddüften,
        Wo Rosen glüh'n.

Ich fühle Dich, wenn tief in meinem Herzen
        Empfindung bebt,
Und wenn gen Himmel über alle Schmerzen
30   Mein Geist sich hebt.

In allen Zeiten und in allen Räumen
        Erscheinst Du mir;
Im Ernst und Spiel, im Wachen und im Träumen
        Bin ich bey Dir.

35 Und wo Natur von aussen, Gott von innen
        Ergreifen mich,
Umarm' ich geistig und mit allen Sinnen
        Geliebte Dich!

KARL GOTTLIEB ANDREAS FREIHERR VON HARDENBERG*

Sehnsucht.

Sind die guten alten Zeiten
denn auf immer nun vorüber,
5   kömmt aus jugendlichen Landen
kein geliebter Klang herüber?
sind die alten Herrlichkeiten
nun gesunken in die Nacht,
Will der schwanke Kahn nicht landen
10 Wo der Frühling jezt erwacht?

Sollen wir noch lange hoffen
bis das neue Reich gegründet,
Wird nicht bald von ewgen Lippen
uns die güldne Zeit verkündet?

1 *Pseudonym:* Rostorf.

15 Ist das Thor uns noch nicht offen,
bricht der Tag noch nicht herein
können wir nicht seelig nippen
Von dem alten Liebeswein?

Wird sich uns nicht offenbaren
20 was so lange sich verborgen,
will die Dämmerung nicht weichen
jenem lichten süßen Morgen?
Will der stille Schoos bewahren
länger noch der Liebe Licht
25 sich nicht bald die Hülfe zeigen
eh das Herz vor Angst zerbricht?

Heißer Sehnsucht süße Blume
hat den stillen Kelch geschlossen,
treuer Hoffnung schönes Leben
30 ist in Wehmuth bald zerflossen!
Nach dem alten Heiligthume
sehnte sich die bange Brust
mögte gerne sich ergeben
jener alten, heilgen Lust!

35 Aller Jünger Augen schauen
sehnsuchtsvoll in blaue Weiten;
Kehren nicht aus heimschen Lande
bald zurük die alten Zeiten?
Klingt für uns aus fernen Auen
40 nicht ein süßer Ton herauf,
Und zerspringen nicht die Bande
bricht nicht bald die Knospe auf?

Einst wenn auf die goldne Sonne
steigt, mit frischem Glorien Scheine
45 jedes Herze ist erfüllet
mit der ewgen Lieb alleine,
Wenn in liebestrunkner Wonne
sich ein jedes Knie beugt
Wird die Sehnsucht uns erfüllet
50 und der trübe Schleier weicht!

Göttliche Verklärung sinket
aus dem Himmel zu uns nieder
und der alte heilge Glauben
kehrt mit treuem Fittich wieder;

55   Jeder Mund beseeligt trinket
von dem alten Liebeswein
Und dann kann uns nichts mehr rauben
Ew'ger Liebe Edelstein.

    Seelger Tröstung sichre Flügel
60   müssen über uns sich breiten
und des Himmels süßer Frieden
leuchtet uns in Ewigkeiten,
losgesprengt des Grabes Riegel
ist die Jugend neu erwacht
65   und wir schlafen dann in Frieden
Eine kurze Liebesnacht!

GEORG ANTON FREIHERR VON HARDENBERG*

An Novalis.

Im wundervollen Traume mir erschienen,
Sah eine Blüte ich der Erd' entsteigen,
5   Dem duft'gen Kelche sich drei Knospen neigen
Von Demant, Saphir, glühenden Rubinen;

Doch muß sie wohl ein beßres Loos verdienen,
Da nun die Knospen farb'gen Blüten weichen,
Die bunten Blätter zarten Flügeln gleichen,
10   Zur Himmelsleiter dieser Blüte dienen.

Mir war der Traum nur deines Lebens Spiegel,
Das mir zu früh ein süßes Traumbild dünkte,
Schmerzlich erwacht, sah ich es unvollendet.

Lieb', Unschuld, Treue wurden goldne Flügel
15   Empor dich tragend, wo die Liebe winkte,
Nach der du hier sehnend dich stets gewendet.

---

1 *Pseudonym:* Sylvester.

FRIEDRICH SCHLEGEL

Spruch.

Geistlich wird umsonst genannt,
Wer nicht Geistes Licht erkannt;
Wissen ist des Glaubens Stern,
Andacht alles Wissens Kern.
Lehr' und lerne Wissenschaft,
Fehlt dir des Gefühles Kraft
Und des Herzens frommer Sinn,
Fällt es bald zum Staube hin;
Schöner doch wird nichts gesehn,
Als wenn die beisammen gehn,
Hoher Weisheit Sonnenlicht
Und der Kirche stille Pflicht.

LUDWIG UHLAND*

Das Schloß am Meere.

Hast du das Schloß gesehen,
Das hohe Schloß am Meer?
Gülden und rosig wehen
Die Wolken drüber her.

Es möchte sich nieder neigen
In die spiegelklare Flut;
Es möchte streben und steigen
In der Abendwolken Glut.

„Wol hab' ich es gesehen,
Das hohe Schloß am Meer;
Und den Mond darüber stehen,
Und Nebel weit umher."

Der Wind und des Meeres Wallen
Gaben sie süßen Klang?
Vernahmst du aus hohen Hallen
Saiten und Festgesang?

„Die Winde, die Wogen alle
Lagen in tiefer Ruh';

Einem Klagelied aus der Halle
Hört' ich mit Thränen zu."

Sahest du oben gehen
Den König und sein Gemahl?
25   Der roten Mäntel Wehen?
Und der güldnen Kronen Stral?

Führten sie nicht mit Wonne
Eine lichte Jungfrau dar,
Herrlich wie eine Sonne,
30   Stralend im güldnen Haar?

„Wol sah ich die Eltern beide,
Ohne der Kronen Licht,
Im schwarzen Trauerkleide –
Die Jungfrau sah ich nicht!"

FRIEDRICH HÖLDERLIN

Die Nacht.

Rings um ruhet die Stadt. Still wird die erleuchtete Gasse,
    Und mit Fackeln geschmückt rauschen die Wagen hinweg.
5 Satt gehn heim, von Freuden des Tags zu ruhen, die Menschen,
    Und den Gewinn und Verlust wäget ein sinniges Haupt
Wolzufrieden zu Haus; leer steht von Trauben und Blumen,
    Und von Werken der Hand ruht der geschäftige Markt.
Aber das Saitenspiel tönt fern aus Gärten; vielleicht, daß
10   Dort ein Liebendes spielt, oder ein einsamer Mann
Ferner Freunde gedenkt und der Jugendzeit; und die Brunnen
    Immerquillend und frisch rauschen an duftendem Beet.
Still in dämmriger Luft ertönen geläutete Glocken,
    Und der Stunden gedenk rufet ein Wächter die Zahl.
15 Jezt auch kommet ein Wehn und regt die Gipfel des Hains auf,
    Sieh! und das Ebenbild unserer Erde, der Mond
Kommet geheim nun auch, die schwärmerische, die Nacht kommt,
    Voll mit Sternen, und wol wenig bekümmert um uns
Glänzt die Erstaunende dort, die Fremdlingin unter den Menschen
20   Über Gebirganhöhn traurig und prächtig herauf.

---

3 ff. *Erste Strophe der Elegie* Brod und Wein, *die als Ganzes erst 1894 zum erstenmal
gedruckt wurde.*

Jean Paul Friedrich Richter*

Eilf Polymeter auf den letzten Tag von 1807.

1.

Keine Flecken hatte die Sonne, versichert der Stern-Gelehrte[a],
darum war das Jahr so heiß wie Rache. Aber die Erde hatte die
Flecken, sag' ich, und darum brannte sie doppelt.

2.

Seltsames Jahr! Hast du denn auch Blütenbäume gehabt und
Nachtigallen, und den ganzen kurzen Frühling der Erde? – Du
schweigst und schämest dich; aber o wohl hattest du sie gebracht;
allein deine arme Menschen konnten nichts sehen mit ihren nassen
Augen.

3.

Habe, langes Jahr, auch Dank, du hast den besten Welttheil er-
leuchtet, wie der Leidensfreytag die Peterskirche, – mit einem er-
habnen lichtervollen Kreuz.

4.

Lange haben wir Deutsche auf Eisfeldern geackert und gesäet;
jetzt sind sie mit Todtenasche und Lebensblut gedüngt, und sie
können nun wohl Ernten tragen.

5.

Heute liegt vielleicht ein Mensch, dem Nordpol nahe, im Mittags-
schlummer, und träumt vom schönen langen Tage seines Lands;
da gab es keine Abenddämmerung, nur Morgendämmerung, da
war die Sonne der Mond der Nacht; da drängten Blüten sich Blü-
ten vor, und Früchte eilten nach, und die Erde war mit Leben
überschwemmt. Er erwacht aus dem Schlummer, und tritt aus der
Hütte; da sieht er Mittags am Himmel eine kleine Abenddämme-
rung, – ein blutiger ungestalter gewaffneter Nordschein donnert
zwischen den Sternen, und das bleiche Todten-Eis überzieht das
ganze Land. Soll er verzagen, der Mensch? Ausharren soll er; die
helle Zeit kehrt um; und schon heute ist die Sonne auf dem Wege
zu ihm.

6.

Erzieht deutsche Kinder, sagt das Jahr, so habt ihr nur euch ver-
loren; erziehet euch, so habt ihr nur Zeit verloren.

a) Casetti.

7.

Der Matte denkt, die Zeiten sind nur immer köstlichere Särge
einer einzigen Fürsten-Leiche. Aber der Fürst über sich selber
weiß, die Zeiten sind vielfache Tulpen-Häute einer Blume, die
unter einer wärmeren Sonne aufbricht, als die Erde hat, oder viel-
35 leicht unter der einheimischen.

8.

Dein Nachfolger nennt sich ein Schaltjahr; ob er gleich nur einen
einzigen Schalttag mitbringt. Er sey uns aber willkommen, wenn
er nichts einschaltet, als den Schmerz!

9.

Ihr alten Sterne schimmert ruhig herunter auf die bewegte Erde;
40 euer Himmel ist fester als unserer, und als Götter steht ihr droben;
aber ihr tödtet den nicht, wie andere Götter, dem ihr erscheint;
ihr macht nur die Erde klein, aber das Herz erhaben, und ihr sagt
herunter: folgt der Sonne wie wir, aber jede größere ziehe euch
um die größte.

10.

45 Lass' uns, seltsames Jahr, ein Neujahrsgeschenk zurück. Sollen
Völker vergeblich geweinet haben? Sollen wir, wie Sterbende,
noch Flocken lesen, und nach Mücken greifen? Lass' uns auf-
stehen und die Augen abwischen, und durch Zurückschauen die
Euridice – gewinnen. Lass' uns, wie die Erde, nach den Donner-
50 monaten des Kriegs endlich Reife und Früchte zeigen! Und auf
die Gräber der Schlachtfelder lass' uns lebendige Ehren-Bildnisse
stellen, heilig- und deutscherzogne Kinder!

11.

So brich denn rosenfarben an, du Morgen der neuen Zeit, und wie
an andern Morgen richte sich hinter der versiegenden Sündfluth
55 der Regenbogen des Friedens in *Westen* auf. Und der liebliche
Stern der Liebe, der das Jahr beherrscht[b], gehe nicht als Hes-
perus nieder, der die Nacht ansagt, sondern als Morgenstern her-
auf, der Tag verkündigt, und den nur die Morgenröthe verdun-
kelt; und die Liebe werde die Fürstinn der Zeit.

b) 1808 regiert nach dem alten Glauben die Venus oder der Abend- und
Morgenstern, der uns (Gott geb' es auch in anderem Sinn!) nächste Planet.
Auch Mars ist Ende des Jahrs nicht zu sehen; und ich wiederhole den alle-
gorischen Wunsch.

1808

FRIEDRICH HÖLDERLIN

Andenken.

Der Nordost wehet,
Der liebste unter den Winden
5   Mir, weil er feurigen Geist
Und gute Fahrt verheisset den Schiffern.
Geh aber nun und grüsse
Die schöne Garonne,
Und die Gärten von Bourdeaux
10   Dort, wo am scharfen Ufer
Hingehet der Steg und in den Strom
Tief fällt der Bach, darüber aber
Hinschauet ein edel Paar
Von Eichen und Silberpappeln;

15   Noch denket das mir wol und wie
Die breiten Gipfel neiget
Der Ulmwald, über die Mühl',
Im Hofe aber wächset ein Feigenbaum.
An Feiertagen gehn
20   Die braunen Frauen daselbst
Auf seidnen Boden,
Zur Märzenzeit,
Wenn gleich ist Nacht und Tag,
Und über langsamen Stegen,
25   Von goldenen Träumen schwer,
Einwiegende Lüfte ziehen.

Es reiche aber,
Des dunkeln Lichtes voll,
Mir einer den duftenden Becher,
30   Damit ich ruhen möge; denn süss
Wär' unter Schatten der Schlummer.
Nicht ist es gut,
Seellos von sterblichen
Gedanken zu sein. Doch gut

Hier korrigierte Druckfehler des Erstdrucks: 14 Eicheln 32 Licht

35 Ist ein Gespräch und zu sagen
 Des Herzens Meinung, zu hören viel
 Von Tagen der Lieb',
 Und Thaten, welche geschehen.

 Wo aber sind die Freunde? Bellarmin
40 Mit dem Gefährten? Mancher
 Trägt Scheue, an die Quelle zu gehn;
 Es beginnet nemlich der Reichtum
 Im Meere. Sie,
 Wie Mahler, bringen zusammen
45 Das Schöne der Erd' und verschmähn
 Den geflügelten Krieg nicht, und
 Zu wohnen einsam, jahrlang, unter
 Dem entlaubten Mast, wo nicht die Nacht durchglänzen
 Die Feiertage der Stadt,
50 Und Saitenspiel und eingeborener Tanz nicht.

 Nun aber sind zu Indiern
 Die Männer gegangen,
 Dort an der luftigen Spiz'
 An Traubenbergen, wo herab
55 Die Dordogne kommt,
 Und zusammen mit der prächt'gen
 Garonne meerbreit
 Ausgehet der Strom. Es nehmet aber
 Und gibt Gedächtnis die See,
60 Und die Lieb' auch heftet fleissig die Augen,
 Was bleibet aber, stiften die Dichter.

Hier korrigierte Druckfehler des Erstdrucks: 39 Bellamin 48 Most 53 lustigen
60 fleisig 61 Dichter,

ZACHARIAS WERNER

Zwei Sonnette.
(1806.)

(Beide Sonnette verhalten sich zum Schauspiel: *die Weihe der Kraft*,
5   **wie Zueignung und Epilog.)**

1.
An mein Ideal.

Was Schönes in der Kunst und in dem Leben,
Es offenbaret sich den holden Frauen,
Entschleiert können sie die Sonne schauen,
10 Dieweil sie selbst in ew'ger Klarheit schweben.

Doch – welcher Gott den Liebreiz hat gegeben,
Die schafft zum Eden um die Erdenauen,
Und ihre Blicke, wo sie niederthauen,
Wol können sie den Keim zur Frucht erheben –

15 Durch heil'ge Schönheit will sich Gott verkünden,
Der in der Klarheit wohnt, und in der Güte,
Dem Volke, das den reinen Sinn verloren.

LUISE! du, der hohen Frauen Blüte,
Du bist zur Weihe teutscher Kraft erkoren,
20 Im Schmerz ein Reich der Schönheit zu begründen!

2.
An die Teutschen.

Kraft, Freiheit, Glauben! – habt ihr es vernommen?
Sie sind nicht außer euch, noch in den Dingen.
Das Herrliche, es kann euch noch gelingen,
25 Doch kann es euch nur aus euch selber kommen.

Seht, eure Stüzen sind euch fortgeschwommen,
Vergebens mit dem Strom der Zeit zu ringen,
Das Schicksal nicht, nur euch könnt ihr bezwingen,
Das ist das Ziel des Starken und des Frommen.

30 Ihr saht nur Theile stets und nur das Viele,
Gesammelt wart ihr nie zum Ganzen, Einen,
Drum ist gekommen, was ihr selbst verschuldet.

Jezt rettet euch zum einzigen Asile,
Flieht zur Idee, entflieht dem leeren Meinen,
35 Das Rechte thut und das Gerechte duldet.

---

18 *Angeredet ist Königin Luise von Preußen.*

LUDWIG UHLAND*

Des Knaben Berglied.

Ich bin vom Berg' der Hirtenknab',
Seh' auf die Schlösser all herab;
Die Sonne stralt am ersten hier,
Am längsten weilet sie bei mir;
Ich bin der Knab' vom Berge!

Hier ist des Stromes Mutterhaus,
Ich trink' ihn frisch vom Stein' heraus;
Er braust vom Fels in raschem Lauf,
Ich fang' ihn mit den Armen auf;
Ich bin der Knab' vom Berge!

Der Berg, der ist mein Eigentum,
Da ziehn die Stürme rings herum;
Und heulen sie von Nord und Süd,
So überschallt sie doch mein Lied:
Ich bin der Knab' vom Berge!

Sind Bliz und Donner unter mir,
So steh' ich hoch im Blauen hier;
Ich kenne sie, und rufe zu:
Laßt meines Vaters Haus in Ruh'!
Ich bin der Knab' vom Berge!

Und wenn die Sturmglock' einst erschallt,
Manch Feuer auf den Bergen wallt:
Dann steig' ich nieder, tret' in's Glied,
Und schwing' mein Schwerd, und sing' mein Lied:
Ich bin der Knab' vom Berge.

GEORG PHILIPP SCHMIDT

Des Fremdlings Abendlied.

Mit Musik von Herrn Zelter.

Ich komme vom Gebirge her,
Es ruft das Thal, es rauscht das Meer;
Ich wandle still und wenig froh,
Und immer fragt der Seufzer: wo?

Die Sonne dünkt mich hier so kalt,
Die Blüte welk, das Leben alt,
Und was sie reden, tauber Schall;
Ich bin ein Fremdling überall.

Wo bist du, mein gelobtes Land,
Gesucht, geahnt und nie gekannt?
Das Land, das Land so hofnunggrün,
Das Land, wo meine Rosen blühn?

Wo meine Träume wandeln gehn,
Wo meine Todten auferstehn;
Das Land, das meine Sprache spricht,
Und alles hat, was mir gebricht?

Ich wandle still und wenig froh,
Und immer fragt der Seufzer: wo?
Es bringt die Luft den Hauch zurück:
„Da, wo du nicht bist, blüht das Glück!"

OTTO HEINRICH GRAF VON LOEBEN*

Wird die Plage nimmer enden,
Ist des Elends nicht genug?
Soll ein Wahn mich ewig blenden;
Der mit Blindheit alle schlug?

Nein, ich will das Auge laben,
Und erweitern meine Brust,
Frieden will das Herze haben,
Fröhlich Schweifen ist mir Lust.

Wie in einer frischen Gegend
Sich der Puls der Jugend dehnt,
Seine Schwinge leicht bewegend,
Daß sie sich zum Lichte sehnt!

Jede Blüthe quillt im Lichte,
Alles Wachsthum bringt ihm Gruß
Und zum ewigen Gedichte
Wird der flüchtige Genuß.

---

1 *Die folgenden zwei Gedichte erschienen unter dem Pseudonym* Isidorus Orientalis.

Die mit Plage sich zerstören
Nüzen keinem durch ihr Leid,
20 Sie allein sind Ephemeren,
Wir verstehn uns auf die Zeit.

Ihre Jugend geht verloren,
Ihre Kräfte sind zu nicht',
Andre werden drauf geboren,
25 Von den Todten spricht man nicht.

Laßt die Sorgen, laßt die Klage,
Werdet an der Sonne warm,
Wahrlich, reich sind alle Tage,
Nur die Blinden bleiben arm.

30 Übermüthig gehn die Sinne
Mir in dieser Pracht umher,
Mit den Blikken voller Minne
Tauch' ich mich in's grüne Meer.

Streb' in Farben aufzuquellen,
35 Mische mit den Klängen mich,
Und es suchen goldne Wellen
Über meinem Haupte sich.

[. . .] Die Rose sang:

Traurigkeit
Ist nun weit.
Uns erfreut
Nahe Zeit,
5 Lieblichkeit
Weit und breit:
Nicht mehr dräut
Traurigkeit.

An Novalis.

Wer, von der hœchsten Liebe angeglommen,
Im Sehnen nach dem Drüben sich verzehret,
Wer hier schon jenen Welten angehœret;
5 Der wird alsbald der Schmerzlichkeit entnommen.

AN NOVALIS 1 ff. *Veröffentlicht unter dem Pseudonym* Isidorus.

Der Ruf von oben ist zu ihm gekommen,
Verweht die Stimm', die unser Herz gehœret,
Die lezten Tœne klangen schon verklæret,
Aus lichten Glorien schienen sie zu kommen.

10 Ein heilig Hochamt war dein innres Leben,
Gestirne, Blumen, Kreatur, Gebirge,
All' kamen sie zur Wallfahrt hergezogen.

Da mußte sich des Münsters Deke heben,
Die Engel stiegen betend in die Kirche,
15 Musik erklang, du warst zu Gott entflogen.

FRIEDRICH SCHLEGEL

Ode.

Im Anfang des Jahrs 1807.

O Ihr Blinde, die verderbend,
5 Ja schon sterbend,
Doch den Hader nicht vergessen,
Dunkels noch vermessen
Nicht vernehmt die Hand, die Euch geschlagen!
Fruchtlos ohne Reue
10 Schallt nur eitel Euer Klagen,
Fern von Demuth und von Treue
Endet Euer Stolz nun in Verzagen.

Sohn der Liebe, wollst vereinen
Doch die Deinen,
15 Daß der Zwietracht dunkle Binde
Vor dem Blick verschwinde,
Alle Deines Heiles Licht erkennen,
Und in Dir verbündet
Gern sich alle Brüder nennen,
20 Neuen Muths ihr Herz entzündet
Ewig mög' in Liebesflammen brennen.

Welcher Hölle Ungewittern
Dürft' erzittern
Wohl Dein Volk, wenn einig wieder
25 Es, wie ehdem, bieder
Wandelte im alten Heldenglauben?

Gottes Himmel offen,
Mag Zerstörung uns umschnauben,
Steht nur fest der Liebe Hoffen,
30   Darf kein Haar vom Haupt das Schicksal rauben.

Innen keimt, das Herz bethörend,
Selbstzerstörend
Hier ein Gift, uns zu umschlingen,
Fesselnd zu durchdringen,
35   Bis wir dann dem Tode Preis gegeben;
Eitlen Dünkels Streiten,
Kalter Habsucht zaghaft Beben
Muß dem Feind den Weg bereiten,
Und umgarnt mit Ohnmacht unser Leben.

40   Heiland, der die Welt errettet,
Als umkettet
Sie von ird'schem Ruhme trunken
Lag in Lust versunken,
Sterbend hiessest Liebe auferstehen!
45   Müssen Deine Krone
Wir so arg verspottet sehen,
Darf der Mord mit grimmen Hohne
Wüthend so durch deine Saaten gehen?

Auf der Zeiten Wogen schwankend,
50   Kraftlos wankend
Will das Schiff des Glaubens sinken,
Ihm kein Stern mehr winken,
Daß die Treuen schon verstummt erblassen;
Nirgends schimmert Rettung,
55   Sturmwind naht sie zu umfassen,
Und in schrecklicher Verkettung
Will die Arglist nun das Steuer fassen.

Einsam muß der Treue wallen,
Einsam fallen;
60   Wandelnd an dem öden Strande,
Ohne Liebesbande
Mühevoll durch Neid und Sorge ziehen;
Kraft ist seinem Munde,
Wort und Lied umsonst verliehen,
65   Jeder hohen Gotteskunde
Sieht er Hohn ihm lachend all' entfliehen.

Eitel strömen aus der Kehle
Ohne Seele
Wort und Rede, mehr verwirrend
70 Noch den Geist, der irrend
Sich den Schein zur Wohnung hat erkohren.
Mit den Zeichen spielt er,
Deren hoher Sinn verloren,
Nach dem eitlen Schimmer zielt er,
75 Todt schon lebend und dem Nichts gebohren.

Soll dies Elend nimmer enden,
Nie sich wenden?
Soll erloschen und verdorben,
Innen ganz erstorben,
80 Gott, Dein Ebenbild der Mensch verlieren?
Soll sich tief erniedernd
Blöd' er wandeln gleich den Thieren,
Keinen Laut der Lieb' erwiedernd?
Soll nichts göttlich's mehr die Erde zieren?

85 Nein, es hat der Herr des Lebens
Nicht vergebens
Göttlich für das Licht gestritten
Und den Tod erlitten,
Das Gespenst der Hölle zu zerstören;
90 Er, der all' vereinet,
Die den Ruf der Liebe hören,
Wird, so weit der Himmel scheinet,
Seiner Kämpfenden Gebet erhören.

Ja, es nahen schon die Tage,
95 Wo die Klage
Sich in Wonn' und Schreck entfaltet,
Wenn der Richter waltet,
Finsterniß und Gutes ernst sich scheiden;
Sich vereint das Gleiche,
100 Licht umkränzt das fromme Leiden,
Angstvoll klagt der irdisch Reiche,
Gottes Trennung keiner mag vermeiden.

Diese Felsen, die jezt brechen,
Alle sprechen
105 Von der göttlichen Erscheinung.
Seelige Vereinung
Erndten bald, die treu dem Ziel ausharrten.

Noch im Sturm und Dunkeln
Woll'n wir d'rum des Morgens warten,
Muthig ob der Hoffnung Funkeln,
Das zur Sonne wird in Gottes Garten.

110

JOSEPH FREIHERR VON EICHENDORFF*

Frühlingsandacht.

I.

Was wollen mir vertraun die blauen Weiten,
Des Landes Glanz, die Wirrung süßer Lieder?
Mir ist so wohl, so bang'! – Seyd ihr es wieder,
Der frommen Kindheit stille Blumenzeiten? –

Wohl weis ich's – dieser Farben heimlich Spreiten
Deckt einer Jungfrau strahlend reine Glieder;
Es wogt der große Schleier auf und nieder,
Sie schlummert drunten fort seit Ewigkeiten.

Mir ist in solchen linden blauen Tagen,
Als müßten alle Farben auferstehen,
Aus blauer Fern' Sie endlich zu mir gehen.

So wart' ich still, schau' in den Frühling milde,
Das ganze Herz weint nach dem süßen Bilde,
Vor Freud'? Vor Schmerz? – Ich weis es nicht zu sagen.

II.

In Lust und Scherzen dreh'n sich leichte Tage,
Von weißen Armen ruhet Lieb' umwunden,
Der Sänger schweift allein in Waldesgrunde,
Nur Waldhorns-Klang will, was er sucht, ihm sagen.

Es bringt der Lenz so glänzend Spiel getragen,
Durch's farb'ge Land die Ströme hell gewunden,
All' bunte Schifflein wieder losgebunden!
So zieh' doch fröhlich mit! – Wer wollt' noch zagen?

5

10

15

20

---

1 *Die folgenden fünf Gedichte erschienen unter dem Pseudonym* Florens *und bildeten vermutlich Eichendorffs erste lyrische Publikation.* 3 ff. *1. erschien später unter dem Titel* Jugendandacht *als 3. Gedicht.*

25 Doch daß im bunten, lichten Tanz des Maien
Der Einz'ge nur allein nicht länger weine,
Sieht er als Blume sich den Lenz erschließen;

Und aus dem duft'gen Kelch im Glorienscheine
Neigt sich die ew'ge Jungfrau, hebt den Treuen
30 An ihre Mutterbrust mit tausend Küßen.

An Maria.

Viel Lenze waren lange schon vergangen,
Vorüber zogen wunderbare Lieder,
Die Sterne giengen ewig auf und nieder,
5 Die selbst vor grosser Sehnsucht golden klangen.

Und wie so tausend Stimmen ferne sangen,
Als riefen mich von hinnen seel'ge Brüder,
Fühlt' ich die alten Schmerzen immer wieder,
Seit Deine Blicke, Jungfrau, mich bezwangen.

10 Da war's, als ob sich still Dein Auge hübe;
Lang'st sehnsuchtsvoll nach mir mit offnen Armen,
Fühlst selbst die Schmerzen, die Du mir gegeben. –

Umfangen fühl' ich innigst mich erwarmen,
Berührt mit goldnen Strahlen mich das Leben;
15 Ach! daß ich ewig Dir am Herzen bliebe!

An den heiligen Joseph.

Wenn trübe Schleier alles grau umweben,
Zur bleichen Ferne wird das ganze Leben,
Will Heimath oft sich tröstend zeigen;
5 Aus Morgenroth die goldnen Höhen steigen,
Und aus dem stillen, wundervollen Duft
Eine wohlbekannte Stimme hinüberruft.

Du warst ja auch einmal hier unten,
Hast ew'ger Treue Schmerz empfunden;
10 Maria war lange fortgezogen,
Wie einsam rauschten rings die dunklen Wogen!
Da breitet' Sie von oben die Arme aus:
Komm' treuer Pilger, komm' auch nach Haus!

AN MARIA 1 ff. *Später unter dem Titel* Jugendandacht *als 4. Gedicht.*

Seitdem ist wohl viel anders worden,
15 Treulieb' auf Erden ist ausgestorben.
Wem könnt' ichs, außer Dir, wohl klagen,
Wie oft in kummervollen Tagen
Mein ganzes Herz hier hofft und bangt,
Und nach der Heimath immer fortverlangt?

20 Bitt' für mich bei Maria und ihrem Kinde,
Daß sie mir vergeben meine Sünde,
Schicken einen bald'gen Tod gelinde.
Von der Heimath kommen die blauen Winde,
Die Wimpel jauchzen – das Schifflein los,
25 Maria! Nimm' mich auf in Deinen Gnadenschoos!

Rettung.

Ich spielt', ein frommes Kind, im Morgenscheine,
Der Frühling schlug die Augen auf so helle,
Hinunter reisten Ström' und Wolken schnelle,
5 Ich streckt' die Arme nach in's Blaue, Reine.

Doch nur die Blumen wußten, was ich meine,
Und träumend schwamm ich fort auf blauer Welle,
Wußt' nicht, ob Liebe mir den Busen schwelle,
Von fern rief's immer fort: Ich bin die Deine.

10 Da kam ein alter Mann gegangen
Mit hohlen Augen und bleichen Wangen,
Er schlich gebogen und schien so krank;
Ich grüßt' ihn schön, doch für den Dank
Faßt' er mich tückisch schnell von hinten,
15 Schlug um die Augen mir graue Binden,
Daß ich bis in's innerste Herz mußt' erblinden.
Und wie ich rang und um Hülfe rief,
Geschwind noch ein anderer zum Alten lief,
Und von allen Seiten kamen Menschen gelaufen,
20 Ein dunkelverworrner, trübseeliger Haufen.
Die drängten mich gar enge in ihre Mitte,
Führten mich wohl weit weg mit eiligem Schritte.
Wie wandt' ich sehnend mich oft zurücke!
Die Heimath schickte mir Abschiedsblicke,
25 Die Büsche langten nach mir mit grünen Armen,
Die Quellen weinten um mich Armen,
Es schrie'n die Vöglein zum Erbarmen.

Doch die Alten hörten nicht die fernen Lieder,
Summsten düstere Worte nur hin und wieder,
30   Führten mich endlich in ein altes Haus;
Da wogt' es unten in Nacht und Graus,
Drüber dehnte sich ein Qualm und Dunkel,
Zwischendurch blitzender Augen Gefunkel. –
Da ließen sie mich Armen allein und gebunden.

35   Da schaut' ich weinend aus meinem Kerker
Hinaus in das Leben durch düstern Erker,
Und unten sah ich den Lenz sich breiten,
Blühende Träume über die Berge schreiten,
Drüber die blauen unendlichen Weiten.
40   Durch's farbige Land auf blauen Flüßen
Zogen bunte Schifflein, die wollten mich grüßen.
Vorüber kamen die Wolken gezogen,
Vorüber singende Vöglein geflogen;
Es wollt' der grosse Zug mich mit fassen,
45   Ach! Menschen, wann werd't ihr mich wieder hinunter
Und im dunkelgrünen Walde munter   [lassen!
Schallte die Jagd hinauf und hinunter,
Eine Jungfrau zu Roß und blitzende Reiter
Über die Berge immer weiter und weiter;
50   Rief Waldhorn immer fort dazwischen:
Mir nach in den Wald, den frischen!
Ach! weis denn niemand, niemand um mein Trauern?
Wie alle Fernen mir prophetisch singen
Von meinem künft'gen wundervollen Leben.

55   Von innen fühlt' ich blaue Schwingen ringen,
Die Hände konnt' ich innigst betend heben,
Da sprengt' ein grosser Klang so Band wie Mauern.

Da ward ich im innersten Herzen so munter,
Schwindelten alle Sinne in den Lenz hinunter;
60   Weit waren kleinliche Mühen und Sorgen,
Ich sprang hinaus in den farbigen Morgen.

KARL ROTTMANNER

Auf ein Gemählde von Leonardo da Vinci.

Maria mit dem Christuskinde, dem der kleine Johannes eine Lilie reicht.

Die heil'ge Jungfrau, still in Lieb' ergossen,
Senkt hold den Blick auf zwei unschuld'ge Knaben,
Ihr rein Gemüth am sinn'gen Spiel zu laben,
Und hält mit treuen Armen sie umschlossen.

Dem Himmlischen, aus ihrem Schoos entsprossen,
Christus, in süßer Kindheit holderhaben,
Reicht sanft der Ird'sche frommen Herzens Gaben
In weißer Lilie, still und zart erschlossen.

O heil'ge Deutung von so heil'gem Bilde!
Wie strahlt, ein tröstend Himmelslicht, gelinde
Aus dir das Wort voll wunderbarer Klarheit:

Nur reinem Sinn entfällt des Ird'schen Binde,
Der Unschuld Lilie nur vereinigt milde
Den Sterblichen mit ew'ger Lieb' und Wahrheit.

OTTO HEINRICH GRAF VON LOEBEN

Variazion.

Ewigs Rauschen sanfter Quellen
Zaubert Blumen aus dem Schmerz;
Trauer doch in linden Wellen
Schlägt uns lockend an das Herz.

Uns erscheint des Lebens Muse
Erst in irdischer Gestalt:
Tödten würd' uns die Gewalt
Zög' sie gleich uns an den Busen.
Aus dem Auge süßer Frauen
Blüht sie so in Leid und Scherz,
Was sie Lauten will vertrauen
Schlägt uns lockend an das Herz.

VARIAZION 3–6 *Aus Friedrich Schlegels Gedicht* Im Walde.

15 Und wir suchen dann die Eine
In dem irdischen Gewühl,
Oft betäubt, doch das Gefühl
Wacht und glaubt: ich bin der Deine!
Echo an den Thränenquellen
20 Sagt's in Freude himmelwärts;
Trauer doch in linden Wellen
Schlägt uns lockend an das Herz.

Im Gewühle oft betrogen,
In der Freude einsam oft,
25 Fragt das Herz, was es gehofft,
Dürstet nun nach tiefern Wogen.
Frühling kommt, die Brust zu schwellen,
Zaubert Blumen aus dem Schmerz;
Trauer doch in linden Wellen
30 Schlägt uns lockend an das Herz.

Und der Sänger hemmt die Klagen,
Läßt Geliebte, Flur und Bach;
Echo seufzt ihm nach ihr: ach!
Doch bald muß sie mit ihm sagen:
35 Ewigs Rauschen sanfter Quellen
Zaubert Blumen aus dem Schmerz, –
Trauer doch in linden Wellen
Schlägt mir lockend an das Herz.

JOSEPH FREIHERR VON EICHENDORFF*

Die Zauberin im Walde.

Romanze.

Alter Vater, alter Vater,
5 Laß mich aus dem grauen Hause!
Winter ist ja längst vergangen,
Helle scheint die Sonne draußen.

Wird dir denn nicht selber bange?
Wie ein fremder Vogel drunten
10 In dem Walde seltsam sange –
Alter Vater, laß mich 'runter!

1 *Pseudonym:* Florens.

„Lieber Sohn, wie machst mir bange!
Wend' zum Kreuze dich alsbalde,
Daß dich fürder nicht verlange
Nach dem dunkelgrünen Walde.

Drüben wohnt in dem Gebirge
Eine Fey auf blankem Schloße,
Ist genannt Sidonia schöne,
Zeigt sich oft auf weißem Roße.

Und wenn Frühling ist gekommen,
Steht sie oben auf der Zinne,
Schauet nach den dunklen Gründen,
Weint nach eines Knaben Minne.

Kommt der Vogel jeden Frühling
Immer zu des Waldes Pforte,
Singt hinaus in's Land so eigen,
Führet durchs Gebirg zum Schloße.

Und so manchen wilden Knaben
Lüstete in frechem Muthe
Nach der Feye schönem Leibe
Und den Edelstein' und Gute.

Doch von allen Knaben, allen
Mochte keiner Lieb' erwerben,
Mußten all' in bittern Klagen
In dem dunklen Walde sterben."

Vater! Ach, wie sprecht ihr trübe!
Hat's euch nie an's Herz geschlagen
Lockend aus dem grünen Walde,
Daß ihr also möget zagen?

Schon vor vielen frühen Jahren
Saß ich drüben an dem Ufer,
Sah manch Schiff vorüberfahren
Weit hinein in Waldesdunkel.

Und gar seltsam hohe Blumen
Standen an dem Felsenrande,
Sprach der Strom so dunkle Worte,
'Swar, als ob ich sie verstande.

Und wie ich so sinnend saße,
Und ein wundersam Gelüste
Mich gar seltsam thät erfaßen
Mit zu ziehn im Strom der Düfte;

Kam auf einem goldnen Nachen
Bald die schönste aller Frauen,
Wie von lauter Edelsteinen
55   Eine Blume anzuschauen.

Und von ihrem Hals behende
Thät sie lösen eine Kette,
Reichte mir mit zarten Händen
Wohl die allerschönste Perle.

60   Ein Wort, seltsam, unverständlich,
Sprach sie da mit rothem Munde,
Doch im Herzen ewig stehen
Wird des Worts geheime Kunde. –

Und so saß ich lange Jahre,
65   Und wenn neu der Lenz erwachte,
Immer von dem Halsgeschmeide
Eine Perle sie mir brachte.

Ich barg sie in Waldesgrunde,
Und aus jeder Perle reine
70   Sproßte eine Blum' zur Stunde,
Wie ihr Antlitz wunderfeine.

Und so bin ich aufgewachsen,
Thät der Blumen treulich warten,
Schlummert' oft und träumte golden
75   In dem bunten Waldes-Garten.

Fortgespült ist nun der Garten
Und die Blumen all verschwunden,
Und durchs Herze fühl' ich's ziehen,
Bluten, blühen alle Wunden.

80   In der Fern' liegt jetzt mein Leben,
Breitend sich wie grüne Träume,
Schimmert stets so seltsam lockend
Durch die alten dunklen Bäume.

Jetzt erst weis ich, was der Vogel
85   Ewig ruft so bange, bange,
Unbekannt zieht ew'ge Treue
Mich hinunter zu dem Sange.

Locken dich nicht selbst die Klänge,
Wie sie ferne, wie Karfunkel,
90   Dunkelleuchtend irre schweifen
Durch das schauersüße Dunkel?

Wie die Wälder kühle rauschen,
Zwischendurch das alte Rufen!
Wo bin ich so lang' gewesen? –
95 O ich muß hinab zur Ruhe"!

Und es stieg vom Schloß hinunter
Schnell der süße Florimunde,
Weit hinab und immer weiter
Zu dem dunkelgrünen Grunde.

100 Hört' die Ströme stärker rauschen,
Sah in Nacht des Vaters Burge
Stillerleuchtet stehn im Dunkel,
Alles Leben weit verschwunden! –

Und der Vater schaut vom Berge,
105 Schaut zum dunkeln Grunde immer,
Regte sich der Wald so grausig,
Doch den Sohn erblickt' er nimmer.

Und es kam der Winter balde,
Und viel Lenze kehrten wieder,
110 Doch der Vogel in dem Walde
Sang nie mehr die Wunderlieder.

Und das Waldschloß war versunken,
Und Sidonia schön verschwunden,
Wollte keinen andern haben
115 Nach dem süßen Florimunde.

WILHELM FREIHERR VON EICHENDORFF*

Schwermuth und Entschluß.

Wie die dunkeln Wälder rauschen,
Hochgeröthet ihre Wipfel
5 Von der Morgensonne Stralen!
Auf den Teichen schwimmen Nebel,
Schallend singet scheu Gevögel
Fern aus tiefem Thal hervor,
Fern aus Wäldern hört man Sang,
10 Sehnsuchtsvoller Hörner Klang.

Siehe da beginnt zu wallen
Durch der Bäume kühle Hallen
Auch ein Jüngling dunkles Blickes
Mit gespanntem Feuerrohre.
15 Von der schwülen Nächte Träumen
Pochet ihm das Herz noch schwer,
Ach! er kann nicht länger säumen,
Muß in Morgenluft hervor.

Kaum im Labyrinth verloren
20 Alter Eichen, hoher Tannen,
Fühlet er sein Herz beengen
Von der Wälder mächt'gen Welten.
Fern im Thale fallen Schüße!
Fernher klagend Hörnerklang!
25 Ruhe für dieß Herz und Kühle!
Und hinab in Kriegestanz.

KARL ROTTMANNER

Die Betende.

Ich sah die schlanke Blume,
Von allen Reizen zauberisch umflossen,
In Andacht hingegoßen
Den zarten Kelch dem heil'gen Licht erschliessen
5 Sie schien von süsser Gluth so hingerißen,
Als ob sie voll Entzücken,
Wie glänzend auch der Lenz sie wolle schmücken,
Dieß Eine nur verlange,
10 Daß bald der blaue Himmel sie umfange!

JOHANN HEINRICH VOSS

Klingsonate.

I.
Grave.

Mit
5 Prall-
Hall
Sprüht
Süd-
Tral-
10 Lal-
Lied.
Kling-
Klang
Singt;
15 Sing-
Sang
Klingt.

II.
Scherzando.

Aus Moor-
20 Gewimmel
Und Schimmel
Hervor
Dringt, Chor,
Dein Bimmel-
25 Getümmel
Ins Ohr.
O höre
Mein kleines
Sonett.
30 Auf Ehre!
Klingt deines
So nett?

---

2 ff. *Am Schluß der Rezension von Bürgers Sonetten, als Gegenbeweis gegen eine* Anwendung des Bürger'schen Wortes: Er spricht vom Sonnet, wie der Fuchs von den Trauben.

III.
Maestoso.

Was singelt ihr und klingelt im Sonetto,
35   Als hätt' im Flug' euch grade von Toskana
Geführt zur heimatlichen Tramontana
Ein kindlich Englein, zart wie Amoretto?

    Auf, Klingler, hört von mir ein andres detto!
Klangvoll entsteigt mir ächtem Sohn von Mana
40   Geläut der pomphaft hallenden Kampana,
Das summend wallt zum Elfenminuetto!

    Mein Haupt, des Siegers! krönt mit Ros' und Lilie
Des Rhythmos und des Wohlklangs holde Charis,
Achtlos, o Kindlein, eures Larifari's!

45   Euch kühl' ein Kranz hellgrüner Petersilie!
Von schwülem Anhauch ward euch das Gemüt heiß,
Und fiebert, ach! in unheilbarem Südschweiß!

An Goethe.

    Auch du, der, sinnreich durch Athene's Schenkung,
Sein Flügelroß, wanns unfügsam sich bäumet,
Und Funken schnaubt, mit Kunst und Milde zäumet,
5   Zum Hemmen niemals, nur zu freyer Lenkung:

    Du hast, nicht abhold künstelnder Beschränkung,
Zwey Vierling' und zwey Dreyling' uns gereimet?
Wiewohl man hier Kernholz verhaut, hier leimet,
Den Geist mit Stümmlung lähmend, und Verrenkung?

10   Laß, Freund, die Unform alter Truvaduren,
Die einst vor Barbarn, halb galant, halb mystisch,
Ableierten ihr klingelndes Sonetto;

    Und lächle mit, wo äffische Naturen
Mit rohem Sang' und Klingklang' afterchristisch,
15   Als Lumpenpilgrim, wallen nach Loretto.

---

36 Tramontana *(it.) Norden.*   38 detto *(it.) Ausspruch.*   39 Mana *Femininum zu „Mannus', dem durch Tacitus bekannten Stammvater der Germanen, dessen Name damals auch in der Schreibung „Manus' begegnet (vgl. etwa den 6. Band dieser Anthologie, S. 173).*   40 Kampana *(it.) Glocke.*

    1 ff. *Als Veranlassung wird unmittelbar vorher die Lektüre von Goethes Sonett (hier abgedruckt auf S. 110) genannt.*

FRIEDRICH GOTTLOB WETZEL*

Das Sonnett.
An den Herausgeber eines poetischen Almanachs.

Sonnette willst du? Pochst auf mein Versprechen?
5   Gut! mit Sonnetten will ich dich ersäufen;
    Einmal ums andre springt durch 14 Reifen
    Dein flinker Freund, mag's biegen oder brechen!
O edle Kunst! aus leerem Glase zechen,
    So den Gedanken untern Arm zu greifen,
10   Die eben auf dem letzten Loche pfeifen –
    Ach, à propos! vom letzten Loch zu sprechen –
Da blas' ich selber drauf – ich fall' ins Wasser
    Mit meinem Klinggedicht – das geht ums Leben –
    Packs nur beim Haar und hilf mir ziehn und rucken –
15   Siehst du, es wird? – Nun einen Reim auf *Wasser*! –
    Auf Wasser, seh' ich, reimt sich Wasser eben –
    Gelt? So 'n Sonnett kann tüchtig Wasser schlucken?

Philosophische Poesie.

In allen Dingen walten drei Potenzen,
    Unendlich, endlich, ewig sind die Namen,
    Woraus das All besteht auf Ja und Amen,
5   Als die Indifferenz der Differenzen.
Vor G– macht die gehör'gen Reverenzen,
    Denn Er, das große A, ist ja der Saamen,
    Daraus so schöne Redensarten kamen,
    Contractions-Expansions-Tendenzen.
10   Doch nicht nur oben in der Sphären Läufen
    Will die Identität sich offenbaren,
    Dem Organismus auch kömmt was zu Gute.
Und daß wir Licht und Schwerkraft ganz begreifen,
    So hat ein Pol den andern bei den Haaren,
15   Im kleinsten Winde bläst das Absolute.

PHILOSOPHISCHE POESIE 6 G–   *Goethe. Das Ganze ist vor allem gegen Schellings Natur-*
philosophie gerichtet.

Der Staar und das Badwännelein.

(in der Spinnstube eines hessischen Dorfs aufgeschrieben.)

Herr Konrad war ein müder Mann,
5   Er band sein Roß am Wirthshaus an.

Das Mägdlein sprach, steig ab, steig ab
Ihre Äuglein schwankten auf und ab.

Ach Jungfer liebste Jungfrau mein,
Schenk mir ein Becher kühlen Wein ein,

10   Ach Herre, lieber Herre mein!
Ich bring ein Becher kühlen Wein.

Trink ab, trink ab du rother Mund,
Trink aus den Becher auf den Grund.

Frau Wirthin, liebe Frau Wirthin mein,
15   Ist dies fürwahr euer Töchterlein?

Mein Töchterlein ist sie nicht fürwahr,
Sie ist mein Magd für immerdar.

Wollt ihr mir sie leihen auf eine Nacht?
So will ich euch geben des Goldes Macht.

20   Wollt ihr mir geben des Goldes Macht,
Will ich sie euch leihen auf eine Nacht.

Nun richt dem Herrn ein Fußbad an,
Mit Rosmarin und Majoran.

Sie ging in Garten und brach das Kraut,
25   Da sprach der Staar, „o weh du Braut,

„In dem Badwännelein ist sie hergetragen,
„Darin muß sie ihm die Füße zwagen,

„Der Vater starb in Leid und Noth,
„Die Mutter grämt sich schier zu todt.

30   „O weh du Braut! du Findelkind,
„Weißt nicht wo Vater und Mutter sind.

---

3 *Unter dieser Überschrift erschien das Gedicht im 2. Band des* Wunderhorns *es ist aber wahrscheinlich – nach Volkslied-Mustern – größtenteils von Brentano verfaßt worden.*

Da trug sie das Badwännelein,
Wohl in des Herrn Schlafkämmerlein.

Sie fühlt hinein, obs nit zu warm,
35 Und weint dazu, das Gott erbarm!

Ach meine Braut was weinst du dann?
Bin ich dir nicht gut für einen Mann,

Du bist mir gut für einen Mann,
Ich wein über, was der Staar mir sang.

40 Ich war im Garten und brach das Kraut,
Da sang der Staar: o weh du Braut!

In dem Badwännelein ist sie hergetragen,
Darin muß sie ihm die Füße zwagen.

Der Vater starb in Leid und Noth,
45 Die Mutter grämt sich schier zu todt.

O weh du Braut, du Findelkind,
Weißt nicht, wo Vater und Mutter sind.

Da sah der Herr das Badwännelein an,
Da war das burgundische Wappen dran.

50 Das ist meines Herrn Vaters Schild allein,
Wie kommt dies Wännlein ins Wirthshaus herein?

Da sang der Vogel am Fensterladen:
„In dem Badwännelein ist sie hergetragen

„O weh du Braut, du Findelkind!
55 „Weist nicht, wo Vater und Mutter sind.

Herr Konrad sah an ihren Hals,
Da hatte sie ein Muttermahl.

Grüß Gott, grüß Gott mein Schwesterlein.
Dein Vater ist König an dem Rhein.

60 Christina heißt deine Mutter,
Konrad dein Zwillingsbruder.

Da knieten sie nieder auf ihre Knie,
Und dankten Gott bis morgens früh.

Daß er sie hielt von Sünden rein,
65 Durch den Staar und das Badwännelein.

Und als zu morgen kräht der Hahn,
Frau Wirthin fängt zu rufen an.

Steh auf, steh auf du junge Braut,
Kehr deiner Frau die Stube aus.

70 Sie ist fürwahr keine junge Braut,
Sie kehrt der Wirthin die Stube nicht aus.

Herein Frau Wirthin nur herein,
Nun bringt uns einen Morgenwein.

Und als die Wirthin zur Stube eintrat,
75 Herr Konrad sie gefraget hat:

Woher habt ihr das Jungfräulein?
Sie ist eines Königs Töchterlein.

Die Wirthin ward bleich als die Wand,
Der Staar verrieth da ihre Schand.

80 In einem Lustgarten im grünen Gras
Das Kind in dem Badwännelein saß.

Da hat die bös' Zigeunerin
Gestohlen das zarte Kindelein.

Herr Konrad war so gar entrüst,
85 Sein Schwerdt er durch ihre Ohrlein spießt.

Er bat sein Schwesterlein um einen Kuß,
Ihr Mündelein reicht sie ihm mit Lust.

Er führt sie bey der schneeweißen Hand
Und hob sie auf den Sattel bald.

90 Das Wännelein trug sie auf dem Schooß,
Da ritt er vor der Frau Mutter Schloß.

Und als er in das Thor eintritt,
Die Mutter ihm entgegen schritt.

Ach Sohne, lieber Sohne mein,
95 Was bringst du für eine Braut herein.

Sie führt das Wännelein ja zur Hand,
Als ob sie mit einem Kinde gang.

Es ist fürwahr keine junge Braut.
Es ist euer Tochter Gertraut

100 Und als sie von dem Sattel sprang,
Die Mutter in ein Ohnmacht sank.

Und als sie wieder zu Sinnen kam
Ihr Tochter sie in die Arme nahm.

Laß sie sichs eine Freude sein,
105 Ich bin Gertraut ihr Töchterlein.

Heut sind es fürwahr 18 Jahr,
Daß ich der Frau Mutter gestohlen war.

Und ward getragen übern Rhein
In diesem kleinen Badwännelein.

110 Und als sie sprach, da kam der Staar,
Und sang die Sach ganz offenbar.

Und sang: O weh mein Ohr thut weh,
„Ich will keine Kinder stehlen mehr." –

„Ach Goldschmidt lieber Goldschmidt mein,
115 „Nun schmiede mir ein Gitterlein."

„Schmied mirs wohl vor das Badwännlein,
„Das soll des Staaren Wohnung seyn."

UNBEKANNTER VERFASSER

Spinnerlied.
(Mündlich.)

Spinn, Mägdlein, spinn!
5 So wachsen dir die Sinn,
Wachsen dir gelbe Haar,
Kommen dir die kluge Jahr!

Ehr, Mägdlein, ehr
Die alte Spinnkunst sehr;
10 Adam hackt und Eva spann,
Zeigen uns die Tugend-Bahn.

Lieb, Mägdlein, lieb
Der Hanna ihren Trieb;
Wie sie mit der Spindel kann
15 Nähren ihren blinden Mann.

2 ff. *Vermutlich von Brentano.*

Preiß, Mägdlein, preiß
Der Mutter Gottes Fleiß;
Diese heilge Himmelskron
Spann ein Röcklein ihrem Sohn.

20 Sing, Mägdlein, sing,
Und sey fein guter Ding;
Fang dein Spinnen lustig an,
Mach ein frommes End daran.

Lern, Mägdlein, lern,
25 So hast du Glück und Stern;
Lerne bei dem Spinnen fort,
Gottes Furcht und Gotteswort.

Glaub, Mägdlein, glaub,
Dein Leben sey nur Staub;
30 Daß du kömmst so schnell ins Grab,
Als dir bricht der Faden ab.

Lob, Mägdlein, lob,
Dem Schöpfer halte Prob;
Daß dir Glaub und Hoffnung wachs,
35 Wie dein Garn und wie dein Flachs.

Dank, Mägdlein, dank
Dem Herrn, daß du nicht krank,
Daß du kannst fein oft und viel
Treiben dieses Rockenspiel.
40 Dank, Mägdlein, dank.

BETTINA BRENTANO*

Seelied.

Es schien der Mond gar helle,
Die Sterne blinkten klar,
5 Es schliefen tief die Wellen,
Das Meer ganz stille war.

Ein Schifflein lag vor Anker,
Ein Schiffer trat herfür:
Ach wenn doch all mein Leiden
10 Hier tief versunken wär.

Mein Schifflein liegt vor Anker,
Hab keine Ladung drinn,
Ich lad ihm auf mein Leiden,
Und laß es fahren hin.

15   Und als er sich entrissen
Die Schmerzen mit Gewalt,
Da war sein Herz zerrissen,
Sein Leben war erkalt.

Die Leiden all schon schwimmen
20   Auf hohem Meere frey,
Da heben sie an zu singen
Eine finst're Melodey.

Wir haben fest gesessen
In eines Mannes Brust,
25   Wo tapfer wir gestritten
Mit seines Lebens Lust.

Nun müssen wir hier irren
Im Schifflein hin und her;
Ein Sturm wird uns verschlingen,
30   Ein Ungeheuer im Meer.

Da mußten die Wellen erwachen
Bey diesem trüben Sang;
Verschlangen still den Nachen
Mit allem Leiden bang.

Ludwig Uhland

Der Traum.

Im schönsten Garten wallten
Zwei Buhlen Hand in Hand,
5   Zwo bleiche, kranke Gestalten,
Sie sassen in's Blumenland.

Sie küßten sich auf die Wangen,
Sie küßten sich auf den Mund,
Sie hielten sich fest umfangen,
10   Sie wurden jung und gesund.

Zwei Glöcklein klangen helle,
Der Traum entschwand zur Stund';
Sie lag in der Klosterzelle,
Er fern in Thurmes Grund.

LUDWIG ACHIM VON ARNIM

Lehrgedicht an die Jugend.

Ganz in allem gegenwärtig
Sey es Ernst und sey es Spiel,
5   Ist *Natur* des Winks gewärtig,
Der ihr zeigt des Strebens Ziel:
      Gestern noch in Mädchenspielen
      Gleitet Sie auf Eis mit Lust;
      Frühling kommt, Sie lernet fühlen,
10   Fromme Milch schwellt Ihre Brust.

Sohn, Sie folget deinen Winken,
Du der Geister Auge bist,
Lasse nicht dein Auge sinken,
Irrend Sie dich bald vermißt;
15   Sprachrohr aller guten Geister
      Sey bereit und nicht zerstreut,
      Wenn der ew'ge Himmelsmeister
      Dich mit mächt'gem Wort erfreut.

Willst du was, ergieb dein Leben,
20 Es mit ganzer Seele treib,
Vieles wird sich dir ergeben,
Vieles wird ein Zeitvertreib.
      Doch das meiste wird dich fliehen,
      Wo der Schein dich schnell besiegt,
25   Vor des Geistes Vollerglühen
      Falsches Gold wie Rauch verfliegt.

Eh du kannst die Welt bezwingen,
Bilde dich mit Fleiß an ihr,
Und gar stille Freuden dringen,
30 Aus dem frommen Dienst zu dir,
      Wer zu dienen erst verstanden
      Wird zum Herrschen dann geschickt,
      Nur aus vieler Formen Banden
      Steigt des Gottes Bild geglückt.

35 Weil er alle Welt muß fühlen
Reift der höhre Mensch auch spät,
Stürme grimmig in ihm wühlen,
Ihn begeistert, was da weht.
        Bis er nach dem langen Stimmen
40   Das Bestimmte trifft und kennt,
        In der Welt verschiednen Stimmen
        Dann vereinet, was getrennt.

Deine Stimme in den Chören
Klingt, obgleich es keiner weiß,
45 Nur dich opfern, ihn zu ehren,
Kannst du diesem höhern Kreis,
        Und sein Geist wird ohn dein Wissen
        Dann zu lenken dich verstehn,
        Denn er ist wie das Gewissen,
50   Läßt sich auch nur strafend sehn.

Das Bestimmte muß er ehren,
Umriß bleibt des Schicksals Sinn,
Muß das Unbestimmte stören,
Denn der Ärger bildet drin;
55   Schonen darf er nicht die Kranken,
        Doch Erinnrung macht ihn zart,
        Wenn die Kräfte sich auszanken,
        Art läßt endlich nicht von Art.

Liebe dich nicht im Verziehen,
60 Liebe dich in harter Streng,
Harter Stoff kann dauernd glühen,
Weicher Sinn beschließ uns eng:
        Weicher Stoff kann sich verwandeln,
        Harter Stoff giebt die Gestalt,
65   *Und so herrscht im Denken, Handeln*
        Fest besonnene Gewalt.

Denke aus, was dich erschrecket,
Also unterwirfst du's dir,
Und der böse Geist der necket
70 Wird zum lust'gen Diener schier.
        Sey im Geiste dir getreuer
        Und der Geist läßt dich allein,
        Ja er ist vor dir noch scheuer,
        Als du magst gewesen seyn.

75 Suche nie dich zu betäuben,
Horche jedem Herzensschlag,
Denn die Mühle mag wohl stäuben,
Doch zu treiben sie vermag;
 Und die Räder gehn zu hörbar,
80 Ehe noch der jüngste Tag
 Kommt Gedächtniß unzerstörbar
 Aus dem Rausche dumpf und wach.

In dem Lernen sey ein Schaffen,
In der That für andre Lehr,
85 Stets dein Urtheil unter Waffen,
Und Gefühl zur Gegenwehr.
 Muß die Sonn sich ewig drehen,
 Glück ist nicht in träger Ruh,
 Denn die Füße sind zum Gehen,
90 Geh auf eignen Füßen zu.

Scheint es auch, das Hohe falle,
Scheint es doch von Sternen auch,
Doch die Sterne wieder wallen
Ruhig nach dem alten Brauch,
95 Schau ihr Fehlen nicht mit Ärger
 Nein versteh ein göttlich Herz,
 Unter Wolken sie verbergen
 Ihren Freunden nur den Schmerz.

Fühle Trost in jungen Jahren
100 An dem Gott im Menschenkleid,
Manche sich durch Schrift bewahren,
Einer lebt in unsrer Zeit:
 Will er mild den Arm dir reichen
 Drück ihn nicht wie andre Freund,
105 Glück, das paart sich nur in Gleichen,
 Gott ist mehr als Menschenfreund.

Und erscheint als Gott dir ⊙
Auf der Menschheit höherm Thron,
O so glaub der Abendröthe,
110 Werd nicht roth vor ihm mein Sohn;
 Rüstig dann mit tücht'gen Händen,
 Wirst du frisch zum eignen Werk,
 Was vollendet kann nicht enden,
 Zum Vollenden fühl die Stärk.

98 *Der Punkt am Versende fehlt im Erstdruck.*

115 Überlaß dich deinem Gotte,
Fühle was du selber bist,
Was noch taugt, das trotzt dem Spotte
Roheit schlecht bestanden ist:
 Laß dich gern empfindsam schelten,
120 Sey es wie die Weltgeschicht,
 Tief empfindsam sind die Helden,
 Nur der Sklav empfindet's nicht.

1809

LUDWIG ACHIM VON ARNIM

Zueignung.

Es war an des Orangengartens Pforte,
Wo Dich der Wagen donnernd von mir riß; –
5 Ich sah ihm nach, – so blieb an diesem Orte
Noch etwas mir auf weiter Welt gewiß, –
Der Wagen schwand, der Schmerz kam nun zu Worte,
Es drückte mich der Thränen Finsterniß:
All was mir lieb, es sind nun bloß Gedanken,
10 Und was mir nah, es sind der Aussicht Schranken.

Des Tages Auge sah auf mich hernieder,
Gleich wie ein Leu aus einer Wüsteney,
Zerrissen sind die fest verbundnen Glieder,
Als wir beysammen, waren *eins* wir zwey;
15 Blieb mir die Stimme *nicht* der Klagelieder,
Mir *blieb* ein Herz, zu fühlen, was vorbey;
Die Welt wird eng, das Herz um so viel bänger,
Die Tage kurz und alle Schatten länger.

Da stand am Weg ein Kreuz aus Stein gehauen,
20 Mitleidig sah vom Kreuz ein Gott herab,
Ich sehnte mich, ihn einzig anzuschauen,
Vor ihm zu knieen, wie der Bettlerknab,
Der mich verließ, dem Gotte zu vertrauen,
Denn Klockenklang versprach ihm höhre Gab;
25 Da hielt die Welt so zweifelnd mich gebunden,
Ich wär nicht gerne gleisnerisch befunden.

---

4 *Angeredet ist Bettina Brentano.*

Da stürzt ich mich ins grüne Meer der Bäume,
Das neben mir im Morgenwind gerauscht,
Derselbe Geist erfüllte diese Räume,
30 Der dort am Kreuze meinen Schmerz belauscht,
Und daß ich nichts von seiner Gunst versäume,
Die Andacht hat die Bilder leicht vertauscht
Ein reiner Dienst hält Kirche im Gemüthe,
Der Geist sich offenbart in Frucht und Blüthe.

35 *So* fand ichs *dort* bey den Orangenreihen,
Der Gärtner pflückte schon die Blüth und Frucht,
Den Vogel hört' ich drüber ziehend schreien
Der Deines Wagens Spuren sehnlich sucht,
Was uns gemeinsam freute unter Mayen,
40 Es zieht Dir nach mit dieses Jahres Flucht,
Die Sehnsucht strahlt manch Bild in meine Seele;
Wem theil' ich's mit, was mich erfreu und quäle?

Es war ein Helm von altem, rostgen Eisen,
Worin der Gärtner seine Frucht gepflückt,
45 Manch schwerer Hieb ließ sich darauf noch weisen,
Doch schwerer hat ihn schöne Frucht gedrückt;
So must der Helm vor meinen Augen reißen,
Der fest geschmiedet schien und reich beglückt:
Der alten Waffen schwer errungner Segen,
50 Und schöner Künste Frucht, läßt sich nicht hegen,

Gleichgültig ließ der Gärtner sie da fallen,
Die schöne Frucht, er hatte deren viel,
Da hört ich sie am Boden tönend schallen
Und Schellen schmetterten mit leichtem Spiel;
55 Ich fand das Tamburin mit Wohlgefallen,
Das unten lag, worauf sie tönend fiel,
Das Schöne ist auf Erden unverloren,
Es klingt zur rechten Zeit, den rechten Ohren.

Es ist so schön in Andern sich verlieren,
60 Und alles klinget dann erhöht zurück,
So mag die Frucht das Tamburin gern zieren,
Das Tamburin bewahrt mit Klang dies Glück,
Ein Schrecken ist der Klang den wilden Thieren
Und ich bewahr die Frucht vor Wintertück;
65 Dir reich ich beyde, die ich so gefunden.
O liebe beyde, die mein Glück verbunden.

Wenn wir vereint zum Tempel wieder steigen,
Wer scheidet dann, was *jedem* lieb am Rhein,
All was uns lieb, das wird sich *unser* zeigen!
70 Wird Dir die Frucht des Gartens lieblich seyn,
So ist sie ohne Zueignung Dir eigen
Und wird in Deiner Lust dann doppelt mein;
Des Fernen Trost must Du mit Lust nun lesen,
Denn mir gilt *nichts*, was mir *allein* gewesen.

Mir ist zu licht zum Schlafen,
Der Tag bricht in die Nacht
Die Seele ruht im Hafen
Ich bin so froh verwacht.

5 Ich hauchte meine Seele
Im ersten Kusse aus,
Was ist's, daß ich mich quäle,
Ob sie auch fand ein Haus.

Sie hat es wohl gefunden,
10 Auf ihren Lippen schön,
O welche sel'ge Stunden,
Wie ist mir so geschehn.

Was soll ich nun noch sehen,
Ach alles ist in ihr,
15 Was fühlen, was erflehen,
Es ward ja alles mir.

Ich habe was zu sinnen,
Ich hab', was mich beglückt,
In allen meinen Sinnen
20 Bin ich von ihr entzückt.

JOSEPH FREIHERR VON EICHENDORFF*

Minelied

Über blaue Berge fröhlich
Kam der bunte Schein gefloßen,
In den Schimmer rief ich selig:
„Freu' dich nur, jetzt wird's vollendet!"
Doch der Frühling ist vergangen,
Was ich innigst hofft' und strebte,
Blieb ein unbestimmt Verlangen.

Und nach langem trübem Schweigen
Kamen goldne Tage wieder,
Blaue Berge, alte Zeiten,
Blumen, Sterne, Ström' und Lieder
Woben wunderbar ein Netze,
Schüchtern schlang sich's um die Glieder,
Zog so innig fest und fester
Mich an's Herz der Erde nieder,
Und in diesem Netz die Blüthe
Ward zum himmlischen Gefieder.

JOSEPH LOEW

Romanze.

Mondesstrahlen fließen nieder,
Sterne zieh'n am Himmelsblaue,
Träume spielen auf der Aue,
In der Lüfte linden Wehen
Goldne Blumen auferstehen;
Liebeduftend aufwärts sehen,
Grüßen dort die Sterne wieder.

Nachtigallen flöten süße,
Quellen plaudern lieblich munter,
Rieseln leis den Wald hinunter;

MINELIED 1 *Pseudonym:* Florens.

Die krystall'nen Bäume klingen,
Goldne Töne sich entschwingen,
15 Wollen hin der Liebsten bringen
Reine brünst'ge Liebesküsse.

Du, mein Himmel! O Jungfraue,
Stern des Lebens, willst mir scheinen,
Herzensblume, siehst mich weinen? –
20 Hebt die Schwingen, Liebes-Töne,
Spielet um die Reine, Schöne,
Sagt ihr, wie das Herz sich sehne,
Wie die Blüth' nach Honigthaue.

Du, o Huldin, traute Liebe!
25 Wie so mild die Sterne blicken,
Wie nach dir die Blumen nicken!
Sieh die Lilien dort im Thal
Und die Rosen dort im Thal,
Ruft so süß die Nachtigall,
30 Süße Liebe, süße Liebe! –

So in trunkner Liebesweise
Singet, fern des Schlosses Zinnen,
Wo die Herrin wohnt darinnen,
Schön geziert mit Helmgeschmeide
35 Und das Schwerd an treuer Seite
Und im Herzen süßes Leide,
Oft der Ritter diese Weise;

Bis es strahlet vom Balkone
Wie die Perle wunderholde,
40 Wie Karfunkelstein im Golde,
Gleich der Sonnenpracht allein
In der Farben Zauberschein;
Wie der Mond jungfräulich rein,
Bist du es, o einz'ge Wonne!

45 Bist du es, o Liebesblume,
Zarte, süße Wunderfraue,
Die ich immer sinnend schaue,
Lebensborn, der ewig quillt,
Einzig mir die Sehnsucht stillt,
50 Wie der Thau die Blumen kühlt,
Du, der Liebe ew'ge Blume!

Wie ein Engel niederschwebet,
Lächelnd sich die Jungfrau neiget,
Knieend sich der Ritter beuget;
55   Rosenduft steigt aus dem Thal,
Wonnig lullt der Quell im Thal,
Süßer singt die Nachtigall,
Mondschein goldne Netze webet.

Und, wie zween Geisterbronnen,
60   Strahlen mild der Huldin Augen,
An des Liebsten Seele saugen,
Bis im Anschau'n sie sich schlingen,
Und wie Aether sich durchdringen,
Geistig in einander ringen,
65   Lösend sich in trunknen Wonnen.

Mondesstrahlen fließen nieder,
Sterne ziehn vom Himmelsblaue,
Träume nahn von goldner Aue,
Blumendüfte würzig wehen,
70   Liebesengel auferstehen,
Brünstig auf die Liebsten sehen,
Bis der Schlummer löst die Glieder.

JOSEPH FREIHERR VON EICHENDORFF*

Glosse.

Ewig's Träumen von den Fernen!
Endlich ist das Herz erwacht
5   Unter Blumen, Klang und Sternen,
In der dunkelgrünen Nacht.

Schlummernd unter blauen Wellen
Ruht der Knabe unbewußt,
Engel ziehen durch die Brust;
10   Oben hört er in den Wellen
Ein unendlich Wort zerrinnen,
Und das Herze weint und lacht;
Doch er kann sich nicht besinnen
In der dunkelgrünen Nacht.

---

1 *Pseudonym:* Florens.   2 *Später unter dem Titel* Anklänge *als 4. Gedicht.*

15 Frühling will das Blau befreien,
Aus der Grüne, aus dem Schein
Ruft es lockend: Ewig Dein! –
Aus der Minne Zaubereien
Muß er sehnen sich nach Fernen,
20 Denkt der alten Wunderpracht
Unter Blumen, Klang und Sternen
In der dunkelgrünen Nacht.

Heil'ger Kampf nach langem Säumen,
Wenn süßschauernd an das Licht
25 Lieb' in dunkle Klagen bricht!
Aus der Schmerzen Sturz und Schäumen
Steigt Geliebte, Himmel, Fernen –
Endlich ist das Herz erwacht
Unter Blumen, Klang und Sternen
30 In der dunkelgrünen Nacht.

Und der Streit muß sich versöhnen,
Und die Wonne und den Schmerz
Muß er ewig himmelwärts
Senden nun in vollen Tönen:
35 Ewig's Träumen von den Fernen!
Endlich ist das Herz erwacht
Unter Blumen, Klang und Sternen
In der dunkelgrünen Nacht.

JOHANN FERDINAND KOREFF

Blüthenkuß.

Sonnet.

Geheimnißvolle Brautnacht zu begehen,
5 Jungfräulich mich den Düften hinzuneigen,
Die Träumen gleich dem Blüthenkelch entsteigen,
Lockt mich dein Balsamhauch mit fernem Wehen.
Zum erstenmal entbunden hinzugehen,
Sehnt sich mein Blühen weg von diesen Zweigen.
10 In Düften löst sich stiller Knospen Schweigen.
Wirst du gefangner Liebe Ruf verstehen?

Schickst du der Blüthen Flügelgast zum Bunde?[a]
Sein Fittig trägt geweihter Zeichen Grüßen;
Es weht sein Flug mit ahnungsvollen Tönen –
15   Willkommen mir, du Duftgetauchte Kunde!
Es nimmt der Kelch dich auf mit Liebessehnen,
In dunkler Blüthengrotte dich zu schließen.

a) Es ist bekannt, daß Schmetterlinge den Blüthenstaub einiger Pflanzen aus einem Kelch in den andern tragen.

Unbekannter Verfasser

Der Marktschreier.

Sonett.

Kauft, Leute, kauft! Ich bin der ächte Heiland!
5   Laßt euer Geld zu mir in Tüchern flattern!
Kauft Nieswurz! – Seht! – aus Indien holt' ichs weiland!
Hier Arnimswurzel[a] gegen Biß der Nattern!

Karfunkeln, hübsch wohlfeil, aus Java's Eiland!
Hier Kindermythen[b], hold den Frau Gevattern!
10   Hier Kreuz' und Christusbildlein, grad' aus Mayland!
Kauft! kauft! hier könnt ihr hohes Heil ergattern!

a) Arnica montana L., die auf Apothekerbüchsen ARNI. M. gezeichnet ist. In kleinen Dosen genommen, erregt sie Schläfrigkeit, in großen Erbrechen. Gegen das Natterngift der Philisterei wird sie von Zigeunern, Marktschreiern, und romantischen Poeten besonders empfohlen.   b) Ein äußerst geniales Product des Herrn Görres, worin das Kindliche und Kindische in absoluter Identität erscheint.

---

1 *Pseudonym:* Orlando Furioso. *Das Gedicht erschien, ebenso wie die beiden folgenden, in Baggesens satirisch-antiromantischem* Karfunkel-*Almanach. Zur Verfasserschaft dieses und des folgenden Gedichts läßt sich sagen, daß das eine – wahrscheinlich das folgende – von Heinrich Voss dem Jüngeren, das andere von Otto Martens, Gymnasiallehrer in Heidelberg, stammt.*   8 *Das Motiv des im fernsten Osten zu findenden Karfunkels, auf das auch der Titel des ganzen Almanachs anspielt, ist seit dem* Ofterdingen *ein Lieblingsmotiv der Romantiker, besonders Loebens; vgl. auch die Gedichte von A. W. Schlegel, Eichendorff und Loew auf S. 50, S. 151 und S. 170 dieses Bandes.*

Hier von Trösteinsamkeit^e kauft eine Unze,
Daß nicht der Satan eu'r Gemüth verhunze;
Der mag so gern in frommen Seelen rasseln!

15 (Es werden ihm von allen Seiten, besonders von Osten
her, Schnupftücher zugeworfen.)

Ha! So! nicht hat getäuscht mich die Vermuthung.
O weh! halt ein mit dieser Tuchumfluthung,
Der goldne Regen wird zu Tod mich prasseln.

c) Ein Name, unter welchem die Einsiedlerzeitung sich einzuschleichen
suchte, die übrigens einen Freipaß auf ewige Zeiten besitzt. Sie ist verfaßt
von einem hypersthenischen Philosophen, einem asthenischen Poeten, und
einem schwarzäugigen Italiener; mehrerer Beiträge nicht zu gedenken, die von
jüngeren Freunden der Kunst, namentlich Landshutern, herrühren. *[Bei den
Landshutern handelt es sich um Angehörige desselben Kreises, der in Asts Zeitschrift
(siehe Quellenverzeichnis, Nr. 44) zu Wort kommt, bei den vorher erwähnten der
Reihe nach um Görres, Arnim und Brentano. A. d. H.]*

UNBEKANNTER VERFASSER

Sehnsuchtsvolle Ahndung des Verborgenen.
(An Faust.)

Sonett.

5 Sprich! hörtest du von jenem heil'gen Steine,
Der funkelt von ätherisch-edlem Golde?
Mir leuchtet er der himmlisch-hehre-holde,
So daß ich, glutgeblendet, Thränen weine.

Er soll das All seyn, und das einzig-Eine:
10 Wenn er dich lohnt mit goldnem Dichter-Solde,
Saugst du den Geist aus Blum' und Blüth' und Dolde
Und die Natur ist ewiglich die Deine.

Sie ruht an dir mit bräutlich warmem Kusse,
Aus eurem Bunde mag sich neu gebähren
15 Der Erde gottverlaßnes Chaos-Dunkel,

Daß reuig sich die Welt bekehrt zur Buße!
Dann kömmt der Tag, der wechsellos wird währen –
Mir dämmert schon sein Frühroth, der Karfunkel.

SEHNSUCHTSVOLLE AHNDUNG ... 1 *Pseudonym:* Pseudo-Isidorus. *Zur Identität des
Verfassers vgl. die entsprechende Anmerkung zum voraufgehenden Gedicht.* 3 Faust
Baggesen. 18 Karfunkel *Anspielung auf den Titel des Almanachs, ebenso wie am
Schluß des folgenden Gedichts.*

Jens Peter Baggesen*

An Romantica.[a]

Sonett.

Es flossen Blitz' aus jedem Edelsteine;
5   Mondstrahlen träufelten aus allem Golde;
Es weinte Liebesfunken jede Holde;
Rings dampften alle Berge Glut vom Weine;

Die Fluten alle loderten – nicht eine
Der Flammen, die da stehn in Lichtes Solde,
10   Vom Glanz der Sterne, bis zum Schein der Dolde,
Blieb übrig – jede Blüthe ward die deine.

Geathmet all' in einem einz'gen Kusse,
Sich selbst in neuer Strahlung zu gebähren,
Verschlang sie dein jungfräulich keusches Dunkel.

15   So that dein Schoos, durchbohrt vom Himmel, Buße;
Und die Empfängniß selig zu bewähren,
Gebahrst du den schwarzleuchtenden Karfunkel.

a) Wir bitten unsre Leser auf diese zwey Sonette besonders aufmerksam zu seyn. Ist es nicht, als wenn Faust dem Pseudo (von dem er doch nicht wissen konnte, wie seine sehnsuchtsvolle Ahndung ausfallen würde) das Räthsel lösend seine Frage beantwortete? Wahrlich nur durch die Methode der Endreim'-Evangelisten ist die Auslegung vergessener Träume möglich geworden. A. d. H. *[Anm. des Originalherausgebers, also Baggesens; bezieht sich auf dieses und das vorige Sonett und die an ihnen erkennbare, von den Mitarbeitern des Almanachs durchweg angewandte Methode, vorgegebene Endreime zu ganzen Sonetten zu erweitern. A. d. H.]*

1 *Pseudonym:* Faust der jüngere.

JOHANN GEORG JACOBI

An meinen Arzt und Freund,
den Herrn Hofrath Ecker,
nach einem Gespräche über den Tod

5   Ja, Freund! der dürre Knochenmann,
Der, eh' ihn Lessing exilierte,
Das Leichen-Carmen stattlich zierte,
Ward längst zum Engel mir; ich kann
Ihm scharf und fest ins Auge sehen,
10   Die Hand ihm bieten, mit ihm gehen,
Wohin der Edeln mir voran
So mancher gieng. Wie sollt' ich zagen
Als Greis, den letzten Schritt zu wagen,
Den oft mit unerschrocknem Muth,
15   In seiner Jugend schönsten Tagen,
Ein zartes, holdes Mädchen thut?
Was der Natur im Schooße ruht,
Was sie am mütterlichsten hegt,
Das Schwächste, wenn sein Stündchen schlägt,
20   Muß los sich von dem Leben ringen.
Der Vogel, der mit Hüpfen, Singen,
Sein täglich Brot so leicht erwirbt,
Auch er verstummt; in seine Schwingen
Hüllt er sich ein, und wankt und stirbt!

25   Des Sterbens kurzer Augenblick
Stört mir, o Freund, das heut'ge Glück
Nicht mehr, als jenem kleinen Sänger;
Indessen ist und bleibt es wahr:
Hat man sein zehntes Stufenjahr
30   Gezählt, so bleibt man gern noch länger,
Um fortzuzählen. Zwar entweicht
Der Muth, wenn erst die Wange bleicht;
Allein Gewohnheit knüpfet enger
Das Band, das uns hienieden hält;
35   Dem Alten macht sie diese Welt
Zur süßen Heimath; hier gefällt,
Und wär' es noch so schlecht gezimmert,

---

6 *Anspielung auf Lessings Schrift* Wie die Alten den Tod gebildet.

Sein Häuschen ihm; die Wohnung dort,
So freundlich sie das Grab umschimmert,
40 Ist fremdes Land; den Alten kümmert,
Was Trennung heißt; kein Abschiedswort
Läßt je sein dunkelnd Auge trocken;
Umsonst, daß jede Blüth' ihm dorrt.
Daß alle Freuden-Quellen stocken!
45 Dem Herzen, dem so wenig blieb,
Wird das Gebliebne doppelt lieb.

Auch mir, obschon am nahen Grabe
Die wartenden Cypressen wehn,
Ist noch das Plätzchen Erde schön,
50 Wo mich, bey meiner armen Habe,
Was jeder Tag, was jede Zeit,
Und selbst der rauhe Winter beut,
Durch kindlichen Genuß erfreut.
Denn nie hab' ich beym Lebens-Mahle
55 Geschwelgt, des Geistes Mark verzehrt;
Auch ward der reinern Wollust Schale
Nicht bis zur Sättigung geleert:
Drum schmerzt es mich, von hier zu scheiden!

Wohl schwing' ich oft mich zu den Freuden
60 Der unsichtbaren Welt empor;
Schon winken mir, im sel'gen Chor,
Die Lieben, einst mit tausend Zähren
Von mir beweint; in lichtern Sphären
Umarmt von Schlosser, neben Gleim
65 Und Pfeffel, fühl' ich mich daheim;
Und doch vermag der hohe Traum,
Voll Paradieses-Wonne, kaum
Den stillen Seufzer abzuwehren:
„Mein erstes Vaterland, der Stern
70 Dort unten, wie so klein, so fern!
O könnt' ich zur entschwundnen Flur
Zurück, auf Augenblicke nur,
In Stunden zarter Sehnsucht kehren,
Begrüßen dann mein niedres Dach,
75 Die Gattinn wiedersehn, und, Ach!
Des Sohns geliebte Stimme hören!"

---

64 f. *Joh. Georg* Schlosser (*1739–99*), *philosophisch-politischer Schriftsteller (Schwager Goethes); J. W. L.* Gleim (*1719–1803*), *das Haupt der deutschen Anakreontik; Konrad* Pfeffel (*1736–1809*), *Fabeldichter.*

Du lächelst, Freund, und nennst mich schwach?
Ich fürchte nicht, Dir zu gestehen,
Was menschlich ist. Nur feiges Flehen
80   Entehrt den Mann; ich harre still
Dem Tode jeden Tag entgegen;
Da, wo sie mich zur Ruhe legen,
Kommt auch herab im Mayenregen,
Im Windeswehn, der Gottheit Segen;
85   Kann aber Dein getreues Pflegen
Dem Lämpchen, das erlöschen will,
Die matte Flamme noch erhalten;
So nimm den Dank des frohen Alten!
Ich weiß, wenn ferner mir der Hain
90   Nicht flüstert zum Gesang der Leyer,
Wenn, schweigend, ew'ge Nacht den Schleyer
Verbreitet über mein Gebein,
Dann wird im Angedenken theuer
Noch dieser Händedruck Dir seyn.

FRIEDRICH BARON DE LA MOTTE FOUQUÉ

Der erwachte Kriegsmann.

„Wo Trompeten klangen,
Wo die Rosse sprangen,
5   Ist es nun so schweigend,
Lieg' ich blutesroth.
Und die Wunden schmerzen
Dicht am kranken Herzen;
Seine Larve zeigend
10   Kommt der alte Tod.
Und das nächtliche Geflügel
Rauscht vertraulich an mir hin,
Raben warten dort am Hügel,
Bis ich erst gestorben bin."

15   „Hat in Kindertagen
Schmeichelnd doch getragen
Mich auf treuen Armen
Holdes Mütterlein!
Hat doch Jünglings Sinne
20   Liebgekost die Minne,

Und er durft' erwarmen
So bey Kuß als Wein!
Und nun heißt es einsam sterben,
Aller Huld und Labung fern,
Heißt in öder Nacht verderben
Ohne Mond und ohne Stern!"

Schmerzenshände faßten
Hart nach dem Erblaßten,
Griffen ihm sein Leben,
Brachen's ihm entzwei.
Recht im Herzen brannt' es,
Durch die Adern rannt' es,
Wie ein kaltes Beben,
Und da war's vorbei.

Und er lag im Schlaf vergraben
Mit gestilltem Muthe da.
Plötzlich kam ein mild Erlaben,
Und er wacht' und hört' und sah.

„Mutter, linde, treue,
Willst du mich aufs neue
In den Armen halten,
Drücken an dein Herz?"
„„Kind, ich ließ dich nimmer,
Doch verstörten immer
Wilde Traumgestalten
Dich zu rauhem Schmerz.""
„Mutter, bist du nicht vergangen?
Blühst ja wieder frisch und roth?"
„„Kind, laß ab vom thör'gen Bangen,
Weder du noch ich sind todt.""

„Focht ich denn nicht muthig?
Ward's um mich nicht blutig?
Stürzte nicht mein Schimmel
Unter mir dahin?"
„„Kecker Schlachtenspieler,
Muntrer Bogenzieler,
Kühnliches Gewimmel
Wünschte sich dein Sinn.
Und da goß in Purpurringen
Blut herab die Wolke dir,
Und von jenen Schmetterlingen
Schien ein Roß der schönste dir.

„„„Und der Vögel Singen,
Ward Trompetenklingen,
65 Und des Baches Rauschen
Ward ein Schlachtruf dir.
Doch in den Gefilden
Hier sollst du die wilden
Spiele nun vertauschen
70 Mit des Friedens Zier.
Schau, mein Kind, den holden Garten,
Sieh der Spielgefährten Kreis,
Die befreundet auf dich warten,
All' in Kleidern hell und weiß."""

75 „Mutter, wie so stille
Ward mein rascher Wille!
Mutter, welche Bilder
Schweben um mich her!
Ich bin selbst ein Andrer,
80 Und viel schöne Wandrer
Schwingen goldne Schilder,
Sind ein klingend Heer! –
Mutter, blieb' ich vom Gewimmel
Meines Traums nur immer frey!"
85 „„„Ja, mein Kind; wir sind im Himmel,
Und das Elend ist vorbei."""

1812

LUDWIG TIECK

›Phantasie‹

Wenn in Schmerzen Herzen sich verzehren,
Und im Sehnen Thränen uns verklären,
5 Geister: Hülfe! rufen tief im Innern,
Und wie Morgenroth ein seliges Erinnern
Aufsteigt aus der stillen dunkeln Nacht,
Alle rothen Küsse mitgebracht,
Alles Lächeln, das die Liebste je gelacht,

---

2 *In Tiecks Gedichtsammlung von 1821–23 erschien das Gedicht unter dem Titel* Improvisiertes Lied.

10 O dann saugt mit ihrem Purpurmunde
Himmels-Wollust unsre Wunde,
Sie entsaugt das Gift
Das vom Bogen dunkler Schwermuth trifft.

Wie die kleinen fleißgen Bienen
15 Gehn, um Blumenlippen zu benagen,
Wie sich Schmetterlinge jagen,
Wie die Vögel in dem grünen Dunkeln
Springen, und die Lieder tönen,
Also gaukeln, flattern, funkeln
20 Alle Worte, alle Blicke, süße Mienen
Von der schönsten einzgen Schönen,
Und in tiefer Winternacht
Lacht und wacht um mich des Frühlings Pracht,
Und die Schmerzen scherzen mit den Zähren,
25 Und im Weinen scheinen mild sich zu verklären
Leiden in den Freuden, Wonnen in dem Gram,
Wie in der holden Braut die Liebe kämpft mit Scham,
Und Leid und Lust nun muß vereinigt ziehen
Und schweben nach der Liebe süßen Harmonien.

JUSTINUS KERNER

Wanderlied.

Wohlauf! noch getrunken
Den funkelnden Wein!
5 Ade nun ihr Lieben!
Geschieden muß seyn.
Ade nun ihr Berge,
Du väterlich Haus!
Es treibt in die Ferne
10 Mich mächtig hinaus.

Die Sonne, sie bleibet
Am Himmel nicht stehn,
Es treibt sie, durch Länder
Und Meere zu gehn.
15 Die Woge nicht haftet
Am einsamen Strand,
Die Stürme, sie brausen
Mit Macht durch das Land.

Mit eilenden Wolken
20 Der Vogel dort zieht,
Und singt in der Ferne
Ein heimatlich Lied.
So treibt es den Burschen
Durch Wälder und Feld,
25 Zu gleichen der Mutter,
Der wandernden Welt.

Da grüßen ihn Vögel
Bekannt über'm Meer,
Sie flogen von Fluren
30 Der Heimat hieher,
Da duften die Blumen
Vertraulich um ihn,
Sie trieben vom Lande
Die Lüfte dahin.

35 Die Vögel, die kennen
Sein väterlich Haus,
Die Blumen einst pflanzt' er
Der Liebe zum Strauß.
Und Liebe, die folgt ihm,
40 Sie geht ihm zur Hand;
So wird ihm zur Heimat
Das ferneste Land.

ADELBERT VON CHAMISSO

Lied.

Kann nicht reden, kann nicht schweigen,
Kann nicht sagen, wie mir ist.
5 Mir ist wohl und bang im Herzen,
Kann nicht reden, kann nicht scherzen,
Kann nicht wissen, wie mir ist.

Was ich treibe, nicht gelinget,
Wie so leer es um mich ist!
10 Wie so voll und bang im Herzen!
Kann nicht ernst seyn, kann nicht scherzen,
Kann nicht wissen, wie mir ist.

Kann nur fühlen, kann nicht wissen,
Kann nicht sagen, was es ist.
15   Könnt' ich singen, süßes Leben,
Töne würden Kunde geben,
Wie es mir im Herzen ist.

KARL MAYER

Mein Innerstes.
An L. U.

Tief in mich, du enges Leben,
5   Hast du meinen Sinn gepreßt;
Willst die Worte frei nicht geben,
Innen hältst du streng sie fest.

Manchem kann ich mich ergießen
Traulich in das Angesicht;
10   Dort nur muß ich mich verschließen,
Wo das Herz am wärmsten spricht.

Bin ich ferne, strömt die Rede,
Nah' ich, ist die Rede fern.
Taglicht macht den Himmel öde,
15   Nur im Dunkeln glüht der Stern.

AMALIA SCHOPPE*

Der Sänger.
An Justinus Kerner.

Der Sänger schwebt in Harmonieen
5   Sanft zur Unsterblichkeit empor;
Ihm muß das Herrlichste erblühen,
Denn er ruft's im Gesang hervor.

Es sprossen Blüten auf den Tritten,
Die leicht berührt sein flücht'ger Fuß;
10   Nichts widerstehet seinen Bitten,
Nichts bleibet kalt bei seinem Gruß.

MEIN INNERSTES 3 *Ludwig Uhland (?).*
DER SÄNGER 1 *Signiert:* Amalia.

Mit Engeln ist er still umgeben,
Die mit ihm ziehn, wohin er geht,
Von Melodie und heil'gem Leben
15 Ist wunderbar sein Geist umweht.

Ihn fesseln nicht die engen Zeiten,
Nicht diese Welt, nicht ird'scher Glanz;
Er ist so fern ihr, nur von Weiten
Beschaut er ihren welken Kranz.

20 Ihm ist ein Schauen aufgegangen,
Er fühlt der Sternwelt leisen Gang;
Im Herbst muß ihm der Frühling prangen,
Und zu ihm spricht ein jeder Klang.

Die Liebe hält er sanft gebunden
25 Mit seines Herzens Blütenband,
Was er gesucht, hat er gefunden,
Dem Weltgeist ist sein Geist verwandt.

Ich kann nicht seine Welt besingen:
Sie ist so licht, so rein, so klar –
30 O könnt' ich in den Tempel dringen!
Nur Einmal knien an dem Altar!

FRIEDRICH BARON DE LA MOTTE FOUQUÉ

An Otto Heinrich, Grafen von Löben.
In ein spanisches Wörterbuch.

Hier geht der Weg nach Südens Würzegarten,
5 Den einst auch ich, ein treuer Pilgram ging;
Doch winkten hochher Nordlands Hallebarten
Mich bald zurück in heim'schen Zauberring.
Du aber zeuch! Die Schäferinnen warten,
Galante Ritter tummeln sich schon flink,
10 Und flechten reich, was mir kaum halb geworden,
Castil'sche Blumen dir zum blühn'den Orden.

ERNST MORITZ ARNDT*

Lied der Rache.

Auf! zur Rache auf! zur Rache!
Erwache, edles Volk, erwache!
Erhebe lautes Siegsgeschrei!
Laß in Thälern, laß auf Höhen
Der Freiheit stolze Fahnen wehen!
Die Schandeketten brich entzwei!

Denn der Satan ist gekommen,
Er hat sich Fleisch und Bein genommen,
Und will der Herr der Erde seyn:
Und die Weisheit tappt geblendet,
Und Muth und Ehre kriecht geschändet
Und will nicht in den Tod hinein;

Und die Wahrheit traurt verstummet,
Die brandgemahlte Lüge summet
Frech jede große Tugend an.
Henker, Sklaven, Peitschen, Beile –
Des Zornes heil'ge Donnerkeile
Nicht mehr die Zunge schwingen kann.

Drum zur Rache auf! zur Rache!
Erwache, edles Volk, erwache!
Und tilge weg des Teufels Spott!
Schlage! reiße! morde! rase!
Zur Flamme werde! brenne, blase
In jeden Busen ein den Gott,

Ein den Gott, dem Teufel zittern,
Wann wild in Schlachtenungewittern
Der Donner durch die Reihen fährt,
Wann die Freien fröhlich sterben,
Tyrannenschädel gleich den Scherben
Zerfliegen durch der Tapfern Schwerdt.

Auf! es gilt die höchsten Fehden,
Die tauben Stöcke mögten reden,
Der stumme Stein Posaune seyn,
Faule Berge sich bewegen –
Und ihr nur griffet nicht zum Degen?
Ihr wolltet faul zum Kampfe seyn?

Auf! die Stunde hat geschlagen –
40   Mit Gott dem Herrn wir wollen's wagen,
Frisch in den heil'gen Krieg hinein!
Laßt Trommelschall und Pfeifen gehen,
Die Fahnen hoch zum Himmel wehen!
Die Freiheit soll die Losung seyn.

1813

JUSTINUS KERNER

Alphorn.

Ein Alphorn hör' ich schallen,
Das mich von hinnen ruft;
5   Tönt es aus wald'gen Hallen?
Tönt es aus blauer Luft?
Tönt es von Bergeshöhe?
Aus blumenreichem Thal?
Wo ich nur steh' und gehe,
10   Hör' ich's in süßer Quaal.

Bei Spiel und frohen Reigen,
Einsam mit mir allein,
Tönt's, ohne je zu schweigen,
Tönt tief in's Herz hinein.
15   Noch nie hab' ich gefunden
Den Ort, woher es schallt,
Und nimmer wird gesunden
Dieß Herz, bis es verhallt.

JOSEPH FREIHERR VON EICHENDORFF*

Lied.

In einem kühlen Grunde,
Da geht ein Mühlenrad,
5   Meine Liebste ist verschwunden,
Die dort gewohnt hat.

LIED 1 *Pseudonym:* Florens.   2 *Späterer Titel:* Das zerbrochene Ringlein.

Sie hat mir Treu versprochen,
Gab mir ein'n Ring dabei,
Sie hat die Treu gebrochen,
Mein Ringlein sprang entzwei.

Ich möcht' als Spielmann reisen
Weit in die Welt hinaus,
Und singen meine Weisen
Und gehn von Haus zu Haus.

Ich möcht' als Reiter fliegen
Wohl in die blut'ge Schlacht,
Um stille Feuer liegen
Im Feld bei dunkler Nacht.

Hör' ich das Mühlrad gehen,
Ich weiß nicht, was ich will,
Ich möcht' am liebsten sterben,
Da wär's auf einmal still.

GUSTAV SCHWAB

Nachruf.

Nur Eine laß von deinen Gaben,
Verschwundne Liebe, mir zurück!
Nicht deine Freuden will ich haben,
Nicht dein beseligendes Glück.

O schenke nur den Schmerz mir wieder,
Der so gewaltig mich durchdrang,
Den tiefen Sturm der Klagelieder,
Der aus der wunden Brust sich schwang!

Ich will ja nicht ein fröhlich Zeichen,
Auch keinen Blick, kein freundlich Wort;
Nur nicht so stille laß mich schleichen,
Aus dieser Ruhe treib mich fort!

Laß mich mit deiner Wehmuth füllen,
Flieh weit, doch zieh mein Herz dir nach!
Gieb mir den Durst, der nie zu stillen,
Gieb mir dein Leiden, deine Schmach!

Dein Seufzen, deine Last, dein Sehnen,
20   Was andre nur an dir verschmähn –
O gieb mir Alles, bis mir Thränen
In den erstorbnen Augen stehn!

LUDWIG UHLAND*

Glosse.

> *Süße Liebe denkt in Tönen,*
> *Denn Gedanken stehn zu fern;*
> 5 *Nur in Tönen mag sie gern*
> *Alles, was sie will, verschönen.*
>   *Tieck.*

Schönste! Du hast mir befohlen,
Dieses Thema zu glossiren;
10   Doch ich sag' es unverhohlen:
Dieses heißt die Zeit verlieren,
Und ich sitze wie auf Kohlen.
Liebtet ihr nicht, stolze Schönen!
Selbst die Logik zu verhöhnen,
15   Würd' ich zu beweisen wagen,
Daß es Unsinn ist, zu sagen:
Süße Liebe denkt in Tönen.

Zwar versteh' ich schon das Schema
Dieser abgeschmackten Glossen,
20   Aber solch verzwicktes Thema,
Solche räthselhafte Possen
Sind ein gordisches Problema.
Dennoch macht' ich dir, mein Stern!
Diese Freude gar zu gern.
25   Hoffnungslos ring' ich die Hände,
Nimmer bring' ich es zum Ende,
Denn Gedanken stehn zu fern.

Laß mein Kind! die span'sche Mode,
Laß die fremden Triolette,
30   Laß die welsche Klangmethode
Der Canzonen und Sonette,
Bleib bei deiner sapph'schen Ode!

---

2 ff. *Erschien unter dem Pseudonym* Spindelmann, der Rezensent.   3–6 *Vgl. die* Variationen *auf S.* 75 ff. *und ebd. die Anm. zum* Thema.

Bleib der Aftermuse fern
Der romantisch süßen Herrn!
35 Duftig schweбeln, luftig tänzeln
Nur in Reimchen, Assonänzeln,
Nur in Tönen mag sie gern.

Nicht in Tönen solcher Glossen
Kann die Poesie sich zeigen;
40 In antiken Verskolossen
Stampft sie besser ihren Reigen
Mit Spondeen und Molossen.
Nur im Hammerschlag und Dröhnen
Deutsch-hellenischer Camönen
45 Kann sie selbst die alten, kranken,
Allerhäßlichsten Gedanken,
Alles, was sie will, verschönen.

Der Wirthin Töchterlein.

Es zogen drei Bursche wohl über den Rhein,
Bei einer Frau Wirthin, da kehrten sie ein.

„Frau Wirthin! hat sie gut Bier und Wein?
5 Wo hat sie ihr schönes Töchterlein?"

„Mein Bier und Wein ist frisch und klar,
Mein Töchterlein liegt auf der Todtenbahr."

Und als sie traten zur Kammer hinein,
Da lag sie in einem schwarzen Schrein.

10 Der erste, der schlug den Schleier zurück
Und schaute sie an mit traurigem Blick:

„Ach! lebtest du noch, du schöne Maid!
Ich würde dich lieben von dieser Zeit."

Der zweite deckte den Schleier zu,
15 Und kehrte sich ab, und weinte dazu:

„Ach! daß du liegst auf der Todtenbahr!
Ich hab' dich geliebet so manches Jahr."

Der dritte hub ihn wieder sogleich,
Und küßte sie an den Mund so bleich:

20 „Dich lieb' ich immer, dich lieb' ich noch heut,
Und werde dich lieben in Ewigkeit."

---

1 ff. *Erschien unter dem Pseudonym* Volker.

JUSTINUS KERNER

Die traurige Hochzeit.

Zu Augspurg in dem hohen Saal
Herr Fugger hielt sein Hochzeitmahl.

5   Kunigunde hieß die junge Braut,
Saß krank und bleich, gab keinen Laut.

Zwölf goldene Becher giengen herum,
Nichts trank Herr Fugger, so bleich und stumm.

Zwölf Blumenkörbe bot man umher,
10   Die Braut verlangte kein Blümlein mehr.

Zwölf Harfner lockten zum Fackeltanz,
Die Fackeln gaben so matten Glanz.

Die Gäste tanzten in langen Reih'n,
Zwo weiße Gestalten hintendrein.

15   Die Gäste tanzten zum Saal hinaus,
Sie tanzten und tanzten wohl aus dem Haus.

Die Saiten der Harfen sprangen zumal,
Stumm schlichen die Harfner sich aus dem Saal.

Im Saale vernahm man keinen Laut,
20   Todt saßen im Dunkel Bräut'gam und Braut.

HAFIS

›Gasel‹
[Übersetzung von Joseph von Hammer]

Nist kesra sī kemendī serī sülfi tu chalas.

5   Keiner kann sich aus den Banden
Deines Haars befreyen,
Ohne Furcht vor der Vergeltung
Schlepp'st du die Verliebten.

›GASEL‹ 4 *Persischer Wortlaut der zwei ersten Zeilen des Folgenden (im Original ein Halbvers).*

Bis nicht in des Elends Wüsten
Der Verliebte wandert,
Kann er in der Seele Inners
Heiligstes nicht dringen.

Deiner Wimpern Spitzen würden
Selbst *Kustem* besiegen[a]
Deiner Brauen Schütze würde[b]
Selbst *Wakaß* beschämen.

Wie die Kerze brennt die Seele,
Hell an Liebesflammen
Und mit reinem Sinne hab' ich
Meinen Leib geopfert.

Bis du nicht wie Schmetterlinge
Aus Begier verbrennest,
Kannst du nimmer Rettung finden
Von dem Gram der Liebe.

Du hast in des Flatterhaften
Seele Gluth geworfen,
Ob sie gleich längst aus Begierde
Dich zu schauen tanzte.

Sieh' der Chymiker der Liebe
Wird den Staub des Körpers,
Wenn er noch so bleiern wäre,
Doch in Gold verwandeln.

O *Hafis*! kennt wohl der Pöbel
Großer Perlen Zahlwerth?
Gieb die köstlichen Juwelen
Nur den Eingeweihten.

a) Küstem, der berühmte Held des Schahname, der so viele Abentheuer mit Diwen bestand. b) Im Texte steht *Hadschib*, der Thürhüter deiner Brauen. Der Kommentar bemerkt, daß in einigen Exemplaren statt *Hadschib, Tschatschi* stehe. *Tschatsch* ist eine Stadt Persiens, berühmt durch seine Bogen. Wie ehmals Adrianopel. Ein Tschatschier heißt also eben so viel als ein vortrefflicher Bogenschütze, Thorhüter heißen die Brauen, weil sie als solche gleichsam vor den Augen Wache halten. *Saad Ebi Wakaß*, ein Jünger und Gefährte des Propheten, der berühmteste Bogenschütze seiner Zeit.

HEINRICH VON KLEIST

Germania an ihre Kinder

Die des Maynes Regionen,
Die der Elbe heitre Au'n
Die der Donau Strand bewohnen,
Die das Oderthal bebau'n,
Aus des Rheines Traubensitzen,
Von dem duft'gen Mittelmeer,
Von der Alpen Riesensitzen,
Von der Ost- und Nordsee her!

Chor.
Horchet durch die Nacht ihr Brüder!
Welcher Donnerruf hernieder?
Wachst du auf Germania?
Ist der Tag der Rache da?

Deutsche! süßer Kinder Reigen,
Die mit Schmerz und Lust geküßt,
In den Schooß mir kletternd steigen,
Die mein Mutterarm umschließt,
Meines Busens Schutz und Schirmer,
Unbesiegtes Marsen Blut,
Enkel der Cohortenstürmer,
Römer Überwinder Brut!

Chor.
Zu den Waffen, zu den Waffen!
Was die Hände blindlings raffen,
Mit der Keule, mit dem Stab
Eilt ins Thal der Schlacht hinab!

Wenn auf grauen Alpenhöhen,
Von des Frühlings heißen Küßen,
Siedend auf die Glätscher gehen,
Ihrem Felsenbett entrissen,
Cataracte stürmen nieder,
Fels und Wald folgt ihrer Bahn,
Das Gebirg hallt donnernd wieder,
Fluren sind ein Ocean.

---

2 ff. *Eine andere Fassung dieses Gedichts erschien im selben Jahr als Separatdruck in Berlin, herausgegeben vermutlich von Kleists Freund Pfuel.*

Chor.

So verlaßt, voran der Kaiser,
Eure Hütten, Eure Häuser,
40   Schäumt ein Uferloses Meer,
Über diese Franken her!

Der Gewerbsmann, der den Hügeln
Mit der Fracht entgegen zeucht,
Der Gelehrte, der auf Flügeln
45   Der Gestirne Raum erreicht,
Schweißbedeckt das Volk der Schnitter,
Das die Fluren nieder mäht,
Und von seinem Fels der Ritter,
Der – sein Cherub – auf ihm steht.

50   Chor.

Wer, in nie gefühlten Wunden
Dieser Franken Hohn empfunden,
Brüder! jeder deutsche Mann
Schließe unserm Reih'n sich an.

55   Alle Triften, alle Städte,
Färbt mit ihren Knochen weiß,
Welchen Rab' und Fuchs verschmähte,
Gebet ihn den Fischen Preis!
Dämmt den Rhein mit ihren Leichen,
60   Laßt gestaucht durch ihr Gebein,
Schäumend um die Pfalz ihn weichen,
Und ihn dann die Gränze seyn.

Chor.

Eine Treibjagd, wie wenn Schützen
65   Auf der Spur dem Wolfe sitzen, –
Schlagt ihn todt! – das Weltgericht
Fragt euch um die Ursach nicht.

Nicht die Flur ist's die zertreten
Unter ihren Rossen sinkt,
70   Nicht der Mond, der in den Städten
Aus den öden Fenstern blinkt;
Nicht das Weib, das mit Gewimmer
Ihrem Todeskuß erliegt,
Und zum Lohn beim Morgenschimmer
75   Auf den Schutt der Vorstadt fliegt!

Chor.

Euern Schlachtraub laßt Euch schenken,
Wenige, die dessen denken
Höh'rem, als der Erde Gut
80 Schwillt die Sehne, flammt das Blut!

Rettung von dem Joch der Knechte,
Das aus Eisenerz geprägt,
Eines Höllensohnes Rechte
Über unsre Nacken legt;
85 Schutz den Tempeln, und Verehrung
Unsrer Fürsten heil'gem Blut;
Unterwerfung! und Verheerung,
Gift und Dolch der Afterbrut!

Chor.

90 Frei auf deutschem Boden walten,
Laßt uns nach dem Brauch der Alten!
Seines Segens selbst uns freun,
Oder – unser Grab ihn seyn!

THEODOR KÖRNER

Abschied vom Leben.
in der Nacht vom 17ten zum 18ten Juni, als ich schwer
verwundet und hülflos in einem Gehölze lag und zu
5 sterben meinte.

Die Wunde brennt, die bleichen Lippen beben,
Ich fühl's an meines Herzens matt'rem Schlage,
Hier steh ich an den Marken meiner Tage
Gott, wie Du willst, Dir hab ich mich ergeben.

10 Viel goldne Bilder sah ich um mich schweben:
Das schöne Traumlied wird zur Todtenklage – –
Muth! Muth! was ich so treu im Herzen trage,
Das muß ja doch dort ewig mit mir leben.

Und was ich hier als Heiligthum erkannte,
15 Wofür ich rasch und jugendlich entbrannte, –
Ob ichs nun Freiheit, ob ichs Liebe nannte –

Als lichten Seraph sah ichs vor mir stehen,
Und wie die Sinne langsam mir vergehen,
Trägt mich ein Hauch zu morgenrothen Höhen.

Lied des Lützowschen Jäger-Corps,
bei Einweihung der Fahnen.

Wir treten hier in Gottes Haus
Mit frommen Muth zusammen
Uns ruft die Pflicht zum Kampf hinaus
Und alle Herzen flammen
Doch was uns mahnt zu Sieg und Schlacht
Gott hat es selber angefacht,
Dem Herrn allein die Ehre!

Der Herr ist unsere Zuversicht
Wie schwer auch der Kampf werde
Wir streiten ja für Ehr und Pflicht
Und für die heil'ge Erde. –
Drum retten wir das Vaterland
So that's der Herr, durch unsere Hand
Dem Herrn allein die Ehre!

Er bricht den frechen Übermuth
Der Tyrannei zusammen
Es soll der Freiheit heil'ge Gluth
In allen Herzen flammen
Drum frisch ins Kampfes Ungestüm
Gott ist mit uns und wir mit ihm
Dem Herrn allein die Ehre!

Er weckt uns jetzt mit Siegeslust
Für die gerechte Sache
Er rief es selbst uns in die Brust
Auf! deutsches Volk erwache!
Und führ er uns auch durch den Tod
Zu seiner Freiheit Morgenroth
Dem Herrn allein die Ehre!

Das Lützowsche Freicorps.

Was glänzt dort vom Walde im Sonnenschein?
Hör's näher und näher brausen

LIED . . . 1 ff. *Nach der Mel. eines Kirchenliedes (Ich will vor meiner Missetat . . .) bei der Einsegnungsfeier in der Kirche zu Rogau in Schlesien am 28. März 1813 gesungen und, wahrscheinlich aus diesem Anlaß, wenig vor dem hier zugrunde gelegten Druck auf einzelnen Blättern gedruckt.*

DAS LÜTZOWSCHE FREICORPS 1 ff. *Auch dieses Gedicht, derselben (kurz nach Körners Tod [26. 8. 1813], aber noch 1813 gedruckten) Quelle entnommen wie das vorige, ist vielleicht schon in einem früheren Druck desselben Jahres erschienen.*

Es zieht sich herunter in düstern Reih'n
Und gellende Hörner schmettern drein
Und erfüllen die Seele mit Grausen
Und wenn ihr die schwarzen Gesellen fragt –
Es ist *Lützow's* wilde verwegene Jagd!

Was streift dort rasch durch den finstern Wald?
Was jaget von Bergen zu Bergen?
Es legt sich in nächtlichen Hinterhalt
Das Hurrah! jauchzet, die Büchse knallt
Es stürzen die fränkischen Schergen!
Und wenn ihr die schwarzen Jäger fragt –
Es ist *Lützow's* wilde verwegene Jagd!

Wo die Reben glühn, dort brauset der Rhein
Der Wüthrich geborgen sich meinte,
Was nahet aber dort im Gewitterschein
Und stürzt sich mit kräftigem Arme hinein
Und springet ans Ufer der Feinde?
Und wenn ihr die schwarzen Schwimmer fragt –
Es ist *Lützow's* wilde verwegene Jagd!

Was tobet im Thale die laute Schlacht?
Was schlagen die Schwerdter zusammen?
Die schwarzen Kämpen, die schlagen die Schlacht
Und der Funke der Freiheit ist glühend erwacht
Und lodert in blutigen Flammen
Und wenn ihr die schwarzen Kämpen fragt –
Es ist *Lützow's* wilde verwegene Jagd!

Was scheidet dort röchelnd vom Sonnenlicht
Unter tausend Feinde gebettet?
Es zuckt der Tod auf dem Angesicht
Doch das muthige Herz erzittert nicht
Das Vaterland ist ja gerettet!
Und wenn ihr die schwarzen Gefall'nen fragt –
Es ist *Lützow's* wilde verwegene Jagd!

Die wilde Jagd, und die deutsche Jagd
Nach Henkersblut und Tyrannen!
Drum, die ihr uns liebt nicht geweint und geklagt
Das Land ist ja frei, und der Morgen tagt
Und wenn wir's auch sterbend gewannen.
Und von Enkeln zu Enkeln sei's nachgesagt:
Das war *Lützow's* wilde verwegene Jagd!!!

1814

FRIEDRICH RÜCKERT*

Aus: Geharnischte Sonette

I.

Der Mann ist wacker, der, sein Pfund benutzend,
    Zum Dienst des Vaterlands kehrt seine Kräfte:
5   Nun denn, mein Geist, geh auch an dein Geschäfte,
    Den Arm mit den dir eignen Waffen putzend.
Wie kühne Krieger jetzt, mit Glutblick trutzend,
    In Reihn sich stellend, heben ihre Schäfte;
    So stell auch Krieger, zwar nur nachgeäffte,
10   Geharnischter Sonette ein Paar Dutzend.
Auf denn, die ihr aus meines Busens Ader
    Aufquellt, wie Riesen aus des Stromes Bette,
    Stellt euch in eure rauschenden Geschwader!
Schließt eure Glieder zu vereinter Kette,
15   Und ruft, mithadernd in den großen Hader,
    Erst: Waffen! Waffen! und dann: Rette! Rette!

II.

O daß ich stünd' auf einem hohen Thurme,
    Weit sichtbar rings in allen deutschen Reichen,
    Mit einer Stimme, Donnern zu vergleichen,
20   Zu rufen in den Sturm mit mehr als Sturme:
Wie lang willst du dich winden gleich dem Wurme,
    Krumm unter deines Feinds Triumphrads Speichen?
    Hat er die harte Haut noch nicht mit Streichen
    Dir gnug gerieben, daß dichs endlich wurme?
25   Die Berge, wenn sie könnten, würden rufen:
    Wir selber fühlten mit fühllosem Rücken
    Lang gnug den Druck von eures Feindes Hufen.
Des Steins Geduld bricht endlich auch in Stücken,
    Den Götter zum Getretenseyn doch schufen –
30   Volk mehr als Stein, wie lang darf man Dich drücken?

[. . .]

---

1 *Pseudonym:* Freimund Raimar.

LUDWIG UHLAND

Vorwärts!

Vorwärts! fort und immer fort!
Rußland rief das stolze Wort:
   Vorwärts!

Preussen hört das stolze Wort,
Hört es gern und hallt es fort:
   Vorwärts!

Auf, gewalt'ges Oesterreich!
Vorwärts! thu's den andern gleich!
   Vorwärts!

Auf, du altes Sachsenland!
Immer vorwärts, Hand in Hand!
   Vorwärts!

Baiern, Hessen schlaget ein!
Schwaben, Franken, vor zum Rhein!
   Vorwärts!

Vorwärts, Holland, Niederland!
Hoch das Schwerdt in freier Hand,
   Vorwärts!

Grüß' euch Gott, du Schweizerbund,
Elsaß, Lothringen, Burgund!
   Vorwärts!

Vorwärts, Spanien, Engelland,
Reicht den Brüdern bald die Hand!
   Vorwärts!

Vorwärts, fort und immerfort!
Guter Wind und naher Port!
   Vorwärts!

Vorwärts heißt ein Feldmarschall,
Vorwärts, tapfre Streiter all!
   Vorwärts!

PHILIPPINE VON CALENBERG*

Ich bin ein Deutsches Weib.

Ich bin ein Deutsches Weib.
   Mein Herz ist rein,
5   Mein Sinn ist stolz,
   Ich lächle nicht der Schmeichelei,
Ich bin ein Deutsches Weib.

Ich bin ein Deutsches Weib.
   Einfach und lang
10   Ist mein Gewand,
   Und strenge Sitte ist mein Schmuck,
Ich bin ein Deutsches Weib.

Ich bin ein Deutsches Weib.
   Ich spreche wahr,
15   Und zier' mich nicht,
   Ich liebe viel und sag' es nicht,
Ich bin ein Deutsches Weib.

Ich bin ein Deutsches Weib,
   Ich liebe Gott
20   Und Vaterland;
   Mich kettet nur Ein Liebesband,
Ich bin ein Deutsches Weib.

Ich bin ein Deutsches Weib.
   Mein Liebling zieht
25   In heil'gen Krieg;
   Ich gürt' ihm selbst das Schwerdt zum Sieg,
Ich bin ein Deutsches Weib.

---

1 *Pseudonym:* Cyane.   2 ff. *Vgl. die im 6. Band dieser Anthologie auf S. 15, 19, 70 und 114 abgedruckten Gedichte.*

JOHANN WOLFGANG VON GOETHE

Eigenthum.

Ich weiß, daß mir nichts angehört,
Als der Gedanke, der ungestört
Aus meiner Seele will fließen,
Und jeder günstige Augenblick,
Den mich ein liebendes Geschick
Von Grundaus läßt genießen.

Mächtiges Überraschen.

Ein Strom entrauscht umwölktem Felsensaale
  Dem Ocean sich eilig zu verbinden;
  Was auch sich spiegeln mag von Grund zu Gründen,
  Er wandelt unaufhaltsam fort zu Thale.

Dämonisch aber stürzt mit einem Male –
  Ihr folgten Berg und Wald in Wirbelwinden –
  Sich Oreas, Behagen dort zu finden,
  Und hemmt den Lauf, begränzt die weite Schale.

Die Welle sprüht, und staunt zurück und weichet,
  Und schwillt bergan, sich immer selbst zu trinken;
  Gehemmt ist nun zum Vater hin das Streben.

Sie schwankt und ruht, zum See zurückgedeichet;
  Gestirne, spiegelnd sich, beschaun das Blinken
  Des Wellenschlags am Fels, ein neues Leben.

Groß ist die Diana der Epheser.
Apostelgeschichte 19, 39.

Zu Ephesus ein Goldschmied saß
In seiner Werkstatt, pochte
So gut er konnt', ohn' Unterlaß,
So zierlich er's vermochte.

MÄCHTIGES ÜBERRASCHEN 8 Oreas *Bergnymphe.*

Als Knab' und Jüngling kniet' er schon
Im Tempel vor der Göttinn Thron,
Und hatte den Gürtel unter den Brüsten,
10 Worin so manche Thiere nisten,
Zu Hause treulich nachgefeilt,
Wie's ihm der Vater zugetheilt;
Und leitete sein kunstreich Streben
In frommer Wirkung durch das Leben.

15 Da hört er denn auf einmal laut
Eines Gassenvolkes Windesbraut,
Als gäb's einen Gott so im Gehirn
Da! hinter des Menschen alberner Stirn,
Der sey viel herrlicher als das Wesen,
20 An dem wir die Breite der Gottheit lesen.

Der alte Künstler horcht nur auf,
Lässt seinen Knaben auf den Markt den Lauf,
Feilt immer fort an Hirschen und Thieren,
Die seiner Gottheit Knie zieren;
25 Und hofft, es könnte das Glück ihm walten,
Ihr Angesicht würdig zu gestalten.

Will's aber einer anders halten,
So mag er nach Belieben schalten;
Nur soll er nicht das Handwerk schänden;
Sonst wird er schlecht und schmählich enden.

Aus: Gott, Gemüth und Welt.

In wenig Stunden
Hat Gott das Rechte gefunden.

Wer Gott vertraut,
5 Ist schon auferbaut.

Sogar dies Wort hat nicht gelogen:
Wen Gott betrügt, der ist wohl betrogen.

Das *Unser Vater* ein schön Gebet,
Es dient und hilft in allen Nöthen.
10   Wenn einer auch *Vater Unser* fleht,
In Gottes Nahmen, laß ihn beten.

Ich wandle auf weiter bunter Flur,
Ursprünglicher Natur,
Ein holder Born in welchem ich bade,
15   Ist Überlieferung, ist Gnade.

Was wär ein Gott, der nur von außen stieße,
Im Kreis das All am Finger laufen ließe!
Ihm ziemts, die Welt im Innern zu bewegen,
Natur in Sich, Sich in Natur zu hegen,
20   So daß was in Ihm lebt und webt und ist,
Nie Seine Kraft, nie Seinen Geist vermisst.

Im Innern ist ein Universum auch;
Daher der Völker löblicher Gebrauch
Daß jeglicher, das Beste was er kennt,
25   Er Gott, ja seinen Gott benennt,
Ihm Himmel und Erden übergiebt,
Ihn fürchtet, und wo möglich liebt.

Wie? Wann? und Wo? – Die Götter bleiben stumm!
Du halte dich an's *Weil*, und frage nicht Warum?

30   Willst du in's Unendliche schreiten,
Geh nur im Endlichen nach allen Seiten.

Willst du dich am Ganzen erquicken;
So mußt du das Ganze im Kleinsten erblicken.

[. . .]

Aus: Epigrammatisch.

[. . .]

Den Originalen.

Ein Quidam sagt: „Ich bin von keiner Schule;
Kein Meister lebt, mit dem ich buhle;
Auch bin ich weit davon entfernt,
Daß ich von Todten was gelernt."
Das heißt, wenn ich ihn recht verstand:
„Ich bin ein Narr auf eigne Hand."

Den Zudringlichen.

Was nicht zusammen geht, das soll sich meiden!
Ich hindr' euch nicht, wo's euch beliebt, zu weiden:
Denn ihr seyd neu und ich bin alt geboren.
Macht was ihr wollt; nur laßt mich ungeschoren!

Den Guten.

Laßt euch einen Gott begeisten,
Euch beschränket nur mein Sagen.
Was ihr könnt, ihr werdets leisten;
Aber müßt mich nur nicht fragen.

Den Besten.

Die Abgeschiednen betracht' ich gern,
Stünd' ihr Verdienst auch noch so fern;
Doch mit den Edlen lebendigen Neuen
Mag ich, wetteifernd, mich lieber freuen.

[. . .]

JOSEPH FREIHERR VON EICHENDORFF

Die Welt ruht still im Hafen,
Mein Liebchen, gute Nacht!
Wann Wald und Berge schlafen,
Treu' Liebe einsam wacht.

DIE WELT . . . 2 ff. *Später unter dem Titel* Die Einsame *als 2. Gedicht.*

Ich bin so wach und lustig,
Die Seele ist so licht,
Und eh' ich liebt', da wußt' ich
Von solcher Freude nicht.

10   Ich fühl' mich so befreyet
Von eitlem Trieb und Streit,
Nichts mehr das Herz zerstreuet
In seiner Fröhlichkeit.

Mir ist, als müßt' ich singen
15   So recht aus tiefster Lust
Von wunderbaren Dingen,
Was niemand sonst bewußt.

O könnt' ich alles sagen!
O wär' ich recht geschickt!
20   So muß ich still ertragen,
Was mich so hoch beglückt.

Ach, von dem weichen Pfühle
Was treibt dich irr' umher?
Bey meinem Saitenspiele
Schlafe, was willst du mehr?

5   Bey meinem Saitenspiele
Heben dich allzusehr
Die ewigen Gefühle;
Schlafe, was willst du mehr?

Die ewigen Gefühle,
10   Schnupfen und Husten schwer,
Zieh'n durch die nächt'ge Kühle;
Schlafe, was willst du mehr?

Zieh'n durch die nächt'ge Kühle
Mir den Verliebten her
15   Hoch auf schwindliche Pfühle;
Schlafe, was willst du mehr?

Hoch auf schwindlichem Pfühle
Zähle der Sterne Heer;
Und so dir das mißfiele:
20   Schlafe, was willst du mehr?

ACH ... 1 ff. *Parodie auf das in diesem Band auf S. 87 abgedruckte Gedicht Goethes.*

Schlafe, Liebchen, weil's auf Erden
Nun so still und seltsam wird!
Oben geht die goldne Heerde,
Für uns alle wacht der Hirt.

5   In der Ferne zieh'n Gewitter;
Einsam auf dem Schifflein schwank
Greiff' ich draussen in die Zitter,
Weil mir gar so schwül und bang.

Schlingend sich an Bäum' und Zweigen,
10   In Dein stilles Kämmerlein,
Wie auf goldnen Leitern, steigen
Diese Töne aus und ein.

Und ein wunderschöner Knabe
Schifft hoch über Thal und Kluft,
15   Rührt mit seinem goldnen Stabe
Säuselnd in der lauen Luft.

Und in wunderbaren Weisen,
Singt er ein uraltes Lied,
Das in linden Zauberkreisen
20   Hinter seinem Schifflein zieht.

Ach, den süßen Klang verführet
Weit der buhlerische Wind,
Und durch Schloß und Wand ihn spüret
Träumend jedes schöne Kind.

Laue Luft kommt blau geflossen,
Frühling, Frühling soll es seyn!
Waldwärts Hörnerklang geschossen,
Muth'ger Augen lichter Schein,
5   Und das Wirren bunt und bunter
Wird ein magisch wilder Fluß,
In die schöne Welt hinunter
Lockt dich dieses Stromes Gruß.

SCHLAFE, LIEBCHEN ... 1 ff. *Später unter dem Titel* Abendständchen.
LAUE LUFT ... 1 ff. *Später unter dem Titel* Frische Fahrt.

Und ich mag mich nicht bewahren!
10 Weit von Euch treibt mich der Wind,
Auf dem Strome will ich fahren,
Von dem Glanze selig blind!
Tausend Stimmen lockend schlagen,
Hoch Aurora flammend weht,
15 Fahre zu! ich mag nicht fragen,
Wo die Farth zu Ende geht!

›Assonanzenlied‹

Hat nun Lenz die silbern'n Bronnen
    Losgebunden:
Knie' ich nieder, süßbeklommen,
5   In die Wunder.

Himmelreich, so kommt geschwommen
    Auf die Wunden!
Hast Du einzig mich erkohren
    Zu den Wundern?

10 In die Ferne süß verlohren,
    Lieder fluthen,
Daß sie, rückwärts sanft erschollen,
    Bringen Kunde.

Was die andern sorgen wollen,
15   Ist mir dunkel,
Mir will ew'ger Durst nur frommen
    Nach dem Durste.

Was ich liebte und vernommen,
    Was geklungen,
20 Ist den eignen, tiefen Wonnen
    Selig Wunder!

2ff. *Im Roman von einem* jungen Dichter mit mehr schmachtendem Ansehn, *mit einer* Art von priesterlicher Feierlichkeit *vorgetragen.*

Ein Wunderland ist oben aufgeschlagen,
  Wo goldne Ströme geh'n und dunkel schallen
  Und durch ihr Rauschen tief' Gesänge hallen,
  Die möchten gern ein hohes Wort uns sagen.

5 Viel goldne Brücken sind dort kühn geschlagen,
  Darüber alte Brüder sinnend wallen
  Und seltsam' Töne oft herunterfallen –
  Da will tief Sehnen uns von hinnen tragen.

Wen einmal so berührt die heil'gen Lieder:
10 Sein Leben taucht in die Musik der Sterne,
  Ein ewig Zieh'n in wunderbare Ferne.

Wie bald liegt da tief unten alles Trübe!
  Er kniet ewig bethend einsam nieder,
  Verklärt im ... n Morgenroth der Liebe.

Es ist sch
Was reit' ... h?
Der Wal
Du schö ... !

5 „Groß ... ist,
Vor Schmerz mein ...
Wohl irrt das Waldhorn her und hin,
O flieh'! Du weißt nicht, wer ich bin."

So reich geschmückt ist Roß und Weib,
10 So wunderschön der junge Leib,
  Jetzt kenn' ich Dich – Gott steh' mir bey!
  Du bist die Hexe Lorelay.

„Du kennst mich wohl – von hohem Stein,
Schaut still mein Schloß tief in den Rhein.
15 Es ist schon spät, es wird schon kalt,
Kommst nimmermehr aus diesem Wald!"

EIN WUNDERLAND . . . 1 ff. *Im Roman derselben Person wie das vorige in den Mund gelegt.*
Später unter dem Titel Sonette *als 3. Gedicht.*

ES IST SCHON SPÄT . . . 1 ff. *Später unter dem Titel* Waldgespräch. *Im Roman werden*
die vier Strophen wechselweise von zwei Sprechern improvisierend vorgetragen.

Dämm'rung will die Flügel spreiten,
Schaurig rühren sich die Bäume,
Wolken zieh'n wie schwere Träume –
Was will dieses Grau'n bedeuten?

5   Hast ein Reh Du, lieb vor andern,
Laß es nicht alleine grasen,
Jäger zieh'n im Wald' und blasen,
Stimmen hin und wieder wandern.

Hast Du einen Freund hienieden,
10   Trau' ihm nicht zu dieser Stunde,
Freundlich wohl mit Aug' und Munde,
Sinnt er Krieg im tück'schen Frieden.

Was heut müde gehet unter,
Hebt sich morgen neugebohren.
15   Manches bleibt in Nacht verlohren –
Hüte Dich, bleib' wach und munter!

Ein Stern still nach dem andern fällt
Tief in des Himmels Kluft,
Schon zucken Strahlen durch die Welt,
Ich wittre Morgenluft.

5   In Qualmen steigt und sinkt das Thal;
Verödet noch vom Fest
Liegt still der weite Freudensaal,
Und todt noch alle Gäst'.

Da hebt die Sonne aus dem Meer
10   Erathmend ihren Lauf:
Zur Erde geht, was feucht und schwer,
Was klar, zu ihr hinauf.

Hebt grüner Wälder Trieb und Macht
Neurauschend in die Luft,
15   Zieht hinten Städte, eitel Pracht,
Blau' Berge durch den Duft.

DÄMM'RUNG . . . 1 ff. *Später unter dem Titel* Zwielicht.
EIN STERN . . . 1 ff. *Später unter dem Titel* Morgenlied.

Spannt aus die grünen Tepp'che weich,
Von Strömen hell durchrankt,
Und schallend glänzt das frische Reich,
20   So weit das Auge langt.

Der Mensch nun aus der tiefen Welt
Der Träume tritt heraus,
Freut sich, daß alles noch so hält,
Daß noch das Spiel nicht aus.

25   Und nun geht's an ein Fleissigseyn!
Umsumsend Berg und Thal,
Agiret lustig Groß und Klein,
Den Plunder allzumal.

Die Sonne steiget einsam auf,
30   Ernst über Lust und Weh,
Lenkt sie den ungestörten Lauf,
In stiller Glorie. –

Und *wie* er dehnt die Flügel aus,
Und *wie* er auch sich stellt:
35   Der Mensch kann nimmermehr hinaus,
Aus dieser Narrenwelt.

1816

JOSEPH FREIHERR VON EICHENDORFF

Abschied und Wiedersehen.

I.

In süßen Spielen unter nun gegangen
Sind Liebchens Augen, und sie athmet linde,
5   Stilllauschend siz' ich bei dem holden Kinde,
Die Locken streichelnd ihr von Stirn und Wargen.

Ach! Lust und Mond und Sterne sind vergangen,
Am Fenster mahnen schon die Morgenwinde,
Daß ich vom Nacken leis die Arme winde,
10   Die noch im Schlummer lieblich mich umfangen.

O öffne nicht der Augen süße Strale!
Nur Einen Kuß noch – und zum leztenmale
Geh' ich von Dir durchs stille Schloß hernieder.

Streng greift der eis'ge Morgen an die Glieder,
Wie ist die Welt so klar und kalt und helle –
Tiefschaurend tret' ich von der lieben Schwelle.

II.

Ein zart Geheimniß webt in stillen Räumen,
Die Erde lößt die diamantnen Schleifen
Und nach des Himmels süssen Stralen greifen
Die Blumen, die der Mutter Kleid besäumen.

Da rauscht's lebendig draußen in den Bäumen,
Aus Osten langen purpurrothe Streifen,
Hoch Lerchenlieder durch das Zwielicht schweifen –
Du hebst das blühn'de Köpfchen hold aus Träumen.

Was sind's für Klänge, die ans Fenster flogen?
So altbekannt verlocken diese Lieder,
Ein Sänger steht im schwanken Dämmerscheine. –

Wach' auf! Dein Liebster ist fernher gezogen
Und Frühling ist's auf Thal und Bergen wieder,
Wach auf, wach auf! nun bist Du ewig meine.

Der zauberische Spielmann.

Nächtlich in dem stillen Grunde,
Wenn das Abendroth versank,
Um das Waldschloß in die Runde
Gieng ein lieblicher Gesang.

Fremde waren diese Weisen
Und der Sänger unbekannt,
Aber, wie in Zauberkreisen
Hielt er jede Brust gebannt.

Hinter blüh'nden Mandelbäumen
Auf dem Schloß das Fräulein lauscht –
Drunten alle Blumen träumen,
Wollüstig der Garten rauscht.

Und wie Wellen buhlend klingen,
Ringend in geheimer Lust:

Kommt das wunderbare Singen
An die süßverträumte Brust.

„Warum weckst Du das Verlangen,
Das ich kaum zur Ruh gebracht?
20 Siehst Du hoch die *Lilien* prangen? –
Böser Sänger, gute Nacht!

Sieh', die Blumen steh'n voll Thränen
Einsam die Viole wacht,
Als wollt' sie sich schmachtend dehnen
25 In die warme Sommernacht.

Wohl von süßem rothen Munde
Kommt so holden Sanges Macht –
Bleibst Du ewig dort im Grunde,
Unerkannt in stiller Nacht?

30 Ach! im Wind' verfliegt mein Grüßen!
Einmal, eh' der Tag erwacht,
Möcht' ich Deinen Mund nur küßen,
Sterbend so in süßer Nacht

Nachtigall, verliebte, klage
35 Nicht so schmeichelnd durch die Nacht! –
Ach! ich weiß nicht was ich sage,
Krank bin ich und überwacht."

Also sprach sie, und die Lieder
Lokten stärker aus dem Thal,
40 Rings durchs ganze Thal hallt's wieder
Von der Liebe Lust und Qual.

Und sie konnt' nicht widerstehen,
Enge ward ihr das Gemach,
Aus dem Schloße mußt' sie gehen
45 Diesem Zauberstrome nach.

Einsam steigt sie von den Stufen,
Ach! so schwüle weht der Wind!
Draußen süß die Stimmen rufen
Immerfort das schöne Kind.

50 Alle Blumen trunken lauschen,
Von den Klängen hold durchirrt,

---

30 Ach! *Im Erstdruck:* Ach'

Lieblicher die Brunnen rauschen,
Und sie eilet süßverwirrt. –

55 Wohl am Himmel auf und nieder
Trieb der Hirt die goldne Schaar,
Die Verliebte kehrt nicht wieder,
Leer nun Schloß und Garten war.

Und der Sänger seit der Stunde
Nicht mehr weiter singen will,
60 Rings im heimlich kühlen Grunde
War's vor Liebe seelig still.

WILHELM FREIHERR VON EICHENDORFF

Die zauberische Venus.

Bei dem lauten Hochzeitsfeste
Klingen rings die vollen Becher,
5 Fröhlich schwingen sie die Gäste,
Wohlgeübte wackre Zecher;
Und von seinem Sitz erhoben,
Grüßt ein jeder schön mit Witzen,
Die Verliebten, die da oben
10 Schamroth bei einander sitzen.

Doch kaum hat das Fest geendet,
Als der Bräutigam alleine
Sich zum stillen Garten wendet,
Um im hellen Mondenscheine,
15 Wenn sich sanft die Lüfte kühlen,
Einsam, vom Gewühl verlassen,
Sein errungnes Glück zu fühlen,
Das er kaum vermag zu fassen.

Während sehnsuchtsvolle Träume
20 Liebend seine Brust umschleichen,
Geht er unterm Laub der Bäume
Nach dem Grunde zu den Teichen;
Dort sieht er vom Thau befeuchtet
Einen Nachen angebunden,
25 Von dem blassen Licht beleuchtet,
Das der Mond der Nacht verbunden.

Wie im weitern Kreis die Wellen
Spielend auseinander schweben,
Will die Brust Verlangen schwellen,
30   Sich der Flut zu übergeben.
Denn es scheint aus klarem Grunde,
Wo ein immerwährend Schweigen
Giebt unendlich tiefe Kunde,
Seiner Liebe Bild zu steigen.

35   Doch eh' er zum Kahn hinunter
Steigt, den er zur Fahrt erkoren,
Zieht er noch den Ring herunter,
Bei dem ihm die Braut geschworen;
Daß er nicht, das Ruder schwenkend,
40   Um den Nachen zu regieren,
Ihrer Treue Pfand versenkend,
In den Fluten mag verlieren.

Dorten wo am grünen Lande
Hohe Schilfe wehend schossen,
45   Steht ein Venus-Bild am Strande
Von dem Mondenlicht umflossen;
Kalten Marmorstein begeistert
Alter Zeiten heilig Leben;
Von des Künstlers Hand gemeistert,
50   Später Nachwelt übergeben.

An den Finger nun dem Bilde
Steckt er seinen Ring mit Eilen,
Stößt dann ab in's Flutgefilde
Seinen Nachen ohn' Verweilen.
55   Als die Wogen wiegend schweben,
Schmeichelnd bald den Kahn umspühlen,
Muß er des Gemüths Erheben
Höher in dem Busen fühlen.

Wie mit blüh'nden Segeln Kähne
60   Aus dem grünen Hang der Bäume,
Sieht er kreisen sanfte Schwäne,
Vögel linder Götter-Träume.
Über ihnen fern den hellen
Mondenschein, den sie begrüßen,
65   Unter ihnen kühl die Wellen,
Die der Schwäne Busen küssen.

Einsam lodern stille Flammen,
Um die beiden zu verwirren
Schwan und Schiffer, die zusammen
70   Auf den öden Wassern irren.
Doch vom weißen Marmor gleitet
Schimmer auf den See so milde,
Und von diesem Licht geleitet
Kehrt er sicher zu dem Bilde.

75   Still erblaßt schaun dessen Augen
In die blauen Fluten nieder,
Und der Welle Spiegel saugen
Durstig diese Marmorglieder,
Die im feuchten Bette schliefen.
80   Von dem lauen Wind umflogen,
Schwebend über jenen Tiefen,
Wiegen buhlend sie die Wogen.

Sanfter durch den grünen Zwinger
Hört er jetzt die Winde fliehen,
85   Als er seinen Ring dem Finger
Jenes Bildes will entziehen –
Aber Schrecken zum Vergehen
Fühlt er durch die Adern schießen!
Denn die feuchten Augen sehen
90   Sich die Hand von Marmor schließen.

Rückwärts zum bethauten Boden
Sinkt er ohne Leben nieder,
Spät erwacht der schwache Odem,
Giebt ihm das Bewußtseyn wieder.
95   Und er fühlt ein heimlich Grauen
Und dabei doch süß Behagen,
Beides zwingt ihn zu vertrauen
Und die Blicke aufzuschlagen.

Und er sieht, im todten Bilde
100   Regt sich wunderbares Leben,
Und es scheint der Busen milde
Sich im Mondenhauch zu heben.
Wie die Augen buhlend stralen,
Zu dem Knienden niederlachen,
105   Fühlt er andre Liebesqualen
In bewegter Brust erwachen.

Neue Leiden, neue Schmerzen,
Lust und unbewußt Verlangen
Steigen aus zerriss'nem Herzen,
110   Thränen feuchten seine Wangen,
Wie gebannt von Zauberringen
Hat er keine Kraft zu fliehen,
Fühlt von Sehnsucht sich bezwingen,
An den Marmorbusen ziehen.

115   Und als sollt' in seinen Armen
Dieses Bild im Traume lachen,
Von des Herzens Puls erwarmen,
Und an seiner Brust erwachen,
Also muß er es umfassen,
120   Schlägt um seinen Leib die Hände,
Kann es nimmermehr verlassen
Bis an seines Lebens Ende.

Braut und Hochzeit sind vergessen,
Jedes ird'sche Band zerbrochen,
125   Und die Schwüre, die vermessen
Seine blinde Glut gebrochen,
Büßen spät Gebet und Thränen,
Baut sich eine stille Zelle,
Einsam schlägt mit tiefem Sehnen
130   Jetzt an sie des Sees Welle.

Wie in tiefster Nacht verborgen
Rauschen heimlich Zauberquellen,
Nie ergraute je ein Morgen
Über den verborgnen Wellen,
135   Und noch keinem ist's gelungen,
Ihren Ursprung zu belauern,
Doch daß manchen sie bezwungen,
Fühlen wir in bangen Schauern.

OTTO HEINRICH GRAF VON LOEBEN*

Sprache der Poesie.

Will Enges dir die ew'ge Kraft umschließen,
   Tritt in den Wald, wo Lieder frei regieren,
5   Die hohen Wipfel Geistersprache führen,
   Mit Säuseln dich des Lebens Zungen grüßen. –

Die Erde, die dich ängstet, dir versüßen
   Woll'n sanfte Blumen; recht dein Herz zu rühren,
   Woll'n sie der Bäche flüssig Leben zieren,
10   Als tausendfache Farbenstrale sprießen. –

So auch ist Poesie, mächtig und kindlich;
   Sie hebt dich aus dem irdischen Gewühle
   Zu dem erhabnen gottverwandten Schweigen,

Und, was dem zarten Sinne hier empfindlich,
15   Der doch so gern auf Erden sich gefiele,
   Das sänftigt sie und wird als Blüth' ihm eigen.

Welt und Herz.

Die Welt ist arm, das Herz ist reich,
Und giebt von seiner Fülle,
Das Harte wird doch endlich weich,
5   Der Thau erschließt die Hülle,
Sie dehnt sich in der Stille,
Und grün wird noch der trockne Zweig.

Die Welt ist arm, das Herz ist reich,
Drum muß das Herz ihr spenden,
10   Und ist das Leben kalt und bleich,
Nur Liebe kann es wenden,
Und Sonnenstrale senden
Auf manchen dürren, kranken Zweig.

Die Welt ist arm, das Herz ist reich,
15   Wohlan denn in dem Herzen
Laßt stiften uns ein frohes Reich,
Voll Heilkraft für die Schmerzen,
Ein neues Herz im Herzen,
Das reicht der Welt den Friedenszweig.

SPRACHE DER POESIE 1 *Die folgenden zwei Gedichte erschienen unter dem Pseudonym*
Isidorus.

LUDWIG TIECK

Liebe denkt in süßen Tönen,
Denn Gedanken stehn zu fern,
Nur in Tönen mag sie gern
5   Alles, was sie will, verschönen.

Glosse.

Wenn im tiefen Schmerz verloren
Alle Geister in mir klagen,
Und gerührt die Freunde fragen:
10 „Welch ein Leid ist Dir geboren?"
Kann ich keine Antwort sagen,
Ob sich Freuden wollen finden,
Leiden in mein Herz gewöhnen,
Geister, die sich liebend binden
15 Kann kein Wort niemals verkünden,
Liebe denkt in süßen Tönen.

Warum hat Gesangessüße
Immer sich von mir geschieden?
Zornig hat sie mich vermieden,
20 Wie ich auch die Holde grüße.
So geschieht es, daß ich büße,
Schweigen ist mir vorgeschrieben,
Und ich sagte doch so gern
Was dem Herzen sey sein Lieben,
25 Aber stumm bin ich geblieben,
Denn Gedanken stehn zu fern.

Ach, wo kann ich doch ein Zeichen,
Meiner Liebe ew'ges Leben
Mir nur selber kund zu geben,
30 Wie ein Lebenswort erreichen?
Wenn dann alles will entweichen
Muß ich oft in Trauer wähnen
Liebe sey dem Herzen fern,
Dann weckt sie das tiefste Sehnen,
35 Sprechen mag sie nur in Thränen,
Nur in Tönen mag sie gern.

---

2 ff. *vgl. die* Variationen *auf S. 75 und ebd. die Anm. zum* Thema.

Will die Liebe in mir weinen,
Bringt sie Jammer, bringt sie Wonne
Will sie Nacht seyn, oder Sonne,
40 Sollen Glückessterne scheinen?
Tausend Wunder sich vereinen,
Ihr Gedanken schweiget stille,
Denn die Liebe will mich krönen,
Und was sich an mir erfülle
45 Weiß ich das, es wird ihr Wille
Alles, was sie will, verschönen.

Friedrich Rückert*

Auf eine junge Strumpfstrickerin.

Wie du, mein Kind, mit künstlichem Geschicke
  Metallne Stäbe durchs Geflecht in raschen
5   Windungen lässest fliehen sich und haschen,
  Ohndaß dabei ein Finger sich verstricke;

So zeigst du schon, wie bald auch deine Blicke
  Mit ihres Zaubernetzes falschen Maschen
  Sorglose Herzen werden überraschen,
10 Bestrickend, eh man ahnet das Gestricke.

Das, was du wirkst, sind's Fesseln nicht den Füssen?
  Um welchen Fuß willst du sie, Arge, werfen?
  O glücklich, wen so süßer Wurf getroffen,

Wenn ihm, der so durch dich wird fallen müssen,
15 Bevor er fällt auf rauhen Steines Schärfen,
  Dein zarter Arm sich darbeut, freundlich offen.

---

1 *Pseudonym:* Freimund Reimar.

JOHANN WOLFGANG VON GOETHE

Die Fluth der Leidenschaft sie stürmt vergebens
An's unbezwungne feste Land,
Sie wirft poetische Perlen an den Strand,
5 Und das ist schon Gewinn des Lebens.

West-Oestlicher Divan.

Talismane.

Gottes ist der Orient,
Gottes ist der Occident;
10 Nord' und südliches Gelände
Ruht im Frieden seiner Hände.

Er, der einzige Gerechte,
Will für Jedermann das Rechte.
Sey, von seinen hundert Namen,
15 Dieser hochgelobet! Amen.

Mich verwirren will das Irren;
Doch du weißt mich zu entwirren.
Wenn ich handle, wenn ich dichte,
Gieb du meinem Weg die Richte.

20 Ob ich Irdsches denk' und sinne,
Das gereicht zu höherem Gewinne.
Mit dem Staube nicht der Geist zerstoben
Dringet, in sich selbst gedrängt, nach oben.

Im Athemholen sind zweyerley Gnaden:
25 Die Luft einziehn, sich ihrer entladen.
Jenes bedrängt, dieses erfrischt;
So wunderbar ist das Leben gemischt.
Du, danke Gott, wenn er dich presst,
Und dank' ihm, wenn er dich wieder entlässt.

2–58 *Erste gedruckte Probe aus dem* West-oestlichen Divan.

30 Lasst mich nur auf meinem Sattel gelten!
Bleibt in euren Hütten, euren Zelten!
Und ich reite froh in alle Ferne,
Über meiner Mütze nur die Sterne.

Er hat uns die Gestirne gesetzt
35 Als Leiter zu Land und See;
Damit ihr euch daran ergötzt,
Stets blickend in die Höh.

Vier Gnaden.

Daß Araber an ihrem Theil
40 Die Weite froh durchziehen,
Hat Allah zu gemeinem Heil
Der Gnaden vier verliehen.

Den Turban erst, der besser schmückt,
Als alle Kaiserkronen;
45 Ein Zelt, das man vom Orte rückt,
Um überall zu wohnen.

Ein Schwert, das tüchtiger beschützt,
Als Fels und hohe Mauern.
Ein Liedchen, das gefällt und nützt,
50 Worauf die Mädchen lauern.

Und Blumen sing' ich ungestört
Von Ihrem Schawl herunter,
Sie weiß recht wohl, was ihr gehört,
Und bleibt mir hold und munter.

55 Und Blum' und Früchte weiß ich euch
Gar zierlich aufzutischen;
Wollt ihr Moralien zugleich,
Ich geb' sie von den frischen.

Ludwig Uhland*

Am 18. Oktober 1816.

Wenn heut' ein Geist herniederstiege,
Zugleich ein Sänger und ein Held,
5   Ein solcher, der im heil'gen Kriege
Gefallen auf dem Siegesfeld,
Der sänge wohl auf deutscher Erde
Ein scharfes Lied, wie Schwerdtesstreich,
Nicht so wie ich es künden werde,
10   Nein! himmelskräftig, Donnergleich:

„Man sprach einmal von Festgeläute,
Man sprach von einem Feuermeer,
Doch was das grosse Fest bedeute,
Weiß es denn jetzt noch irgend wer?
15   Wohl müssen Geister niedersteigen,
Von heil'gem Eifer aufgeregt,
Und ihre Wundenmale zeigen,
Daß ihr darein die Finger legt.

Ihr Fürsten! seyd zuerst befraget:
20   Vergeßt ihr jenen Tag der Schlacht,
An dem ihr auf den Knieen laget
Und huldigtet der höhern Macht?
Wenn eure Schmach die Völker lösten,
Wenn ihre Treue sie erprobt,
25   So ist's an euch, nicht zu vertrösten,
Zu *leisten* jetzt, was ihr gelobt.

Ihr Völker! Die ihr *viel* gelitten,
Vergaßt auch ihr den schwülen Tag?
Das Herrlichste, was ihr erstritten,
30   Wie kömmt's, daß es nicht frommen mag?
Zermalmt habt ihr die fremden Horden,
Doch innen hat sich nichts gehellt,
Und Freie seyd ihr nicht geworden,
Wenn ihr das Recht nicht festgestellt.

35   Ihr Weisen! muß man euch berichten,
Die ihr doch Alles wissen wollt,
Wie die Einfältigen und Schlichten
Für klares Recht ihr Blut gezollt?

---

2 *dem zweiten Jahrestag der Schlacht bei Leipzig.*

40
Meint ihr, daß in den heissen Gluten
Die Zeit, ein Phönix, sich erneut,
Nur um die Eier auszubruten,
Die ihr geschäftig unterstreut?

45
Ihr Fürstenräth' und Hofmarschälle,
Mit trübem Stern auf kalter Brust,
Die ihr vom Kampf um Leipzigs Wälle
Wohl gar bis heute nichts gewußt,
Vernehmt! an diesem heut'gen Tage
Hielt Gott der Herr ein groß Gericht.
Ihr aber hört nicht, was ich sage,
50
Ihr glaubt an Geisterstimmen nicht.

Was ich gesollt, hab' ich gesungen,
Und wieder schwing' ich mich empor,
Was meinem Blick sich aufgedrungen,
Verkünd' ich dort dem sel'gen Chor:
55
Nicht rühmen kann ich, nicht verdammen,
Untröstlich ist's noch allerwärts,
Doch sah ich manches Auge flammen
Und klopfen hört' ich manches Herz."

1817

JOHANN WOLFGANG VON GOETHE

Aus:
West-Oestlicher Divan.
Versammelt
von
5
Goethe
In den Jahren 1814 und 1815.

I.

Hegire.

Nord und West und Süd zersplittern,
Throne bersten, Reiche zittern,
10
Flüchte du, im reinen Osten
Patriarchenluft zu kosten:

---

2 ff. *Weitere Vorstufe der endgültigen Sammlung, aus zwölf Gedichten bestehend.*
7 *Flucht Mohammeds von Mekka nach Medina (622); Beginn der islamischen Zeitrechnung.*

Unter Lieben, Trinken, Singen,
Soll dich Jugendquell verjüngen.

Dort, im Reinen und im Rechten,
15   Will ich menschlichen Geschlechten
In des Ursprungs Tiefe dringen,
Wo sie noch von Gott empfingen
Himmelslehr' in Erdesprachen,
Und sich nicht den Kopf zerbrachen;

20   Wo sie Väter hoch verehrten,
Jeden fremden Dienst verwehrten;
Will mich freu'n der Jugendschranke,
Glaube weit, eng der Gedanke,
Wie das Wort so wichtig dort war,
25   Weil es ein gesprochen Wort war.

Will mich unter Hirten mischen,
An Oasen mich erfrischen,
Wenn mit Caravanen wandle,
Shawl, Caffee und Moschus handle.
30   Jeden Pfad will ich betreten
Von der Wüste zu den Städten.

Bösen Felsweg auf und nieder
Trösten, Hafis, deine Lieder,
Wenn der Führer mit Entzücken,
35   Von des Maulthiers hohem Rücken,
Singt, die Sterne zu erwecken,
Und die Räuber zu erschrecken.

Will in Bädern und in Schenken,
Heil'ger Hafis, dein gedenken,
40   Wenn den Schleier Liebchen lüftet,
Schüttlend Ambralocken düftet.
Ja, des Dichters Liebeflüstern
Mache selbst die Houris lüstern.

Wolltet ihr ihm dieß beneiden,
45   Oder etwa gar verleiden;
Wisset nur, daß Dichtersworte
Um des Paradieses Pforte
Immer leise klopfend schweben,
Sich erbittend ew'ges Leben.

---

33 **Hafis** *persischer Dichter (siehe Verzeichnis der Autoren und ihrer Gedichte).*
43 **Houris** *Paradiesjungfrauen nach persischem Jenseitsglauben.*

V.
Hafis.

Daß du nicht enden kannst, das macht dich groß,
Und daß du nie beginnst, das ist dein Loos.
Dein Lied ist drehend wie das Sterngewölbe,
5 Anfang und Ende immer ist's dasselbe,
Und was die Mitte bringt ist offenbar
Das was zu Ende bleibt und Anfang war.

Du bist der Freuden ächte Dichterquelle,
Und ungezählt entfließt dir Well' auf Welle.
10 Zum Küssen stets bereiter Mund,
Ein Brustgesang, der lieblich fließet,
Zum Trinken stets gereizter Schlund,
Ein gutes Herz, das sich ergießet.

Und mag die ganze Welt versinken,
15 Hafis mit dir, mit dir allein
Will ich wetteifern! Lust und Pein
Sey uns den Zwillingen gemein!
Wie du zu lieben und zu trinken,
Das soll mein Stolz, mein Leben seyn.

20 Nun töne Lied mit eignem Feuer:
Denn du bist älter, du bist neuer.

XII.
Vollendung.

Sagt es Niemand, nur den Weisen,
Weil die Menge gleich verhöhnet:
Das Lebend'ge will ich preisen,
Das nach Flammentod sich sehnet.

5 In der Liebesnächte Kühlung,
Die dich zeugte, wo du zeugtest,
Überfällt dich fremde Fühlung,
Wenn die stille Kerze leuchtet.

10 Nicht mehr bleibest du umfangen
In der Finsterniß Beschattung,
Und dich reißet neu Verlangen
Auf zu höherer Begattung.

HAFIS 1 ff. *Erschien später, in der Buchausgabe des* West-oestlichen Divans, *in erweiterter Form unter dem Titel* Unbegrenzt.

VOLLENDUNG 1 ff. *Erschien später, in der Buchausg. des* West-oestlichen Divans, *unter dem Titel* Selige Sehnsucht. *Zur Motivik vgl. das auf S. 190 f. abgedruckte* Gasel *des Hafis.*

Keine Ferne macht dich schwierig,
Kommst geflogen und gebannt,
Und zuletzt, des Lichts begierig,
Bist du Schmetterling verbrannt.

Und so lang du das nicht hast,
Dieses: Stirb und werde!
Bist du nur ein trüber Gast
Auf der dunklen Erde.

Im Namen dessen der sich selbst erschuf!
Von Ewigkeit in schaffendem Beruf;
In seinem Namen der den Glauben schafft,
Vertrauen, Liebe, Thätigkeit und Kraft,
In jenes Namen, der, so oft genannt,
Dem Wesen nach blieb immer unbekannt.

So weit das Ohr, so weit das Auge reicht
Du findest nur Bekanntes das ihm gleicht
Und deines Geistes höchster Feuerflug
Hat schon am Gleichniß, hat am Bild genug;
Es zieht dich an, es reißt dich heiter fort,
Und wo du wandelst schmückt sich Weg und Ort.
Du zählst nicht mehr, berechnest keine Zeit
Und jeder Schritt ist Unermeßlichkeit.

Weite Welt und breites Leben,
Langer Jahre redlich Streben,
Stets geforscht und stets gegründet,
Nie geschlossen, oft geründet,
Ältestes bewahrt mit Treue,
Freundlich aufgefaßtes Neue,
Heitern Sinn und reine Zwecke:
Nun! man kommt wohl eine Strecke.

IM NAMEN ... 1 ff. *Später zusammen mit* Was wär ein Gott ... *und* Im Innern ist ...
(siehe S. 202 dieses Bandes) unter dem Titel Proœmion.

Worte sind der Seele Bild –
Nicht ein Bild! sie sind ein Schatten!
Sagen herbe, deuten mild
Was wir haben, was wir hatten –
5   Was wir hatten wo ist's hin?
Und was ist denn was wir haben? –
Nun! wir sprechen! Rasch im Fliehn
Haschen wir des Lebens Gaben.

PAUL GRAF VON HAUGWITZ

Erinnerung an den Dom zu Cölln.

Wie schlanke Bäume hoch zum Himmel steigen
    Und reiche Äste dann zusammenschlagen,
5   Die Pracht in Blättern und in Blüthen tragen
Und oben sich zu schatt'ger Laube neigen:

So will sich dort ein weiter Dom uns zeigen,
    Wo Säulen hoch sich in die Lüfte wagen
    Und oben schön die vollen Kronen ragen,
10   Die sich zu festem Bau zusammenbeugen.

Wie unsre Seele nun wird mild erhellet
    Durch Liebe, die, nach Sagen und Gedichten,
In frommer Väter Herz sich fest gestellet;

So fällt der Tag in jene Hallen immer
15   Durch Farbenbilder heiliger Geschichten,
Und rosig-mild wie Abend-Sonnenschimmer.

HEINRICH HEINE*

Zwei Lieder der Minne.

1.
Der Traum.
Ein langer Traum, gar fürchterlich
5   Und wundersam, erschreckte mich.

ZWEI LIEDER ... 1 *Pseudonym:* Sy. Freudhold Riesenharf (*Anagramm für Harry
Heine, Dussldorf*). *Die folgenden zwei Lieder waren vermutlich Heines erste Publikation.
Die darauf folgende Romanze erschien unter demselben Pseudonym.*

Noch schwebt mir vor manch grausig Bild,
Und stürmt und wogt im Busen wild.

Es war ein Garten wunderschön,
Da wollt' ich traulich mich ergehn;
Viel Blümlein meine Augen sahn,
Ich hatte meine Freude dran.

Es zwitscherten die Vögelein
Gar muntre Liebesmelodein;
Von Goldglanz schien die Sonn' umstralt,
Die Blümchen lustig bunt bemalt.

Süß Balsamduft aus Kräutern rinnt,
Die Lüfte wehen lieb und lind;
Und alles schimmert, alles lacht,
Und zeigt mir freundlich seine Pracht.

Und mitten in dem Blumenland
Ein klarer Marmorbronnen stand,
Da schaut ich eine schöne Maid,
Die emsig wusch ein weißes Kleid.

Die Wangen bleich, die Äuglein mild,
Ein wundersames Himmelsbild!
Und wie ich schau, die Maid ich fand
So fremd und doch so wohlbekannt.

Die schöne Maid beeilt sich sehr,
Sie summt ein seltsam Liedchen her:
    Rinne, rinne Wasserlein,
    Wasche, wasche Hemde rein!

Ich kam und näh'rte mich zu ihr
Und lispelte: O sage mir,
Du wonnevolle, schöne Maid,
Wem höret dieses weiße Kleid?

Da sprach sie schnell: Sei bald bereit,
Ich wasche dir dein Todtenkleid!
Und wie sie dies gesprochen dar,
Auf einmal alles schwunden war. –

Anstarrte mich ein wilder Wald;
Gar schauerlich war's drin und kalt.
Die Bäume ragten himmelan:
Ich stand und staunt', und sann und sann,

Vernehme dumpfen Wiederhall,
45 Wie ferner Äxtenschläge Schall,
Und eil' in Busch und Wildniß fort,
Und komm' an einen freien Ort.

Immitten in dem grünen Raum,
Da stand ein großer Eichenbaum,
50 Und sieh! die Maid ich wieder schaut,
Die emsig in den Eichstamm haut.

Und Schlag auf Schlag, und sonder Weil
Summt sie ein Lied und schwingt das Beil:
Eisen blink, Eisen blank,
55 Zimmre hurtig Eichenschrank!

Ich kam und nähr'te mich zu ihr,
Und lispelte: O sage mir,
Du wonnevolle Magedein,
Wem zimmerst du den Eichenschrein?

60 Da sprach sie schnell: Die Zeit ist karg,
Ich zimmre dir den Todtensarg.
Und wie sie dies gesprochen dar,
Auf einmal alles schwunden war. –

Es lag so bleich, es lag so weit
65 Ringsum nur kahle, kahle Haid;
Ich wußte nicht, wie mir geschah,
Und heimlich schaurend stand ich da.

Und nun ich eben fürder schweif,
Gewahr' ich einen weißen Streif.
70 Ich eil' herzu, und eilt, und stand,
Und sieh! die schöne Maid ich fand!

Auf weiter Haid' stand weiße Maid,
Grub in die Erd mit Grabesscheit.
Kaum wagt' ich noch sie anzuschaun;
75 So mild und schön, und doch voll Graun.

Die schöne Maid beeilt sich sehr,
Sie summt ein seltsam Liedlein her:
Spaten, Spaten, scharf und breit,
Schaufle Grube tief und weit!

80 Ich kam und nähr'te mich zu ihr,
Und lispelte: O sage mir,
Du wonnevolle, schöne Maid,
Was diese Grube hier bedeut'?

Da sprach sie schnell: Bereit dich hab',
85   Ich schaufle dir dein eignes Grab.
Und als so sprach die Wundermaid,
Da öffnet sich die Grube weit;

Und da ich in die Grube schaut',
Ein kalter Schauder mich durchgraut;
90   Und in die dunkle Mitternacht
Stürzt' ich hinein – und bin erwacht.

2.
Die Weihe.

Einsam in der Waldkapelle,
Vor dem Bild' der Himmelsjungfrau,
95   Lag ein frommer, bleicher Knabe,
Demuthsvoll dahingesunken.

O Madonna! laß mich ewig
Hier auf dieser Schwelle knien,
Wollest nimmer mich verstoßen
100   In der Welt so kalt und sündig.

O Madonna! sonnig wallen
Deines Hauptes Stralenlocken,
Süßes Lächeln mild umspielet
Deines Mundes heil'ge Rosen.

105   O Madonna! deine Augen
Leuchten mir wie Sternenlichter,
Lebensschifflein treibet irre,
Sternlein leiten ewig sicher.

O Madonna! sonder Wanken
110   Trug ich deine Schmerzenprüfung,
Frommer Minne blind vertrauend,
Glühend nur in deinen Gluten.

O Madonna, hör' mich heute!
Reich an wundersamer Gnade,
115   Spende mir ein Huldeszeichen,
Nur ein leises Huldeszeichen!

Da thät sich ein schauerlich Wunder bekunden,
Wald und Kapell sind auf einmal verschwunden,
Knabe nicht wußte, wie ihm geschehn,
120   Hat alles auf einmal umstaltet gesehn.

Und staunend stand er im schmucken Saale,
Da saß Madonna, doch ohne Stralen;
Sie hat sich verwandelt in liebliche Maid,
Und grüßet und lächelt mit kindlicher Freud.

125 Und sieh! vom holden Lockenhaupte
Sie selber sich eine Locke raubte,
Und sagte zum Knaben mit himmlischem Ton:
„Nimm hin, mein Knäblein, den Erdenlohn!"

Sprich nun, wer bezeugt die Weihe?
130 Sahst du nicht die Farben wogen
Flammig an der Himmelsbläue?
Menschen nennen's Regenbogen.

Englein steigen auf und nieder,
Schlagen rauschend mit den Schwingen,
135 Flüstern wundersame Lieder,
Süßer Harmonien Klingen.

Knabe hat es wohl verstanden,
Was mit Sehnsuchtsglut ihn ziehet
Fort und fort nach jenen Landen,
140 Wo die Myrte ewig blühet.

Die Romanze vom Rodrigo.

Donna Klara, Donna Klara!
Heißgeliebte langer Jahre,
Hast beschlossen mein Verderben,
5 Hast's beschlossen ohn' Erbarmen.

Donna Klara, Donna Klara!
Ist doch süß die Lebensgabe.
Aber unten ist es grausig,
In dem finstern kalten Grabe.

10 Donna Klara! freu' dich immer,
Morgen schon am Hochaltare
Wird Fernand dich Weib begrüßen:
Willst mich auch zur Hochzeit laden? –

Don Rodrigo, Don Rodrigo!
15 Deine Worte treffen bitter;
Aber Vater drohet strenge,
Nichtig ist der Tochter Wille.

Don Rodrigo, Don Rodrigo!
Laß doch fahren die Betrübniß.
20 Mädchen giebt es viel auf Erden,
Aber uns hat Gott geschieden.

Don Rodrigo, kühner Ritter,
Sollst nun auch dich selbst besiegen,
Sollst auf meine Hochzeit kommen:
25 Deine theure Klara bittet! –

Donna Klara, Donna Klara!
Ja ich schwör' es, ja ich komme,
Will mit dir den Reihen tanzen.
Gute Nacht, ich komme morgen! –

30 Gute Nacht! – Das Fenster klirrte,
Seufzend stand Rodrigo unten,
Stand noch lange wie versteinert;
Endlich schwand er fort im Dunkel.

Endlich auch nach langem Ringen
35 Muß die Nacht dem Tage weichen.
Wie ein bunter Blumengarten
Lag Toledo ausgebreitet.

Prachtgebäude und Paläste
Schimmern hell im Glanz der Sonne,
40 Und der Kirchen hohe Kuppeln
Leuchten stattlich wie vergoldet.

Dumpfig und wie Bienensummen
Alle Feierglocken läuten,
Und entsteigen Betgesänge
45 Aus den frommen Gotteshäusern.

Aber dorten, siehe! siehe!
Dorten aus der Marktkapelle
Bunte Volkesmenge strömet,
Im Gewimmel und Gedränge:

50 Blanke Ritter, schmucke Frauen,
Festlich blinckend Hofgesinde.
Und die Orgel ferne rauschet,
Und die Glocken läuten immer.

Doch mit Ehrfurcht ausgewichen
55 Schreitet stolz das junge Ehpaar,
Donna Klara, schwarz verschleiert,
Don Fernando, waffenglänzend.

Tausend Augen sind gerichtet,
Tausend Stimmen Freude rufen:
60 Heil, Kastiliens Mädchensonne,
Und Kastiliens Ritterblume!

Bis an Bräutigams Palastthor
Wälzet sich das Volksgewühle,
Dort gefeiert wird die Hochzeit,
65 Prunkhaft und nach alter Sitte.

Ritterspiel und frohe Tafel
Wechseln unter lautem Jubel;
Wie im Rausche flohn die Stunden,
Bis die Nacht herabgesunken.

70 Und zum Tanze sich versammeln
Dort im Saal die Hochzeitgäste.
Alle funkeln buntbeleuchtet
Von der Kerzen Lichterheere.

Bräut'gam, wie ein Feuerkönig,
75 Stralt im goldnen Purpurmantel;
Klara, wie die Rose blühend,
Folgt im weißen Brautgewande.

Auf erhabne Ehrensitze,
Rings von Dienerschaft umwoget,
80 Ließen Beide drob sich nieder,
Tauschten süße Liebesworte.

Und im Saale dumpfes Brausen
Von der krausbewegten Menge;
Und es wirbelten die Pauken,
85 Und erschmettern die Trompeten.

Doch warum, o schöne Herrin,
Sind geheftet deine Blicke
Dorthin nach der Saalesecke?
So verwundert sprach der Ritter.

90 Siehst du denn nicht, Hochgebieter,
    Dort den Mann im schwarzen Mantel? –
    Und der Ritter huldig lächelt:
    Ist ja nur ein blasser Schatten.

    Doch es nähert sich der Schatten,
95 Und es war ein Mann im Mantel,
    Und Rodrigo nun erkennend,
    Grüßt ihn Klara glutbefangen.

    Und der Tanz hat schon begonnen,
    Munter sich die Tänzer drehen,
100 Und es zitterte der Boden
    Von dem rauschenden Getöse.

    Wahrlich gerne, Don Rodrigo,
    Will ich dir zum Tanze folgen,
    Aber so im schwarzen Mantel
105 Hättest du nicht kommen sollen.

    Don Rodrigo starret finster,
    Wild umschlang er schon die Holde:
    Sprachest ja, ich sollte kommen!
    Hallen dumpfig seine Worte.

110 Und im dichtsten Tanzgetümmel
    Drängten sich die beiden Tänzer;
    Und es donnerten die Pauken,
    Und erschmettern die Trompeten.

    Sind ja schneeweiß deine Wangen!
115 Heimlich schaudernd Klara flüstert. –
    Sprachest ja, ich sollte kommen!
    Schnarret hohl die heisre Stimme.

    Und im Saal die Kerzen blinzeln
    Durch das fluthende Gedränge,
120 Und es wirbelten die Pauken,
    Und erschmettern die Trompeten.

    Sind ja eiskalt deine Hände!
    Flüstert Klara, krampfig zuckend. –
    Sprachest ja, ich sollte kommen! –
125 Und sie treiben rasch hinunter.

Laß mich, laß mich, Don Rodrigo!
Leichenhauch ist ja dein Odem. –
Don Rodrigos grause Worte
Schallen schaurig im Gewoge.

130   Und der Boden glühend rauchte,
Lustig fiedelten die Geigen;
Wie ein tolles Zauberweben
Schwindelt Alles im Gekreisel.

Laß mich, laß mich, Don Rodrigo!
135   Klara ächzt und fleht und wimmert. –
Sprachest ja, ich sollte kommen!
Grinset immer Don Rodrigo.

Nun so geh in Gottes Namen!
Klara sprach's mit fester Stimme,
140   Und dies Wort war kaum entfahren,
Und verschwunden war Rodrigo. –

Klara starret. Ihre Sinne
Kaltumflirret, nachtumwoben;
Ohnmacht hat das lichte Bildniß
145   In ihr dunkles Reich gezogen.

Endlich weicht der Nebelschlummer,
Endlich schlug sie auf die Wimper.
Aber Staunen wollt' auf's Neue
Ihre schönen Augen schließen;

150   Denn sie saß noch wie zu Anfang,
War auch nicht vom Sitz gewichen,
Saß noch an des Bräut'gams Seite.
Und der Ritter sorgsam bittet:

Sprich, was bleichen deine Wangen?
155   Sprich, was wird dein Aug' so dunkel? –
Und Rodrigo – – – schaudert Klara,
Und Entsetzen lähmt die Zunge.

Aber tiefe, ernste Falten
Lagern sich auf Bräut'gams Stirne:
160   Herrin, forsch' nicht blut'ge Kunde,
Heute Mittag starb Rodrigo!

1818

JOSEPH FREIHERR VON EICHENDORFF

Frühlingsfahrt.

Es zogen zwei rüst'ge Gesellen
Zum ersten Mahl von Haus
So jubelnd recht in die hellen
Klingenden, singenden Wellen
Des vollen Frühlings hinaus.

Die strebten nach hohen Dingen,
Die wollten trotz Lust und Schmerz,
Was Recht's in der Welt vollbringen,
Und wem sie vorübergingen
Dem lachten Sinnen und Herz. –

Der Erste, der fand ein Liebchen,
Die Schwieger kauft' Hof und Haus;
Der wiegte gar bald ein Bübchen,
Und sah aus heimlichen Stübchen
Behaglich in's Feld hinaus.

Dem zweiten sangen und logen
Die tausend Stimmen in Grund,
Verlockend' Syrenen, und zogen
Ihn in der buhlenden Wogen
Farbig klingenden Schlund.

Und wie er auftaucht vom Schlunde
Da war er müde und alt,
Sein Schifflein das lag im Grunde,
So still war's rings in die Runde
Und über die Wasser weht's kalt.

Es singen und klingen die Wellen
Des Frühlings wohl über mir
Und seh ich so kecke Gesellen;
Die Thränen im Auge mir schwellen –
Ach Gott, führ' uns liebreich zu Dir!

GEORG GRAF VON BLANKENSEE

Die drei Jünglinge.

Drei Jünglinge wandelten einstmal gar weit, –
Erdolchet sie fanden die lieblichste Maid.

5   Da ziehet der Erste sein schimmerndes Schwert,
Das ist ihm zur Rache noch einmal so werth.

Er küßet die Leiche, dann eilet er jach
Den blutigen Tritten des Mörders nach.

Der Zweite die Leiche mit Küssen bedeckt,
10   Doch keiner in's Leben die Schlummernde weckt.

Da gehet er weinend und zögernd nach Haus,
Und klaget, und jammert, und härmet sich aus.

Der Dritte trägt schweigend die Maid mit sich fort
An einen verborg'nen entlegenen Ort.

15   Und gräbet zwei Gräber und schauet mit Schmerz,
Und aß nicht, und trank nicht, da brach auch sein Herz.

WILHELM MÜLLER

Müllerlieder.

Wanderlust.

Das Wandern ist des Müllers Lust,
5   Das Wandern!
Das muß ein schlechter Müller sein,
Dem niemals fiel das Wandern ein,
          Das Wandern!

Vom Bache haben wir's gelernt,
10   Vom Bache!
Der hat nicht Rast bei Tag und Nacht,
Ist stets auf Wanderschaft bedacht,
          Auf Wanderschaft!

DIE DREI JÜNGLINGE 2 ff. *Vgl. Uhlands Gedicht* Der Wirthin Töchterlein *(S. 189)*.

Das sehn wir auch den Rädern ab,
15　　　　Den Rädern!
Die gar nicht gerne stille stehn,
Die sich mein Tag nicht müde drehn,
　　　　Die Räder!

Die Steine selbst, so schwer sie sind,
20　　　　Die Steine!
Sie tanzen mit den muntern Reih'n
Und wollen gar noch schneller sein,
　　　　Die Steine!

O Wandern, Wandern, meine Lust,
25　　　　O Wandern!
Herr Meister und Frau Meisterinn,
Laßt mich in Frieden weiter ziehn
　　　　Und wandern!

Der Bach.

30 Ich hört' ein Bächlein rauschen
Wohl aus dem Felsenquell,
Hinab zum Thal es rauschte
So frisch, so wunderhell.

Ich weiß nicht wie mir wurde
35 Nicht wer den Rath mir gab,
Ich mußte auch hinunter
Mit meinem Wanderstab.

Ist das denn meine Straße?
O Bächlein, sprich wohin?
40 Du hast mit Deinem Rauschen
Mir ganz berauscht den Sinn.

Was sag' ich denn von Rauschen?
Das kann kein Rauschen sein:
Es singen wohl die Nixen
45 Ein liebes Knäbchen ein.

Gesell, laß singen, rauschen,
Und wandern fröhlich nach,
Es gehn ja Mühlenräder
In jedem klaren Bach!

50   Am Feierabend.

Hätt' ich tausend
Arme zu rühren!
Könnt ich brausend
Die Räder führen!
55   Könnt' ich wehen
Durch alle Haine!
Könnt ich drehen
Alle Steine!
Daß die schöne Müllerinn
60   Merkte meinen treuen Sinn!

Ach, wie ist mein Arm so schwach!
Was ich habe, was ich trage,
Was ich schneide, was ich schlage,
Jeder Knappe thut es nach.

65   Und da sitz' ich in der großen Runde
In der stillen kühlen Feierstunde,
Und der Meister spricht zu Allen:
Euer Werk hat mir gefallen;
Und das liebe Mädchen sagt
70   Allen eine gute Nacht!

CLEMENS BRENTANO

O Mutter halte dein Kindlein warm,
Die Welt ist kalt und helle,
Und trag es fromm in deinem Arm
5   An deines Herzens Schwelle.

Leg still es, wo dein Busen bebt,
Und leis herab gebücket
Harr liebvoll, bis es die Äuglein hebt,
Zum Himmel selig blicket.

10   Und weck ich dich mit Thränen nicht,
So weck ich dich mit Küssen,
Aus deinem Aug mein Tag anbricht,
Sonn, Mond dir weichen müssen,

AM FEIERABEND *Dasselbe Gedicht erschien mit zwei anderen* Müllerliedern *im Fouquéschen* Frauentaschenbuch *des gleichen Jahres.*

O du unschuldger Himmel du!
Du lachst aus Kindesblicken,
O Engelsehen, o seelge Ruh,
In dich mich zu entzücken.

Ich schau zu dir so Tag als Nacht,
Muß ewig zu dir schauen,
Und wenn mein Himmel träumend lacht,
Wächst Hoffnung und Vertrauen.

Komm her, komm her, trink meine Brust,
Leben von meinem Leben,
O könnt ich alle fromme Lust
Aus meiner Brust dir geben.

Nur Lust, nur Lust, und gar kein Weh,
Ach du trinkst auch die Schmerzen,
So stärke Gott in Himmelshöh
Dich Herz aus meinem Herzen.

Vater unser, der du im Himmel bist,
Unser täglich Brod gieb uns heute,
Getreuer Gott, Herr Jesus Christ,
Tränk uns aus deiner Seite.

Du strahlender Augenhimmel du
Du thaust aus Mutteraugen,
Ach Herzenspochen, ach Lust, ach Ruh,
An deinen Brüsten saugen.

Ich schau zu dir so Tag als Nacht
Muß ewig zu dir schauen,
Du mußt mir, die mich zur Welt gebracht,
Auch nun die Wiege bauen.

Um meine Wiege laß Seide nicht,
Laß deinen Arm sich schlingen,
Und nur deiner milden Augen Licht
Laß zu mir nieder dringen.

Und in deines keuschen Schooßes Hut
Sollst du deine Kindlein schaukeln,
Daß deine Kinder so lieb, so gut,
Wie Träume mich umgaukeln.

50 Da träumt mir, wie ich so ganz allein
Gewohnt dir unterm Herzen,
Da waren die Freuden, die Leiden dein
Mir Freuden auch und Schmerzen.

Und ward dir dein Herz ja all zu groß
55 Und hattest nicht, wem klagen,
Und weintest du still in deinen Schoos,
Half ich dein Herz dir tragen.

Da rief ich, komm, lieb' Mutter komm!
Kühl dich in Liebeswogen,
60 Da fühltest du dich so still, so fromm
In dich hinabgezogen.

So mutterseelig ganz allein
In deiner Lust berauschet,
Hab ich die klare Seele dein
65 Du reines Herz belauschet.

Was heilig in dir zu aller Stund'
Das bin ich all gewesen,
Nun küß' mich süßer Mund gesund,
Weil du an mir genesen.

70 O seelig, seelig ohne Schuld,
Wie konnt ich mit dir beten,
O wunderbare Ungeduld,
Ans scharfe Licht zu treten.

O Mutter halte dein Kindlein warm,
75 Die Welt ist kalt und helle,
Und trag es fromm, bist du zu arm,
Hin an des Grabes Schwelle.

Leg es in Linnen, die du gewebt,
Zu Blumen, die du gepflücket,
80 Stirb mit, daß wenn es die Äuglein hebt,
Im Himmel es dich erblicket.

So lallt zu dir ein frommes Herz,
Und nimmer lernt es sprechen,
Blickt ewig zu dir, blickt himmelwärts
85 Und will in Freuden brechen.

Brichts nicht in Freud, brichts doch in Leid
Bricht es uns allen Beiden.
Ach Wiedersehen geht fern und weit,
Und nahe geht das Scheiden!

Es sang vor langen Jahren
Wohl auch die Nachtigal,
Das war wohl süßer Schall,
Da wir zusammen waren.

Ich sing und kann nicht weinen
Und spinne so allein
Den Faden klar und rein,
So lang der Mond wird scheinen.

Da wir zusammen waren,
Da sang die Nachtigal,
Nun mahnet mich ihr Schall,
Daß du von mir gefahren.

So oft der Mond mag scheinen,
Gedenk ich dein allein,
Mein Herz ist klar und rein,
Gott wolle uns vereinen.

Seit du von mir gefahren,
Singt stets die Nachtigal,
Ich denk bei ihrem Schall,
Wie wir zusammen waren.

Gott wolle uns vereinen,
Hier spinn ich so allein,
Der Mond scheint klar und rein,
Ich sing und möchte weinen!

---

1 ff. *In Christian Brentanos Ausgabe (1852 ff.) und den ihr folgenden Drucken unter dem Titel* Der Spinnerin Lied.

FRIEDRICH RÜCKERT

Der Apotheker.

Kam ein alter, rost'ger,
    Kalter, frost'ger,
5   Dürrer, eingeschrumpfter,
    Abgestumpfter,
Arzneienschmecker,
    Gläserlecker,
Apotheker, langsam,
10   Mühvoll-gangsam,
Durch den Garten schleichend,
    Und sah keuchend
Bäum' und Pflanzenarten
    An im Garten,
15   Um die Eigenschaften,
    Die da haften
An den schönen Sachen,
    Auszumachen:
Was für blöde Augen
20   Mochte taugen?
Was für Ohrenklingen
    Aufzubringen?
Und was auszuwittern
    Wider's Zittern?
25   Was die Gicht in Fingern
    Möchte ringern?
Und was die in Füßen
    Auch versüßen?
Was für Gliederreißen
30   Gut zu heißen?
Was das Lungenkeuchen
    Mag verscheuchen?
Wider Magendrücken
    Was zu pflücken?
35   Wider Seitenstechen
    Was zu brechen?
Und was abzurupfen
    Wider'n Schnupfen?
Woraus Thee zu kochen
40   Zur Sechswochen?
Nüchtern was zu kauen

Zum Verdauen?
Was sich ließ im stillen
Dreh'n zu Pillen?
45   Was sich gut verbergen
In Latwergen?
Was man kann bestimmen
Zum Bauchkrimmen?
Was sich läßt vereinigen
50   Zum Blutreinigen?
Was zusammen scharren
Zu Katharren?
Als so weit beklommen
Er gekommen;
55   Sah ich Bäume wanken
Wie die Kranken,
Daß von welken Stielen
Blätter fielen,
Und am Boden klebten
60   Gleich Recepten.
Als fortfuhr das Mustern,
Ward zu hustern
Aller Nachtigallen
Liederschallen;
65   Und die Rosenhecken
All vor Schrecken
Wurden leichenfarber
Als Rhabarber.

1819

Karl Follen

Turnbekenntniß.

Auf Jubeldonner und Liedersturm!
Der Begeisterung Blitz hat gezündet;
5   Der Mannheit Eiche, der Teutschheit Thurm
Ist in Teutschland wieder gegründet:
Der Freyheit Wiege, dein Sarg, Drängerey!
Wird gezimmert aus dem Baume der Turnerey.

6 gegründet *Im Erstdruck:* gezündet.

Ein Turner ist Der: so mit Wehr und Geschoss
10   Durch das Blachfeld stürmt, durch Geklüfte,
In die Wogen sich wirft, auf das bäumende Ross,
In die Lüfte sich schwingt, in die Grüfte,
Der Freyheit nicht ohne Gleichheit kennt,
Dem Gott und sein Volk nur im Busen brennt!

15   Das Kreuz und der sausende Freyheitsfahn,
Auf des Hochstamms zerhauener Krone,
Beut Kreuzeslast auf der sauren Bahn
Und Rast auf dem Kreuz ihm zu Lohne;
Die Eintracht schirmet, die Gleichtracht wacht
20   Vor Hochmuthsteufel und Niedertracht.

Auf auf du Turner! Du Teutscher, wolan!
Auf ehrliche, wehrliche Jugend!
Noch ficht mit der Wahrheit gekrönter Wahn,
Noch kämpft mit dem Teufel die Tugend.
25   Schwerdstahl, aus dem Rost! aus dem Schlauch junger Most!
Durch die Dunstluft, Nordost! grüner May, aus dem Frost!

ADOLF LUDWIG FOLLEN

Bursch und Filister.

W: Mit Eichenlaub den Hut.

Ein *Wille*, fest und scharf wie Stahl, gar fleckenlos und blank:
5   Der fegt, wie Gottes Donnerstrahl, den wüsten Höllenstank. –
Die *Feigheit* pflanzt sich auf den Mist, aufdaß sie bass gedeiht,
Und spürt sich, wenn kein Schwein sie frißt, ganz in Behaglichkeit.

Wen *jener* Stahl und Strahl vergnügt, als Seelenlicht und Sporn:
Der, ob er schustert, oder pflügt, ist *Bursch* von Schroot und Korn.
10   Doch diesen Pflanzer auf dem Mist, ob er studiert, regiert,
Ja den, obgleich *nicht viel er ist*, das Wort: *Fil-ist-er*, ziert.

Den *Burschen* rühret *fremde* Noth; er lacht, wenn Er entbehrt;
Doch wenn dem *Volk* ein Unbild droht, dann fährt die Faust an's
Schwerd!

Zwar rührt die Noth im Vaterland auch das *Filister*pack,
15   Nur fährt ihm, statt an's Schwerd, die Hand verzweifelnd an den
Sack!

Des Freyheitsgeistes Sturmwindgang ergreift mit Hermannslust,
Wie Harf- und Schlachtdrommetenklang, des *Burschen* tapfre Brust.
Filister wimmern: lasst uns doch den Sausewind vom Hals!
Er bläst uns von der Suppe noch den langgesparten Schmalz.

20 Nun auf, ihr Burschen frey und schnell, ihr Brüder Du und Du!
Noch bellt der Kampf- und Schmalzgesell, Beel- und Kot-zebu. –
Auf! mäht das reife Korn, und streuts: die stolze Freyheitslust!
Schmückt, wappnet, als Ein eisern Kreuz, des Vaterlandes Brust!

Das spürst du nicht, *Filister*wurm! wie Wuodans Odem braust;
25 Wie wann ein kühner Nordlandssturm in *todte* Eichen saust.
Wir fassen auf mit Seegelkraft der Winde kühnen Scherz;
Wie wild der Meerschlund heult und klafft: *durch* muß des Kieles
Erz!

FRIEDRICH RÜCKERT

Grammatische Deutschheit.

Neulich deutschten auf deutsch vier deutsche Deutschlinge
                                                    deutschend,
    Sich überdeutschend am Deutsch, welcher der Deutscheste sey.
5 Vier deutschnamig benannt: Deutsch, Deutscherig, Deutscherling,
                                                    Deutschdich;
    Selbst so hatten zu deutsch sie sich die Namen gedeutscht.
Jetzt wettdeutschten sie, deutschend in grammatikalischer
                                                    Deutschheit,
    Deutscheren Comparativ, deutschesten Superlativ.
„Ich bin deutscher als deutsch." „Ich deutscherer." „Deutschester
                                                    bin ich.
10   „Ich bin der Deutschereste, oder der Deutschestere."
Drauf durch Comparativ und Superlativ fortdeutschend,
    Deutschten sie auf bis zum – Deutschesteresteresten;
Bis sie vor comparativisch- und superlativischer Deutschung
    Den Positiv von Deutsch hatten vergessen zuletzt.

JOSEPH FREIHERR VON EICHENDORFF

Wie kühl schweift's sich bei nächt'ger Stunde,
Die Zitter treulich in der Hand!
Vom Hügel grüß' ich in die Runde
5 Den Himmel und das stille Land.

Wie ist da alles so verwandelt,
Wo ich so fröhlich war, im Thal,
Im Wald wie still! der Mond nur wandelt
Nun durch den hohen Buchensaal.

10 Der Winzer Jauchzen ist verklungen
Und all der bunte Lebenslauf,
Die Ströme nur, im Thal geschlungen,
Sie blicken manchmahl silbern auf.

Und Nachtigallen wie aus Träumen
15 Erwachen oft mit süßem Schall,
Erinnernd rühren sich die Bäume,
Ein heimlich Flüstern überall. –

Die Freude kann nicht gleich verklingen,
Und von des Tages Glanz und Lust
20 Ist so auch mir ein heimlich Singen
Geblieben in der tiefsten Brust.

Und fröhlich greif' ich in die Saiten,
O Mädchen, jenseits über'm Fluß,
Du lauschest wohl und hörst's von weitem
25 Und kennst den Sänger an dem Gruß!

LOUISE BRACHMANN

Klosterstille.

Sterne leuchten aufs Gefild,
Sanfte Blumen schlafen,
5 Wie so friedlich ist's und mild,
In der Ruhe Hafen!

Seid mir dankbar froh gegrüßt,
Gott geweihte Mauern!

WIE KÜHL ... 2 ff. *Später unter dem Titel* Liebe in der Fremde *als 2. Gedicht.*

Fließt, ihr stillen Tage fließt
Ohne banges Trauern!

Heiter blick' ich in das Thal
Von der kleinen Zelle,
Auf den Hain im Dämmerstrahl,
Auf die Schimmerquelle.

In mir ists wie diese Nacht
Dämmernd still und kühle;
Außen ließ ich all die Macht
Schmerzlicher Gefühle.

Was vom trennend tiefen Schmerz
Je ein Wesen fühlte,
Keiner der dies arme Herz
Nicht vom Grund durchwühlte!

Glühend, edler Freundschaft Glück
Schlug dies Herz entgegen,
Kalte Selbstsucht kam zurück
Oft den treuen Schlägen.

Und die Lieb', ach sonst so schön!
Mir nur gab sie Schrecken;
Sturm nur war ich ausersehn
Fremder Brust zu wecken.

Nahe nie ein Männerherz
Sich dem dunkeln Kreise
Meines Schicksals! Ach mein Schmerz
Trifft es auch, der heiße!

– So noch in der Jugend Land
Doch an Lebens Grenzen;
Hier vor mir von Himmels Rand
Sanfte Sterne glänzen.

Heil daß sie vorüber sind
Harten Lebens Schmerzen!
Sicher ruht ein armes Kind
An des Vaters Herzen!

---

37 vor mir *Im Erstdruck:* von mir

JOHANN WOLFGANG VON GOETHE

Lied und Gebilde.

Mag der Grieche seinen Thon
Zu Gestalten drücken,
An der eignen Hände Sohn
Steigern sein Entzücken;

Aber uns ist wonnereich
In den Euphrat greifen,
Und im flüßgen Element
Hin und wieder schweifen.

Löscht ich so der Seele Brand
Lied es wird erschallen;
Schöpft des Dichters reine Hand
Wasser wird sich ballen.

Hatem.

Nicht Gelegenheit macht Diebe,
Sie ist selbst der größte Dieb,
Denn sie stahl den Rest der Liebe
Die mir noch im Herzen blieb.

Dir hat sie ihn übergeben
Meines Lebens Vollgewinn,
Daß ich nun, verarmt, mein Leben
Nur von dir gewärtig bin.

Doch ich fühle schon Erbarmen
Im Carfunkel deines Blicks
Und erfreu' in deinen Armen
Mich erneuerten Geschicks.

MARIANNE VON WILLEMER*

Suleika.

Hochbeglückt in deiner Liebe
Schelt ich nicht Gelegenheit,
Ward sie auch an dir zum Diebe
Wie mich solch ein Raub erfreut!

Und wozu denn auch berauben?
Gieb dich mir aus freyer Wahl,
Gar zu gerne möcht ich glauben –
10 Ja! ich bin's die dich bestahl.

Was so willig du gegeben
Bringt dir herrlichen Gewinn,
Meine Ruh, mein reiches Leben
Geb' ich freudig, nimm es hin.

15 Scherze nicht! Nichts von Verarmen!
Macht uns nicht die Liebe reich?
Halt ich dich in meinen Armen,
Jedem Glück ist meines gleich.

Suleika.

Ach! um deine feuchten Schwingen,
West, wie sehr ich dich beneide:
Denn du kannst ihm Kunde bringen
5 Was ich in der Trennung leide.

Die Bewegung deiner Flügel
Weckt im Busen stilles Sehnen,
Blumen, Augen, Wald und Hügel
Stehn bey deinem Hauch in Thränen.

10 Doch dein mildes sanftes Wehen
Kühlt die wunden Augenlieder;
Ach für Leid müßt' ich vergehen,
Hofft' ich nicht zu sehn ihn wieder.

Eile denn zu meinem Lieben,
15 Spreche sanft zu seinem Herzen;
Doch vermeid' ihn zu betrüben
Und verbirg ihm meine Schmerzen.

Sag ihm, aber sag's bescheiden:
Seine Liebe sey mein Leben,
20 Freudiges Gefühl von beyden
Wird mir seine Nähe geben.

JOHANN WOLFGANG VON GOETHE

In tausend Formen magst du dich verstecken,
Doch, Allerliebste, gleich erkenn' ich dich,
Du magst mit Zauberschleyern dich bedecken,
Allgegenwärtige, gleich erkenn' ich dich.

An der Cypresse reinstem, jungen Streben,
Allschöngewachsne, gleich erkenn' ich dich,
In des Canales reinem Wellenleben,
Allschmeichelhafte, wohl erkenn' ich dich.

Wenn steigend sich der Wasserstrahl entfaltet,
Allspielende, wie froh erkenn' ich dich.
Wenn Wolke sich gestaltend umgestaltet,
Allmannigfaltige, dort erkenn' ich dich.

An des geblümten Schleyers Wiesenteppich,
Allbuntbesternte, schön erkenn' ich dich.
Und greift umher ein tausendarmger Eppich,
O! Allumklammernde, da kenn' ich dich.

Wenn am Gebirg der Morgen sich entzündet,
Gleich, Allerheiternde, begrüß' ich dich,
Dann über mir der Himmel rein sich ründet,
Allherzerweiternde, dann athm' ich dich.

Was ich mit äußerm Sinn, mit innerm kenne,
Du Allbelehrende, kenn' ich durch dich.
Und wenn ich Allahs Namenhundert nenne,
Mit jedem klingt ein Name nach für dich.

---

7 Allschöngewachsne *Im Erstdruck:* Allschöngewaschne.

1820

JOHANN WOLFGANG VON GOETHE

Freudig war, vor vielen Jahren,
Eifrig so der Geist bestrebt,
Zu erforschen zu erfahren,
5   Wie Natur im Schaffen lebt.
Und es ist das ewig Eine,
Das sich vielfach offenbart;
Klein das Große, groß das Kleine,
Alles nach der eignen Art.
10   Immer wechslend, fest sich haltend,
Nah und fern und fern und nah;
So gestaltend, umgestaltend. –
Zum Erstaunen bin ich da.

Ballade.

Herein, o du Guter! Du Alter herein!
Hier unten im Saale da sind wir allein,
Wir wollen die Pforte verschließen.
5   Die Mutter sie betet, der Vater im Hayn
Ist gangen die Wölfe zu schießen.
O! sing uns ein Mährchen, o! sing es uns oft,
Daß ich und der Bruder es lerne,
Wir haben schon längst einen Sänger gehofft,
10   Die Kinder sie hören es gerne.

Im nächtlichen Schrecken, im feindlichen Graus
Verläßt er das hohe, das herrliche Haus,
Die Schätze die hat er vergraben.
Der Graf nun so eilig zum Pförtchen hinaus,
15   Was mag er im Arme denn haben?
Was birget er unter dem Mantel geschwind?
Was trägt er so rasch in die Ferne?
Ein Töchterlein ist es, da schläft nun das Kind. –
Die Kinder sie hören es gerne.

FREUDIG ... 2 ff. *Später unter dem Titel* Parabase. *Im Erstdruck vor einer Vortragsfolge zur vergleichenden Anatomie aus dem Jahr 1796 abgedruckt.*

20 Nun hellt sich der Morgen, die Welt ist so weit,
In Thälern und Wäldern die Wohnung bereit,
In Dörfern erquickt man den Sänger,
So schreitet und heischt er undenkliche Zeit,
Der Bart wächst ihm länger und länger;
25 Doch wächst in dem Arme das liebliche Kind,
Wie unter dem glücklichsten Sterne,
Geschützt in dem Mantel vor Regen und Wind –
Die Kinder sie hören es gerne.

Und immer sind weiter die Jahre gerückt,
30 Der Mantel entfärbt sich, der Mantel zerstückt,
Er könnte sie länger nicht fassen.
Der Vater er schaut sie, wie ist er beglückt!
Er kann sich für Freude nicht lassen,
So schön und so edel erscheint sie zugleich,
35 Entsprossen aus tüchtigem Kerne,
Wie macht sie den Vater, den theuren, so reich! –
Die Kinder sie hören es gerne.

Da reitet ein fürstlicher Ritter heran,
Sie recket die Hand aus, der Gabe zu nahn,
40 Almosen will er nicht geben.
Er fasset das Händchen so kräftiglich an:
Die will ich! so ruft er, aufs Leben.
Erkennst du, erwiedert der Alte, den Schatz,
Erhebst du zur Fürstin sie gerne;
45 Sie sey dir verlobet auf grünendem Platz –
Die Kinder die hören es gerne.

Sie segnet der Priester am heiligen Ort,
Mit Lust und mit Unlust nun ziehet sie fort,
Sie möchte vom Vater nicht scheiden.
50 Der Alte der wandelt nun hier und bald dort,
Er träget in Freuden sein Leiden.
So hab' ich mir Jahre die Tochter gedacht,
Die Enkelein wohl in der Ferne,
Sie segn' ich bei Tage, sie segn' ich bey Nacht –
55 Die Kinder sie hören es gerne.

Er segnet die Kinder; da poltert's am Thor,
Der Vater da ist er! Sie springen hervor,
Sie können den Alten nicht bergen –
Was lockst du die Kinder! du Bettler! du Thor!
60 Ergreift ihn, ihr eisernen Schergen!

Zum tiefsten Verlies den Verwegenen fort!
Die Mutter vernimmt's in der Ferne,
Sie eilet, sie bittet mit schmeichelndem Wort –
Die Kinder sie hören es gerne.

65 Die Schergen sie lassen den Würdigen stehn,
Und Mutter und Kinder sie bitten so schön,
Der fürstliche Stolze verbeißet
Die grimmige Wuth, ihn entrüstet das Flehn,
Bis endlich sein Schweigen zerreißet.
70 Du niedrige Brut! du vom Bettlergeschlecht!
Verfinsterung fürstlicher Sterne!
Ihr bringt mir Verderben! Geschieht mir doch Recht –
Die Kinder sie hörens nicht gerne.

Noch stehet der Alte mit herrlichem Blick,
75 Die eisernen Schergen sie treten zurück,
Es wächst nur das Toben und Wüten.
Schon lange verflucht' ich mein ehliches Glück,
Das sind nun die Früchte der Blüthen!
Man leugnete stets, und man leugnet mit Recht,
80 Daß je sich der Adel erlerne,
Die Bettlerinn zeugte mir Bettlergeschlecht –
Die Kinder sie hörens nicht gerne.

Und wenn euch der Gatte, der Vater verstößt,
Die heiligsten Bande verwegentlich löst;
85 So kommt zu dem Vater, dem Ahnen!
Der Bettler vermag, so ergraut und entblößt,
Euch herrliche Wege zu bahnen.
Die Burg die ist meine! Du hast sie geraubt,
Mich trieb dein Geschlecht in die Ferne.
90 Wohl bin ich mit köstlichen Siegeln beglaubt! –
Die Kinder sie hören es gerne.

Rechtmäßiger König er kehret zurück,
Den Treuen verleiht er entwendetes Glück,
Ich löse die Siegel der Schätze.
95 So rufet der Alte mit freundlichem Blick:
Euch künd' ich die milden Gesetze.
Erhole dich, Sohn! Es entwickelt sich gut,
Heut einen sich selige Sterne,
Die Fürstinn sie zeugte dir fürstliches Blut –
100 Die Kinder sie hören es gerne.

Zwischen beyden Welten.

Einer Einzigen angehören,
Einen Einzigen verehren
Wie vereint es Herz und Sinn!
Lida! Glück der nächsten Nähe,
William! Stern der schönsten Höhe,
Euch verdank' ich was ich bin.
Tag' und Jahre sind verschwunden,
Und doch ruht auf jenen Stunden,
Meines Werthes Vollgewinn.

FRANZ GRILLPARZER

Der Bann.

Leb' wohl, Geliebte! ich muß scheiden;
Es treibt mich fort in Angst und Qual,
Fort von der Wohnstatt meiner Freuden,
Fort von dem Weibe meiner Wahl.

Nicht dieser Blick und diese Zähren,
Verbirg dein holdes Angesicht!
Du kannst das Scheiden mir erschweren,
Doch mir ersparen kannst du's nicht!

Denn wisse, wenn du mich umschlungen,
Umschlangst du keinen *freyen* Mann,
Der Abgott deiner Huldigungen
Er ist belegt mit Acht und Bann.

Der Fürstin, der die Welt zu eigen,
Der Alles huldigt, was da lebt,
Vor der sich alle Wesen beugen,
Hab' ich im Wahnsinn widerstrebt.

Mit ihrer Schwester, sinnverwirret,
Die ohne Heimath, ohne Haus,
Durch Erd' und Luft und Wellen irret,
Zog ich in wilder Jagd hinaus.

Im Mondenglanz, auf flücht'gem Fusse
Schlang ich mit ihr den Geisterreihn,

25 Und alles Wirklichen Genusse
Entsagt' ich um den holden Schein.

Da sprach die Fürstin zornentglommen:
„Verschmähst du so, was ich dir both?
So sey's auf immer dir genommen,
30 Du vogelfrey bis an den Tod!"

„Von Wunsch zu Wunsch in ew'ger Kette,
Und rastlos wie du bist, so bleib!
Dir sey kein Haus und keine Stätte,
Kein Freund, kein Bruder und kein Weib!"

35 „Ein Büttel aber beygegeben,
Um dich, in dir, laß' er dich nie:
Er peitsche rastlos dich durchs Leben,
Der wilde Dämon *Phantasie*!"

„Er heiße dich nach Allem fassen,
40 Was irdisch schön, mit raschem Geiz;
Doch hältst du's, müssest du es hassen,
Und Mängel sieh in jedem Reiz!"

„Verdammet, Schatten nachzujagen,
Buhl' doch um Augenblickes Kuß;
45 Es fehle Kraft dir zum Entsagen,
Und Selbstbegränzung zum Genuß!"

„Die Sprache will ich dir verwandeln.
Dein Hörer sey der Mißverstand;
Mißlingen sey mit deinem Handeln,
50 Und ewig zwey sey Kopf und Hand!"

„Die *dich* liebt, flieh; die du begehret,
Sie schaudere zurück vor dir,
Und sagt sie: Ja, hat sie gewähret,
So tödt' ihr Ja dir die Begier!"

55 „Und daß der letzte Trost versaget,
Verewigt Rache sey und Leid;
So zweifle der, dem du's geklaget,
An deines Leidens Wirklichkeit!"

„Zieh hin, um all dein Glück betrogen,
60 Und buhl' um meiner Schwester Gunst,
Sieh, was das *Leben* dir entzogen,
Ob dir's ersetzen kann die *Kunst*!"

Da fiel's mich an mit Nachtgewalten,
Und *Wahrheit* war es, was sie sprach;
65 Das Herz im Busen mir gespalten,
Und jener innre Dränger wach.

Seitdem irr' ich verbannt, alleine,
Betriege Andre so wie mich:
Du aber, armes Weib, beweine,
70 Den du verloren, ewiglich!

1821

FRANZ GRILLPARZER

Licht und Schatten.

Schwarz ihre Brauen,
Weiß ihre Brust,
5   Klein mein Vertrauen,
Groß doch die Lust.

Schwatzhaft mit Blicken,
Schweigend die Zung',
Alt das Mißglücken,
10 Wunsch immer jung;

Arm was ich brachte,
Reich meine Lieb',
Warm was ich dachte,
Kalt was ich schrieb.

OTTO HEINRICH GRAF VON LOEBEN

Loreley.

Da wo der Mondschein blitzet
Um's höchste Felsgestein,
5   Das Zauberfräulein sitzet
Und schauet auf den Rhein.

Es schauet herüber, hinüber,
Es schauet hinab, hinauf,
Die Schifflein ziehn vorüber,
10   Lieb' Knabe, sieh nicht auf!

Sie singt dir hold zum Ohre,
Sie blickt dich thöricht an,
Sie ist die schöne Lore,
Sie hat dir's angethan.

15   Sie schaut wohl nach dem Rheine,
Als schaute sie nach dir,
Glaub's nicht, daß sie dich meine,
Sieh nicht, horch nicht nach ihr!

So blickt sie wohl nach allen
20   Mit ihrer Augen Glanz,
Läßt her die Locken wallen
Im wilden goldnen Tanz.

Doch wogt in ihrem Blicke
Nur blauer Wellen Spiel,
25   Drum scheu die Wassertücke,
Denn Flut bleibt falsch und kühl!

JOHANN WOLFGANG VON GOETHE

Um Mitternacht.

Andante e legato.

2 ff. *Die (von Goethe besonders geschätzte) Komposition stammt von Zelter.*

*) Um Mit - ter-nacht gieng ich, nicht eben gerne,

Wenn ich dann fer - ner in des Le - bens Wei-te

Bis denn zu-letzt des vol - len Mon - des Hel-le

klein, kleiner Knabe, je-nen Kirch-hof hin zu

zur Lieb-sten mußte, mußte weil sie zog, Ge-

so klar und deutlich mir ins Fin - ste-re drang,

Va - ters Haus, des Pfarrers, Stern an

stirn und Nord-schein ü - ber mir im

auch der Ge-danke wil-lig, sin - nig,

a) Die zwey ersten Strophen mäßig stark und betrachtend; die dritte Strophe volltönend und überzeugt.

Ster-ne, sie leuch-te-ten doch al - le

Strei-te, ich ge-hend, kommend See -

schnelle sich ums Ver-gang - ne

gar zu schön, Um Mit-ter-

-lig-kei-ten sog. Um Mit-ter-

wie ums Künfti-ge schlang. Um Mit-ter-

nacht, um Mit - - ter-nacht.

nacht, um Mit - - ter-nacht.

nacht, um Mit - - ter-nacht.

Um Mitternacht gieng ich, nicht eben gerne,
Klein, kleiner Knabe, jenen Kirchhof hin
Zu Vaters Haus, des Pfarrers, Stern an Sterne,
Sie leuchteten doch alle gar zu schön.
5   Um Mitternacht, um Mitternacht.

Wenn ich dann ferner in des Lebens Weite
Zur Liebsten mußte, mußte weil sie zog,
Gestirn und Nordschein über mir im Streite,
Ich gehend, kommend Seeligkeiten sog.
10   Um Mitternacht, um Mitternacht.

Bis dann zuletzt des vollen Mondes Helle
So klar und deutlich mir ins Finstere drang,
Auch der Gedanke willig, sinnig, schnelle
Sich ums Vergangne wie ums Künftige schlang.
15   Um Mitternacht, um Mitternacht.

AUGUST GRAF VON PLATEN

Der Strom, der neben mir verrauschte, wo ist er nun?
Der Vogel, dessen Lied ich lauschte, wo ist er nun?
Wo ist die Rose, die die Freundin am Herzen trug,
5   Und jener Kuß, der mich berauschte, wo ist er nun?
Und jener Mensch, der ich gewesen, und den ich längst
Mit einem andern Ich vertauschte, wo ist er nun?

Vorwort.

Sonette dichtete mit edlem Feuer
    Petrarca, hangend an der Liebeskette,
    Er sang sie der vergötterten Laurette,
5   Im Leben ihm, und nach dem Leben theuer.

Und also sang auch manches Abentheuer,
    In schmelzend musikalischem Sonette,
    Ein Held, der einst durch wildes Wogenbette
    Mit seinem Liede schwamm, als seinem Steuer.

VORWORT 1 ff. *Eröffnet die Reihe der Sonette in den* Lyrischen Blättern. 8 *Camoes.*

10   Der Deutsche hat sich beigesellt, ein Dritter,
       Dem Florentiner und dem Portugiesen,
       Und sang Geharnischte für kühne Ritter:

       Weil nun die Drei sich also groß erwiesen,
       So stimm' ich scheu für solch ein Lied die Zitter,
15   Denn nicht als Vierter wag' ich mich zu diesen.

Das Sonett an Goethe.

       Dich selbst, Gewalt'ger, den ich noch vor Jahren
       Mein tiefes Wesen witzig sah verneinen,
       Dich selbst nun zähl' ich heute zu den Meinen,
5   Zu denen, welche meine Gunst erfahren.

       Denn wer durchdrungen ist vom innig Wahren,
       Dem muß die Form sich unbewußt vereinen,
       Und was dem Stümper mag gefährlich scheinen,
       Das muß den Meister göttlich offenbaren.

10   Wem Kraft und Fülle tief im Busen keimen,
       Das Wort beherrscht er mit gerechtem Stolze,
       Bewegt sich leicht, wiewohl in schweren Reimen;

       Er schneidet sich des Liedes flücht'ge Bolze
       Gewandt und sicher, ohne je zu leimen,
15   Und *was* er fertigt, ist aus ganzem Holze.

       Bist du der Freund, weil du mein Herz gewinnest?
       Bist du die Schlange, weil du stets entrinnest?
       Bist du die Seidenraupe, weil du sachte
       Mit feinen, starken Fäden mich umspinnest?
5   Bist du der Strom, weil unerschöpflich dunkel
       Du Well' in Welle durcheinander rinnest?
       Bist du der Mond, weil du mit großem Auge
       Die Welt in klaren Nächten übersinnest?
       Bist du die fromme Nachtigall der Liebe,
10   Weil du den Todeskelch der Rose minnest?

VORWORT 10 *Rückert, als Dichter der* Geharnischten Sonette *(vgl. S. 197 dieser
Sammlung und die zugehörigen Angaben des Anhanges).*
DAS SONETT ... 1 ff. *Replik auf das S. 110 abgedruckte Sonett Goethes.*

AUGUST GRAF VON PLATEN

Aus: Der Spiegel des Hafis.

$$\bar{\cup}-\cup-\cup--\cdot\bar{\cup}-\cup\cup-\cup-$$

Wach auf, wach auf, o *Hafis*, wir lieben den Wein, wie du;
5 Den Reim, wir rв̈den, reih'n ihn, und reichen ihn rein, wie du;
Wir betten gern im Hain uns, auf Rosen und am Jasmin,
Im Rausche ziehn heraus wir, im Rausche hinein, wie du;
Wir schleudern weg den Koran, der heilige Gluthen dämpft,
So zügellos, so standhaft im Lieben zu seyn, wie du;
10 Besäßen wir Samarkand, besäßen Bochara wir,
Dem Liebchen schenkten's gern wir, – vergäß' es das Nein – wie
Wir schwören ew'gen Leichtsinn, und ewige Trunkenheit, [du;
Was fehlte dem, der treu hält den Liebesverein, wie du?
Wir schlichen lange gramvoll und kummergebeugt umsonst,
15 Nun lassen wir im Kelchglas zurücke die Pein, wie du;
Auch unsre Zunge rühmt sich des mystischen Wortes laut:
Wer Seelenspiegel seyn will, verschmähe den Schein, wie du.

FRIEDRICH RÜCKERT

Aus: Oestliche Rosen

Zu
Goethe's west-östlichem Diwan.

5   Wollt ihr kosten
        Reinen Osten,
        Müßt ihr gehn von hier zum selben Manne,
        Der vom Westen
        Auch den besten
10   Wein von jeher schenkt' aus voller Kanne.
        Als der West war durchgekostet,
        Hat er nun den Ost entmostet;
        Seht, dort schwelgt er auf der Ottomanne.

DER SPIEGEL ... 3 ff. *Eröffnungsgedicht des Zyklus.*

Abendröthen

15 Dienten Goethen

Freudig als dem Stern des Abendlandes;

Nun erhöhten

Morgenröthen

Herrlich ihn zum Herrn des Morgenlandes.

20 Wo die Beiden glühn zusammen,

Muß der Himmel blühn in Flammen,

Ein Diwan voll lichten Rosenbrandes.

Könnt ihr merken

An den Stärken

25 Dieses Arms, wie lang' er hat gefochten?

Dem das Alter

Nicht den Psalter

Hat entwunden, sondern neu umflochten.

Aus iran'schen Naphthabronnen

30 Schöpft der Greis itzt, was die Sonnen

Einst Italiens ihm, dem Jüngling, kochten.

Jugendhadern

In den Adern,

Zorn und Gluth und Mild' und süßes Kosen;

35 Alles Lieben

Jung geblieben,

Seiner Stirne stehen schön die Rosen.

Wenn nicht etwa ew'ges Leben

Ihm verliehn ist, sey gegeben

40 Langes ihm von uns gewognen Loosen.

Ja von jenen

Selbst, mit denen

Du den neuen Jugendbund errichtet,

Sey mit Brünsten

45 Unter Künsten

Aller Art, in der auch unterrichtet,

Wie Saadi in jenem Orden

Über hundert Jahr alt worden,

Und Dschami hat nah' daran gedichtet.

[. . .]

47, 49   Saadi *(1184–1283)*, Dschami *(1414–1492)*; *persische Dichter.*

Unter frühlingsentglommener Rosenlaube
Herbstgegohrenes purpurnes Blut der Traube.
Ein verschwiegener Schenk', und ein Lieb mit Blicken
Aus Lichtäther, und Locken aus Blüthenstaube.
5   Dein Getränke vom milden Geschenk des Bechers,
Deine Speise von duftigem Lippenraube.
Fern der Hader des Marktes um Lebenssorgen,
Fern der Schule verfängliches Wortgeklaube.
Eine Cither, die Liebesgefühle klaget,
10   Nachtigallenbegleitung und Turteltaube.
Ein Gesang, der mit Zauber Huris den Schleiern,
Rosenknospen entlocket der Sammethaube.
Besser ward es nicht Seligen dort, hienieden
Besser kann es nicht werden dem Erdenstaube.
15   Was ihr glaubet, euch bleibet es freigestellet;
Doch das ist und das bleibt Hafisens Glaube.

[. . .]

WILHELM MÜLLER

Die Einschiffung der Athener.
(Als Athen von den Türken wieder
eingenommen wurde.)

5 Freies Element der Wogen, sei der Freiheit Kindern hold!
Willst hinab du Opfer schlingen, schlinge Sklaven, schlinge Gold!
Nicht des Wuchers Dämon treibt uns in das schwanke Bretterhaus,
Nicht nach Menschenraube schiffen in die Fluthen wir hinaus;
Nach der Freiheit Hafen haben wir die Segel ausgespannt –
10 Heil uns, wenn dereinst wir rufen: Land! Land! Freies
Griechenland!
Was uns drückte, was uns engte, ließen wir am Strande stehn,
Nicht nach Städten, nicht nach Burgen wollen wir zurücke sehn;
Vorwärts schweifen unsre Blicke in die weite See hinaus,
Und sie grüßt der Freiheit Flagge hoch mit donnerndem Gebraus.
15 Freies Element der Wogen, unbegrenzte Meeresfluth!
Mag der Krämer falsch dich nennen, zitternd für sein eitles Gut –
Hellas kennt aus alten Tagen deine feste Treue noch:

UNTER ... 11, 16 *Zu* Huris *und* Hafis *vgl. die entsprechenden Anmerkungen auf S. 223.*

Als Athen, die Burg der Freiheit, unterlag dem Sklavenjoch,
Als die Felsenwälle brachen, als die Thürme sanken ein,
20 Da, da wolltest *du* der Freiheit letzter Hort und Heiland sein;
Und empor auf deinem Rücken ein Athen von Brettern stieg,
Und du trugst es fort zum Kampfe, und du trugst es hin zum Sieg.
Freies Element der Wogen, sei den späten Enkeln treu,
Wie du es den Vätern warest! Sieh, die alte Zeit wird neu!
25 Sieh, Athen, die Burg der Freiheit, ist in der Barbaren Hand!
Sieh, in deinen Fluthen spiegelt roth sich ihrer Tempel Brand!
Nehmt uns ein, ihr Brettermauern! Hebt vom Ufer euch
geschwind!
Auf, die Segel! Nach der Insel Salamis weht frischer Wind.

HEINRICH HEINE

Die Grenadier.

Nach Frankreich zogen zwey Grenadier',
Die waren in Rußland gefangen.
5 Und als sie kamen in's deutsche Quartier,
Sie ließen die Köpfe hangen.

Da hörten sie beide die traurige Mähr:
Daß Frankreich verloren gegangen,
Besiegt und zerschlagen das tapfere Heer, –
10 Und der Kaiser, der Kaiser gefangen.

Da weinten zusammen die Grenadier'
Wohl ob der kläglichen Kunde.
Der Eine sprach: Wie weh wird mir,
Wie brennt meine alte Wunde.

15 Der Andre sprach: das Lied ist aus,
Auch ich möcht mit dir sterben,
Doch hab' ich Weib und Kind zu Haus,
Die ohne mich verderben.

Was scheert mich Weib, was scheert mich Kind,
20 Ich trage weit bess'res Verlangen;
Laß sie betteln gehn wenn sie hungrig sind, –
Mein Kaiser, mein Kaiser gefangen!

DIE EINSCHIFFUNG ... 18–28 *Anspielungen auf den Bau der athenischen Flotte während der Perserkriege, das Orakelwort von der ,hölzernen Mauer', auf das Themistokles sich dabei berufen hatte, und den Seesieg bei Salamis (480 v. Chr.).*

Gewähr' mir Bruder eine Bitt':
Wenn ich jetzt sterben werde,
25   So nimm meine Leiche nach Frankreich mit,
Begrab' mich in Frankreichs Erde.

Das Ehrenkreuz am rothen Band
Sollst du auf's Herz mir legen;
Die Flinte gieb mir in die Hand,
30   Und gürt' mir um den Degen.

So will ich liegen und horchen still,
Wie eine Schildwacht, im Grabe,
Bis einst ich höre Kanonengebrüll,
Und wiehernder Rosse Getrabe.

35   Dann reitet mein Kaiser wohl über mein Grab,
Viel Schwerter klirren und blitzen;
Dann steig' ich gewaffnet hervor aus dem Grab –
Den Kaiser, den Kaiser zu schützen.

Die Botschaft.

Mein Knecht! steh auf und sattle schnell,
Und wirf dich auf dein Roß,
Und jage rasch, durch Wald und Feld,
5   Nach König Dunkans Schloß.

Dort schleiche in den Stall, und wart'
Bis dich der Stallbub schaut.
Den forsch' mir aus: Sprich, welche ist
Von Dunkans Töchtern Braut?

10   Und spricht der Bub: „Die Braune ist's"
So bring mir schnell die Mähr.
Doch spricht der Bub: „Die Blonde ist's"
So eile nicht so sehr.

Dann geh' zum Meister Seiler hin,
15   Und kauf' mir einen Strick,
Und reite langsam, sprich kein Wort,
Und bring mir den zurück.

Belsatzar.

Die Mitternacht zog näher schon;
In stummer Ruh lag Babilon.

Nur oben, in des Königs Schloß,
Da flackert's da lärmt des Königs Troß,

Dort oben, in dem Königssaal,
Belsatzar hielt sein Königsmahl.

Die Knechte saßen in schimmernden Reih'n,
Und leerten die Becher mit funkelndem Wein.

Es klirrten die Becher, es jauchzten die Knecht';
So klang es dem störrigen Könige recht.

Des Königs Wangen leuchten Glut;
Im Wein erwuchs ihm kecker Muth.

Und blindlings reißt der Muth ihn fort;
Und er lästert die Gottheit mit sündigem Wort.

Und er brüstet sich frech, und lästert wild;
Die Knechtenschaar ihm Beifall brüllt.

Der König rief mit stolzem Blick;
Der Diener eilt und kehrt zurück.

Er trug viel gülden Geräth auf dem Haupt;
Das war aus dem Tempel Jehovas geraubt.

Und der König ergriff mit frevler Hand
Einen heiligen Becher gefüllt bis am Rand'.

Und er leert ihn hastig bis auf den Grund,
Und rufet laut mit schäumendem Mund:

Jehovah! dir künd' ich auf ewig Hohn, –
Ich bin der König von Babilon!

Doch kaum dies grause Wort verklang,
Dem König ward's heimlich im Busen bang.

Das gellende Lachen verstummte zumahl;
Es wurde leichenstill im Saal.

Und sieh! und sieh! an weißer Wand
Da kam's hervor wie Menschenhand;

Und schrieb, und schrieb an weißer Wand
Eine leuchtende Flammenschrift, und schwand.

Der König stieren Blicks da saß,
Mit schlotternden Knien und todtenblaß.

Die Knechtenschaar saß kalt durchgraut,
Und saß gar still, gab keinen Laut.

40 Die Magier kamen, doch keiner verstand
Zu deuten die Schrift an Saaleswand.

Belsatzar ward aber in selbiger Nacht
Von seinen Knechten umgebracht.

Aus: Traum-Bilder.

(Neuer Cyklus.)

I.

Der Mai ist da mit seinen gold'nen Lichtern
Und seid'nen Lüften und gewürzten Düften,
5 Und freundlich lockt er mit den weißen Blüthen,
Und grüßt aus tausend blauen Veilchen-Augen,
Und breitet aus den blumreich-grünen Teppich,
Durchwebt mit Sonnenschein und Morgenthau,
Und ruft herbei die lieben Menschenkinder.
10 Das blöde Volk gehorcht dem ersten Ruf;
Die Männer zieh'n die Nanquin-Hosen an,
Und Sonntags-Röck' mit gold'nen Spiegelknöpfen;
Die Frauen kleiden sich in Unschuldweiß,
Jünglinge kräuseln sich den Frühlings-Schnurbart,
15 Jungfrauen lassen ihre Busen wallen,
Die Stadt-Poeten stecken in die Tasche
Papier und Bleistift und Lorgnett'; und jubelnd
Zieht nach dem Thor die krausbewegte Schaar,
Und lagert draußen sich auf grünem Rasen,
20 Bewundert wie die Bäume fleißig wachsen,
Spielt mit den bunten zarten Blümelein,
Horcht auf den Sang der lust'gen Vögelein,
Und jauchzt hinauf zum blauen Himmelszelt.
    Zu mir kam auch der Mai. Er klopfte drei Mal
25 An meine Thür, und rief: Ich bin der Mai,
Du bleicher Träumer, komm, ich will dich küssen!
Ich hielt verriegelt meine Thür, und rief:
Vergebens lockst du mich, du schlimmer Gast;

---

3 ff. *Das Gedicht erschien später unter dem Titel* Götterdämmerung.

Ich habe dich durchschaut, ich hab' durchschaut
30   Den Bau der Welt, und hab' zuviel geschaut,
Und viel zu tief, und hin ist alle Freude,
Und ew'ge Qualen zogen in mein Herz.
Ich schaue durch die steinern harten Rinden
Der Menschenhäuser und der Menschenherzen,
35   Und schau' in beiden Lug und Trug und Elend.
Auf den Gesichtern les' ich die Gedanken,
Viel schlimme. In der Jungfrau Scham-Erröthen
Seh' ich geheimer Lust begehrlich Zittern;
Auf dem begeistert stolzen Jünglingshaupt
40   Seh' ich die bunte Schellenkappe sitzen;
Und Fratzenbilder nur und sieche Schatten
Seh' ich auf dieser Erde, und ich weiß nicht,
Ist sie ein Tollhaus oder Krankenhaus.
Ich sehe durch den Grund der alten Erde,
45   Als sey sie von Krystall , und seh' das Grausen,
Das mit dem freud'gen Grüne zu bedecken
Der Mai vergeblich strebt. Ich seh' die Todten.
Sie liegen unten in den schmalen Särgen,
Die Händ' gefalten und die Augen offen,
50   Weiß das Gewand und weiß das Angesicht,
Und durch die gelben Lippen kriechen Würmer.
Ich seh', der Sohn setzt sich mit seiner Buhle
Zur Kurzweil nieder auf des Vaters Grab;
Spottlieder singen rings die Nachtigallen;
55   Die sanften Wiesenblümchen lachen hämisch;
Der todte Vater regt sich in dem Grab,
Und schmerzhaft zuckt die alte Mutter Erde.
    Du arme Erde, deine Schmerzen kenn' ich!
Ich seh' die Gluth in deinem Busen wühlen,
60   Und deine tausend Adern seh' ich bluten,
Und seh', wie deine Wunde klaffend aufreißt,
Und wild hervor strömt Flamm' und Rauch und Blut.
Ich seh' die Riesensöhn' aus alter Nacht,
Sie steigen aus der Erde off'nem Schlund,
65   Und schwingen rothe Fackeln in den Händen,
Und legen ihre Eisenleiter an,
Und stürmen wild hinauf zur Himmelsveste,
Und schwarze Zwerge klettern nach, und knisternd
Zerstieben oben alle gold'nen Sterne.
70   Mit frecher Hand reißt man den gold'nen Vorhang
Vom Zelte Gottes, heulend stürzen nieder

Auf's Angesicht die frommen Engelschaaren.
Auf seinem Throne sitzt der bleiche Gott,
Reißt sich vom Haupt die Kron', zerrauft sein Haar –
75 Und näher drängt heran die wilde Rotte;
Die Riesen schleudern ihre rothen Fackeln
In's Reich der Ewigkeit, die Zwerge schlagen
Mit Flammengeißeln auf der Englein Rücken;
Die winden sich und krümmen sich vor Qualen,
80 Und werden bei den Haaren fortgeschleudert.
Und meinen eig'nen Engel seh' ich dort,
Mit seinen blonden Locken, süßen Zügen,
Und mit der ew'gen Liebe um den Mund,
Und mit der Seligkeit im blauen Auge –
85 Und ein entsetzlich häßlich schwarzer Kobold
Reißt ihn vom Boden, meinen bleichen Engel,
Beäugelt grinsend seine edlen Glieder,
Umschlingt ihn fest mit griechischer Umschlingung
Und gellend dröhnt ein Schrei durch's ganze Weltall,
90 Die Säulen brechen, Erd' und Himmel stürzen
Zusammen, und es herrscht die alte Nacht.

Mir träumte wieder der alte Traum:
Es war eine Nacht im Maye,
Wir saßen unter dem Lindenbaum,
Und schwuren uns ewige Treue.

5 Das war ein Schwören und Schwören auf's Neu',
Ein Kichern, ein Kosen, ein Küssen;
Daß ich gedenk des Schwures sey,
Hast du in die Hand mich gebissen.

O Liebchen mit den Äuglein klar!
10 O Liebchen, schön und bissig!
Das Schwören in der Ordnung war,
Das Beißen war überflüssig.

---

88 griechischer *Text vermutlich verderbt; ebenso in den* Reisebildern; *in späteren Drukken:* zärtlicher.

Ich steh' auf des Berges Spitze,
Und werde sentimental.
„Wenn ich ein Vöglein wäre!"
Seufz' ich viel tausend Mal.

5   Wenn ich eine Schwalbe wäre,
So flög' ich zu dir, mein Kind,
Und baute mir mein Nestchen,
Wo deine Fenster sind.

Wenn ich eine Nachtigall wäre,
10   So flög' ich zu dir, mein Kind,
Und sänge dir Nachts meine Lieder
Herab von der grünen Lind'.

Wenn ich ein Gimpel wäre,
So flög' ich gleich an dein Herz;
15   Du bist ja hold den Gimpeln,
Und heilest Gimpel-Schmerz.

1823

JOHANN WOLFGANG VON GOETHE

Eins und Alles.

Im Gränzenlosen sich zu finden
Wird gern der Einzelne verschwinden,
5   Da löst sich aller Überdruß;
Statt heißem Wünschen, wildem Wollen,
Statt läst'gem Fordern, strengem Sollen,
Sich aufzugeben ist Genuß.

Weltseele komm uns zu durchdringen!
10   Dann mit dem Weltgeist selbst zu ringen
Wird unserer Kräfte Hochberuf.
Theilnehmend führen gute Geister,
Gelinde leitend, höchste Meister,
Zu dem der Alles schafft und schuf.

15   Und umzuschaffen das Geschaffne,
Damit sich's nicht zum Starren waffne,
Wirkt ewiges, lebendiges Thun.

Und was nicht war nun will es werden,
Zu reinen Sonnen, farbigen Erden,
20   In keinem Falle darf es ruhn.

Es soll sich regen, schaffend handeln,
Erst sich gestalten, dann verwandeln;
Nur scheinbar steht's Momente still.
Das Ewige regt sich fort in allen!
25   Denn Alles muß in Nichts zerfallen,
Wenn es im Seyn beharren will.

FRIEDRICH HÖLDERLIN*

In lieblicher Bläue blühet mit dem metallenen Dache der Kirch-
thurm. Den umschwebet Geschrey der Schwalben, den umgiebt
die rührendste Bläue. Die Sonne gehet hoch darüber und färbet
5 das Blech, im Winde aber oben stille krähet die Fahne. Wenn einer
unter der Glocke dann herabgeht, jene Treppen, ein stilles Leben
ist es, weil, wenn abgesondert so sehr die Gestalt ist, die Bildsam-
keit herauskommt dann des Menschen. Die Fenster, daraus die
Glocken tönen, sind wie Thore an Schönheit. Nämlich, weil noch
10 der Natur nach sind die Thore, haben diese die Ähnlichkeit von
Bäumen des Walds. Reinheit aber ist auch Schönheit. Innen aus
Verschiedenem entsteht ein ernster Geist. So sehr einfältig aber
die Bilder, so sehr heilig sind die, daß man wirklich oft fürchtet, die
zu beschreiben. Die Himmlischen aber, die immer gut sind, alles
15 zumal, wie Reiche, haben diese, Tugend und Freude. Der Mensch
darf das nachahmen. Darf, wenn lauter Mühe das Leben, ein
Mensch aufschauen und sagen: so will ich auch seyn? Ja. So lange
die Freundlichkeit noch am Herzen, die Reine, dauert, misset nicht
unglücklich der Mensch sich mit der Gottheit. Ist unbekannt Gott?
20 Ist er offenbar wie der Himmel? dieses glaub' ich eher. Des Men-
schen Maaß ist's. Voll Verdienst, doch dichterisch, wohnet der
Mensch auf dieser Erde. Doch reiner ist nicht der Schatten der
Nacht mit den Sternen, wenn ich so sagen könnte, als der Mensch,
der heißet ein Bild der Gottheit.

25 Giebt es auf Erden ein Maaß? Es giebt keines. Nämlich es hemmen
den Donnergang nie die Welten des Schöpfers. Auch eine Blume

---

2 ff. *In Waiblingers Roman* Phaethon *als Blätter aus den Papieren des wahnsinnigen Roman-*
helden dargeboten. Unmittelbar vorher heißt es dort: Im Original sind sie abgetheilt, wie
Verse, nach Pindarischer Weise. *Es gilt als sicher, daß Waiblinger hier Aufzeichnungen des*
kranken Hölderlin wiedergibt, wenn auch vielleicht in überarbeiteter Form.

ist schön, weil sie blühet unter der Sonne. Es findet das Aug' oft im
Leben Wesen, die viel schöner noch zu nennen wären als die Blumen.
O! ich weiß das wohl! Denn zu bluten an Gestalt und Herz, und
30 ganz nicht mehr zu seyn, gefällt das Gott? Die Seele aber, wie ich
glaube, muß rein bleiben, sonst reicht an das Mächtige auf Fittigen
der Adler mit lobendem Gesange und der Stimme so vieler Vögel.
Es ist die Wesenheit, die Gestalt ist's. Du schönes Bächlein, du
scheinest rührend, indem du rollest so klar, wie das Auge der
35 Gottheit, durch die Milchstraße. Ich kenne dich wohl, aber Thrä-
nen quillen aus dem Auge. Ein heiteres Leben seh' ich in den Ge-
stalten mich umblühen der Schöpfung, weil ich es nicht unbillig
vergleiche den einsamen Tauben auf dem Kirchhof. Das Lachen
aber scheint mich zu grämen der Menschen, nämlich ich hab' ein
40 Herz. Möcht' ich ein Komet seyn? Ich glaube. Denn sie haben die
Schnelligkeit der Vögel; sie blühen an Feuer, und sind wie Kinder
an Reinheit. Größeres zu wünschen, kann nicht des Menschen
Natur sich vermessen. Der Tugend Heiterkeit verdient auch ge-
lobt zu werden vom ernsten Geiste, der zwischen den drey Säulen
45 wehet des Gartens. Eine schöne Jungfrau muß das Haupt um-
kränzen mit Myrthenblumen, weil sie einfach ist ihrem Wesen
nach und ihrem Gefühl. Myrthen aber giebt es in Griechenland.

Wenn einer in den Spiegel siehet, ein Mann, und siehet darinn sein
Bild, wie abgemahlt; es gleicht dem Manne. Augen hat des Men-
50 schen Bild, hingegen Licht der Mond. Der König Oedipus hat
ein Auge zuviel vielleicht. Diese Leiden dieses Mannes, sie schei-
nen unbeschreiblich, unaussprechlich, unausdrücklich. Wenn das
Schauspiel ein solches darstellt, kommt's daher. Wie ist mir's aber,
gedenk' ich deiner jetzt? Wie Bäche reißt das Ende von Etwas
55 mich dahin, welches sich wie Asien ausdehnet. Natürlich dieses
Leiden, das hat Oedipus. Natürlich ist's darum. Hat auch Hercules
gelitten? Wohl. Die Dioscuren in ihrer Freundschaft haben die
nicht Leiden auch getragen? *Nämlich wie Hercules mit Gott zu strei-
ten, das ist Leiden.* Und die Unsterblichkeit im Neide dieses Lebens,
60 diese zu theilen, ist ein Leiden auch. Doch das ist auch ein Leiden,
wenn mit Sommerflecken ist bedeckt ein Mensch, mit manchen
Flecken ganz überdeckt zu seyn! Das thut die schöne Sonne: näm-
lich die ziehet alles auf. Die Jünglinge führt die Bahn sie mit Rei-
zen ihrer Strahlen wie mit Rosen. Die Leiden scheinen so, die
65 Oedipus getragen, als wie ein armer Mann klagt, daß ihm etwas
fehle. Sohn Laios, armer Fremdling in Griechenland! Leben ist
Tod, und Tod ist auch ein Leben.

LUDWIG TIECK

Erster Anblick von Rom.

Lange schon starrte mein Blick
Hinaus in Flur und Hügel,
5   Und immer nicht erschien der Wunsch,
Der sehnsüchtigen Seele.
Stille Träumerei umhüllte den Geist,
Da wendet sich plötzlich der Weg,
Und rechts erscheint der hohe Petrus-Dom,
10   Des Vatikans Pallast,
Und fern umher gestreut wie Hütten,
Die weltberühmte Stadt.

So ist der weite Weg nun überwunden,
Und endlich, endlich ist das erwünschte Ziel erschienen?
15   Und wie ich mich sammle,
Mich und die Größe des Momentes zu fühlen,
Zerrinnt in Schmerz
Das kaum gehaschte Bild,
Und alle die alten edlen Erinnrungen
20   Entfliehn vor der drückenden, engen Gegenwart.
Wie klein ist der Mensch,
Wie arm im Schein des Reichthums!

Schon treten die Gebäude näher,
Schon heimathlicher wird Berg und Flur,
25   Von alten Gemälden
Erwacht in frischern Farben das Angedenken;
Hier schon die Brücke,
Die Straße der Vorstadt,
Und rascheren Trabes
30   Nähern wir uns dem Pappelthor.
Wir treten ein,
Vor mir der Platz und Obelisk,
Die drei Straßen mit offnen Armen,
Ein nüchternes Licht
35   Erhellt unerfreulich
Tempel und Pallast.
Ich kann mich nur trösten,
Nun schnell in den Armen
Geliebter Freunde
40   Der Klage Laut ertönen zu lassen.

---

30 Pappelthor   *falsche Übersetzung für ‚Porta del Popolo'.*

AUGUST GRAF VON PLATEN

Es liegt an eines Menschen Schmerz, an eines Menschen Wunde
nichts,
Es kehrt an das, was Kranke quält, sich ewig der Gesunde nichts,
Und wäre nicht das Leben kurz, das stets der Mensch vom
Menschen erbt,
5 So gäb's Beklagenswertheres auf diesem weiten Runde nichts.
Einförmig stellt Natur sich her, doch tausendförmig ist ihr Tod,
Es fragt die Welt nach meinem Ziel, nach deiner letzten Stunde
nichts.
Und wer sich willig nicht ergiebt dem ehrnen Loose, das ihm dräut,
Der zürnt in's Grab sich rettungslos und fühlt in dessen Schlunde
nichts.
10 Dieß wissen Alle, doch vergißt es Jeder gerne jeden Tag,
So komme denn, in diesem Sinn, hinfort aus meinem Munde nichts!
Vergeßt, daß euch die Welt betrügt, und daß ihr Wunsch nur
Wünsche zeugt,
Laßt eurer Liebe nichts entgehn, entschlüpfen eurer Kunde nichts!
Es hoffe Jeder, daß die Zeit ihm gebe, was sie Keinem gab,
15 Denn Jeder sucht ein All zu seyn und Jeder ist im Grunde nichts.

Ist's möglich, ein Geschöpf in der Natur zu seyn,
Und stets und wiederum auf falscher Spur zu seyn?
Ward nicht dieselbe Kraft, die dort im Sterne flammt,
Bestimmt, als Rose hier die Zier der Flur zu seyn?
5 Was seufzt ihr euch zurück in's sonst'ge Paradieß,
Um, wie das Sonnenlicht, verklärt und pur zu seyn?
Was wünscht ihr schmerzbewegt euch bald im Erdenschooß,
Und über Wolken bald und im Azur zu seyn?
Was forscht ihr früh und spat dem Quell des Übels nach,
10 Das doch kein andres ist, als – Kreatur zu seyn?
Sich selbst zu schau'n erschuf der Ewige das All,
Das ist der Schmerz des All's, ein Spiegel nur zu seyn!
In Gott allein ist Ruh', doch wir vermögen nichts,
Als blos ein Pendelschwung der ew'gen Uhr zu seyn.

WILHELM MÜLLER

Aus: Wanderlieder
Die Winterreise. In 12 Liedern.

1. Gute Nacht!

Fremd bin ich eingezogen,
Fremd zieh' ich wieder aus.
Der Mai war mir gewogen
Mit manchem Blumenstrauß:
Das Mädchen sprach von Liebe,
Die Mutter gar von Eh' –
Nun ist die Welt so trübe,
Der Weg gehüllt in Schnee.

Ich kann zu meiner Reisen
Nicht wählen mit der Zeit,
Muß selbst den Weg mir weisen
In dieser Dunkelheit.
Es zieht ein Mondenschatten
Als mein Gefährte mit,
Und auf den weißen Matten
Such' ich des Wildes Tritt.

Was soll ich länger weilen,
Daß man mich trieb' hinaus?
Laß irre Hunde heulen
Vor ihres Herren Haus.
Die Liebe liebt das Wandern –
Gott hat sie so gemacht –
Von Einem zu dem Andern –
Fein Liebchen, gute Nacht!

Will dich im Traum nicht stören,
Wär' schad' um deine Ruh';
Sollst meinen Tritt nicht hören –
Sacht, sacht, die Thüre zu!
Schreib' im Vorübergehen
An's Thor dir *Gute Nacht*,
Damit du mögest sehen,
Ich hab' an dich gedacht.

2. Die Wetterfahne.

Der Wind spielt mit der Wetterfahne
Auf meines schönen Liebchens Haus:
40 Da dacht' ich schon in meinem Wahne,
Sie pfiff' den armen Flüchtling aus.

Er hätt' es ehr bemerken sollen,
Des Hauses aufgestecktes Schild,
So hätt' er nimmer suchen wollen
45 Im Haus' ein treues Frauenbild.

Der Wind spielt drinnen mit den Herzen,
Wie auf dem Dach, nur nicht so laut.
Was fragen sie nach meinen Schmerzen? –
Ihr Kind ist eine reiche Braut.

50 ## 3. Gefrorene Thränen.

Gefrorne Tropfen fallen
Von meinen Wangen ab:
Ob es mir denn entgangen,
Daß ich geweinet hab'?

55 Ei Thränen, meine Thränen,
Und seyd ihr gar so lau,
Daß ihr erstarrt zu Eise,
Wie kühler Morgenthau?

Und dringt doch aus der Quelle
60 Der Brust so glühend heiß,
Als wolltet ihr zerschmelzen
Des ganzen Winters Eis?

4. Erstarrung.

Ich such' im Schnee vergebens
65 Nach ihrer Tritte Spur,
Wo sie an meinem Arme
Durchstrich die grüne Flur.

Ich will den Boden küssen,
Durchdringen Eis und Schnee
70 Mit meinen heißen Thränen,
Bis ich die Erde seh'.

Wo find' ich eine Blüthe,
Wo find' ich grünes Gras?
Die Blumen sind erstorben,
75 Der Rasen sieht so blaß.

Soll denn kein Angedenken
Ich nehmen mit von hier?
Wenn meine Schmerzen schweigen,
Wer sagt mir dann von ihr?

80 Mein Herz ist wie erfroren,
Kalt starrt ihr Bild darin:
Schmilzt je das Herz mir wieder,
Fließt auch das Bild dahin.

5. Der Lindenbaum.

85 Am Brunnen vor dem Thore
Da steht ein Lindenbaum:
Ich träumt' in seinem Schatten
So manchen süßen Traum.

Ich schnitt in seine Rinde
90 So manches liebe Wort;
Es zog in Freud' und Leide
Zu ihm mich immer fort.

Ich mußt' auch heute wandern
Vorbei in tiefer Nacht,
95 Da hab' ich noch im Dunkel
Die Augen zugemacht.

Und seine Zweige rauschten,
Als riefen sie mir zu:
Komm her zu mir, Geselle,
100 Hier findst du deine Ruh'!

Die kalten Winde bliesen
Mir grad' in's Angesicht;
Der Hut flog mir vom Kopfe,
Ich wendete mich nicht.

105 Nun bin ich manche Stunde
Entfernt von jenem Ort,
Und immer hör' ich's rauschen:
Du fändest Ruhe dort!

[. . .]

Aus: Die Winterreise.
               Lieder von Wilhelm Müller.

6. Die Nebensonnen.

Drei Sonnen seh' ich am Himmel stehn,
Hab' lang' und fest sie angesehn;
Und sie auch standen da so stier,
Als könnten sie nicht weg von mir.
Ach, *meine* Sonnen seyd ihr nicht!

Schaut Andern doch in 's Angesicht!
Ja, neulich hatt' ich auch wohl *drei:*
Nun sind hinab die besten *zwei.*
Ging' nur die dritt' erst hinterdrein!
Im Finstern wird mir wohler seyn.

7. Der Wegweiser.

Was vermeid' ich denn die Wege,
Wo die andern Wandrer gehn,
Suche mir versteckte Stege
Durch beschneite Felsenhöhn?

Habe ja doch nichts begangen,
Daß ich Menschen sollte scheun —
Welch' ein thörichtes Verlangen
Treibt mich in die Wüstenein?

Weiser stehen auf den Straßen,
Weisen auf die Städte zu,
Und ich wandre sonder Maßen,
Ohne Ruh', und suche Ruh'.

Einen Weiser seh' ich stehen
Unverrückt vor meinem Blick;
Eine Straße muß ich gehen,
Die noch Keiner ging zurück.

1–81 *Zweiter und letzter Teil einer an anderem Ort als das Vorige publizierten Folge von* Winterreise-*Liedern.*

8. Das Wirthshaus.

Auf einen Todtenacker
Hat mich mein Weg gebracht.
Allhier will ich einkehren:
35 Hab' ich bei mir gedacht.

Ihr grünen Todtenkränze
Könnt wohl die Zeichen seyn,
Die müde Wandrer laden
In's kühle Wirthshaus ein.

40 Sind denn in diesem Hause
Die Kammern all' besetzt?
Bin matt zum Niedersinken
Und tödtlich schwer verletzt.

O unbarmherz'ge Schenke,
45 *Doch* weisest du mich ab?
Nun weiter denn, nur weiter,
Mein treuer Wanderstab!

9. Muth!

Fliegt der Schnee mir in's Gesicht,
50 Schüttl' ich ihn herunter.
Wenn mein Herz im Busen spricht,
Sing' ich hell und munter.

Höre nicht, was es mir sagt,
Habe keine Ohren,
55 Fühle nicht, was es mir klagt,
Klagen ist für Thoren.

Lustig in die Welt hinein
Gegen Wind und Wetter!
Will kein Gott auf Erden seyn,
60 Sind wir selber Götter,

10. Der Leiermann.

Drüben hinter'm Dorfe
Steht ein Leiermann,
Und mit starren Fingern
65 Dreht er was er kann.

Baarfuß auf dem Eise
Schwankt er hin und her;
Und sein kleiner Teller
Bleibet immer leer.

70 Keiner mag ihn hören,
Keiner sieht ihn an;
Und die Hunde brummen
Um den alten Mann.

Und er läßt es gehen
75 Alles, wie es will,
Dreht, und seine Leier
Steht ihm nimmer still.

Wunderlicher Alter,
Soll ich mit dir gehn?
80 Willst zu meinen Liedern
Deine Leier drehn?

JOSEPH FREIHERR VON EICHENDORFF

Wohin ich geh' und schaue,
In Feld und Wald und Thal,
Vom Berg' hinab in die Aue:
5 Viel schöne, hohe Fraue,
Grüß' ich Dich tausendmal.

In meinem Garten find' ich
Viel Blumen, schön und fein,
Viel Kränze wohl draus wind' ich
10 Und tausend Gedanken bind' ich
Und Grüße mit darein.

Ihr darf ich keinen reichen,
Sie ist zu hoch und schön,
Die müssen alle verbleichen,
15 Die Liebe nur ohne Gleichen
Bleibt ewig im Herzen stehn.

Ich schein' wohl froher Dinge
Und schaffe auf und ab,
Und, ob das Herz zerspringe,
20 Ich grabe fort und singe
Und grab' mir bald mein Grab.

---

2 ff. *Später unter dem Titel* Der Gärtner.

HEINRICH HEINE

Auf meiner Herzliebsten Äugelein,
Da mach' ich die schönsten Kanzonen.
Auf meiner Herzliebsten Mündchen klein,
5   Da mach' ich die besten Terzinen.
Auf meiner Herzliebsten Wängelein,
Da mach' ich die herrlichsten Stanzen.
Und wenn meine Liebste ein Herzchen hätt',
So wollt' ich drauf machen ein zartes Sonett.

Auf Flügeln des Gesanges,
Herzliebchen, trag' ich dich fort,
Fort nach den Fluren des Ganges,
Dort weiß ich den schönsten Ort.

5   Dort liegt ein rothblühender Garten
Im stillen Mondenschein;
Die Lotosblumen erwarten
Ihr trautes Schwesterlein.

Die Veilchen kichern und kosen,
10   Und schau'n nach den Sternen empor;
Heimlich erzählen die Rosen
Sich duftende Mährchen in's Ohr.

Es hüpfen herbey und lauschen
Die frommen, klugen Gazell'n;
15   Und in der Ferne rauschen
Des heiligen Stromes Well'n.

Dort wollen wir niedersinken
Unter dem Palmenbaum,
Und Liebe und Ruhe trinken,
20   Und träumen seligen Traum.

Aus meinen großen Schmerzen
Mach' ich die kleinen Lieder;
Die heben ihr klingend Gefieder
Und flattern nach Ihrem Herzen.

5   Sie fanden den Weg zur Trauten,
Doch kommen sie wieder und klagen,
Und klagen, und wollen nicht sagen
Was sie im Herzen schauten.

Aus alten Mährchen winkt es
Hervor mit weißer Hand,
Da singt es und da klingt es
Von einem Zauberland';

5   Wo bunte Blumen blühen
Im goldnen Abendlicht',
Und lieblich duftend glühen,
Mit bräutlichem Gesicht;

Und grüne Bäume singen
10   Uralte Melodein,
Die Lüfte heimlich klingen,
Und Vögel schmettern drein;

Und Nebelbilder steigen
Wohl aus der Erd' hervor,
15   Und tanzen luft'gen Reigen,
Im wunderlichen Chor;

Und blaue Funken brennen
An jedem Blatt und Reis,
Und rothe Lichter rennen
20   Im irren, wirren Kreis;

Und laute Quellen brechen
Aus wildem Marmorstein,
Und seltsam in den Bächen
Stralt fort der Wiederschein.

25   Ach! könnt' ich dorthin kommen,
Und dort mein Herz erfreu'n,
Und aller Qual entnommen,
Und frey und selig seyn!

Ach! jenes Land der Wonne,
30   Das seh' ich oft im Traum,
Doch kommt die Morgensonne
Zerfließt's wie eitel Schaum.

Es liegt der heiße Sommer
Auf deinen Wängelein;
Es liegt der Winter, der kalte,
In deinem Herzchen klein.

5　　Das wird sich bey dir ändern,
Du Vielgeliebte mein!
Der Winter wird auf den Wangen,
Der Sommer im Herzen seyn.

Sie saßen und tranken am Theetisch,
Und sprachen von Liebe viel.
Die Herren die waren ästhetisch,
Die Damen von zartem Gefühl.

5　　Die Liebe muß seyn platonisch,
Der dürre Geheimrath sprach.
Die Räthin lächelt ironisch,
Und dennoch seufzet sie: Ach!

Der Domherr öffnet den Mund weit:
10　　Die Liebe sey nicht zu roh,
Sie schadet sonst der Gesundheit.
Das Fräulein lispelt: wie so?

Die Gräfin spricht wehmüthig:
Die Liebe ist eine Passion!
15　　Und präsentiret gütig
Die Tasse dem Herren Baron.

Am Tische war noch ein Plätzchen;
Mein Liebchen, da hast du gefehlt.
Du hättest so hübsch, mein Schätzchen,
20　　Von deiner Liebe erzählt.

1824

HEINRICH HEINE

Ich weiß nicht, was soll es bedeuten,
Daß ich so traurig bin;
Ein Mährchen aus alten Zeiten,
Das kommt mir nicht aus dem Sinn.

Die Luft ist kühl und es dunkelt,
Und ruhig fließt der Rhein;
Der Gipfel des Berges funkelt
Im Abendsonnenschein.

Die schönste Jungfrau sitzet
Dort oben wunderbar,
Ihr gold'nes Geschmeide blitzet,
Sie kämmt ihr gold'nes Haar.

Sie kämmt es mit gold'nem Kamme,
Und singt ein Lied dabei;
Das hat eine wundersame,
Gewaltige Melodei.

Den Schiffer, im kleinen Schiffe,
Ergreift es mit wildem Weh;
Er schaut nicht die Felsenriffe,
Er schaut nur hinauf in die Höh'.

Ich glaube, die Wellen verschlingen
Am Ende Schiffer und Kahn;
Und das hat mit ihrem Singen
Die Lore-Ley gethan.

Mein Herz, mein Herz ist traurig,
Doch lustig leuchtet der Mai;
Ich stehe, gelehnt an der Linde,
Hoch auf der alten Bastei.

Da drunten fließt der blaue
Stadtgraben in stiller Ruh';
Ein Knabe fährt im Kahne,
Und angelt und pfeift dazu.

Jenseits erheben sich freundlich,
In winziger, bunter Gestalt,
Lusthäuser und Gärten und Menschen,
Und Ochsen und Wiesen und Wald.

Die Mägde bleichen Wäsche,
Und springen im Gras' herum;
Das Mühlrad stäubt Diamanten,
Ich höre sein fernes Gesumm'.

Am alten grauen Thurme
Ein Schilderhäuschen steht;
Ein rothgeröckter Bursche
Dort auf und nieder geht.

Er spielt mit seiner Flinte,
Die funkelt im Sonnenroth,
Er präsentirt und schultert –
Ich wollt', er schösse mich todt.

Wir saßen am Fischerhause,
Und schauten nach der See;
Die Abendnebel kamen,
Und stiegen in die Höh'.

Im Leuchtthurm wurden die Lichter
Allmählig angesteckt,
Und in der weiten Ferne
Ward noch ein Schiff entdeckt.

Wir sprachen von Sturm und Schiffbruch,
Vom Seemann, und wie er lebt,
Und zwischen Himmel und Wasser,
Und Angst und Freude schwebt.

Wir sprachen von fernen Küsten,
Vom Süden und vom Nord,
Und von den seltsamen Menschen
Und seltsamen Sitten dort.

Am Ganges duftet's und leuchtet's,
Und Riesenbäume blüh'n,
Und schöne, stille Menschen
Vor Lotosblumen knie'n.

In Lappland sind schmutzige Leute,
Plattköpfig, breitmäulig und klein;
Sie kauern um's Feuer, und backen
Sich Fische, und quäken und schrei'n.

Die Mädchen horchten ernsthaft,
Und endlich sprach Niemand mehr;
Der Mast war nicht mehr sichtbar,
Es dunkelte gar zu sehr.

Der Mond ist aufgegangen,
Und überstrahlt die Well'n;
Ich halte sie lieb umfangen,
Und unsre Herzen schwell'n.

Im Arm des holden Kindes
Ruh' ich allein am Strand;
Was horch'st du bei'm Rauschen des Windes?
Was zuckt deine weiße Hand?

„Das ist kein Rauschen des Windes,
Das ist der Seejungfern-Gesang,
Und meine Schwestern sind es,
Die einst das Meer verschlang."

Deine weichen Liljenfinger,
Könnt' ich sie noch einmal küssen,
Und sie drücken an mein Herz,
Und vergeh'n in stillem Weinen!

Deine klaren Veilchen-Augen
Schweben vor mir Tag und Nacht,
Und mich quält es: was bedeuten
Diese süßen, blauen Räthsel?

Und bist du erst mein ehliches Weib,
Dann bist du zu beneiden,
Dann lebst du in lauter Zeitvertreib,
In lauter Plaisir und Freuden.

5   Und wenn du schiltst und wenn du tobst,
Ich werd' es geduldig leiden;
Doch wenn du meine Verse nicht lobst,
Laß ich mich von dir scheiden.

Blamir' mich nicht, mein liebes Kind,
Und grüß' mich nicht unter den Linden;
Wenn wir nachher zu Hause sind,
Wird sich schon Alles finden.

HEINRICH HEINE*

Die Jahre kommen und gehen,
Geschlechter steigen ins Grab,
Doch nimmer vergeht die Liebe,
Die ich im Herzen hab'.

5   Nur einmahl noch möcht' ich dich sehen,
Und sinken vor dir aufs Knie,
Und sterbend zu dir sprechen:
Madame, ich liebe Sie!

1825

Friedrich Rückert

Aus: Amaryllis.
Ein ländliches Gedicht, geschrieben 1812.

[. . .]

5   Thessalierin, obgleich mit keinem Laute
    Du von Thessalien je gehört im Traume;
    Thessalierin! von welchem Zauberbaume,
    Von welcher Zauberwurzel, Zauberkraute,

    Nahm deine Hand die Stoffe, d'raus sie braute
10 Das bittere Getränk, in dessem Schaume
    Verborgen ist, was je vom Wolkensaume
    Der Mitternächte Gift'ges niederthaute?

    Daß Gift es ist, muß ich ja wohl erkennen
    Daraus, weil du aus den gefüllten Scherben,
15 Wie sehr ich flehe, nicht zuvor willst nippen.

    Drum statt zu löschen macht es Durst entbrennen,
    Und weh! wenn du nicht bald mir statt des Herben
    Das süße reichst im Becher deiner Lippen.

[. . .]

20 Du bist nicht schön, kann ich dir redlich sagen,
    Du bist nicht schön, ob roth gleich ist die Wange,
    Und blau das Aug' und braun das Haar das lange,
    Viel schön're sah ich schon in meinen Tagen.

    Und daß ich so in Wohl- und Wehbehagen,
25 Nicht zu nicht abwärts könnend, an dir hange;
    Nicht deine Schönheit ist die goldne Spange,
    Die eherne, die ich muß küssend nagen,

    Dein Trotz ist es, dein starrer Sinn und steifer,
    Rauh, dornig, wild, verhöhnend die Bezwinger,
30 Wie Wälder von – du kennsts nicht – von Hyrkanien.

---

5 Thessalierin *Thessalien galt im Altertum als Land der Zauberinnen.*   30 Hyrkanien *Antiker Name für die Landschaft südöstlich des Kaspischen Meeres.*

Das hält mich fest an dir mit Thoreneifer,
Dem Knaben gleich, der klaubt mit wunden Finger
Die Stachelfrucht des Baumes der Kastanien.

[. . .]

35 Amara, bittre, was du thust ist bitter,
Wie du die Füße rührst, die Arme lenkest,
Wie du die Augen hebst, wie du sie senkest,
Die Lippen aufthust oder zu, ist's bitter.

Ein jeder Gruß ist, den du schenkest, bitter,
40 Bitter ein jeder Kuß, den du nicht schenkest,
Bitter ist, was du sprichst und was du denkest,
Und was du hast, und was du bist, ist bitter.

Voraus kommt eine Bitterkeit gegangen,
Zwo Bitterkeiten gehn dir zu den Seiten,
45 Und eine folgt den Spuren deiner Füße.

O du mit Bitterkeiten rings umfangen,
Wer dächte, daß mit all den Bitterkeiten
Du doch mir bist im innern Kern so süße.

[. . .]

50 Ich hab' es wohl gefühlt, daß eine Binde
Von Amors Zaubern um mein Antlitz hange;
Ich hab' es wohl gemerkt, daß eine Spange
Von seinen Täuschungen den Geist umwinde.

Ich aber wollte selber meine blinde
55 Glückseligkeit nicht stören in dem Gange;
Ach, dem Geschick währt bald ein Glück zu lange
Und weise ruft es meiner Thorheit: Schwinde!

Ich hab' es ja gewußt, daß ich geträumet,
Doch wollt' ich selbst nicht meinen Traum zerschlagen,
60 Denn nur in Träumen wohnt das Glück der Erde.

Jetzt hat die Kraft des Schlaftrunks ausgeschäumet,
Wach zieh' ich ab, und meine Seufzer fragen:
Ob ich so süß noch einmal träumen werde?

[. . .]

65 Ich schäme mich der schwachen Augenblicke,
    Wo ich mir selbst der Knechtschaft Band gesponnen,
    Wo es mir galt die höchste meiner Wonnen,
    Vor ihr im Staub zu beugen mein Genicke.

Ich schäme mich, daß ich an ihre Blicke
70   Gefesselt hieng, als wären sie nur Sonnen,
    An ihren Kuß, als wär' nur er ein Bronnen,
    An ihr Gebot, als wär' nur es Geschicke.

Ich schäme mich so mancher Thränenmienen,
    Ich schäme mich so mancher Seufzertöne,
75   So manches Schmeichelworts voll Lobgebräme.

Mich schäm' ich, weil sie mir so schön geschienen,
    Daß ich nicht längst mich schämt', und noch so schöne
    Mir scheint, daß ich zu schämen fast mich schäme.

Nicht doch! Sie steht in ihrer stillen schönen
80   Gleichgült'gen Unbefangenheit noch immer!
    O lern von ihr, nimm ohne Klaggewimmer
    Den Abschied, geh, und nimm ihn ohne Höhnen.

Sprich ruhig: Uns zusammen zu gewöhnen
    Auf läng're Zeit in deinem engen Zimmer,
85   Nie ging es gut, nun geht es immer schlimmer;
    Leb wohl! und laß die Trennung uns versöhnen.

Ich habe dir einmal ein Lied gegeben,
    Behalt's, und denk dabei zu Zeiten meiner,
    Wenn du einst einen hast, der keine singet.

90 Du gabest mir nach kurzem Widerstreben
    Einst diesen Ring; gedenken will ich deiner,
    Wenn ich damit wo anstoß' und er klinget.

[. . .]

AUGUST GRAF VON PLATEN

Sonett.

Dich oft zu sehen, ist mir nicht beschieden,
  Und ganz versagt ist mir, zu dir zu kommen,
5 Dir selten zu begegnen und beklommen
  Dich anzuschau'n, das ist mein Loos hienieden.

Doch von dir träumen, dichten, Plane schmieden,
  Um dir zu nahn, das ist mir unbenommen,
  Das soll, so lang' es frommen will, mir frommen,
10 Und mit so Wen'gem stell' ich mich zufrieden.

Denn ach! ich habe Schlimmeres ertragen,
  Als dieses Schlimme jetzt, und duld' ergeben,
  Statt heft'ger Qual, ein süßes Misbehagen.

Mein Wunsch, bei Andern, zeugte Widerstreben,
15 Du hast ihn nicht erhört, doch abgeschlagen
  Hast du ihn auch nicht, o mein süßes Leben!

Aus: Sonette aus Venedig

I.

Mein Auge ließ das hohe Meer zurücke,
  Als aus der Fluth Palladio's Tempel stiegen,
  An deren Staffeln sich die Wellen schmiegen,
5 Die uns getragen ohne Falsch und Tücke.

Wir landen an, wir danken es dem Glücke,
  Und die Lagune scheint zurück zu fliegen,
  Der Dogen alte Säulengänge liegen
  Vor uns gigantisch mit der Seufzerbrücke.

10 Venedigs Löwen, sonst Venedigs Wonne,
  Mit ehrnen Flügeln sehen wir ihn ragen
  Auf seiner kolossalischen Colonne.

Ich steig' an's Land, nicht ohne Furcht und Zagen,
  Da glänzt der Markusplatz im Licht der Sonne:
15 Soll ich ihn wirklich zu betreten wagen?

II.

Dieß Labyrinth von Brücken und von Gassen,
    Die tausendfach sich ineinander schlingen,
    Wie wird hindurchzugehn mir je gelingen?
    Wie werd' ich je dieß große Räthsel fassen?

Ersteigend erst des Markusthurms Terrassen,
    Vermag ich vorwärts mit dem Blick zu dringen,
    Und aus den Wundern, welche mich umringen,
    Entsteht ein Bild, es theilen sich die Massen.

Ich grüße dort den Ocean, den blauen,
    Und hier die Alpen, die im weiten Bogen
    Auf die Laguneninseln niederschauen.

Und sieh! da kam ein muth'ges Volk gezogen,
    Palläste sich und Tempel sich zu bauen
    Auf Eichenpfähle mitten in die Wogen.

V.

Venedig liegt nur noch im Land der Träume,
    Und wirft nur Schatten her aus alten Tagen,
    Es liegt der Leu der Republik erschlagen,
    Und öde feiern seines Kerkers Räume.

Die ehrnen Hengste, die durch salz'ge Schäume
    Dahergeschleppt, auf jener Kirche ragen,
    Sie sind nicht mehr dieselben ach! sie tragen
    Des korsikan'schen Überwinders Zäume.

Wo ist das Volk von Königen geblieben,
    Das diese Marmorhäuser durfte bauen,
    Die nun verfallen und gemach zerstieben?

Nur selten finden auf des Enkels Brauen
    Der Ahnen große Züge sich geschrieben,
    An Dogengräbern in den Stein gehauen.

Lyrische Stücke, aus ungedruckten Dramen

Aus dem Schatz des Rhampsinit.

1.

Gemach verlischt der Sterne Glanzgewühle,
   Und Abschied nehmend scheint es sich zu regen:
Die Sterne sind vielleicht nur goldne Pfühle,
   Worauf ihr Haupt die Liebesgötter legen;
Doch ach! Es weht schon eine heil'ge Kühle
   Vom Sonnenaufgang her uns frisch entgegen:
Der Tag erscheint so spät und doch so frühe,
   Denn jede Zeit ist eine Zeit der Mühe!

Sobald ein Trieb vermag das Herz zu binden,
   So ist der Reiz der Gegenwart verschwunden,
Man läßt das schöne Nächste sich entwinden,
   Und wünscht ersehnend alle künft'ge Stunden,
Im Lenz den Herbst, im Herbst den Lenz zu finden;
   Doch ach, das Glück allein wird nie gefunden,
Es welke nun der Garten, oder blühe,
   Denn jede Zeit ist eine Zeit der Mühe!

Zulezt, anstatt zulezt das Glück zu kosten,
   Erliegt dem Tod das Herz, dem bleichen, falben:
Dann wird bereitet, was gereift der Osten,
   Die Specerei'n, die Balsame, die Salben;
Doch lehnt der Sarg auch an des Hauses Pfosten,
   Noch strebt das halbe Herz zu seinem halben,
Als ob es noch von alten Schmerzen glühe,
   Denn jede Zeit ist eine Zeit der Mühe!

Aus dem Schatz des Rhampsinit.

2.

Durch die Lüfte schmerzbeklommen
Kommt der bleiche Mond geschwommen:
   Weil er keine Ruhe findet,
Wandelt stets der Liebentfachte
   Sachte, sachte,
   Und verschwebet und verschwindet,
Als er just zu ruh'n gedachte.

---

1 *Die Titel der beiden folgenden Gedichte beziehen sich auf das Lustspiel* Der Schatz des Rhampsinit *(erschienen 1828), der des darauf folgenden Gedichts auf den Plan eines Trauerspiels* Tristan und Isolde, *der unausgeführt blieb.*

Über goldner Erdenaue
10 Schwebt der Frühlingswind, der laue,
Und er fächelt mit Gekose
Primel erst und Pulsatille
Stille, stille,
Aber, eh' sich zeigt die Rose,
15 Treibt ihn fort ein fremder Wille.

Auf smaragdnen, grünen Wogen
Kommt der schöne Schwan gezogen,
Und mit schmerzlichem Behagen
Furcht er Linien und Kreise
20 Leise, leise,
Und vergeht in seinen Klagen,
Eh' er kommt an's Ziel der Reise.

Aus Tristan und Isolde.

Wer die Schönheit angeschaut mit Augen,
Ist dem Tode schon anheim gegeben,
Wird für keinen Dienst auf Erden taugen,
5 Und doch wird er vor dem Tode beben,
Wer die Schönheit angeschaut mit Augen.

Ewig währt für ihn der Schmerz der Liebe,
Denn ein Thor nur kann auf Erden hoffen,
Zu genügen einem solchen Triebe.
10 Wen der Pfeil des Schönen je getroffen,
Ewig währt für ihn der Schmerz der Liebe!

Was er wünscht, das ist ihm nie geworden,
Und die Stunden, die das Leben spinnen,
Sind nur Mörder, die gemach ihn morden:
15 Was er will, das wird er nie gewinnen,
Was er wünscht, das ist ihm nie geworden.

Ach, er möchte wie ein Quell versiechen,
Jedem Hauch der Luft ein Gift entsaugen,
Und den Tod aus jeder Blume riechen:
20 Wer die Schönheit angeschaut mit Augen,
Ach, er möchte wie ein Quell versiechen!

HEINRICH HEINE*

Nun ist es Zeit, daß ich mit Verstand
Mich aller Thorheit entled'ge;
Ich hab' so lang als ein Komödiant
5   Mit Dir gespielt die Komödie.

Die prächt'gen Coulissen, sie waren bemalt
Im hochromantischen Style;
Mein Rittermantel hat goldig gestralt,
Ich fühlte die feinsten Gefühle.

10   Und nun ich mich gar säuberlich
Des tollen Tands entled'ge,
Noch immer elend fühl' ich mich,
Als spielt ich noch immer Komödie.

Ach Gott, ich hab' ja unbewußt
15   Gesprochen was ich gefühlet;
Ich hab' mit dem Tod in der eignen Brust
Den sterbenden Fechter gespielet.

Und als ich Euch meine Schmerzen geklagt,
Da habt Ihr gegähnt und nichts gesagt;
Doch als ich sie zierlich in Verse gebracht,
Da habt Ihr mir große Elogen gemacht.

HEINRICH HEINE

Wanderlied.

Nacht liegt auf den fremden Wegen,
Krankes Herz und müde Glieder, –
Ach! Da fließt, wie stiller Segen,
5   Süßer Mond, dein Licht hernieder.

Süßer Mond, mit deinen Stralen
Scheuchest du das nächt'ge Grauen;
Es zerrinnen meine Qualen,
Und die Augen überthauen.

UNBEKANNTER VERFASSER

Volkslied.

Es fiel ein Reif in der Frühlingsnacht
Wohl über die schönen Blaublümelein,
5   Sie sind verwelket, verdorret.

Ein Jüngling hatt' ein Mägdlein lieb;
Sie flohen gar heimlich von Hause fort,
Es wusst' weder Vater noch Mutter.

Sie sind gewandert hin und her,
10   Sie haben gehabt weder Glück noch Stern,
Sie sind verdorben, gestorben.

Auf ihrem Grab blau Blümlein blühn,
Umschlingen sich zart, wie sie im Grab,
Der Reif sie nicht welket, nicht dörret.

15   (Im Bergischen aus dem Munde des Volks aufgeschrieben von
Wilh. v. Waldbrühl[a])

a) Privatisirt in Köln. *[Pseudonym für Anton Wilhelm v. Zuccalmaglio. A.d.H.]*

JOHANN WOLFGANG VON GOETHE

An Werther.

Noch einmal wagst Du, vielbeweinter Schatten,
Hervor Dich an des Tages Licht,
5   Begegnest mir auf neubeblümten Matten
Und meinen Anblick scheust Du nicht;
Es ist als ob Du lebtest in der Frühe,
Wo uns der Thau auf Einem Feld erquickt,
Und nach des Tages unwillkommner Mühe
10   Der Scheidesonne letzter Strahl entzückt;
Zum Bleiben ich, zum Scheiden Du erkohren,
Gingst Du voran und hast nicht viel verlohren.

AN WERTHER 2 ff. *Anlaß und Erstdrucksort war die Neuausgabe des* Werther, *die zum fünfzigjährigen Jubiläum vom Originalverlag veranstaltet wurde. In der Ausgabe letzter Hand wurde das Gedicht mit* Elegie *und* Aussöhnung *(siehe S. 316 ff.) zur* Trilogie der Leidenschaft *zusammengefaßt.*

Des Menschen Leben scheint ein herrlich Loos,
Der Tag, wie lieblich! so die Nacht, wie groß!
15 Und wir, gepflanzt in Paradieses Wonne,
Genießen kaum der hocherlauchten Sonne,
Da kämpft sogleich verworrene Bestrebung
Bald mit uns selbst und bald mit der Umgebung,
Keins wird vom andern wünschenswerth ergänzt,
20 Von außen düsterts wenn es innen glänzt,
Ein glänzend Äußres deckt mein trüber Blick,
Da steht es nah, und man verkennt das Glück.

Nun glauben wirs zu kennen! Mit Gewalt
Ergreift uns Liebreitz weiblicher Gestalt,
25 Der Jüngling, froh, wie in der Kindheit Flor,
Im Frühling tritt als Frühling selbst hervor,
Entzückt, erstaunt wer dies ihm angethan?
Er schaut umher, die Welt gehört ihm an;
Ins Weite zieht ihn unbefang'ne Hast,
30 Nichts engt ihn ein, nicht Mauer, nicht Pallast,
Wie Vögelschaar an Wäldergipfeln streift,
So schwebt auch er, der um die Liebste schweift,
Er sucht vom Aether, den er gern verläßt,
Den treuen Blick und dieser hält ihn fest.

35 Doch erst zu früh, und dann zu spät gewarnt,
Fühlt er den Flug gehemmt, fühlt sich umgarnt.
Das Wiedersehn ist froh, das Scheiden schwer,
Das Wieder-Wiedersehn beglückt noch mehr,
Und Jahre sind im Augenblick ersetzt;
40 Doch tückisch harrt das Lebewohl zuletzt.

Du lächelst, Freund! gefühlvoll wie sichs ziemt:
Ein gräßlich Scheiden machte Dich berühmt,
Wir feierten Dein kläglich Mißgeschick,
Du ließest uns zu Wohl und Weh zurück;
45 Dann zog uns wieder ungewisse Bahn
Der Leidenschaften labyrinthisch an,
Und wir, verschlungen wiederholter Noth,
Dem Scheiden endlich – Scheiden ist der Tod. –
Wie klingt es rührend, wenn der Dichter singt,
50 Den Tod zu meiden, den das Scheiden bringt!
Verstrickt in solche Qualen, halbverschuldet,
Geb' ihm ein Gott zu sagen was er duldet.

1826

CLEMENS BRENTANO*

Nun, gute Nacht! mein Leben,
Du alter, treuer Rhein,
Deine Wellen schweben
5   Schon im klaren Sternenschein;
Die Welt ist rings entschlafen,
Es singt den Wolkenschaafen
Der Mond ein Lied.

Der Schiffer schläft im Nachen
10   Und träumet von dem Meer,
Du aber, du mußt wachen
Und trägst das Schiff einher.
Du führst ein freies Leben,
Durchtanzest bei den Reben
15   Die ernste Nacht.

Wer dich gesehn, lernt lachen;
Du bist so freudenreich,
Du labst das Herz der Schwachen
Und machst den Armen reich,
20   Du spiegelst hohe Schlösser,
Und füllest große Fässer
Mit edlem Wein.

Auch manchen lehrst du weinen,
Dem du sein Lieb entführt,
25   Gott wolle die vereinen,
Die solche Sehnsucht rührt.
Sie irren in den Hainen
Und von den Echosteinen
Erschallt ihr Weh.

30   Und manchen lehret beten
Dein tiefer Felsengrund,
Wer dich in Zorn betreten,
Den ziehst du in den Schlund.
Wo deine Strudel brausen,
35   Wo deine Wirbel sausen,
Da beten sie.

Mich aber lehrst du singen,
Wenn dich mein Aug' ersieht,
Ein freudenselig Klingen
40 Mir durch den Busen zieht.
Treib fromm nur meine Mühle,
Jetzt scheid' ich in der Kühle
Und schlummre ein.

Ihr lieben Sterne decket
45 Mir meinen Vater zu.
Bis mich die Sonne wecket,
Bis dahin mahle du.
Wird's gut, will ich dich preisen,
Dann sing' in höhern Weisen
50 Ich dir ein Lied.

Nun werf' ich dir zum Spiele
Den Kranz in deine Fluth,
Trag' ihn zu seinem Ziele,
Wo dieser Tag auch ruht.
55 Und nun muß ich mich wenden
Und segnend dich vollenden
Den Abendsang.

JOSEPH FREIHERR VON EICHENDORFF

Fliegt der erste Morgenstrahl
Durch das stille Nebelthal,
Rauscht erwachend Wald und Hügel:
5 Wer da fliegen kann, nimmt Flügel!

Und sein Hütlein in die Luft
Wirft der Mensch vor Lust und ruft:
Hat Gesang doch auch noch Schwingen,
Nun so will ich fröhlich singen!

---

2 ff. *Später (mit einer 3. Strophe) unter dem Titel* Der Morgen.

Schweigt der Menschen laute Lust:
Rauscht die Erde wie in Träumen
Wunderbar mit allen Bäumen,
Was dem Herzen kaum bewußt,
Alte Zeiten, linde Trauer,
Und es schweifen leise Schauer
Wetterleuchtend durch die Brust.

ADELBERT VON CHAMISSO

Tragische Geschichte.

War einer, dems zu Herzen gieng,
Daß ihm der Zopf so hinten hieng –
    Er wollt' es anders haben.

So denkt er denn, wie fang' ichs an?
Ich dreh mich um, so ists gethan –
    Der Zopf, der hängt ihm hinten.

Da hat er flink sich umgedreht,
Und wie es stund, es annoch steht –
    Der Zopf, der hängt ihm hinten.

Da dreht er schnell sich anders rum,
Wird aber noch nicht besser drum –
    Der Zopf, der hängt ihm hinten.

Er dreht sich links, er dreht sich rechts,
Es thut nichts guts, es thut nichts schlechts,
    Der Zopf, der hängt ihm hinten.

Er dreht sich, wie ein Kreisel fort,
Es hilft ja nichts, in einem Wort –
    Der Zopf, der hängt ihm hinten.

Und seht, er dreht sich immer noch
Und denkt: es hilft am Ende doch –
    Der Zopf, der hängt ihm hinten.

SCHWEIGT ... 1 ff. *Später unter dem Titel* Der Abend.

HEINRICH HEINE*

In mein gar zu dunkles Leben
Strahlte einst ein süßes Bild;
Nun das süße Bild erblichen,
Bin ich gänzlich nachtumhüllt.

Wenn die Kinder sind im Dunkeln,
Wird beklommen ihr Gemüth,
Und die eig'ne Angst zu bannen,
Singen sie ein lautes Lied.

Ich, ein tolles Kind, ich singe
Jetzo in der Dunkelheit;
Ist das Lied auch nicht ergötzlich,
Macht's mich doch von Angst befrei't.

Du hast Diamanten und Perlen,
Hast Alles, was Menschenbegehr,
Und hast die schönsten Augen –
Mein Liebchen, was willst Du mehr?

Auf deine schönen Augen
Hab' ich ein ganzes Heer
Von ewigen Liedern gedichtet –
Mein Liebchen, was willst Du mehr?

Mit Deinen schönen Augen
Hast Du mich gequält so sehr,
Und hast mich zu Grunde gerichtet –
Mein Liebchen, was willst Du mehr?

„Theurer Freund! Was soll es nützen,
Stets das alte Lied zu leiern?
Willst Du ewig brütend sitzen
Auf den alten Liebes-Eiern?

„Ach! das ist ein ewig Gattern,
Aus den Schalen kriechen Küchlein,
Und sie piepsen und sie flattern,
Und Du sperrst sie in ein Büchlein."

Heinrich Heine

Das Herz ist mir bedrückt, und sehnlich
Gedenke ich der alten Zeit;
Die Welt war damals noch so wöhnlich,
Und ruhig lebten hin die Leut'.

5   Doch jetzt ist alles wie verschoben,
Das ist ein Drängen! eine Noth!
Gestorben ist der Herrgott oben,
Und unten ist der Teufel todt.

Und Alles schaut so grämlich trübe,
10 Und krausverwirrt und morsch und kalt,
Und wäre nicht das bischen Liebe,
So gäb' es nirgends einen Halt.

Kind! Es wäre dein Verderben,
Und ich geb' mir selber Mühe,
Daß dein liebes Herz in Liebe
Nimmermehr für mich erglühe.

5   Nur daß mir's so leicht gelinget,
Will mich dennoch fast betrüben,
Und ich denke manchmal dennoch:
Möchtest du mich dennoch lieben!

Zu fragmentarisch ist Welt und Leben,
Ich will mich zum deutschen Professor begeben,
Der weiß das Leben zusammen zu setzen,
Und er macht ein verständlich System daraus;
5   Mit seinen Nachtmützen und Schlafrockfetzen
Stopft er die Lücken des Weltenbau's.

O, mein genädiges Fräulein, erlaubt
Mir kranken Sohn der Musen,
Daß schlummernd ruhe mein Sängerhaupt
Auf Eurem Schwanenbusen!

5 „Mein Herr! wie können Sie es wagen,
Mir so was in Gesellschaft zu sagen?"

Himmlisch war's, wenn ich bezwang
Meine sündige Begier,
Aber wenn's mir nicht gelang,
Hatt' ich doch ein groß Plaisir.

Dämmernd liegt der Sommerabend
Über Wald und grünen Wiesen;
Goldner Mond, am blauen Himmel,
Strahlt herunter, duftig labend.

5 An dem Bache zirpt die Grille,
Und es regt sich in dem Wasser,
Und der Wandrer hört ein Plätschern,
Und ein Athmen in der Stille.

'Dorten, an dem Bach alleine,
10 Badet sich die schöne Elfe;
Arm und Nacken, weiß und lieblich,
Schimmern in dem Mondenscheine.

Der Tod das ist die kühle Nacht,
Das Leben ist der schwüle Tag.
Es dunkelt schon, mich schläfert,
Der Tag hat mich müd' gemacht.

5 Über mein Bett erhebt sich ein Baum,
Drin singt die junge Nachtigall;
Sie singt von lauter Liebe,
Ich hör' es sogar im Traum.

Donna Clara.
(Aus einem spanischen Romane.)

In dem abendlichen Garten
Wandelt des Alkaden Tochter;
Pauken- und Trommetenjubel
Klingt herunter von dem Schlosse.

„Lästig werden mir die Tänze
Und die süßen Schmeichelworte,
Und die Ritter, die so zierlich
Mich vergleichen mit der Sonne.

„Überlästig wird mir Alles,
Seit ich sah, bei'm Strahl des Mondes,
Jenen Ritter, dessen Laute
Nächtens mich an's Fenster lockte.

„Wie er stand so schlank und muthig,
Und die Augen leuchtend schossen
Aus dem edelblassen Antlitz,
Glich er wahrlich Sanct Georgen."

Also dachte Donna Clara,
Und sie schaute auf den Boden;
Wie sie aufblickt, steht der schöne,
Unbekannte Ritter vor ihr.

Händedrückend, liebeflüsternd,
Wandeln sie umher im Mondschein,
Und der Zephyr schmeichelt freundlich,
Mährchenartig grüßen Rosen.

Mährchenartig grüßen Rosen,
Und sie glühn wie Liebesboten.
Aber sage mir, Geliebte,
Warum du so plötzlich roth wirst?

„Mücken stachen mich, Geliebter,
Und die Mücken sind, im Sommer,
Mir so tief verhaßt, als wären's
Langenas'ge Judenrotten."

Laß die Mücken und die Juden,
Spricht der Ritter, freundlich kosend.
Von den Mandelbäumen fallen
Tausend weiße Blüthenflocken.

Tausend weiße Blüthenflocken
40 Haben ihren Duft ergossen.
Aber sage mir, Geliebte,
Ist dein Herz mir ganz gewogen?

„Ja, ich liebe dich, Geliebter,
Bey dem Heiland sey's geschworen,
45 Den die gottverfluchten Juden
Boshaft tückisch einst ermordet."

Laß den Heiland und die Juden,
Spricht der Ritter, freundlich kosend.
In der Ferne schwanken traumhaft
50 Weiße Liljen, lichtumflossen.

Weiße Liljen, lichtumflossen,
Blicken nach den Sternen droben.
Aber sage mir, Geliebte,
Hast du auch nicht falsch geschworen?

55 „Falsch ist nicht in mir, Geliebter,
Wie in meiner Brust kein Tropfen
Blut ist von dem Blut der Mohren
Und des schmutz'gen Judenvolkes."

Laß die Mohren und die Juden,
60 Spricht der Ritter, freundlich kosend;
Und nach einer Myrthenlaube
Führt er die Alkadentochter.

Wie mit weichen Liebesnetzen
Hat er heimlich sie umflochten;
65 Kurze Worte, lange Küsse,
Und die Herzen überflossen.

Und ein schmelzend süßes Brautlied
Singt im Laub' ein Zaubervogel;
Wie zum Fackeltanze hüpfen
70 Feuerwürmchen auf dem Boden.

In der Laube wird es stiller,
Und man hört nur, wie verstohlen,
Das Geflüster kluger Myrthen
Und ein langes Athemholen.

75 Aber Pauken und Drommeten
Schallen plötzlich aus dem Schlosse,
Und erwachend hat sich Clara
Aus des Ritters Arm gezogen.

„Horch! da ruft es mich, Geliebter,
Doch, bevor wir scheiden, sollst du
Nennen deinen lieben Namen,
Den du mir so lang verborgen."

Und der Ritter, heiter lächelnd,
Küßt die Finger seiner Holden,
Küßt die Lippen und die Stirne,
Und er spricht die langen Worte:

„Ich, Sennora, Eu'r Geliebter,
Bin der Sohn des vielbelobten,
Großen, schriftgelehrten Rabbi
Israel von Saragossa."

Aus:

Die Nordsee.
1825.
Erste Abtheilung.

III.
Sonnenuntergang.

Die glühend rothe Sonne steigt
Hinab in's weitaufschauernde,
Silbergraue Weltmeer;
Luftgebilde, rosig angehaucht,
Wallen ihr nach, und gegenüber,
Aus herbstlich dämmernden Wolkenschleyern,
Ein traurig todtblasses Antlitz,
Bricht hervor der Mond,
Und hinter ihm, Lichtfünkchen,
Nebelweit, schimmern die Sterne.

Einst am Himmel, glänzten,
Ehlich vereint,
Luna, die Göttin, und Sol, der Gott,
Und es wimmelten um sie her die Sterne,
Die kleinen, unschuldigen Kinder.

Doch böse Zungen zischelten Zwiespalt,
Und es trennte sich feindlich
Das hohe, leuchtende Eh'paar.

Jetzt, am Tage, in einsamer Pracht,
Ergeht sich dort oben der Sonnengott,
25 Ob seiner Herrlichkeit
Angebetet und vielbesungen
Von stolzen, glückgehärteten Menschen.
Aber des Nachts,
Am Himmel, wandelt Luna,
30 Die arme Mutter
Mit ihren verwaisten Sternenkindern,
Und sie glänzt in stummer Wehmuth,
Und liebende Mädchen und sanfte Dichter
Weihen ihr Thränen und Lieder.

35 Die weiche Luna! Weiblich gesinnt,
Liebt sie noch immer den schönen Gemahl.
Gegen Abend, zitternd und bleich,
Lauscht sie hervor aus leichtem Gewölk,
Und schaut nach dem Scheidenden, schmerzlich,
40 Und möchte ihm ängstlich rufen: „Komm!
Komm! die Kinder verlangen nach Dir –"
Aber der trotzige Sonnengott,
Bey dem Anblick der Gattin, erglüht' er
In doppeltem Purpur,
45 Vor Zorn und Schmerz,
Und unerbittlich eilt er hinab
In sein fluthenkaltes Wittwerbett.

Böse, zischelnde Zungen
Brachten also Schmerz und Verderben
50 Selbst über ewige Götter.
Und die armen Götter, oben am Himmel
Wandeln sie, qualvoll,
Trostlos unendliche Bahnen,
Und können nicht sterben,
55 Und schleppen mit sich
Ihr strahlendes Elend.

Ich aber, der Mensch,
Der niedriggepflanzte, der Tod-beglückte,
Ich klage nicht länger.

1827

HEINRICH HEINE

Aus: Die Nordsee.
1826.
Zweite Abtheilung.

VI.
Die Götter Griechenlands.

Vollblühender Mond! In deinem Licht,
Wie fließendes Gold, erglänzt das Meer;
Wie Tagesklarheit, doch dämmrig verzaubert,
Liegt's über der weiten Strandesfläche;
Und am hellblau'n, sternlosen Himmel
Schweben die weißen Wolken,
Wie kolossale Götterbilder
Von leuchtendem Marmor.

Nein, nimmermehr, das sind keine Wolken!
Das sind sie selber, die Götter von Hellas,
Die einst so freudig die Welt beherrschten,
Doch jetzt, verdrängt und verstorben,
Als ungeheure Gespenster dahinziehn
Am mitternächtlichen Himmel.

Staunend, und seltsam geblendet, betracht' ich
Das luftige Pantheon,
Die feyerlich stummen, grau'nhaft bewegten
Riesengestalten.
Der dort ist Kronion, der Himmelskönig,
Schneeweiß sind die Locken des Haupts,
Die berühmten, olymposerschütternden Locken,
Er hält in der Hand den erloschenen Blitz,
In seinem Gesichte liegt Unglück und Gram,
Und doch noch immer der alte Stolz.
Das waren bessere Zeiten, o Zeus,
Als du dich himmlisch ergötztest
An Knaben und Nymphen und Hekatomben;
Doch auch die Götter regieren nicht ewig,
Die jungen verdrängen die alten,
Wie du einst selber den greisen Vater

Und deine Titanen-Öhme verdrängt,
Jupiter Parricida!
Auch dich erkenn' ich, stolze Here!
Trotz all deiner eifersüchtigen Angst,
40 Hat doch eine Andre das Zepter gewonnen,
Und du bist nicht mehr die Himmelskön'gin,
Und dein großes Aug' ist erstarrt,
Und deine Liljenarme sind kraftlos,
Und nimmermehr trifft deine Rache
45 Die gottbefruchtete Jungfrau
Und den wunderthätigen Gottessohn.
Auch dich erkenn' ich, Pallas Athene!
Mit Schild und Weisheit konntest du nicht
Abwehren das Götterverderben?
50 Auch dich erkenn' ich, auch dich, Aphrodite,
Einst die goldene! jetzt die silberne!
Zwar schmückt dich noch immer des Gürtels Liebreiz;
Doch graut mir heimlich vor deiner Schönheit,
Und wollt' mich beglücken dein gütiger Leib,
55 Wie andre Helden, ich stürbe vor Angst;
Als Leichengöttin erscheinst du mir,
Venus Libitina!
Nicht mehr mit Liebe schaut nach dir,
Dort, der schreckliche Ares.
60 Es schaut so traurig Phöbos Apollo,
Der Jüngling. Es schweigt seine Ley'r,
Die so freudig erklungen beim Göttermahl.
Noch trauriger schaut Hephaistos,
Und wahrlich, der Hinkende! nimmermehr
65 Fällt er Hebe'n in's Amt,
Und schenkt geschäftig, in der Versammlung,
Den lieblichen Nektar – Und längst ist erloschen
Das unauslöschliche Göttergelächter.

Ich hab' Euch niemals geliebt, Ihr Götter!
70 Denn widerwärtig sind mir die Griechen,
Und gar die Römer sind mir verhaßt.
Doch heil'ges Erbarmen und schauriges Mitleid
Durchströmt mein Herz,
Wenn ich Euch jetzt da droben schaue,
75 Verlassene Götter,
Todte, nachtwandelnde Schatten,
Nebelschwache, die der Wind verscheucht –

Und wenn ich bedenke, wie feig und windig
Die Götter sind, die Euch besiegten,
80 Die neuen, herrschenden, tristen Götter,
Die Schadenfrohen im Schafspelz der Demuth –
O da faßt mich ein düsterer Groll,
Und brechen möcht' ich die neuen Tempel,
Und kämpfen für Euch, Ihr alten Götter,
85 Für Euch und Eu'r gutes, ambrosisches Recht,
Und vor Euren hohen Altären,
Den wiedergebauten, den opferdampfenden,
Möcht' ich selber knien und beten,
Und flehend die Arme erheben –

90 Denn, immerhin, Ihr alten Götter,
Habt Ihr's auch eh'mals, in Kämpfen der Menschen,
Stets mit der Parthey der Sieger gehalten,
So ist doch der Mensch großmüth'ger als Ihr,
Und in Götterkämpfen halt' ich es jetzt
95 Mit der Parthey der besiegten Götter.

Also sprach ich, und sichtbar errötheten
Droben die blassen Wolkengestalten,
Und schauten mich an wie Sterbende,
Schmerzenverklärt, und schwanden plötzlich.
100 Der Mond verbarg sich eben
Hinter Gewölk, das dunkler heranzog;
Hochaufrauschte das Meer,
Und siegreich traten hervor am Himmel
Die ewigen Sterne.

VII.
Fragen.

Am Meer, am wüsten, nächtlichen Meer
Steht ein Jüngling-Mann,
Die Brust voll Wehmuth, das Haupt voll Zweifel,
5 Und mit düstern Lippen fragt er die Wogen:

„O lös't mir das Räthsel des Lebens,
Das qualvoll uralte Räthsel,
Worüber schon manche Häupter gegrübelt,
Häupter in Hieroglyphenmützen,
10 Häupter in Turban und schwarzem Barett,

Perückenhäupter und tausend andre
Arme, schwitzende Menschenhäupter –
Sagt mir, was bedeutet der Mensch?
Woher ist er kommen? Wo geht er hin?
15 Wer wohnt dort oben auf goldenen Sternen?

Es murmeln die Wogen ihr ew'ges Gemurmel,
Es weht der Wind, es fliehen die Wolken,
Es blinken die Sterne, gleichgültig und kalt,
Und ein Narr wartet auf Antwort.

KARL IMMERMANN

›Xenien‹

Der poetische Literator.

Laß dein Lächeln, laß dein Flennen, sag' uns ohne Hinterlist,
5 Wann Hans Sachs das Licht erblickte, Weckherlin gestorben ist.

„Alle Menschen müssen sterben," spricht das Männlein mit
Bedeutung.
Alter Junge, dessengleichen ist uns keine große Zeitung.

Mit vergeß'nen, alten Schwarten schmiert er seine Autorstiefeln,
Daß er dazu heiter weine, frißt er fromm poet'sche Zwiefeln.

10 *Willst du commentiren, Fränzel, mindestens verschon' den Luther,
Dieser Fisch behagt uns besser, ohne die zerlaß'ne Butter.

Dramatiker.

1.

*„Nimmer schreib' ich mehr Tragödien, mich am Publikum zu
rächen!"
Schimpf' uns, wie du willst, mein Guter, aber halte dein
Versprechen.

---

2 *Der Titel stammt aus dem einleitenden Passus in Heines* Reisebildern, *wo die Verse zuerst erschienen. Ebd. erklärt Heine, er wolle sie* bis auf wenige Ausnahmen, *die er mit Sternen bezeichne,* gern als seine *eigne Gesinnung vertreten.* 3 *Gemeint ist der Literarhistoriker Franz Horn (1781–1837).* 13 f. *Bezieht sich auf Adolf Müllner.*

2.

15 Diesen Reiterlieutnant müsset, Stachelverse, ihr verschonen;
Denn er commandirt Sentenzen und Gefühl' in Escadronen.

3.

Wär' Melpomene ein Mädchen, gut, gefühlvoll und natürlich,
Rieth ich ihr: Heirathe diesen, der so milde und so zierlich.

4.

Seiner vielen Sünden wegen geht der todte Kotzebue
20 Um in diesem Ungethüme ohne Strümpfe, ohne Schuhe.

Und so kommt zu vollen Ehren tiefe Lehr' aus grauen Jahren,
Daß die Seelen der Verstorb'nen müssen in die Bestien fahren.

Östliche Poeten.

Groß' mérite ist es jetzo, nach Saadi's Art zu girren,
25 Doch mir scheint's egal gepudelt, ob wir östlich, westlich irren.

Sonsten sang, bey'm Mondenscheine, Nachtigall seu Philomele;
Wenn jetzt Bülbül flötet, scheint es mir denn doch dieselbe Kehle.

Alter Dichter, Du gemahnst mich, als wie Hameln's Rattenfänger;
Pfeifst nach Morgen, und es folgen all die lieben, kleinen Sänger.

30 Aus Bequemlichkeit verehren sie die Kühe frommer Inden,
Daß sie den Olympus mögen nächst in jedem Kuhstall finden.

Von den Früchten, die sie aus dem Gartenhain von Schiras stehlen,
Essen sie zu viel, die Armen, und vomiren dann Ghaselen.

*Glockentöne.

35 Seht den dicken Pastor, dorten unter seiner Thür im Staate,
Läutet mit den Glocken, daß man ihn verehr' in dem Ornate.

Und es kamen, ihn zu schauen, flugs die Blinden und die Lahmen,
Engebrust und Krampf, besonders Hysteriegeplagte Damen.

Weiße Salbe weder heilet, noch verschlimmert irgend Schäden,
40 Weiße Salbe findest jetzo du in allen Bücherläden.

---

15 f. *Fouqué.* 17 f. *Gegen Houwald gerichtet.* 20 *Ernst Raupach.* 23 ff. *Geht vor allem gegen Platen und Rückert.* 35 *Friedrich Strauß (1786–1863), Hofprediger in Berlin und Verfasser des Buches* Glockentöne, *oder* Erinnerungen aus dem Leben eines jungen Predigers.

Geht's so fort, und läßt sich jeder Pfaffe ferner adoriren,
Werd' ich in den Schooß der Kirche ehebaldigst retourniren.

Dort gehorch' ich *einem* Papste, und verehr' *ein* praesens Numen,
Aber hier macht sich zum numen jeglich ordinirtes lumen.

45   Orbis pictus.

Hätte *einen* Hals das ganze weltverderbende Gelichter,
Einen Hals, ihr hohen Götter: Priester, Histrionen, Dichter!

In die Kirche ging ich Morgens, um Komödien zu schauen,
Abends in's Theater, um mich an der Predigt zu erbauen.

50 Selbst der liebe Gott verlieret sehr bey mir an dem Gewichte,
Weil nach ihrem Ebenbilde schnitzen ihn viel tausend Wichte.

Wenn ich Euch gefall', ihr Leute, dünk' ich mich ein Leineweber,
Aber, wenn ich Euch verdrieße, seht, das stärkt mir meine Leber.

„Ganz bewältigt er die Sprache"; ja, es ist, sich todt zu lachen,
55 Seht nur, was für tolle Sprünge lässet er die Arme machen.

Vieles Schlimme kann ich dulden, aber eins ist mir zum Ekel,
Wenn der nervenschwache Zärtling spielt den genialen Rekel.

*Damals mocht'st du mir gefallen, als du buhltest mit Lucindchen,
Aber, o der frechen Liebschaft! mit Marien wollen sünd'gen.

60 Erst in England, dann in Spanien, jetzt in Brahma's Finsternissen,
Überall umhergestrichen, deutschen Rock und Schuh zerrissen.

Wenn die Damen schreiben, kramen stets sie aus von ihren
                                                      Schmerzen,
Fausses couches, touchirter Tugend – ach, die gar zu offnen
                                                      Herzen!

Laßt die Damen mir zufrieden; daß sie schreiben, find' ich räthlich,
65 Führt die Frau die Autor-Feder, wird sie wenigstens nicht schädlich.

Glaubt, das Schriftenthum wird gleichen bald den ärgsten
                                                      Rockenstuben,
Die Gevatterinnen schnacken, und es hören zu die Buben.

54f. *Platen.*   58f. *Friedrich Schlegel.*   60f. *August Wilhelm Schlegel.*

Wär' ich Dschingischan, o China, wärst du längst von mir
                                        vernichtet,
Dein verdammtes Theegeplätscher hat uns langsam hingerichtet.

70 Alles setzet sich zur Ruhe, und der Größte wird geduldig,
Streicht gemächlich ein, was früh're Zeiten blieben waren schuldig.

Jene Stadt ist voller Verse, Töne, Statuen, Schilderey'n,
Wursthans steht mit der Trompete an dem Thor, und schreit:
                                        „Herein!"

„Diese Reime klingen schändlich, ohne Metrum und Caesuren;"
75 Wollt in Uniform ihr stecken literarische Panduren? –

„Sag, wie kommst du nur zu Worten, die so grob und ungezogen?"
Freund, im wüsten Marktgedränge braucht man seine Ellenbogen.

„Aber du hast auch bereimet, was unläugbar gut und groß."
Mischt der Beste sich zum Plebse, duldet er des Plebses Loos.

80 Wenn die Sommerfliegen schwärmen, tödtet Ihr sie mit den
                                        Klappen,
Und nach diesen Reimen werdet schlagen Ihr mit Euren Kappen.

JOHANN WOLFGANG VON GOETHE

Wie David königlich zur Harfe sang,
Der Winzerin Lied am Throne lieblich klang,
Des Persers Bulbul Rosenbusch umbangt,
Und Schlangenhaut als Wildengürtel prangt,
5 Von Pol zu Pol Gesänge sich erneun –
Ein Sphärentanz harmonisch im Getümmel –
Lasst alle Völker unter gleichem Himmel
Sich gleicher Gabe wohlgemuth erfreun!

---

3 Winzerin *offenbar der weibliche Sprecher im Hohenlied ('Hüterin der Weinberge' nach
Hohel. 1.6).* 4 Bulbul *Nachtigall.* 5 *Anspielung auf das* Liebeslied eines
amerikanischen Wilden, *das Goethe zweimal übersetzte.*

Warnung,
eigentlich und symbolisch zu nehmen.

Freunde, flieht die dunkle Kammer
Wo man euch das Licht verzwickt,
5 Und mit kümmerlichstem Jammer
Sich verschrobnen Bildern bückt:
Abergläubische Verehrer
Gab's die Jahre her genug,
In den Köpfen eurer Lehrer
10 Lasst Gespenst und Wahn und Trug.

Wenn der Blick an heitern Tagen
Sich zur Himmelsbläue lenkt,
Bey'm Siroc der Sonnenwagen
Purpurroth sich niedersenkt:
15 Da gebt der Natur die Ehre,
Froh, an Aug' und Herz gesund,
Und erkennt der Farbenlehre
Allgemeinen ewigen Grund!

Elegie.

Und wenn der Mensch in seiner Qual verstummt,
Gab mir ein Gott zu sagen was ich leide.

Was soll ich nun vom Wiedersehen hoffen,
5 Von dieses Tages noch geschloss'ner Blüthe?
Das Paradies, die Hölle steht dir offen;
Wie wankelsinnig regt sich's im Gemüthe! –
Kein Zweifeln mehr! Sie tritt an's Himmelsthor,
Zu Ihren Armen hebt sie dich empor.

10 So warst du denn im Paradies empfangen
Als wärst du werth des ewig schönen Lebens;
Dir blieb kein Wunsch, kein Hoffen, kein Verlangen,
Hier war das Ziel des innigsten Bestrebens,
Und in dem Anschaun dieses einzig Schönen
15 Versiegte gleich der Quell sehnsüchtiger Thränen.

WARNUNG . . . 1 ff. *Im selben Jahr im 3. Band der Ausgabe letzter Hand erschienen.*
ELEGIE . . . 1 ff. *Erschien in der Ausgabe letzter Hand, zusammen mit dem folgenden Gedicht und präludiert von dem schon früher publizierten an Werther, unter dem gemeinsamen Titel* Trilogie der Leidenschaft.

Wie regte nicht der Tag die raschen Flügel,
Schien die Minuten vor sich her zu treiben!
Der Abendkuß, ein treu verbindlich Siegel:
So wird es auch der nächsten Sonne bleiben.
20 Die Stunden glichen sich in zartem Wandern
Wie Schwestern zwar, doch keine ganz den andern.

Der Kuß der letzte, grausam süß, zerschneidend
Ein herrliches Geflecht verschlungner Minnen.
Nun eilt, nun stockt der Fuß die Schwelle meidend,
25 Als trieb ein Cherub flammend ihn von hinnen;
Das Auge starrt auf düstrem Pfad verdrossen,
Es blickt zurück, die Pforte steht verschlossen.

Und nun verschlossen in sich selbst, als hätte
Dieß Herz sich nie geöffnet, selige Stunden
30 Mit jedem Stern des Himmels um die Wette
An ihrer Seite leuchtend nicht empfunden;
Und Mißmuth, Reue, Vorwurf, Sorgenschwere
Belasten's nun in schwüler Atmosphäre.

Ist denn die Welt nicht übrig? Felsenwände
35 Sind sie nicht mehr gekrönt von heiligen Schatten?
Die Erndte reift sie nicht? Ein grün Gelände
Zieht sich's nicht hin am Fluß durch Busch und Matten?
Und wölbt sich nicht das überweltlich Große
Gestaltenreiche, bald gestaltenlose?

40 Wie leicht und zierlich, klar und zart gewoben,
Schwebt, Seraph gleich, aus ernster Wolken Chor,
Als glich es ihr, am blauen Aether droben,
Ein schlank Gebild aus lichtem Duft empor;
So sahst du sie in frohem Tanze walten
45 Die Lieblichste der lieblichsten Gestalten.

Doch nur Momente darfst dich unterwinden
Ein Luftgebild statt ihrer fest zu halten;
Ins Herz zurück, dort wirst du's besser finden,
Dort regt sie sich in wechselnden Gestalten;
50 Zu Vielen bildet Eine sich hinüber,
So tausendfach, und immer immer lieber.

Wie zum Empfang sie an den Pforten weilte
Und mich von dannauf stufenweis beglückte;
Selbst nach dem letzten Kuß mich noch ereilte,

55　Den letztesten mir auf die Lippen drückte:
　　So klar beweglich bleibt das Bild der Lieben,
　　Mit Flammenschrift, in's treue Herz geschrieben.

　　In's Herz, das fest wie zinnenhohe Mauer
　　Sich ihr bewahrt und sie in sich bewahret,
60　Für sie sich freut an seiner eignen Dauer,
　　Nur weiß von sich, wenn sie sich offenbaret,
　　Sich freier fühlt in so geliebten Schranken
　　Und nur noch schlägt, für alles ihr zu danken.

　　War Fähigkeit zu lieben, war Bedürfen
65　Von Gegenliebe weggelöscht, verschwunden;
　　Ist Hoffnungslust zu freudigen Entwürfen,
　　Entschlüssen, rascher That sogleich gefunden!
　　Wenn Liebe je den Liebenden begeistet,
　　Ward es an mir auf's lieblichste geleistet;

70　Und zwar durch sie! – Wie lag ein innres Bangen
　　Auf Geist und Körper, unwillkommner Schwere:
　　Von Schauerbildern rings der Blick umfangen
　　Im wüsten Raum beklommner Herzensleere;
　　Nun dämmert Hoffnung von bekannter Schwelle,
75　Sie selbst erscheint in milder Sonnenhelle.

　　Dem Frieden Gottes, welcher euch hienieden
　　Mehr als Vernunft beseliget – wir lesen's –
　　Vergleich ich wohl der Liebe heitern Frieden
　　In Gegenwart des allgeliebten Wesens;
80　.　Da ruht das Herz und nichts vermag zu stören
　　Den tiefsten Sinn, den Sinn ihr zu gehören.

　　In unsers Busens Reine wogt ein Streben,
　　Sich einem höhern, reinern, unbekannten,
　　Aus Dankbarkeit freiwillig hinzugeben,
85　Enträthselnd sich den ewig Ungenannten;
　　Wir heißen's: fromm seyn! – Solcher seligen Höhe
　　Fühl' ich mich theilhaft, wenn ich vor ihr stehe.

　　Vor ihrem Blick, wie vor der Sonne Walten,
　　Vor ihrem Athem, wie vor Frühlingslüften,
90　Zerschmilzt, so längst sich eisig starr gehalten,
　　Der Selbstsinn tief in winterlichen Grüften;
　　Kein Eigennutz, kein Eigenwille dauert,
　　Vor ihrem Kommen sind sie weggeschauert.

Es ist als wenn sie sagte: „Stund um Stunde
95 Wird uns das Leben freundlich dargeboten,
Das Gestrige ließ uns geringe Kunde,
Das Morgende, zu wissen ist's verboten;
Und wenn ich je mich vor dem Abend scheute,
Die Sonne sank und sah noch was mich freute.

100 Drum thu' wie ich und schaue, froh verständig,
Dem Augenblick in's Auge! Kein Verschieben!
Begegn' ihm schnell, wohlwollend wie lebendig,
Im Handeln sey's, zur Freude, sey's dem Lieben;
Nur wo du bist sey alles, immer kindlich,
105 So bist du alles, bist unüberwindlich."

Du hast gut reden, dacht' ich, zum Geleite
Gab dir ein Gott die Gunst des Augenblickes,
Und jeder fühlt an deiner holden Seite
Sich Augenblicks den Günstling des Geschickes;
110 Mich schreckt der Wink von dir mich zu entfernen,
Was hilft es mir so hohe Weisheit lernen!

Nun bin ich fern! Der jetzigen Minute
Was ziemt denn der? Ich wüßt' es nicht zu sagen;
Sie bietet mir zum Schönen manches Gute,
115 Das lastet nur, ich muß mich ihm entschlagen;
Mich treibt umher ein unbezwinglich Sehnen,
Da bleibt kein Rath als gränzenlose Thränen.

So quellt denn fort! und fließet unaufhaltsam;
Doch nie geläng's die innre Gluth zu dämpfen!
120 Schon rast's und reißt in meiner Brust gewaltsam,
Wo Tod und Leben grausend sich bekämpfen.
Wohl Kräuter gäb's, des Körpers Qual zu stillen;
Allein dem Geist fehlt's am Entschluß und Willen,

Fehlt's am Begriff: wie sollt' er sie vermissen?
125 Er wiederholt ihr Bild zu tausendmalen.
Das zaudert bald, bald wird es weggerissen,
Undeutlich jetzt und jetzt im reinsten Strahlen;
Wie könnte dieß geringstem Troste frommen?
Die Ebb' und Fluth, das Gehen wie das Kommen!

130 Verlaßt mich hier, getreue Weggenossen!
Laßt mich allein am Fels, in Moor und Moos;
Nur immer zu! euch ist die Welt erschlossen,
Die Erde weit, der Himmel hehr und groß;

Betrachtet, forscht, die Einzelheiten sammelt,
135   Naturgeheimniß werde nachgestammelt.

Mir ist das All, ich bin mir selbst verloren,
Der ich noch erst den Göttern Liebling war;
Sie prüften mich, verliehen mir Pandoren,
So reich an Gütern, reicher an Gefahr;
140   Sie drängten mich zum gabeseligen Munde,
Sie trennen mich, und richten mich zu Grunde.

Aussöhnung.

Die Leidenschaft bringt Leiden! – Wer beschwichtigt
Beklommnes Herz das allzuviel verloren?
Wo sind die Stunden, überschnell verflüchtigt?
5   Vergebens war das Schönste dir erkoren!
Trüb' ist der Geist, verworren das Beginnen;
Die hehre Welt wie schwindet sie den Sinnen!

Da schwebt hervor Musik mit Engelschwingen,
Verflicht zu Millionen Tön' um Töne,
10   Des Menschen Wesen durch und durch zu dringen,
Zu überfüllen ihn mit ew'ger Schöne:
Das Auge netzt sich, fühlt im höhern Sehnen,
Den Götter-Werth der Töne wie der Thränen.

Und so das Herz erleichtert merkt behende
15   Daß es noch lebt und schlägt und möchte schlagen,
Zum reinsten Dank der überreichen Spende
Sich selbst erwiedernd willig darzutragen.
Da fühlte sich – o daß es ewig bliebe! –
Das Doppel-Glück der Töne wie der Liebe.

Aus: Zahme Xenien

[. . .]

Kein Stündchen schleiche dir vergebens,
Benutze was dir widerfahren.
5   Verdruß ist auch ein Theil des Lebens,
Den sollen die Xenien bewahren.
Alles verdienet Reim und Fleiß
Wenn man es recht zu sondern weiß.

Gott grüß' euch, Brüder,
10 Sämmtliche Oner und Aner!
Ich bin Weltbewohner,
Bin Weimaraner,
Ich habe diesem edlen Kreis
Durch Bildung mich empfohlen,
15 Und wer es etwa besser weiß,
Der mag's wo anders holen.

„Wohin willst du dich wenden?"
Nach Weimar-Jena, der großen Stadt,
Die an beiden Enden
20 Viel Gutes hat.

Gar nichts neues sagt ihr mir!
Unvollkommen war ich ohne Zweifel.
Was ihr an mir tadelt, dumme Teufel,
Ich weiß es besser, als Ihr!

25 „Sag mir doch! von deinen Gegnern
Warum willst du gar nichts wissen?"
Sag mir doch! ob du dahintrittst
Wo man in den Weg . . . .?

[. . .]

Keine Gluthen, keine Meere
Geb' ich in dem Innern zu;
Doch allherrschend waltet Schwere;
Nicht verdammt zu Tod und Ruh.
5 Vom lebendigen Gott lebendig,
Durch den Geist, der alles regt,
Wechselt sie, nicht unbeständig,
Immer in sich selbst bewegt.

KEINE GLUTHEN . . . 1–24 *Hauptthesen Goethescher Meteorologie; entgegen zeitgenössischen Theorien, die die Luftdruckschwankungen auf innerirdische, vulkanische Einflüsse (Z. 1 f.) oder, in Analogie zu Ebbe und Flut, auf außerirdische (Z. 13–15) zurückführten, glaubte Goethe in ihnen die Auswirkungen von pulsierenden Schwankungen der Schwerkraft (Z. 3–8), d. h. der Erdanziehung, zu erkennen, die ihm das Quecksilberbarometer – Mercur oder auch Hermes – unmittelbar zu offenbaren schien.*

Seht nur hin! Ihr werdet's fassen!
10 Wenn Mercur sich hebt und neigt,
Wird im Anziehn, im Entlassen,
Atmosphäre schwer und leicht.

Mir genügt nicht eure Lehre:
Ebb' und Fluth der Atmosphäre
15 Denk' sich's jeder wie er kann!
Will mich nur an Hermes halten;
Denn des Barometers Walten
Ist der Witterung Tyrann.

Westen mag die Luft regieren
20 Sturm und Fluth nach Osten führen,
Wenn Mercur sich schläfrig zeigt;
Aller Elemente Toben
Osther ist es aufgehoben,
Wenn er aus dem Schlummer steigt.

25 Das Leben wohnt in jedem Sterne:
Er wandelt mit den andern gerne
Die selbsterwählte reine Bahn;
Im innern Erdenball pulsiren
Die Kräfte, die zur Nacht uns führen
30 Und wieder zu dem Tag heran.

Wenn im Unendlichen dasselbe
Sich wiederholend ewig fließt,
Das tausendfältige Gewölbe
Sich kräftig in einander schließt;
35 Strömt Lebenslust aus allen Dingen,
Dem kleinsten wie dem größten Stern,
Und alles Drängen, alles Ringen
Ist ewige Ruh' in Gott dem Herrn.

Nachts, wann gute Geister schweifen,
40 Schlaf dir von der Stirne streifen,
Mondenlicht und Sternenflimmern

Dich mit ewigem All umschimmern,
Scheinst du dir entkörpert schon,
Wagest dich an Gottes Thron.

45 Aber wenn der Tag die Welt
Wieder auf die Füße stellt,
Schwerlich möcht' er dir's erfüllen
Mit der Frühe bestem Willen;
Zu Mittag schon wandelt sich
50 Morgentraum gar wunderlich.

[. . .]

JOHANN BAPTIST ROUSSEAU

Goethe.
Den Bewohnern seiner Vaterstadt geweiht.

Ohne Prunk, in stiller Würde, eine kräftige Gestalt,
5 Frei das Haupt im Lichte tragend, das der Locken Schnee umwallt,
In dem Blick des Veilchens Milde durch des Adlers Stolz verklärt,
Steht ein Greis im deutschen Lande, göttlich fast im Volk verehrt.

Sclavendemuth zwingt die Menge nicht zu seiner Liebe Frohn,
Was die Edelsten ihm weihen, höchste Liebe, ist der Lohn
10 Für ein achtzigjährig Leben, deutscher Ehre ganz geweiht
Und zu Ruhmesglanz verklärend deutsche Kunst in dieser Zeit.

Goethe heißt der Greis des Nordens, Goethe heißt der deutsche
Mann,
Der die Wissenschaft befreite von des Knechtthums schnödem
Bann,
Der die Höhn der Kunst erflogen und der Weisheit Meer
durchwühlt,
15 Und den Geist, der ihn mag fassen, in das Reich der Geister spielt.

Nicht ein Bach im Rieseln wachsend, nein ein Fluß als Quelle groß,
Riß er sich in zarten Jahren von dem Berg des Lebens los;
Muthig jauchzend in die Thäler, schwoll er an zum kühnen Strom
Der ein Spiegel ward des Himmels und des Alls im Sternendom.

20 Auch die Erde zog den Jüngling an das volle Mutterherz,
Gab ihm der Gesundheit Fülle und die Kraft zu süßem Scherz,
Ließ ihm ihre Blumen duften, schenkt' ihm einen langen Mai,
Daß sein Busen reich an Blüthen und sein Mund an Liedern sei.

Doch der Himmel und die Erde, beide offen seinem Flug,
25 Waren dem, der Unermess'nes gern erprobte, nicht genug.
In das Reich der Tiefe drang er, auch was unten schafft und gährt,
Hat sein dunkler Geist begriffen und erhoben seinen Werth.

Und so trat der Mann gerüstet auf den Schauplatz seiner Welt,
Um das Aug' der Abglanz sichtbar, wie er schwebt vom
                                        Himmelszelt,
30 Um sein Haupt die Kränze wallend von der Glorie durchglüht,
Und den Lenz der Kunst im Herzen, der sein Leben hold umblüht.

Keime dieses Frühlings flogen, luftig wie des Geistes Hauch,
Auf die Berge, in die Tiefen, in die Menschenbusen auch,
Und wo sich zum Pfühl des Heil'gen Kelche wölbten gleicher Art,
35 Lachte bald der Künste Rose, wurde Geist mit Geist gepaart.

Plötzlich war der alte Winter wie von Zauberduft durchströmt,
Bräutlich zeigte sich die Erde, ohne Schleier, hold verschämt,
Aeolsharfen-Laute schwammen durch den blauen Himmelsraum,
Und das ganze Dasein schwelgte in dem schönsten Hochzeittraum.

40 Ihn zu feiern wurden alle Sänger in dem Haine wach,
Und den Vögeln auf den Zweigen sangen es die Menschen nach,
Wie der Klang den Klang erwecket, Gluth die Gluthen leicht
                                        umschlingt,
Bis ein allbelebend Feuer frei des Aethers Bahn durchdringt.

Gläubig sei das Opferfeuer als Symbol des Lichts gehegt,
45 Und wer noch das Schöne liebet, wessen Herz für Hoheit schlägt,
Sonne sich in seinem Scheine, und an dem geweihten Brand
Biete er dem Geistesfreunde die vertraute Bruderhand.

Goethe ist der Segensmittler, wenn die deutsche Kunst sich eint,
Goethe adelt deutsche Würde, wenn in Staub sie tritt der Feind,
50 Goethe glänzt in Sonnenklarheit, wenn die Nacht sein Land
                                        bedroht,
Goethe's Herz gehört den Göttern wie im Leben so im Tod.

Uns verbleibet seine Bildung, Beispiel ist er stets und Hort,
Ewig klingen seine Lieder, ewig tönt sein goldnes Wort;
Was er dachte, schuf und ahnte, was erzielt und was gewollt,
55 Strahlt als Perlenschnur der Dichtung wie des Lenzes Morgengold.

Stets des Höchsten Bild und Abglanz, niemals frömmelnd, immer
fest,

   Jede Heiterkeit im Busen, welche nicht vom Leben läßt,
Mild und schonend, frei, ermunternd, nie voll Haß und Ungestüm:
So errang er jede Liebe, und die Herzen schlagen Ihm!

60 Dank den Göttern, die ihm gönnten, daß des Lebens herbe Noth
Seinen Lippen nie die Schaale voll von Kummerthränen bot!
Den Tribut des Schmerzes hat er seinen Mächten doch gezahlt,
Und geweint hat auch das Auge, welches milde Ruhe strahlt.

   Führt ihn jetzt am Rosenbande, fern von Klippen, Sturm und Eis,
65 Leitet zu dem Sternenlande ohne Schmerz den edlen Greis,
Genien der Kunst und Liebe, in dasselbe Paradies,
Das er irdisch schon besessen und den Seinigen verhieß.

   Als ein Stern hat er geleuchtet über der befreiten Welt;
Sei von ihm mit Aetherglanze fernerhin die Erd' erhellt.
70 Wenn wir hier im Dunkel irren, strahle *Goethe* durch die Nacht,
Wie der Iris Farbenbogen über Sturm und Wolken lacht.

CLEMENS BRENTANO*

Säus'le liebe Mirthe,
Wie still ist's in der Welt,
Der Mond, der Sternenhirte
Auf klarem Himmelsfeld,
Treibt schon die Wolkenschaafe
Zum Born des Lichtes hin:
Schlaf', mein Freund, o schlafe,
Bis ich wieder bei Dir bin.

Säus'le liebe Mirthe
Und träum' im Sternenschein,
Die Turteltaube girrte
Auch ihre Brut schon ein.
Still zieh'n die Wolkenschaafe
Zum Born des Lichtes hin,
Schlaf', mein Freund, o schlafe,
Bis ich wieder bei Dir bin.

Hörst du wie die Brunnen rauschen,
Hörst du wie die Grille zirpt?
Stille, stille, laß uns lauschen,
Selig, wer in Träumen stirbt.
5 Selig, wen die Wolken wiegen,
Wem der Mond ein Schlaflied singt,
O wie selig kann der fliegen,
Dem der Traum den Flügel schwingt,
Daß an blauer Himmelsdecke
10 Sterne er wie Blumen pflückt:
Schlafe, träume, flieg', ich wecke
Bald Dich auf und bin beglückt.

ADELBERT VON CHAMISSO

Geh' du nur hin!

Ich war auch jung und bin jetzt alt,
Der Tag ist heiß, der Abend kalt,
5 Geh' du nur hin, geh' du nur hin,
Und schlag' dir solches aus dem Sinn.

Du steigst hinauf, ich steig' hinab,
Wer geht im Schritt, wer geht im Trab?
Sind dir die Blumen eben recht,
10 Sind doch sechs Bretter auch nicht schlecht.

Was soll ich sagen?

Mein Aug' ist trüb', mein Mund ist stumm,
Du heißest mich reden, es sei darum.

Dein Aug' ist klar, dein Mund ist roth,
5 Und was du nur wünschest, das ist ein Gebot.

Mein Haar ist grau, mein Herz ist wund,
Du bist so jung, und bist so gesund.

Du heißest mich reden, und machst mir's so schwer;
Ich seh' dich so an, und zitt're so sehr.

Der Invalid im Irrenhaus.

Leipzig, Leipzig! arger Boden,
  Schmach für Unbill schafftest du.
Freiheit! hieß es, vorwärts, vorwärts!
5   Trankst mein rothes Blut, wozu?

Freiheit! rief ich, vorwärts, vorwärts!
  Was ein Thor nicht alles glaubt?
Und von schwerem Säbelstreiche
  Ward gespalten mir das Haupt.

10 Und ich lag, und abwärts wälzte
  Unheilschwanger sich die Schlacht,
Über mich und über Leichen
  Sank die kalte, finst're Nacht.

Aufgewacht zu grausen Schmerzen,
15   Brennt die Wunde mehr und mehr,
Und ich liege hier gebunden,
  Grimm'ge Wächter um mich her.

Schrei' ich wüthend noch nach Freiheit,
  Nach dem bluterkauften Glück,
20 Peitscht der Wächter mit der Peitsche
  Mich in schnöde Ruh' zurück.

Das Schloß Boncourt.

Ich träum' als Kind mich zurücke,
  Und schütt'le mein greises Haupt,
Wie sucht ihr mich heim, ihr Bilder,
5   Die lang' ich vergessen geglaubt?

Hoch ragt aus schatt'gen Gehegen
  Ein schimmerndes Schloß hervor,
Ich kenne die Thürme, die Zinnen,
  Die steinerne Brücke, das Thor.

10 Es schauen vom Wappenschilde
  Die Löwen so traulich mich an,
Ich grüße die alten Bekannten,
  Und eile den Burghof hinan.

Dort liegt die Sphinx am Brunnen,
15   Dort grünt der Feigenbaum,
Dort, hinter diesen Fenstern,
       Verträumt' ich den ersten Traum.

Ich tret' in die Burgkapelle
       Und suche des Ahnherrn Grab,
20   Dort ist's, dort hängt vom Pfeiler
       Das alte Gewaffen herab.

Noch lesen umflort die Augen
       Die Züge der Inschrift nicht,
Wie hell durch die bunten Scheiben
25   Das Licht darüber auch bricht.

So stehst du, o Schloß meiner Väter,
       Mir treu und fest in dem Sinn,
Und bist von der Erde verschwunden,
       Der Pflug geht über dich hin.

30   Sei fruchtbar, o theurer Boden,
       Ich segne dich mild und gerührt,
Und segn' ihn zwiefach, wer immer
       Den Pflug nun über dich führt.

Ich aber will auf mich raffen,
35   Mein Saitenspiel in der Hand,
Die Weiten der Erde durchschweifen,
       Und singen von Land zu Land.

.

HEINRICH HEINE

Im wunderschönen Monat Mai,
Als alle Knospen sprangen,
Da ist in meinem Herzen
5   Die Liebe aufgegangen.

Im wunderschönen Monat Mai,
Als alle Vögel sangen,
Da hab ich ihr gestanden
Mein Sehnen und Verlangen.

2 ff. *Im* Buch der Lieder *als Nr. 1 des* Lyrischen Intermezzos *erschienen.*

August Graf von Platen

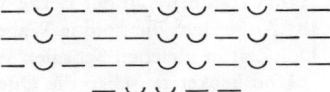

Liebe, Liebreiz, Winke der Gunst und Alles,
Was ein Herz darbeut und ein Herz erwiedert,
Wenig frommt's, leiht nicht die Gelegenheit ihm
    Athem und Daseyn.

Dich zu sehn, schien Fülle des Glücks, und bebend
Staunt' ich dir, traumähnliches Bild der Schönheit!
Nie an Wuchs, Antlitz und Gestalt erblickt' ich
    Diese Vollendung!

Deiner Form wollüstige Reize könnten
Heißern Wunsch aufregen; allein zur Erde
Senkt sogleich anbetenden Sinn des Auges
    Ewige Hoheit.

Ach, es hat dein brennendes Auge mir sich
Zugewandt, huldvolle Gespräche sprach es,
Ja, ich sah's anfüllen sich sanft, vergehn im
    Thaue der Sehnsucht!

Alter Zeit Eindrücke bestürmten neu mich,
Euch an Kraft gleich, Schmerzen der ersten Liebe!
Tief im Ohr nachtönend erklang verschollner
    Knabengesang mir.

Wehe mir, mir, welcher ein einzig Mal dich
Durfte sehn! Nie leuchtet ein Wiedersehn uns!
Deiner Spur nachforsch' ich das große Rom durch,
    Ewig erfolglos.

Auf und ab stets irrend, so weit die Tiber,
Hadrians Grabveste vorüber, endlich
Jenen Kranz schlankstämmiger Säulen nezt am
    Tempel der Vesta.

EDUARD MÖRIKE

Um Mitternacht.

Gelassen stieg die Nacht ans Land,
Hängt träumend an der Berge Wand;
Ihr Auge sieht die goldne Wage nun
Der Zeit in gleichen Schaalen stille ruhn.
   Und kecker rauschen die Quellen hervor,
   Sie singen der Nacht, der Mutter, ins Ohr
      Vom Tage!
      Vom heute gewesenen Tage!

Das uralt alte Schlummerlied,
Sie achtet's nicht, sie ist es müd';
Ihr klingt des Himmels Bläue süßer noch,
Der flücht'gen Stunden gleichgeschwung'nes Joch;
   Doch immer behalten die Quellen das Wort,
   Es sprechen die Wasser im Schlafe noch fort
      Vom Tage!
      Vom heute gewesenen Tage!

In der Frühe.

Noch kühlt der Schlaf mein Auge nicht,
Dort zittert schon des Tages Licht
An meinem Kammerfenster;
Es wühlet mein verstörter Sinn
Noch zwischen Zweifeln her und hin,
Und schaffet Nachtgespenster.
Seele,
Quäle
Bang und bänger
Dich nicht länger!
Freu' dich! schon sind da und dorten
Morgenglocken wach geworden!

Frag und Antwort.

Fragst du mich, woher die bange
Liebe mir zum Herzen kam,
Und warum ich ihr nicht lange
Schon den bittern Stachel nahm?

Sprich: woher mit Geisterschnelle
Wohl der Wind die Flügel rührt?
Sprich, woher die süße Quelle
Die verborgnen Wasser führt?

10 Banne du auf seiner Fährte
Mir den Wind in vollem Lauf!
Halte mit der Zaubergerte
Du die süßen Quellen auf!

Im Frühling.

Hier lieg ich auf dem Frühlingshügel,
Die Wolke wird mein Flügel,
Ein Vogel fliegt mir voraus!
5 Ach, sag' mir alleinzige Liebe,
Wo *du* bleibst, daß ich bey dir bliebe!
Doch du und die Lüfte haben kein Haus.

Der Sonnenblume gleich steht mein Gemüthe offen,
Sehnend
10 Sich dehnend
In Lieben und in Hoffen.
Frühling, was bist du gewillt?
Wann werd' ich gestillt?

Die Wolke seh ich wandeln und den Fluß,
15 Es dringt der Sonne goldner Kuß
Mir tief bis in's Geblüt hinein,
Die Augen, wunderbar berauschet,
Thun, als schliefen sie ein;
Nur noch das Ohr dem Ton der Biene lauschet.

20 Mein Herze denkt nun dieß und denket das,
Erinnert sich, und weiß nicht recht an was,
Halb ist es Lust, halb ist es Klage;
Mein Herz, o sage,
Was webst du für Erinnerung
25 In goldengrüner Zweige Dämmerung?
Alte unnennbare Tage!

Besuch in Urach.

Nur fast so wie im Traum ist's mir geschehen,
Daß ich in dieses werthe Thal verirrt;
Kein Wunder ist, was meine Augen sehen,
Doch schwankt der Boden, Luft und Staude schwirrt,
Aus tausend grünen Spiegeln scheint zu gehen
Vergang'ne Zeit, die lächelnd mich verwirrt,
Die Wahrheit selber wird hier zum Gedichte,
Mein eigen Bild ein fremd und hold Gesichte!

Da seyd ihr alle wieder aufgerichtet,
Besonnte Felsen, alte Wolkenstühle!
Auf Wäldern schwer, wo kaum der Mittag lichtet
Und Schatten mischt mit balsamreicher Schwüle;
Kennt ihr mich noch, der sonst hieher geflüchtet,
Im Moose, bey süß-schläferndem Gefühle,
Der Mücke Sumsen hier ein Ohr geliehen,
Ach, kennt ihr mich, und wollt nicht vor mir fliehen?

Hier wird ein Strauch, ein jeder Halm zur Schlinge,
Die mich in liebliche Betrachtung fängt;
Kein Mäuerchen, kein Holz ist so geringe,
Daß nicht mein Blick voll Wehmuth an ihm hängt;
Ein jedes spricht mir halbvergess'ne Dinge,
Und weiß nicht, wie von Schmerz und Lust gedrängt
Die Thräne stockt, indeß ich ohne Weile,
Unschlüssig, satt und durstig, weiter eile.

Hinweg! und leite mich, du Schaar von Quellen,
Die ihr durchspielt der Matten grünes Gold!
Zeigt mir die ur-bemoosten Wasserzellen,
Aus denen euer ewig's Leben rollt,
Im kühnsten Walde die verwachsnen Schwellen,
Wo eurer Mutter Kraft im Berge grollt,
Bis sie im breiten Schwung an Felsenwänden
Herabstürzt, euch im Thale zu versenden.

O hier ist's, wo Natur den Schleyer reißt!
Sie bricht einmal ihr übermenschlich Schweigen,
Laut mit sich selber redend will ihr Geist,
Sich selbst vernehmend, sich ihm selber zeigen.
Doch ach, sie bleibt, mehr als der Mensch, verwaist,
Darf nicht aus ihrem eignen Räthsel steigen!
– Dir biet' ich denn, begier'ge Wassersäule,
Die nackte Brust, ach! ob sie dir sich theile!

Vergebens! und dein kühles Element
Tropft an mir ab, im Grase zu versinken.
Was ist's, das deine Seele von mir trennt?
45 Sie flieht, und möcht' ich auch in dir ertrinken!
Dich kränkts nicht, wie mein Herz um dich entbrennt,
Küssest im Sturz nur diese schroffen Zinken;
Du bleibest was du warst seit Tag und Jahren,
Ohn' ein'gen Schmerz der Zeiten zu erfahren!

50 Hinweg aus diesem üpp'gen Schattengrund
Voll großer Pracht, die drückend mich erschüttert!
Bald grüßt beruhigt mein verstummter Mund
Den schlichten Winkel, wo sonst halb verwittert
Die kleine Bank und wo das Hüttchen stund;
55 Erinnrung reicht mit Lächeln die verbittert-
Bis zur Betäubung -süßen Zauberschaalen;
So trink ich gierig die entzückten Qualen.

Hier schlang sich tausendmal ein junger Arm
Um meinen Hals mit inn'gem Wohlgefallen.
60 O säh' ich mich, als Knaben sonder Harm,
Wie einst, mit Necken durch die Haine wallen!
Ihr Hügel, von der *alten* Sonne warm,
Begegnet mir auf keinem von euch allen
Mein Ebenbild, ein jugendlicher Schatten,
65 Wie sonst umarmt auf den beblümten Matten?

O tritt aus dem Gebüsch! dann sollst du mir
Mit Freundlichkeit in's tiefe Auge schauen!
Noch immer, guter Knabe, gleich' ich dir,
Uns beyden wird nicht vor einander grauen!
70 So komm' und laß' mich unaufhaltsam hier
Mich deinem reinen Busen anvertrauen!
– Umsonst, daß ich die Arme nach dir strecke,
Den Boden, wo du gingst, mit Küssen decke!

Hier will ich denn laut-schluchzend liegen bleiben,
75 Fühllos, und Alles habe seinen Lauf!
Mein Finger, matt, in's Gras beginnt zu schreiben:
Hin ist die Lust! hab' Alles seinen Lauf! –
Da, plötzlich, hör' ich's durch die Lüfte treiben,
Und ein entfernter Donner schreckt mich auf;
80 Elastisch angespannt mein ganzes Wesen
Ist von Gewitterluft wie neu genesen.

Sieh! wie die Wolken finstre Ballen schließen
Um den ehrwürd'gen Trotz der Burgruine!
Von Weitem schon hört man den alten Riesen,
85 Stumm harrt das Thal mit ungewisser Miene,
Der Kukuk nur ruft sein einförmig Grüßen
Versteckt aus unerforschter Wildniß Grüne, –
Jezt kracht die Wölbung und verhallet lange,
Das wundervolle Schauspiel ist im Gange.

90 Ja nun, indeß mit hoher Feuerhelle
Der Blitz die Stirn und Wange mir verklärt,
Ruf' ich den lauten Segen in die grelle
Musik des Donners, die mein Wort bewährt:
O Thal! du meines Lebens andre Schwelle!
95 Du meiner tiefsten Kräfte stiller Heerd!
Du meiner Liebe Wundernest! ich scheide,
Leb' wohl! und sieh mich wieder, wenn ich leide!

Septembermorgen.

Im Nebel ruhet noch die Welt,
Noch träumen Wald und Wiesen,
Bald siehst du, wenn der Schleyer fällt,
5 Den blauen Himmel unverstellt,
Herbstkräftig die gedämpfte Welt
In warmem Golde fließen.

Mein Fluß.

O Fluß, mein Fluß im Morgenstrahl!
Empfange nun, empfange
Den sehnsuchtvollen Leib einmal,
Und küsse Brust und Wange!
5 Er fühlt mir schon herauf die Brust,
Er kühlt mit Liebesschauerlust
Und jauchzendem Gesange.

Es schlüpft der goldne Sonnenschein
10 In Tropfen an mir nieder,
Die Woge wieget aus und ein
Die hingegebnen Glieder,

Die Arme hab' ich ausgespannt,
Sie kommt auf mich herzugerannt,
15   Sie faßt und läßt mich wieder.

Du murmelst so, mein Fluß, warum?
Du trägst seit Jahr und Tagen
Ein uralt Mährchen mit dir um,
Und mühst dich, es zu sagen,
20   Du eilst so sehr und läufst so sehr,
Als wolltest du im Land umher,
Man weiß nicht wen, drum fragen.

Der Himmel, blau und kinderrein,
Worin die Wellen singen,
25   Der Himmel ist die Seele dein,
O laß mich ihn durchdringen!
Ich tauche mich mit Geist und Sinn
Durch die vertiefte Bläue hin,
Und kann sie nicht erschwingen.

30   Was ist so tief, so tief wie sie?
Die Liebe nur alleine.
Sie wird nicht satt, und sättigt nie
Mit ihrem Wechselscheine.
O schwill', mein Fluß, und hebe dich!
35   Mit Grausen übergieße mich!
Mein Leben um das deine!

Du weisest schmeichelnd mich zurück
Zu deiner Blumenschwelle.
So trage denn allein dein Glück,
40   Und wieg' auf deiner Welle
Der Sonne Pracht, des Mondes Ruh,
Die lieben Sterne führe du
Zur ew'gen Mutterquelle!

Die Granatblüthe.

Ich stand am Morgen jüngst im Garten
Vor dem Granatbaum sinnend still,
Mir war, als müßt ich gleich erwarten,
5   Ob er die Knospe sprengen will.

---

1 *Späterer Titel* Liebesvorzeichen.

Sie aber schien es nicht zu wissen,
Wie mächtig ihr die Fülle schwoll,
Und daß sie in den Feuerküssen
Des goldnen Tages brennen soll.

10 Und dort am Rasen lag Jorinde,
Wie schnell bin ich zum Gruß bereit,
Indeß sie sich nur recht geschwinde
Den Schlummer aus dem Auge streut!

15 Dann leuchtet dieser Augen Schwärze
Mich an in Lieb' und guter Ruh,
Sie hört dem Muthwill meiner Scherze
Mit kindischem Verwundern zu.

Dazwischen dacht' ich wohl im Stillen:
Du gut und unerfahren Kind!
20 Die Lippen, die von Reife quillen,
Wie blöde noch und fromm gesinnt!

Fürwahr, sie schien es nicht zu wissen,
Wie mächtig ihr die Fülle schwoll,
Und daß sie in den Feuerküssen
25 Des wildsten Knaben brennen soll.

So überlegt ich auf und nieder,
Und ging so meiner Wege fort,
Doch schon der nächste Morgen wieder
Fand mich an dem Granatbaum dort.

30 Wer hat dem Baum in wenig Stunden
Ein solches Wunder angethan?
Die Flammenkrone aufgebunden,
Und was sagt mir dies Zeichen an?

Ich eile rasch den Gang hinunter,
35 Dort geht das Kind im Morgenstrahl,
Und bald, o Wunder über Wunder!
Wir küßten uns zum ersten Mal.

Nun trieb der Baum wohl Blüth auf Blüthe
Frisch in die blaue Luft hinaus,
40 Und noch, seitdem er lang verglühte,
Ging uns das Küssen nimmer aus.

Wohlgemuthe Morgenreise.

Am frischgeschnittnen Wanderstab,
Wenn ich in der Frühe
So durch Wälder ziehe
5   Hügel auf und ab:

Dann, wie's Vögelein im Laube
Singet und sich rührt,
Oder wie die goldne Traube
Wonnegeister spürt
10 In der ersten Morgensonne,
So fühlt auch mein alter, lieber
Adam Herbst- und Frühlingsfieber,
Gottbeherzte,
Nie verscherzte
15 Erstlingsparadieseswonne.

Also bist du nicht so schlimm, o alter
Adam, wie die ernsten Lehrer ṣagen;
Liebst und lobst du immer doch,
Singst und preisest immer noch,
20 Wie an immer neuen Schöpfungstagen,
Deinen lieben Schöpfer und Erhalter.

Wollt' es dieser geben, –
Und mein ganzes Leben
Wär' im leichten Wanderschweiße
25 Eine solche Morgenreise.

1829

Eduard Mörike

Tag und Nacht.

(Orientalisch.)

Schlank und schön ein Mohrenknabe
5   Bringt in himmelblauer Schürze
Manche wunderliche Gabe,
Kühlen Duft und süße Würze.

Wohlgemuthe Morgenreise 1 *Späterer Titel* Fußreise.

Wenn die Abendlüfte wehen,
Naht er sachte, kaum gesehen,
Hat ein Harfenspiel zur Hand.

Auch der Saiten sanftes Tönen
Kann man nächtlich lauschend hören;
Doch scheint Alles seiner Schönen,
Seiner Theuren, zu gehören.
    Wenn sich Schatten tiefer senken,
    Muß er der Geliebten denken,
    Träumt sich in ein ander Land.

Wohl ein Lächeln mag sich leise
Dann ins ernste Antlitz neigen,
Weiße Zähne, schneeig-weiße,
Sich wie Sternenlicht erzeigen;
    Doch ihn faßt ein reizend Bangen,
    Kommt von Ferne sie gegangen,
    Und er sucht sein dunkel Haus.

Liebchen tritt von Bergeshöhen
Nieder in die grüne Haide;
Wald und Flur wie neu erstehen
Vor dem Kind im Rosenkleide;
    Alles freuet sich der Süßen,
    Und ein jeder darf sie grüßen,
    Nur der Knabe bleibet aus.

Und doch ist ein tiefes Ahnen
Von dem Fremdling ihr geblieben;
Wie ein Traum will sie's gemahnen
An ein früh gehegtes Lieben.

    Glänzen dann auf allen Wegen
    Schmuck und Perlen ihr entgegen,
    Denkt sie wohl, wer es gebracht.

Auch die Mutter kennt sein Sehnen,
Ist dem Fremdling wohl gewogen,
Trocknen kann sie nicht die Thränen,
Doch sie zieht den Friedensbogen,
    Und ihm ist, als fühlt' er Frieden;
    Aber jene sind geschieden,
    Sind getrennt, wie *Tag* und *Nacht*.

Der Königssohn und die Windmüllerstochter.
Romanze.

Sie.
Mein Vater war ein Müller,
Ich bin sein einzig Kind.
Der Berg der ist mein Eigenthum,
Die Mühle treibt der Wind.

Die stangenlangen Flügel,
Sie haspeln leere Luft;
Ich lebe von dem Winde leicht
Und Regenbogenduft.

Er.
Mein Vater war ein König,
Ich bin sein einziger Sohn;
Sie stahlen mir mein Königreich
Und jagten mich davon.

Schau, drunten an dem Berge
Die Hütte dort ist mein,
Da liegt auch meine Krone,
Geschmuck und Edelstein.

Du sollt mein Buhle heißen:
So sprich, wie oft und wann,
An Tagen und in Nächten
Ich zu Dir kommen kann?

Sie.
Ich bind' eine güldene Pfeife
Wohl an den Flügel hin;
Die läßt sich gellend hören,
Wann ich zu Hause bin.

Er.
Auf einmal, schau, wie wallet hoch
Dein blondes Ringelhaar!
Und rühret sich kein Lüftchen doch!
O sage, was es war?

---

1 ff. *Später – erheblich verändert – unter dem Titel* Die schlimme Greth und der Königs-
sohn.

35 Schon wieder! ach und wieder!
Du lachest und mir graut,
Es singen Deine Zöpfe! . . Weh!
Du bist die Windesbraut!

Sie.

40 Und Königsbraut, was weiter?
Der Schaden ist nicht groß.
Komm', küsse mich! ich halte Dich
Und laß Dich nimmer los.

Er.

45 Du nahmst mir auch mein Königreich,
Mein Land verheertest Du!
Wohl kenn' ich Vater und Mutter Dein,
Sie halfen Dir dazu!

Sie.

50 Tief unter Deinem Schlosse hält
Mein Bruder Grabesrast;
Er bäumte sich im Schlafe nur,
Da stürzte Dein Pallast.

Der Sänger.

55 Nun, traurig Lied, verklinge Du
In Lüften wundersam;
Sing', wie sie ihn erwürget hat,
Die Braut den Bräutigam.

Sie drückt ihn an die Brüste,
60 Der Athem wird ihm schwer,
Sie singt ein lustig Todtenlied,
Und trägt ihn über's Meer.

Verzweifelte Liebe.
(Sonett.)

Die Liebe, sagt man, wird am Pfahl gebunden,
Geht endlich arm, verlassen, unbeschuht,
Dieß edle Haupt hat nicht mehr, wo es ruht,
Mit ihren Thränen netzt sie ihre Wunden.

So hab' auch ich die Liebe jüngst gefunden,
Schön war ihr Wahnsinn, ihrer Wange Gluth,
Noch scherzend in der Frühlingsstürme Wuth,
Und milde Kränze in das Haar gewunden.

Wie? solche Schönheit konnt' ich einst verlassen?
So kommt nun doppelt schön das alte Glück;
O komm', in diese Arme dich zu fassen!

Doch wehe! welche Miene, welch ein Blick!
Sie küßt mich zwischen Lieben, zwischen Hassen, –
Sie kehrt sich ab – und kehrt mir nie zurück.

Wo find ich Trost?

Eine Liebe kenn' ich, die ist treu,
War getreu, so lang ich sie gefunden,
Hat mit tiefem Seufzen immer neu,
Stets versöhnlich, sich mit mir verbunden:

Welcher einst mit himmlischem Gedulden
Bitter bittern Todestropfen trank,
Hing am Kreuz und büßte mein Verschulden,
Bis es in ein Meer von Gnade sank.

Und wie kommts doch, daß ich traurig bin,
Daß ich angstvoll mich am Boden winde,
Frage: Hüter, ist die Nacht bald hin?
Und wer rettet mich von Tod und Sünde?

Arges Herze! Ja, gesteh' es nur,
Du hast wieder böse Lust empfangen,
Frommer Liebe, frommer Treue Spur,
Ach, das ist auf lange nun vergangen!

Dieses ist's auch, daß ich traurig bin,
Daß ich angstvoll mich am Boden winde.
Hüter, Hüter, ist die Nacht bald hin?
Und wer rettet mich von Tod und Sünde?

GUSTAV SCHWAB

Der Feiertag.
Romanze.[a]

Urahne, Großmutter, Mutter und Kind
In dumpfer Stube beysammen sind;
Es spielet das Kind, die Mutter sich schmückt,
Großmutter spinnet, Urahne gebückt
Sitzt hinter dem Ofen im Pfühl –
Wie wehen die Lüfte so schwül!

Das Kind spricht: „morgen ists Feiertag,
Wie will ich spielen im grünen Hag,
Wie will ich springen durch Thal und Höhn,
Wie will ich pflücken viel Blumen schön;
Dem Anger, dem bin ich hold!" –
Hört ihrs, wie der Donner grollt?

Die Mutter spricht: „morgen ists Feiertag,
Da halten wir alle fröhlich Gelag,
Ich selber ich rüste mein Feierkleid;
Das Leben es hat auch Lust nach Leid,
Dann scheint die Sonne wie Gold!" –
Hört ihrs, wie der Donner grollt?

Großmutter spricht: „morgen ists Feiertag,
Großmutter hat keinen Feiertag,
Sie kochet das Mahl, sie spinnet das Kleid,
Das Leben ist Sorg' und viel Arbeit;
Wohl dem, der thät, was er sollt'!" –
Hört ihrs, wie der Donner grollt?

Urahne spricht: „morgen ists Feiertag,
Am liebsten morgen ich sterben mag:
Ich kann nicht singen und scherzen mehr,
Ich kann nicht sorgen und schaffen schwer,
Was thu' ich noch auf der Welt?" –
Seht ihr, wie der Blitz dort fällt?

a) Am 30. Juni 1828 schlug der Blitz in ein, von zwey armen Familien be-
wohntes Haus der würtembergischen Stadt Tuttlingen, und tödtete von zehn
Bewohnern desselben vier Personen weiblichen Geschlechts, Großmutter,
Mutter, Tochter und Enkelin, die erste 71, die lezte 8 Jahre alt. Siehe Schwäb.
Merkur. 8. Jul. 1828, Nr. 163.

Sie hören's nicht, sie sehen's nicht,
35 Es flammet die Stube wie lauter Licht;
Urahne, Großmutter, Mutter und Kind
Vom Strahl miteinander getroffen sind,
Vier Leben endet Ein Schlag –
Und morgen ists Feiertag.

KÖNIG LUDWIG VON BAYERN

Nachruf an Missolunghi.

Dein Loos ist das glorwürdigste von allen,
Es zeigt die Weltgeschichte deines Gleichen nicht,
5 Nie ward so groß besiegt, wie du gefallen;
Der Minen Flamme dein verklärend Licht!

Des Feindes Schwerdt, es hat dich nicht bezwungen,
Du unterlagest blos der Hungersnoth;
Vertheidiger, ihr habet ihn errungen,
10 Den höchsten Ruhm, in dem freywill'gen Tod.

Gen Himmel deine Wälle, Häuser flogen,
Und in den Himmel schwebt' die Heldenschaar,
Der Feind ist in ein Grab nur eingezogen,
Und größer wird für ihn jetzt die Gefahr.

15 *Dein Sturz ist Sieg;* an Missolunghi's Mauern
Gebrochen ward des stolzen Feindes Macht,
Um seine besten Heere muß er trauern.
Ganz Hellas ist kampfsehnend jetzt erwacht.

a) Daß die auf Griechenland sich beziehenden Gedichte früher geschrieben
sind, als die Verwendung mehrerer großen Mächte für dasselbe statt fand oder
doch bekannt wurde, bemerkt der Verfasser hiemit ausdrücklich.

---

2 Missolunghi, *ein Hauptbollwerk der Griechen im griech. Freiheitskampf, war 1826 nach
langer Belagerung von den Türken genommen worden. Die Anm. des Verf. bezieht sich auf das
spätere Eintreten Englands, Frankreichs und Rußlands für die griech. Autonomie.*

Aus: Römische Distichen[a] .

VI.
Vesta-Tempel.

Klein bist du, doch warst du auch nur für Jungfern erbauet;
Für die Frauen, die treu, wärest in Rom du zu groß?

IX.
Der Brunnen auf Monte Cavallo.

Wasser entbehrten die Rosse, da stelltest du, Frommer[b], die
Schaale,
Welche den Kühen gedient, würdiger jener, hieher.

XI.
Villa Albani.

Kunst und Natur sind reizvoll hier mit einander vermählet;
Nur wo dieses der Fall, wurde das Höchste erreicht.

a) Mit Ausnahme einiger wenigen wurden diese Distichen in den Jahren
1820 und 1821 in Rom selbst geschrieben.

b) *Pius,* der Fromme, Anspielung auf den Pabst den VII. dieses Namens, den
er mit Recht führte. Vom Campo Vacino nach Monte Cavallo, vor die Mitte
beyder Pferd-Colosse, ließ er diese Schaale versetzen.

ADELBERT VON CHAMISSO

Deutsche Barden.
Eine Fiction.

Es schimmerten in röthlich heller Pracht
5   Die schnee'gen Gipfel über mir; es lagen
Die Thäler tief und fern in dunkler Nacht.

VESTA-TEMPEL 1 *In der 2. Aufl. (1829) mit der Anm.:* Nur als Scherz ist dieses
Distichon zu betrachten.

DEUTSCHE BARDEN 2 ff. *Veranlaßt durch das Erscheinen der* Gedichte *Ludwigs I.*
von Bayern im Jahre 1829.

Der frühe Nebel ward empor getragen;
Ich sah ihn in den Schluchten bald zerfließen,
Bald über mich die feuchte Hülle schlagen.

10 Den Bergstrom hört' ich brausend sich ergießen,
Das starre Meer des Gletschers sich zerspalten,
Und donnernde Lauvinen niederschießen.

Ich hatte Müh' den steilen Pfad zu halten,
Auf dem ich klomm zum hohen Bergesthor,
15 Von wo die Blicke ostwärts sich entfalten.

Und wie ich zu der Höhe mich empor
Geschwungen hatte, traf mit heimschem Klange
Hochdeutsche Mundart lockend mir das Ohr.

Ich stand gefesselt und ich lauschte lange,
20 Und hörte der gewalt'gen Rede Fluthen
Melodisch schwellend werden zum Gesange.

Es stand der Sänger einsam, in die Gluthen
Der Sonne starrend, die sich nun erhoben
Aus Wolken, die am Horizonte ruhten.

25 Der Schleyer, blutigroth aus Dunst gewoben,
Auf ebne, weite Landschaft ausgebreitet;
Das tiefe Blau der Himmelswölbung oben,

Die Bilder, so der Morgen hier bereitet,
Sie wurden auf der Griechen Heldenkampf
30 Verherrlichend vom Liede hingeleitet.

Ich hört' ihm zu, sah über Blut und Dampf
Die Freyheitssonne Hellas' sich erheben,
Das Leben siegen ob dem Todeskrampf:

Du goldne Freyheit, bist das Licht, das Leben;
35 Die blut'ge Taufe tilgt der Ketten Schmach;
Du hast Dir, Heldenvolk, das Seyn gegeben.

Er schwieg, ich lauschte noch; vortretend sprach
Den Mann ich an mit dargereichter Rechten:
Du deutscher Bard', der sich die Palme brach,

40 Du siehst mein Aug' von deines Liedes Mächten
Geschmückt noch mit der Thränen Perlenzier,
Und nicht ob meinem Antrag wirst du rechten.

Ich bin ein Deutscher, so wie du, und mir
Entströmet der Gesang aus Herzens Grunde
45   Um Freyheit, Recht und Glauben, so wie dir.

Die Wildniß bringt uns näher und die Stunde,
Was in der Brust wir tragen und im Schilde:
O reiche mir die Hand zu heil'gem Bunde!

Drauf er mit Wehmuth lächelnd und mit Milde:
50   Mich freut in deinem Aug' der Wiederschein
Von dem aus mir hervorgeblühten Bilde.

Doch blicke hier in's offne Thal hinein:
Du wirst auf jenem Pfade niedersteigen,
Und Mensch dort unten unter Menschen seyn.

55   Dein Wille, deine Kraft, sie sind dein eigen;
Du magst mit Lieb' und Haß in's Triebrad greifen,
Und magst, so wie du bist, dich offen zeigen.

Dort wird der Freundschaft edle Frucht dir reifen,
Dort gilt der Wärme glückliche Gewalt,
60   Die es verschmäht zu diesen Höh'n zu schweifen.

Blick' um uns her, wie lebensleer und kalt
Die starren Zinnen des Gebirges trauern:
Hier ist mein winterlicher Aufenthalt.

Sie sind der Völkerfreyheit feste Mauern,
65   Und sammeln still die Wolken für das Thal
Zu Quellensegen und zu Regenschauern.

Ich haus' in Sturm und Wolken hier zumal;
Dem dieser Alpen ist mein Schaffen gleich,
Ob aber liebend, ob aus freyer Wahl –?

70   Wer blickt in meines Herzens Schattenreich?
Wer fragt nach mir, der einsam ich verbannt
Aus menschlicher Genossenschaft Bereich?

Die flücht'ge Stunde, wo du mich erkannt,
Du magst in der Erinnerung sie feiern,
75   Wir sind getrennt, so bald ich mich genannt –

Ich bin der König Ludewig von Bayern.

JUSTINUS KERNER

Erwachen.

Ich lag im Schlaf in Träumen
In stiller Mitternacht
5   Wohl unter Blüthenbäumen
In sonnenheller Pracht.

Erwacht sah ich mit Trauer
Entlaubte Bäume nur,
Und düstrer Regenschauer
10   Durchbebte die Natur.

Ich lag im Schlaf in Träumen,
Ein Freund bot mir die Hand,
Ich reicht' ihm ohne Säumen
Auch meinige zum Pfand.

15   Erwacht mußt' ich erblicken,
Wie mit dem Dolch der Freund,
Stund hinter meinem Rücken –
Nun weiß ich, wie *der's* meynt!

Abschied möcht' ich Dir geben,
20   O Welt mit deinem Licht!
Hier innen ist mein Leben,
Da draußen ist es nicht!

LUDWIG UHLAND

Bertran de Born.

Droben auf dem schroffen Steine
Raucht in Trümmern Autafort,
5   Und der Burgherr steht gefesselt
Vor des Königs Zelte dort:
„Kamst Du, der mit Schwert und Liedern
Aufruhr trug von Ort zu Ort,
Der die Kinder aufgewiegelt
10   Gegen ihres Vaters Wort?

Steht vor mir, der sich gerühmet
In vermeßner Pralerey:
Daß ihm nie mehr, als die Hälfte
Seines Geistes nöthig sey?
15   Nun der halbe dich nicht rettet,
Ruf' den ganzen doch herbey,
Daß er neu dein Schloß dir baue,
Deine Ketten brech' entzwey!"

„Wie Du sagst, mein Herr und König!
20   Steht vor dir Bertran de Born,
Der mit einem Lied entflammte
Perigord und Ventadorn,
Der dem mächtigen Gebieter
Stets im Auge war ein Dorn,
25   Dem zu Liebe Königskinder
Trugen ihres Vaters Zorn.
Deine Tochter saß im Saale,
Festlich, eines Herzogs Braut,
Und da sang von ihr mein Bote,
30   Dem ein Lied ich anvertraut,

Sang, was einst ihr Stolz gewesen,
Ihres Dichters Sehnsucht laut,
Bis ihr leuchtend Brautgeschmeide
Ganz von Thränen war bethaut.

35   Aus des Oelbaums Schlummerschatten
Fuhr dein bester Sohn empor,
Als mit zorn'gen Schlachtgesängen
Ich bestürmen ließ sein Ohr.
Schnell war ihm das Roß gegürtet,
40   Und ich trug das Banner vor,
Jenem Todespfeil entgegen,
Der ihn traf vor Monforts Thor.

Blutend lag er mir im Arme,
Nicht der scharfe, kalte Stahl –
45   Daß er sterb' in deinem Fluche,
Das war seines Sterbens Qual.
Strecken wollt' er dir die Rechte
Über Meer, Gebirg und Thal,
Als er deine nicht erreichet,
50   Drückt' er meine noch einmal.

Da, wie Autafort dort oben,
Ward gebrochen meine Kraft;
Nicht die ganze, nicht die halbe
Blieb mir, Saite nicht, noch Schaft.
55 Leicht hast du den Arm gebunden,
Seit der Geist mir liegt in Haft;
Nur zu einem Trauerliede
Hatt' er noch sich aufgerafft."

Und der König senkt die Stirne:
60 „Meinen Sohn hast du verführt,
Hast der Tochter Herz verzaubert,
Hast auch meines nun gerührt.
Nimm die Hand, du Freund des Todten!
Die, verzeihend, ihm gebührt.
65 Weg die Fesseln! Deines Geistes
Hab' ich einen Hauch verspürt."

HEINRICH HEINE

Tragödie.

1.

„Entflieh' mit mir und sey mein Weib,
Und ruh' an meinem Herzen aus!
5 In weiter Fremde sey mein Herz
Dein Vaterland und Vaterhaus."

„Entflieh'n wir nicht, so sterb' ich hier,
Und du bist einsam und allein;
Und bleibst du auch im Vaterhaus,
10 Wirst doch wie in der Fremde seyn."

2.[a]

Es fiel ein Reif in der Frühlingsnacht,
Er fiel auf die zarten Blaublümelein;
Sie sind verwelket, verdorret.

---

a) Dieses zweite Lied ist ein rheinisches Volkslied, und nur das erste und
dritte habe ich selbst gedichtet. H. H. *[Das zweite Gedicht war, mit einer vierten
Strophe, am 25. 1. 1825 in der Rheinischen Flora erschienen – in der um dieselbe Zeit
auch Heine publizierte – und ist danach abgedruckt auf S. 297 dieses Bandes. A.d.H.]*

Ein Jüngling hatte ein Mädchen lieb;
Sie flohen heimlich von Hause fort,
Es wußt weder Vater noch Mutter.

Sie sind gewandert hin und her,
Sie haben gehabt weder Glück noch Stern,
Sie sind gestorben, verdorben.

3.

Auf ihrem Grab, da steht eine Linde,
Drin pfeifen die Vögel und Abendwinde,
Und drunter sitzt, auf dem grünen Platz,
Der Müllersknecht mit seinem Schatz.

Die Winde wehen so lind und so schaurig,
Die Vögel singen so süß und so traurig,
Die schwatzenden Buhlen sie werden stumm,
Sie weinen und wissen selbst nicht warum.

JOSEPH CHRISTIAN BARON ZEDLITZ

Die nächtliche Heerschau.

Nachts um die zwölfte Stunde
Verläßt der Tambour sein Grab,
Macht mit der Trommel die Runde,
Geht wirbelnd auf und ab.

Mit seinen entfleischten Armen
Rührt er die Schlegel zugleich,
Schlägt manchen guten Wirbel,
Reveil und Zapfenstreich!

Die Trommel klinget seltsam,
Hat gar einen starken Ton,
Die alten todten Soldaten
Erwachen im Grab davon.

Und die im tiefen Norden
Erstarrt in Schnee und Eis,
Und die in Welschland liegen,
Wo ihnen die Erde zu heiß;

Und die der Nilschlamm decket,
20 Und der arabische Sand,
Sie steigen aus ihren Gräbern,
Sie nehmen's Gewehr zur Hand!

Und um die zwölfte Stunde
Verläßt der Trompeter sein Grab,
25 Und schmettert in die Trompete
Und reitet auf und ab.

Da kommen auf luftigen Pferden
Die todten Reiter herbei,
Die blut'gen alten Schwadronen
30 In Waffen mancherlei.

Es grinsen die weißen Schädel
Wohl unterm Helm hervor,
Es halten die Knochenhände
Die langen Schwerter empor. –

35 Und um die zwölfte Stunde
Verläßt der Feldherr sein Grab,
Kommt langsam hergeritten,
Umgeben von seinem Stab.

Er trägt ein kleines Hütchen,
40 Er trägt ein einfach Kleid,
Und einen kleinen Degen
Trägt er an seiner Seit'.

Der Mond mit gelbem Lichte
Erhellt den weiten Plan,
45 Der Mann im kleinen Hütchen –
Sieht sich die Truppen an.

Die Reihen präsentiren
Und schultern das Gewehr,
Dann zieht mit klingendem Spiele
50 Vorüber das ganze Heer.

Die Marschäll' und Generale
Schließen um ihn einen Kreis.
Der Feldherr sagt dem Nächsten
Ins Ohr ein Wörtlein leis;

55   Das Wort geht in der Runde
          Klingt wieder fern und nah:
          „Frankreich" heißt die Parole,
          Die Losung „St. Helena! –" –

          Dieß ist die große Parade
60   Im eliseischen Feld,
          Die um die zwölfte Stunde
          Der todte Cäsar hält.

                KARL VON HOLTEI

          Ford're Niemand mein Schicksal zu hören,
          Dem das Leben noch wonnevoll winkt,
          Ja wohl könnte ich Geister beschwören,
5   Die der Acheron besser verschlingt.
          Aus dem Leben mit Schlachten verkettet,
          Aus dem Kampfe von Lorbeer umlaubt,
          Hab' ich nichts, hab' ich gar nichts gerettet,
          Als die Ehr' und dies alternde Haupt.

10   Keine Hoffnung ist Wahrheit geworden,
          Selbst des Jünglings hochklopfende Brust
          Hat im liebeblühenden Norden
          Ihrer Liebe entsagen gemußt. –
          Zu des Vaterlands Rettung berufen,
15   Schwer verwundet, von Feinden umschnaubt,
          Blieb mir unter den feindlichen Hufen
          Nur die Ehr' und dies alternde Haupt.

          In Amerika sollte ich steigen
          Und in Polen entsagt' ich der Welt,
20   Lasset mich meinen Namen verschweigen,
          Ich bin nichts als ein sterbender Held.
          O mein Vaterland, dich nur beklag' ich,
          Ja, du bist deines Glanzes beraubt, –
          Dich beweinend zum Grabe hin trag' ich
25   Meine Ehr' und mein sinkendes Haupt.

---

2 ff. Das lange Zeit beliebte und viel gesungene Lied wird im (hier zugrunde gelegten) Erstdruck von einem alten Feldherrn, *dem Helden des gleichnamigen Holteischen* Liederspiels, *vorgetragen.*

LUISE HENSEL*

Nachtgebet.

Müde bin ich, geh zur Ruh,
Schließe beyde Äuglein zu:
Vater, laß die Áugen dein
Über meinem Bette seyn!

Hab' ich Unrecht heut gethan,
Sieh es, lieber Gott, nicht an!
Deine Gnad' und Jesu Blut
Macht ja allen Schaden gut.

Alle, die mir sind verwandt,
Gott, laß ruhn in deiner Hand.
Alle Menschen, groß und klein,
Sollen dir befohlen seyn.

Kranken Herzen sende Ruh,
Nasse Augen schließe zu;
Laß den Mond am Himmel stehn,
Und die stille Welt besehn!

KARL IMMERMANN

Anrufung der Musen.

„Naht Musen Euch! Daß sich mein Geist entzünde!
Ein groß Gedicht sey meinem Mund entflossen,
Naht Ihr Camönen, dem gelahrten Sprossen!"
Ruft August, Graf von Platen-Hallermünde.

Und wirklich naht sich was. Blank, ohne Sünde
Nahn Jamben sich, Spondäen und Molossen,
Trochä'n, Pyrrhichien, Ottaven, Glossen,
Die ganze Metrik stehet in der Ründe.

Nicht fehlt der Anapäst zu Fest und Schmause,
Dactylen scherzen auf des Grafen Diehle;
Wo aber sind die Musen bei dem Spiele?

Die blieben alle leider aus dem Hause.
Nicht reizet sie die Ladung des Pedanten,
Sie schickten höflich Vers' als Remplaçanten.

JOHANN WOLFGANG VON GOETHE

Der Bräutigam.

Um Mitternacht, ich schlief, im Busen wachte
Das liebevolle Herz, als wär' es Tag;
Der Tag erschien, mir war als ob es nachte,
Was ist es mir, soviel er bringen mag.

Sie fehlte ja, mein emsig Thun und Streben,
Für sie allein ertrug ich's durch die Gluth
Der heißen Stunde, welch erquicktes Leben
Am kühlen Abend! lohnend war's und gut.

Die Sonne sank und Hand in Hand verpflichtet
Begrüßten wir den letzten Segensblick,
Und Auge sprach, in's Auge klar gerichtet,
Von Osten, hoffe nur, sie kommt zurück.

Um Mitternacht der Sterne Glanz geleitet
Im holden Traum zur Schwelle, wo sie ruht.
O sey auch mir dort auszuruhn bereitet,
Wie es auch sey das Leben, es ist gut.

Vermächtniß.

Kein Wesen kann zu nichts zerfallen,
Das Ew'ge regt sich fort in allen,
Am Seyn erhalte dich beglückt!
Das Seyn ist ewig, denn Gesetze
Bewahren die lebend'gen Schätze
Aus welchen sich das All geschmückt.

Das Wahre war schon längst gefunden,
Hat edle Geisterschaft verbunden,
Das alte Wahre fass' es an.
Verdank' es, Erdensohn, dem Weisen
Der ihr die Sonne zu umkreisen
Und dem Geschwister wies die Bahn.

Sofort nun wende dich nach innen,
Das Centrum findest du da drinnen
Woran kein Edler zweifeln mag.
Wirst keine Regel da vermissen,
Denn das selbstständige Gewissen
Ist Sonne deinem Sittentag.

20 Den Sinnen hast du dann zu trauen,
  Kein Falsches lassen sie dich schauen
  Wenn dein Verstand dich wach erhält.
  Mit frischem Blick bemerke freudig,
  Und wandle, sicher wie geschmeidig,
25 Durch Auen reichbegabter Welt.

  Genieße mäßig Füll' und Segen,
  Vernunft sey überall zugegen
  Wo Leben sich des Lebens freut.
  Dann ist Vergangenheit beständig,
30 Das Künftige voraus lebendig,
  Der Augenblick ist Ewigkeit.

  Und war es endlich dir gelungen,
  Und bist du vom Gefühl durchdrungen:
  Was fruchtbar ist allein ist wahr;
35 Du prüfst das allgemeine Walten,
  Es wird nach seiner Weise schalten,
  Geselle dich zur kleinsten Schaar.

  Und wie von Alters her, im stillen,
  Ein Liebewerk, nach eignem Willen,
40 Der Philosoph, der Dichter schuf;
  So wirst du schönste Gunst erzielen:
  Denn edlen Seelen vorzufühlen
  Ist wünschenswerthester Beruf.

  Im ernsten Beinhaus war's wo ich beschaute
  Wie Schädel Schädeln angeordnet passten;
  Die alte Zeit gedacht' ich, die ergraute.
  Sie stehn in Reih' geklemmt, die sonst sich hassten,
5 Und derbe Knochen die sich tödtlich schlugen
  Sie liegen kreuzweis, zahm allhier zu rasten.
  Entrenkte Schulterblätter! was sie trugen
  Fragt niemand mehr, und zierlich thät'ge Glieder,
  Die Hand, der Fuß zerstreut aus Lebensfugen.
10 Ihr Müden also lagt vergebens nieder,
  Nicht Ruh im Grabe ließ man euch, vertrieben
  Seyd ihr herauf zum lichten Tage wieder,
  Und niemand kann die dürre Schale lieben,
  Welch herrlich edlen Kern sie auch bewahrte.

15   Doch mir Adepten war die Schrift geschrieben,
Die heil'gen Sinn nicht jedem offenbarte,
Als ich in Mitten solcher starren Menge
Unschätzbar herrlich ein Gebild gewahrte,
Daß in des Raumes Moderkält und Enge
20   Ich frei und wärmefühlend mich erquickte,
Als ob ein Lebensquell dem Tod entspränge.
Wie mich geheimnißvoll die Form entzückte!
Die gottgedachte Spur, die sich erhalten!
Ein Blick der mich an jenes Meer entrückte
25   Das fluthend strömt gesteigerte Gestalten.
Geheim Gefäß! Orakelsprüche spendend,
Wie bin ich werth dich in der Hand zu halten?
Dich höchsten Schatz aus Moder fromm entwendend,
Und in die freie Luft, zu freiem Sinnen,
30   Zum Sonnenlicht andächtig hin mich wendend.
Was kann der Mensch im Leben mehr gewinnen
Als daß sich Gott-Natur ihm offenbare?
Wie sie das Feste läßt zu Geist verrinnen,
Wie sie das Geisterzeugte fest bewahre.

(1805?)   Bemerkung bei Präsentation eines Cirkularschreibens, mit
welchem *Göthe'n* ein Bild vorgelegt worden, das *alte Jungfern*
vorstellt, wie sie gesattelte und gezäumte *Hagestolze* im Tar-
tarus dem Höllenrichter zureiten:

5   Ich wüßte nicht, daß ich ein Grau'n verspürte
Vor jenen Alten in der Unterwelt;
Wenn nur nicht jede, die mir hier gefällt,
Hier oben mich nach Wunsch regierte.

(1826.)   Unter ein kleines Bild, das einen mit der Leier gen Himmel
10   schwebenden Adler darstellt:

Bei Tag der Wolken formumformend Weben!
Bei Nacht des Sternenheeres glühend Leben!
Mit reinen Saiten wag' empor zu dringen;
Du wirst der Sphären ew'ge Lieder singen.

---

34 *Im Erstdruck, am Schluß der* Wanderjahre, *folgt auf die Schlußzeile in gleicher
Schrifttype der wohl auf den Roman bezügliche Zusatz:* (Ist fortzusetzen).

1–4 *Der Vorfall – Sendung des oben beschriebenen Rundschreibens an die weimarischen
Junggesellen – ereignete sich im Jahre 1801.*

15 (1826.) Unter ein anderes Exemplar desselben Bildes:

> Sollen immer unsre Lieder
> Nach dem höchsten Aether dringen?
> Bringe lieber sie hernieder
> Daß wir Lieb und Liebchen singen.

20 (1827.) Unter eine Ansicht des im schönen Großherzogl. Parke bei
Weimar befindlichen „Römischen Hauses“:

> Römisch mag man's immer nennen,
> Doch wir den Bewohner kennen,
> Dem der ächte deutsche Sinn,
25 > Ja, der Weltsinn ist Gewinn.

(1827.) Unter eine Ansicht der ebendaselbst befindlichen „Klause“:

> Der's gebaut vor funfzig Jahren
> Sieht es noch am Wege stehn,
> Liebespaar vorüber gehn,
30 > Wie wir andre damals waren.

> Als die Büsche lieblich kühlten,
> Lichter mit dem Schatten spielten,
> Zu gesellig frohem Leben,
> Wie wir's euch nun übergeben.

1830

JUSTINUS KERNER

Der Wanderer in der Sägmühle.

> Dort unten in der Mühle
> Saß ich in süßer Ruh
5 > Und sah dem Räderspiele,
> Und sah den Wassern zu.

> Sah zu der blanken Säge,
> Es war mir wie ein Traum,
> Die bahnte lange Wege
10 > In einen Tannenbaum.

---

23 *Carl August.*   27 *Goethe.*

Die Tanne war wie lebend,
In Trauermelodie
Durch alle Fasern bebend,
Sang *diese* Worte sie:

15 „Du trittst zur rechten Stunde,
O Wanderer! hier ein,
Du bist's, für den die Wunde
Mir dringt in's Herz hinein."

„*Du bist's*, für den wird werden,
20 Wenn kurz gewandert du,
Dieß Holz, im Schooß der Erden,
Ein Schrein zur langen Ruh."

Vier Bretter sah ich fallen,
Mir ward's um's Herze schwer,
25 Ein Wörtlein wollt' ich lallen,
Da ging das Rad nicht mehr.

JOHANN WOLFGANG VON GOETHE

Und wenn mich am Tag die Ferne
Blauer Berge sehnlich zieht,
Nachts das Übermaaß der Sterne
5 Prächtig mir zu Häupten glüht.

Alle Tag und alle Nächte
Rühm' ich so des Menschen Loos;
Denkt er ewig sich in's Rechte,
Ist er ewig schön und groß.

Chinesisch-Deutsche Jahres- und Tageszeiten.

I.

Sag was könnt' uns Mandarinen,
Satt zu herrschen, müd zu dienen,
Sag was könnt' uns übrig bleiben
5 Als in solchen Frühlingstagen
Uns des Nordens zu entschlagen
Und am Wasser und im Grünen
Fröhlich trinken, geistig schreiben,
Schaal' auf Schaale, Zug in Zügen?

II.

Weiß wie Lilien, reine Kerzen,
Sternen gleich, bescheidner Beugung,
Leuchtet aus dem Mittelherzen
Roth gesäumt die Glut der Neigung.

5 So frühzeitige Narzyssen
Blühen reihenweis im Garten.
Mögen wohl die Guten wissen
Wen sie so spaliert erwarten.

III.

Ziehn die Schaafe von der Wiese,
Liegt sie da, ein reines Grün,
Aber bald zum Paradiese
Wird sie bunt geblümt erblühn.

5 Hoffnung breitet lichte Schleyer
Nebelhaft vor unsern Blick:
Wunscherfüllung, Sonnenfeyer
Wolkentheilung bring' uns Glück.

IV.

Der Pfau schreyt häßlich, aber sein Geschrey
Erinnert mich an's himmlische Gefieder,
So ist mir auch sein Schreyen nicht zuwider.
Mit Indischen Gänsen ist's nicht gleicherley,
5 Sie zu erdulden ist unmöglich:
Die Häßlichen sie schreyen unerträglich.

V.

Entwickle deiner Lüste Glanz
Der Abendsonne goldnen Stralen,
Laß deines Schweifes Rad und Kranz,
Kühn-äugelnd ihr entgegen prahlen.
5 Sie forscht wo es im Grünen blüht,

Im Garten überwölbt vom Blauen;
Ein Liebespaar wo sie's ersieht,
Glaubt sie das Herrlichste zu schauen.

VI.

Der Guckuck wie die Nachtigall
Sie mögten den Frühling fesseln,
Doch drängt der Sommer schon überall
Mit Disteln und mit Nesseln;
5   Auch mir hat er das leichte Laub
An jenem Baum verdichtet,
Durch das ich sonst zu schönstem Raub
Den Liebesblick gerichtet;
Verdeckt ist mir das bunte Dach,
10 Die Gitter und die Pfosten,
Wohin mein Auge spähend brach,
Dort ewig bleibt mein Osten.

VII.

War schöner als der schönste Tag,
Drum muß man mir verzeihen,
Daß ich Sie nicht vergessen mag
Am wenigsten im Freyen.
5   Im Garten war's, Sie kam heran,
Mir ihre Gunst zu zeigen;
Das fühl' ich noch und denke dran,
Und bleib' ihr ganz zu eigen.

VIII.

Dämmrung senkte sich von oben,
Schon ist alle Nähe fern;
Doch zuerst emporgehoben
Holden Lichts der Abendstern!
5   Alles schwankt in's Ungewisse,
Nebel schleichen in die Höh';
Schwarzvertiefte Finsternisse
Wiederspiegelnd ruht der See.

Nun im östlichen Bereiche
10 Ahnd' ich Mondenglanz und Glut,
Schlanker Weiden Haargezweige
Scherzen auf der nächsten Flut.
Durch bewegter Schatten Spiele
Zittert Luna's Zauberschein,
15 Und durch's Auge schleicht die Kühle
Sänftigend in's Herz hinein.

IX.

Nun weiß man erst was Rosenknospe sey,
Jetzt da die Rosenzeit vorbey;
Ein Spätling noch am Stocke glänzt
Und ganz allein die Blumenwelt ergänzt

X.

Als Allerschönste bist du anerkannt,
Bist Königinn des Blumenreichs genannt;
Unwidersprechlich allgemeines Zeugniß,
Streitsucht verbannend, wundersam Ereigniß!
5 Du bist es also, bist kein bloßer Schein,
In dir trifft Schau'n und Glauben überein;
Doch Forschung strebt und ringt, ermüdend nie,
Nach dem Gesetz, dem Grund *Warum* und *Wie*.

XI.

Mich ängstigt das Verfängliche
Im widrigen Geschwätz,
Wo nichts verharret alles flieht,
Wo schon verschwunden was man sieht;
5 Und mich umfängt das bängliche
Das graugestrickte Netz. –
„Getrost! Das Unvergängliche
Es ist das ewige Gesetz
Wonach die Ros' und Lilie blüht."

XII.

Hingesunken alten Träumen
Buhlst mit Rosen, sprichst mit Bäumen,
Statt der Mädchen statt der Weisen;
Können das nicht löblich preisen,
Kommen deshalb die Gesellen
Sich zur Seite dir zu stellen,
Finden, dir und uns zu dienen,
Pinsel, Farbe, Wein im Grünen.

XIII.

Die stille Freude wollt ihr stören?
Laßt mich bey meinem Becher Wein;
Mit andern kann man sich belehren,
Begeistert wird man nur allein.

XIV.

„Nun denn! Eh wir von hinnen eilen
Hast noch was Kluges mitzutheilen?"

Sehnsucht in's Ferne, Künftige zu beschwichtigen,
Beschäftige dich hier und heut im Tüchtigen.

Editorische Notiz

Textgestaltung, Orthographie und Interpunktion sind durchweg die der Erstdrucke. Anzumerken sind lediglich die folgenden typographisch bedingten Abweichungen in der Schreibung: 1. I und J werden nach dem Lautwert differenziert (während sich in dem – von den Originalen immer noch überwiegend benutzten – Fraktursatz, gelegentlich auch im Antiquasatz hierfür nur ein Zeichen findet); 2. die Schreibungen Ae, Oe, Ue der Originale – Folge des Fehlens eigener Großbuchstaben für die Umlaute – werden durch Ä, Ö, Ü ersetzt. Die Regel 2 wird nicht angewandt in Namen und in Wörtern griechischen und lateinischen Ursprungs; Schreibungen wie ,Aether' oder ,Aeolsharfe' blieben also erhalten. – Erhalten blieb auch, soweit irgend möglich, die graphische Gestalt der Originale. Nur die häufig angewandte Einrückung zur Kennzeichnung einer neuen Strophe oder Versgruppe wurde aufgegeben zugunsten einer einheitlichen Kennzeichnung durch größeren Zeilenabstand. Grundsätzlich erhalten blieben dagegen die Zeileneinzüge und -abstände in Oden und Sonetten. Initialen wurden nicht nachgebildet, Sperrdruck durch Kursivierung ersetzt. – Druckfehler wurden stillschweigend korrigiert, sofern das ursprünglich Gemeinte eindeutig erkennbar war; anderenfalls wird der Originaltext in den Anmerkungen mitgeteilt. – Gedichtüberschriften in Winkelklammern, z. B. ›Assonanzenlied‹ (S. 206), sind dem Kontext entnommen, das eben genannte Beispiel etwa der erzählerischen Überleitung in Eichendorffs *Ahnung und Gegenwart*. – Anonymes oder pseudonymes Erscheinen von Gedichten wird durch ein Sternchen beim Autornamen bezeichnet.

Verzeichnis der Quellen

Die Anordnung der Quellen entspricht der Reihenfolge ihres Auftretens in dieser Anthologie. Angegeben wird jeweils der Originaltitel und darauf, in heutiger Schreibweise, Ort und (nominelles) Erscheinungsdatum. Bei Almanachen und sonstigen Periodika folgt darauf die Angabe der weiteren benutzten Jahrgänge, wobei Änderungen des Titels in eckigen Klammern hinter der jeweiligen Jahreszahl vermerkt werden. Bei Periodika und Sammelwerken aller Art werden überdies die Namen der Autoren, von denen Gedichte aufgenommen worden sind, in Kursivdruck hinzugefügt.

1 Taschenbuch für Frauenzimmer von Bildung. auf das Jahr 1800. Herausgegeben von C. L. Neuffer. – Stuttgart [o. J.]   *Böhlendorff, Hölderlin, Neuffer*

2 Brittischer Damenkalender und Taschenbuch für das Jahr Achtzehnhundert. – Frankfurt am Main 1800   *Hölderlin*

3 Memnon. Eine Zeitschrift. Herausgegeben von August Klingemann. Erster Band [1. Stück]. – Leipzig 1800   *Brentano, Winkelmann*

4 Aglaja. Jahrbuch für Frauenzimmer auf 1801. Herausgegeben von N. P. Stampeel. – Frankfurt am Main [o. J.]   *Hölderlin*

5 Kolathiskos von Sophie Mereau Erstes Bändchen – Berlin 1801   *Brentano*

6 [Clemens Brentano:] Godwi oder Das steinerne Bild der Mutter. Ein verwilderter Roman von Maria. [1. Bd.] – Bremen 1801

7 [Clemens Brentano:] Godwi oder Das steinerne Bild der Mutter. Ein verwilderter Roman von Maria. Zweiter Band. Herausgegeben von den Freunden des Verstorbenen, mit Nachrichten von seinem Leben, seinen Arbeiten und seinem Tode. – Bremen 1802   *Brentano, unbekannter Verfasser*

8 Novalis Schriften. Herausgegeben von Friedrich Schlegel und Ludwig Tieck. Zweiter Theil. – Berlin 1802

9 Musen-Almanach für das Jahr 1802. Herausgegeben von A. W. Schlegel und L. Tieck. – Tübingen 1802
   Fr. L. v. Hardenberg, Schelling, A. W. Schlegel, F. Schlegel, Süvern, Tieck

10 Flora. Teutschlands Töchtern geweiht. Eine Quartalschrift von Freunden und Freundinnen des schönen Geschlechts. Zehnter Jahrgang. Viertes Vierteljahr. – Tübingen 1802   *Hölderlin*

Verzeichnis der Quellen

11 Taschenbuch für das Jahr 1802. Herausgegeben von Johann Georg Jacobi. – Hamburg [o. J.]   *Baggesen, Brun, Voß*

12 Barden-Almanach der Teutschen, für 1802. Herausgegeben von Gräter und Münchhausen. – Neu-Strelitz [o. J.]   *Münchhausen*

13 Taschenbuch für Damen auf das Jahr 1802. Herausgegeben von Huber, Lafontaine, Pfeffel und andern. – Tübingen [o. J.] – *Weitere benutzte Jahrgänge:* 1817 *[ohne Angabe der Herausgeber].* 1829 *[ebenfalls]*   *Goethe, Heine, Schiller, Zedlitz*

14 Gedichte von Friederich Schiller. Zweyter Theil. – Leipzig 1803

15 Spaziergang nach Syrakus im Jahre 1802 von J. G. Seume. – Braunschweig und Leipzig 1803

16 Neuer Teutscher Merkur. Herausgegeben von C. M. Wieland. Zehntes Stück, 1803. – Weimar 1803   *Seume*

17 Poetisches Taschenbuch Herausgegeben von Gramberg und Böhlendorff. – Berlin 1803   *Böhlendorff, Gramberg*

18 Musenalmanach für das Jahr 1803. Herausgegeben von Bernhard Vermehren. Zweiter Jahrgang. – Jena [o. J.]   *Conz*

19 Europa. Eine Zeitschrift. Herausgegeben von Friedrich Schlegel. Erster Band. – Frankfurt a. M. 1803   *Bernhardi-Tieck, A. W. Schlegel*

20 Die Lustigen Musikanten. Singspiel von Clemens Brentano. – Frankfurt am Main 1803

21 [Johann Peter Hebel:] Allemannische Gedichte. Für Freunde ländlicher Natur und Sitten. – Karlsruhe 1803

22 Iris. Ein Taschenbuch für 1804. Herausgegeben von J. G. Jacobi. – Zürich [o. J.] – *Weitere benutzte Jahrgänge:* 1811. 1812   *J. G. Jacobi, Klamer Schmidt*

23 Hundert Hyperbeln auf Herrn Wahls große Nase, in erbauliche hochdeutsche Reime gebracht von Fr. Hophthalmos [Johann Christoph Friedrich Haug], der sieben freyen Künste Magister. – [Stuttgart 1804]

24 Taschenbuch auf das Jahr 1804. Herausgegeben von Wieland und Goethe. – Tübingen [o. J.]   *Goethe*

25 Kaiser Octavianus. Ein Lustspiel in zwei Theilen von Ludwig Tieck. – Jena 1804

26 Ponce de Leon. Ein Lustspiel von Clemens Brentano. – Göttingen 1804

27 Ariel's Offenbarungen. Roman. Herausgegeben von L. A. von Arnim. Erstes Buch. – Göttingen 1804

28 Gedichte und Phantasien von Tian [Caroline von Günderode]. – Hamburg und Frankfurt 1804

29 Luna, ein Taschenbuch auf das Jahr 1805. Herausgegeben von Franz Horn. – Leipzig, Züllichau und Freistadt 1805   *Brachmann*

30 Taschenbuch für das Jahr 1805. Der Liebe und Freundschaft gewidmet. – Frankfurt am Main [o. J.]   *Hölderlin*

31 Goethe's Werke. Erster Band. – Tübingen 1806

32 Würtembergisches Taschenbuch auf das Jahr 1806 für Freunde und Freundinnen des Vaterlandes. – Ludwigsburg [o. J.]   *Hölderlin*

33 Glauben und Poesie. Zum Frühlinge des Jahres 1806. Eine Sammlung von Dichtungen, und Bruchstücken in Prosa, von mehreren Verfassern, herausgegeben von Lucian [J. Erichson und I. v. Sinclair]. – Berlin 1806
Siegfried Schmid, Sinclair

34 Mein Sommer 1805. J. G. Seume. – [Leipzig] 1806

35 Minerva. Ein Journal historischen und politischen Inhalts. Herausgegeben von J. W. v. Archenholz, vormals Hauptmann in Königl. Preußischen Diensten. Junius. 1806. – Hamburg [1806]   *Müchler*

36 Des Knaben Wunderhorn. Alte deutsche Lieder gesammelt von L. A. v. Arnim und Clemens Brentano. Erster Band. – Heidelberg 1806

37 Berlinische Musikalische Zeitung. Herausgegeben von Johann Friedrich Reichardt, Königl. Preuß. Capellmeister. Zweiter Jahrgang Nro. 10. – Berlin 1806   *Unbekannter Verfasser*

38 Taschenbuch zum geselligen Vergnügen. Siebzehnter Jahrgang 1807. Mit Sächsischem Privilegium herausgegeben von W. G. Becker. – Leipzig [o. J.] – *Weitere benutzte Jahrgänge:* 1808. 1821 [W. G. Becker's Taschenbuch zum geselligen Vergnügen. Herausgegeben von Friedrich Kind. Auf das Jahr 1821. – Leipzig [o. J.]
Brachmann, Grillparzer, G. Ph. Schmidt

39 Morgenblatt für gebildete Stände. – Tübingen [Cotta]. 1807. 1808. 1816. 1825. 1826. 1828. 1829. 1830
Baggesen, Chamisso, Goethe, Kerner, Mörike, Platen, Richter, Schwab, Uhland, Voß

40 Dichter-Garten. Erster Gang. Violen. Herausgegeben von Rostorf [K. G. A. von Hardenberg]. – Würzburg 1807
G. A. v. Hardenberg, K. G. A. v. Hardenberg, F. Schlegel

Verzeichnis der Quellen

41 Musenalmanach für das Jahr 1807. Herausgegeben von Leo Freiherrn von Seckendorf. – Regensburg [o. J.] – *Weiterer benutzter Jahrgang:* 1808
Hölderlin, Uhland, Werner

42 Guido. Von Isidorus Orientalis [Otto Heinrich Graf von Loeben]. – Mannheim 1808

43 Blætter aus dem Reisebüchlein eines andæchtigen Pilgers. Von Isidorus [Otto Heinrich Graf von Loeben]. – Mannheim 1808

44 Zeitschrift für Wissenschaft und Kunst herausgegeben von Friedrich Ast, Doctor der Philosophie, königl. baierschem Rathe, ordentl. Professor der Philologie und Ehrenmitgliede der lateinischen Gesellschaft zu Jena. Erster Band. – Landshut 1808 – *Weiterer benutzter Jahrgang:* 1810
J. v. Eichendorff, W. v. Eichendorff, Loeben, Loew, Rottmanner, F. Schlegel

45 Jenaische Allgemeine Literaturzeitung. 4. Junius, 1808. Nr. 131 *Voß*

46 Phöbus. Ein Journal für die Kunst. Herausgegeben von Heinrich v. Kleist und Adam H. Müller. Siebentes Stück. Julius 1808. – Dresden [1808] *Wetzel*

47 Des Knaben Wunderhorn. Alte deutsche Lieder gesammelt von L. A. v. Arnim und Clemens Brentano. Zweyter Band. Dritter Band. – Heidelberg 1808

48 Zeitung für Einsiedler. – Heidelberg 1808 *Arnim, B. Brentano, Uhland*

49 Der Wintergarten. Novellen von Ludwig Achim von Arnim. – Berlin 1809

50 Armuth Reichthum Schuld und Buße der Gräfin Dolores Eine wahre Geschichte zur lehrreichen Unterhaltung armer Fräulein aufgeschrieben von Ludwig Achim v. Arnim Erster Band mit Melodien – Berlin [1809]

51 Taschenbuch für Liebende. Auf's Jahr 1810. Herausgegeben von Baggesen. – Tübingen [o. J.] *Koreff*

52 Der Karfunkel oder Klingklingel-Almanach. Ein Taschenbuch für vollendete Romantiker und angehende Mystiker. Auf das Jahr der Gnade 1810. Herausgegeben von Baggesen. – Tübingen [o. J.] *Baggesen, Martens, Voss (der Jüngere)*

53 Charis. Taschenbuch auf das Jahr 1811. Herausgegeben von Friedrich Lehr. – Tübingen [o. J.] *Fouqué*

54 Phantasus. Eine Sammlung von Mährchen, Erzählungen, Schauspielen und Novellen, herausgegeben von Ludwig Tieck. Erster Band. – Berlin 1812

55 Poetischer Almanach für das Jahr 1812. Besorgt von Justinus Kerner. – Heidelberg [o. J.] *Chamisso, Fouqué, Kerner, Mayer, Schoppe*

56 Die Musen. Herausgegeben von Friedrich Baron de la Motte Fouqué und Wilhelm Neumann. – Berlin 1812 – *Weiterer benutzter Jahrgang:* 1814
Calenberg, Uhland

57 [Ernst Moritz Arndt:] Kurzer Katechismus für teutsche Soldaten, nebst einem Anhang von Liedern. – St. Petersburg 1812

58 Deutscher Dichterwald. von Justinus Kerner, Friedrich Baron de la Motte Fouqué, Ludwig Uhland und Andern. – Tübingen 1813
Eichendorff, Kerner, Schwab, Uhland

59 Der Diwan von Mohammed Schemsed-din Hafis. Aus dem Persischen zum erstenmal ganz übersetzt von Joseph v. Hammer, K. K. Rath und Hof-Dollmetsch, Mitglied der Akademie von Göttingen, Korrespondent des Instituts von Holland. Zweiter Theil. – Stuttgart und Tübingen 1813

60 Rußlands Triumph. Oder das erwachte Europa. Drittes Heft. Deutschland 1813
Kleist

61 Berlinische Nachrichten von Staats- und gelehrten Sachen. 21. August 1813. Nr. 100
Körner

62 Drei Deutsche Gedichte von Theodor Körner Jäger beim Lützowschen Freicorps. – Berlin 1813

63 Deutsche Gedichte von Freimund Raimar [Friedrich Rückert]. – [Heidelberg] 1814

64 Goethe's Werke. Erster Band. Zweyter Band. – Stuttgart und Tübingen 1815

65 Ahnung und Gegenwart. Ein Roman von Joseph Freiherrn von Eichendorff. Mit einem Vorwort von de la Motte Fouqué. – Nürnberg 1815

66 Frauentaschenbuch für das Jahr 1816 von de la Motte Fouqué. – Nürnberg [o. J.] – *Weitere benutzte Jahrgänge:* 1817. 1818. 1819. 1825 *[ohne Angabe des Herausgebers]*
Brachmann, Eichendorff, Haugwitz, Platen

67 Die Hesperiden. Blüthen und Früchte aus der Heimath der Poesie und des Gemüths. Herausgegeben von Isidorus [Otto Heinrich Graf von Loeben]. – Leipzig 1816
W. v. Eichendorff, Loeben

68 Phantasus. Eine Sammlung von Mährchen, Erzählungen, Schauspielen und Novellen, herausgegeben von Ludwig Tieck. Dritter Band. – Berlin 1816

69 Deutsche Frühlingskränze für 1816 von Isidorus [Otto Heinrich Graf von Loeben], Max v. Schenkendorf, Gustav Schwab, K. A. Varnhagen von Ense, Dr. F. G. Wetzel, Karl v. Oberkamp u. A. Herausgegeben von Johann Peter von Hornthal. – Bamberg und Würzburg 1816
Rückert

Verzeichnis der Quellen

70 [Ludwig Uhland:] Sechs vaterländische Gedichte. – Würtemberg 1816

71 Zur Naturwissenschaft überhaupt, besonders zur Morphologie. Von Goethe. – Stuttgart und Tübingen. 1817. 1820. 1823

72 Ueber Kunst und Alterthum in den Rhein- und Mayn-Gegenden. Von Goethe. – Stuttgart. 1817. 1820 *[Titel ohne den Zusatz in den Rhein- und Mayn-Gegenden. Ebenso in den folgenden Bänden.]* 1824. 1826. 1827

73 Hamburgs Wächter. – [Hamburg.] 1817   *Heine*

74 Aurikeln. Eine Blumengabe von deutschen Händen, herausgegeben von Helmina von Chezy geb. Freyin von Klencke. Erster Band. – Berlin 1818
Blankensee

75 Gaben der Milde. Viertes Bändchen. Mit Beiträgen von L. Achim von Arnim, F. W. Gubitz, Heraklius, C. F. E. Ludwig, Wilh. Müller, L. Velhar und Julius von Voss. – Berlin 1818   *W. Müller*

76 Die Sängerfahrt. Eine Neujahrsgabe für Freunde der Dichtkunst und Mahlerey, mit Beyträgen von Ludwig Tieck und W. v. Schütz, von Ziebingen an der Oder. Max v. Schenkendorf, von Köln am Rhein. Clemenz Brentano, von Frankf. am Main. Karl Förster, von Dresden an der Elbe. Messerschmidt, von Altenburg im Pleißner Lande. A. Bercht, von Bremen an der Weser. Achim v. Arnim, aus dem Ländchen Behrwalde. A. Karow, aus Pommern. A. Waldheim, aus der Schweiz. L. Nagel, aus Mekelnburg. W. Müller, aus Dessau. W. Hensel, aus der Priegnitz. Segemund, genannt Gottwalt, aus der Mark. Franz Horn, von Braunschweig. Von C. Kalbe, Buchhorn, Meyer d. Ä., Meier d. J. und Naumann aus Berlin. Gesammelt von Friedrich Förster, aus dem Osterlande. – Berlin 1818 *Brentano*

77 Urania. Taschenbuch für Damen auf das Jahr 1818. – Leipzig und Altenburg [o. J.] – *Weitere benutzte Jahrgänge:* 1819 [Urania. Taschenbuch auf das Jahr 1819. Neue Folge, erster Jahrgang. – Leipzig 1819.]. 1821 [N. F. 3. Jgg.]. 1823 [N. F. 5. Jgg.]   *Loeben, Müller, Rückert*

78 Freye Stimmen frischer Jugend. Durch Adolf Ludwig Follen. – Jena 1819
Adolf Ludwig Follen, Karl Follen

79 West-oestlicher Divan. von Goethe. – Stuttgart 1819

80 Aglaja. Ein Taschenbuch für 1820. Sechster Jahrgang. – Wien [o. J.] *Grillparzer*

81 Neue Liedersammlung von Carl Friedrich Zelter. – Zürich/Berlin 1821   *Goethe*

82 Ghaselen von August Graf von Platen Hallermünde. – Erlangen 1821

83 Lyrische Blätter. N⁰. I. Von August Graf von Platen Hallermünde. – Leipzig 1821

84 Vermischte Schriften von August Graf von Platen Hallermünde. – Erlangen 1822

85 Oestliche Rosen von Friedrich Rückert. Drei Lesen. – Leipzig 1822

86 Lieder der Griechen. 1821. Von Wilhelm Müller. Zweites Heft. – Dessau 1822

87 Gedichte von H. Heine. – Berlin 1822

88 Der Gesellschafter oder Blätter für Geist und Herz. Herausgegeben von F. W. Gubitz. – Berlin. 1822. 1824 *Heine*

89 F. W. Waiblinger. Phaëton. Zwey Theile. – Stuttgart 1823 *Hölderlin*

90 Gedichte von L. Tieck. Dritter Theil. – Dresden 1823

91 Neue Ghaselen von August Graf von Platen. – Erlangen 1823

92 Deutsche Blätter für Poesie, Litteratur, Kunst und Theater. Herausgegeben von Karl Schall, Karl von Holtei und Friedrich Barth. – Breslau. 1823
Eichendorff, Müller

93 Aurora. Taschenbuch für 1823. Von E. Bernstein, G. Ch. Braun, de la Motte Fouqué, A. Gebauer, Haug, Theodor Hell, Franz Horn, Fr. Richter, Wilhelm Müller, K. Stille, der Verfasserin der „Rolands Abentheuer", dem Verfasser von „Wahl und Führung", Heinrich Voß und Andern. – Mannheim [o. J.] *Heine*

94 Tragödien, nebst einem lyrischen Intermezzo, von H. Heine. – Berlin 1823

95 Agrippina. Zeitschrift für Poesie, Literatur, Kritik und Kunst. Herausgegeben von J. B. Rousseau. – Köln. 1824 *Heine*

96 Vesta. Weihnachtsgabe für 1825 in Erzählungen und Gedichten von A. J. Büssel, M. von Freiberg, Friedrich Rückert, K. Weichselbaumer, G. Zimmermann u. A. Gesammelt von Dr. J. P. von Hornthal. – Frankfurt am Main 1825
Rückert

97 Sonette aus Venedig von August Graf von Platen. – Erlangen 1825

98 Rheinblüthen. Vierter Jahrgang. Taschenbuch auf das Jahr 1825. – Karlsruhe [o. J.] *Heine*

99 Rheinische Flora, Blätter für Kunst, Leben, Wissen und Verkehr. Erster Jahrgang. – Aachen 1825 *Heine, unbekannter Verfasser*

100 [Goethe:] Die Leiden des jungen Werther. Neue Ausgabe, von dem Dichter selbst eingeleitet. – Leipzig 1825

Verzeichnis der Quellen

101 Iris. Unterhaltungsblatt für Freunde des Schönen und Nützlichen. – [Frankfurt am Main.] 1826. 1827. 1829 [Frankfurter Iris. Blätter für Unterhaltung, Kunst und Wissenschaft.] *Brentano, Goethe, J.B. Rousseau*

102 Aus dem Leben eines Taugenichts und das Marmorbild. Zwei Novellen nebst einem Anhange von Liedern und Romanzen von Joseph Freiherrn von Eichendorff. – Berlin 1826

103 Moosrosen. Taschenbuch auf das Jahr 1826. Herausgegeben von Wolfgang Menzel. – Stuttgart [o. J.] *Chamisso*

104 Die Biene Schönwissenschaftliches Unterhaltungsblatt. [Hamburg.] 31. Januar 1826 *Heine*

105 Reisebilder von H. Heine. Erster Theil. – Hamburg 1826

106 Reisebilder von H. Heine. Zweiter Theil. – Hamburg 1827 *Heine, Immermann*

107 Goethe's Werke. Vollständige Ausgabe letzter Hand. Dritter Band. Vierter Band. – Stuttgart und Tübingen 1827

108 Peter Schlemihl's wundersame Geschichte, mitgetheilt von Adelbert von Chamisso. Zweite mit den Liedern und Balladen des Verfassers vermehrte Ausgabe. – Nürnberg 1827

109 Buch der Lieder von H. Heine. – Hamburg 1827

110 Gedichte von August Graf von Platen. – Stuttgart und Tübingen 1828

111 Gedichte des Königs Ludwig von Bayern. Zweyter Theil. – München 1829

112 Jahrbuch deutscher Bühnenspiele. Herausgegeben von Carl v. Holtei. Achter Jahrgang, für 1829. – Berlin 1829

113 Geistlicher Blumenstrauß aus spanischen und deutschen Dichter-Gärten, den Freunden der Christlichen Poesie dargebracht von Melchior Diepenbrock, Priester und Privatsecretair des hochwürdigsten Herrn Bischofs von Sailer. – Sulzbach 1829 *L. Hensel*

114 Der im Irrgarten der Metrik umhertaumelnde Cavalier. Eine literarische Tragödie von Karl Immermann. – Hamburg 1829

115 Chaos. *[Hgg. v. Ottilie von Goethe.]* – [Weimar.] 1829. *Goethe*

116 Goethe's Werke. Vollständige Ausgabe letzter Hand. Zwey und zwanzigster Band. Dreyundzwanzigster Band. – Stuttgart und Tübingen 1829

117 Berliner Musenalmanach für das Jahr 1830. – Berlin [o. J.] *Goethe*

Verzeichnis der Autoren und ihrer Gedichte

Die Autoren werden, unter ihrem bürgerlichen Namen, alphabetisch aufgeführt. Zu jedem Autor werden die Titel oder, wenn diese fehlen, die Anfänge der aufgenommenen Gedichte *(kursiv)* in der Reihenfolge ihres Auftretens in dieser Anthologie genannt. Zu jedem Gedicht wird sein Fundort angegeben, und zwar durch die Nummer der Quelle im voraufgehenden Verzeichnis der Quellen **(halbfett)**, ggf. Zusätze wie Jahrgang, Bandnummer etc. und die Seitenzahl. Zur Orientierung über die Zusammenhänge, in denen die Gedichte erschienen, und ihre Einordnung unter Gattungsbegriffe werden (in runden Klammern) auch die originalen Zwischentitel – Rubriktitel, Zyklustitel und bei Gedichten aus Erzählungen deren Titel – mitgeteilt. Anführungszeichen in runden Klammern (") verweisen jeweils auf den zuletzt genannten Zwischentitel. Am rechten Seitenrand werden die Seitenzahlen dieser Sammlung angegeben.

Verzeichnis der Autoren und ihrer Gedichte

Verzeichnis der Autoren und ihrer Gedichte

Verzeichnis der Autoren und ihrer Gedichte

Verzeichnis der Autoren und ihrer Gedichte

Verzeichnis der Autoren und ihrer Gedichte

Verzeichnis der Autoren und ihrer Gedichte

Verzeichnis der Autoren und ihrer Gedichte

Verzeichnis der Autoren und ihrer Gedichte

Verzeichnis der Autoren und ihrer Gedichte

Verzeichnis der Gedichtüberschriften und -anfänge

Überschriften und Anfänge

Überschriften und Anfänge

Überschriften und Anfänge

Überschriften und Anfänge

Überschriften und Anfänge

DIABETIC
EYE DISEASE

An Illustrated Guide to Diagnosis and Management

WITH THE COMPLIMENTS OF

NOVO LABORATORIES LTD

Dedication

To our patients

DIABETIC EYE DISEASE

An Illustrated Guide to Diagnosis and Management

ERNA E. KRITZINGER, MSc, FRCS, MRCP

*Consultant Ophthalmic Surgeon, Birmingham and Midland Eye
Hospital and Selly Oak Hospital, Birmingham
Consultant Associate, Central Birmingham Health Authority*

and

KENNETH G. TAYLOR, MD, MRCP

*Consultant Physician, Dudley Road Hospital, Birmingham
Honorary Consultant Physician, Medical Ophthalmology
Clinic, Birmingham and Midland Eye Hospital*

MTP PRESS LIMITED
a member of the KLUWER ACADEMIC PUBLISHERS GROUP
LANCASTER / BOSTON / THE HAGUE / DORDRECHT

Acknowledgements

We should like to thank our colleagues, Ron Fletcher and Jayne Kempster, for their helpful comments, Gwen Taylor who prepared the manuscript and Heather Beaumont who compiled the index.

Published in the UK and Europe by
MTP Press Limited
Falcon House
Lancaster, England

British Library Cataloguing in Publication Data

Kritzinger, E. E.
    Diabetic eye disease.
    1. Diabetes—Complications and sequelae
- 2. Eye—Diseases and defects
    I. Title   II. Taylor, K. G.
    616.4'62   RC660

ISBN-13: 978-94-011-6346-0   e-ISBN-13: 978-94-011-6344-6
DOI: 10.1007/ 978-94-011-6344-6

Published in the USA by
MTP Press
A division of Kluwer Boston Inc
190 Old Derby Street
Hingham, MA 02043, USA

Typeset by Speedlith Photo Litho Ltd., Longford Trading Estate, Manchester M32 0JT.

Contents

Introduction

The commonest cause of blindness in young and middle-aged people in the Western world is diabetes mellitus.

Although the mechanism underlying diabetic retinopathy is still not understood, the technology to reduce its progress exists, provided treatment is given at the appropriate time.

Doctors caring for patients with diabetes should be familiar with all aspects of diabetic retinopathy as well as the other ocular complications of diabetes. They also need a basic knowledge of the special techniques used in the diagnosis and treatment of diabetic eye disease (fundus fluorescein angiography, retinal photocoagulation, vitrectomy) and to understand how these procedures affect the diabetic patient in terms of limitation of activities and time off work. To ensure the most efficient use of ophthalmic services a clear plan of referral to ophthalmologists is required.

These are the concepts on which this guide is based, compiled by an ophthalmologist involved in the treatment of diabetic eye disease and a physician with a special interest in diabetes. In addition to doctors involved in the management of diabetic patients, this guide may be of value to ophthalmic opticians, medical students and nurses as a self-instruction manual.

1

Examination of the Eye

Testing visual acuity
Using the ophthalmoscope
The normal fundus
The abnormal fundus
Recording the findings

TESTING VISUAL ACUITY

Method

Test one eye at a time.

Test distant visual acuity.

Correct the refractive error if the visual acuity is worse than 6/6.

Test one eye at a time

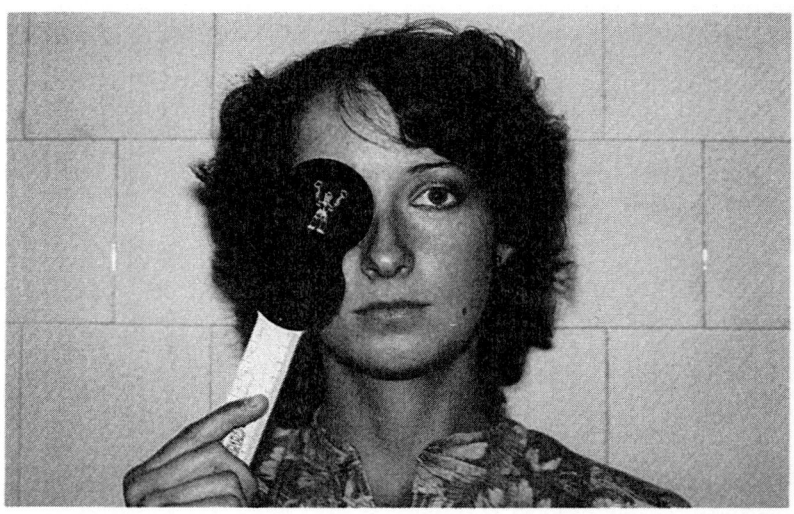

Figure 1   Use an occluder in front of each eye in turn.

Test distant visual acuity

Use Snellen's test type charts which should be well illuminated and placed 6 metres away from the patient.

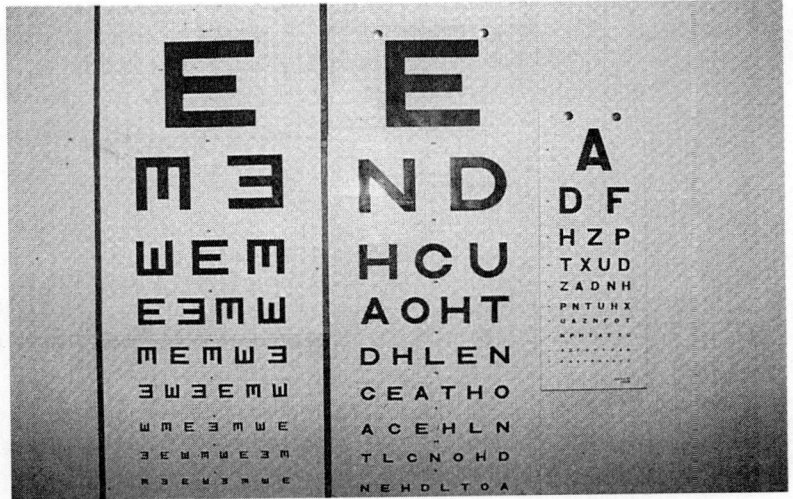

Figure 2 Different types of Snellen's charts available.

(i)   'E'-chart for use by illiterate patients.
      The patient holds a cardboard 'E' in a position to match that of the 'E' pointed to on the chart by the examiner.

(ii) Standard 6 metre chart.

(iii) 3 metre chart for use in examination rooms with limited space.

Correct the refractive error

If the visual acuity is worse than 6/6, correct the refractive error with the patient's *spectacles for distant vision*, if worn. It is important during the test to ensure that the patient does not confuse reading spectacles with those used for distant vision.

The pinhole test (opposite) can be used to differentiate between impaired vision due to refractive error and that due to pathology in the eye. The pinhole test overcomes refractive errors and improves the visual acuity. Provided the intervening structures are healthy it is a useful test of macular function. Worsening of the vision during the pinhole test suggests maculopathy in the diabetic patient and alerts to the presence of macular oedema, haemorrhage or exudates.

Action

1. If acuity is abnormal, the fundus should be examined carefully after dilating the pupil, with special attention to the macula.

2. Any deterioration in acuity accompanied by abnormalities of the macula itself or in the area close to it ⟶ Referral to an ophthalmologist.

3. A two-line deterioration in acuity without any abnormalities on fundoscopy ⟶ Referral to an ophthalmologist.

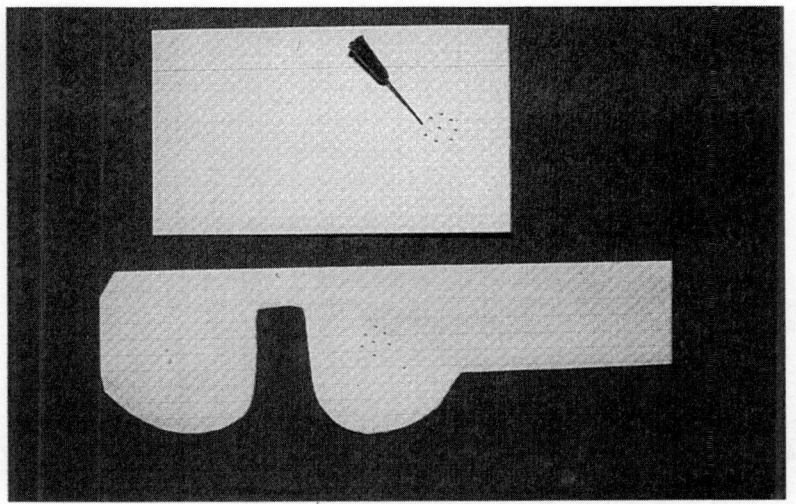

Figure 3 Pinhole cards are easy to make. Multiple pinholes
help the patient to find one quickly.

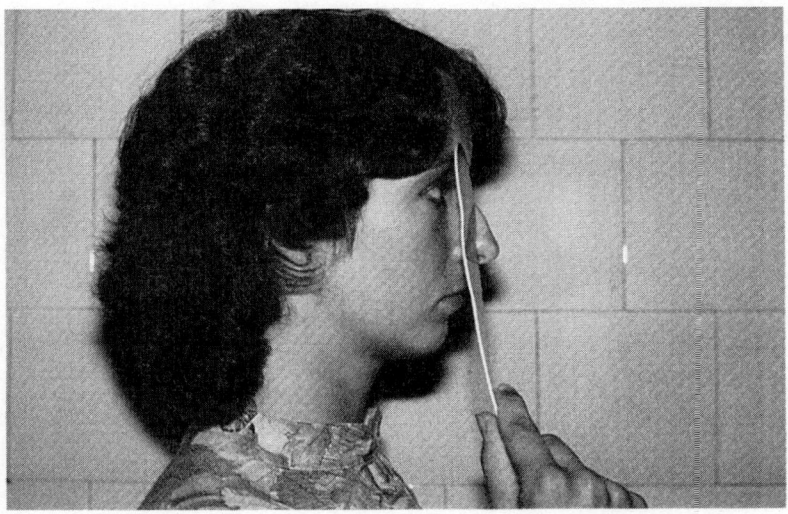

Figure 4 The card with pinholes must be held closely against
the eye.

USING THE OPHTHALMOSCOPE

What type of instrument?

A conventional ophthalmoscope with a range of lenses from
+ 12 to − 12 dioptres is usually satisfactory. It should have a
bright reliable light. In the severely myopic patient viewing
through the patient's spectacles may make visualisation of the
fundus easier. Alternatively an ophthalmoscope with a wider
range of lenses may be required.

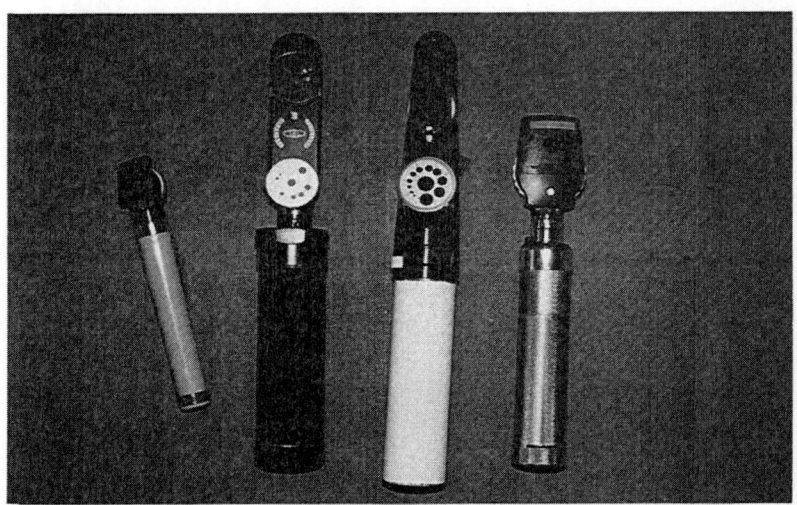

Figure 5   Different types of ophthalmoscope.

Is a dark room necessary?

A darkened room, although desirable, is not essential. It
should be large enough for several doctors to examine patients
at the same time, thus avoiding queueing.

Should the pupils be dilated?

Yes. Diabetic retinopathy may be peripheral and the whole
fundus needs to be examined.

Which mydriatic?

The best mydriatic is probably tropicamide 0.5% because it has a short duration of action (3 hours) and does not require reversing with pilocarpine. Patients with dark brown irises may need the 1.0% strength for adequate pupil dilatation.

Patients should be warned about the side-effects of photophobia and blurred vision. Although close vision is more affected than distant vision, care must be taken if driving a vehicle afterwards.

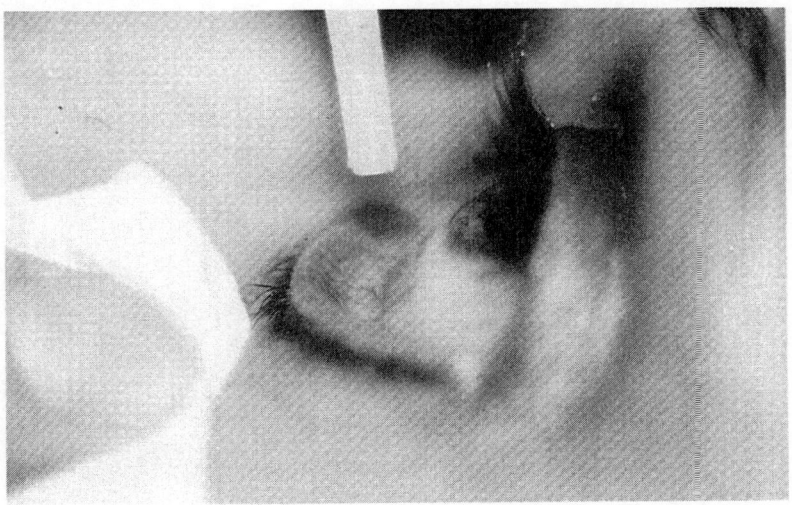

Figure 6 The eye drops should be instilled inside the lower eyelid. Drops directly on to the cornea are uncomfortable and will cause blepharospasm.

When is a mydriatic contraindicated?

Provided mydriasis is avoided in patients known to have glaucoma, the risk of precipitating narrow angle glaucoma is small. A previous history of eye surgery is also a contraindication for a mydriatic, in particular cataract extraction with intraocular lens insertion, as dilatation of the pupil may lead to dislocation of the intraocular lens. These patients are best referred to an ophthalmologist for assessment.

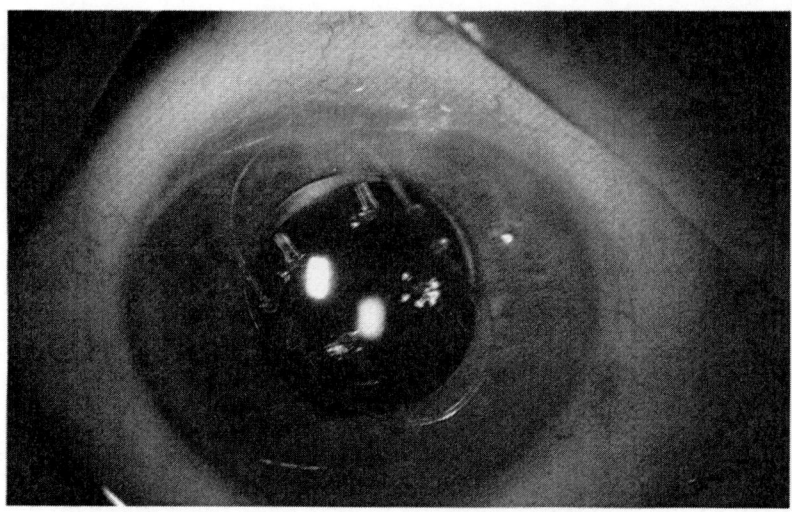

Figure 7   An intraocular lens is visible in the pupil.

Fundus examination

Adjust the ophthalmoscope to 0 and view the eye from a distance of about 50 cm. A red colour – the red reflex – should be seen through the pupil if the cornea, lens and vitreous body are healthy. Opacities in these structures will appear dark against the red reflex.

The examiner now moves very close to the eye selecting a + 10 dioptre lens and proceeds to examine the cornea, the anterior chamber and lens for abnormalities, using successively less powerful lenses until the retina is in focus.

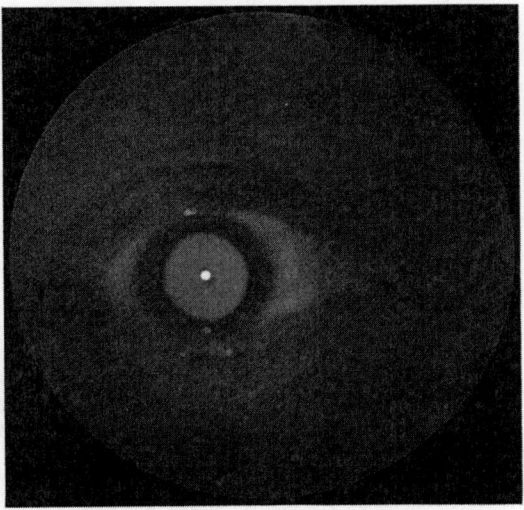

Figure 8   The red reflex of the fundus.

THE NORMAL FUNDUS

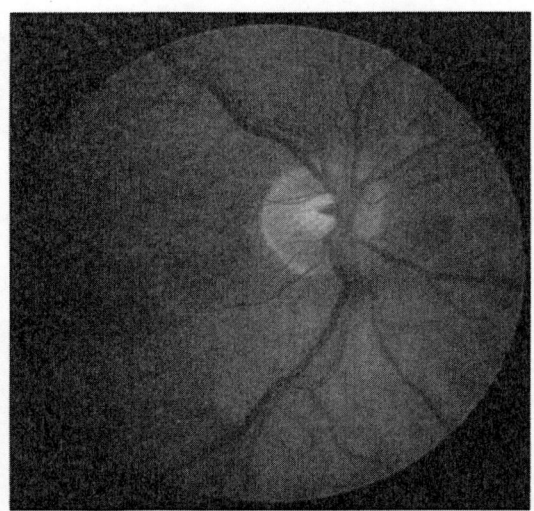

Figure 9   The normal fundus in a white patient.

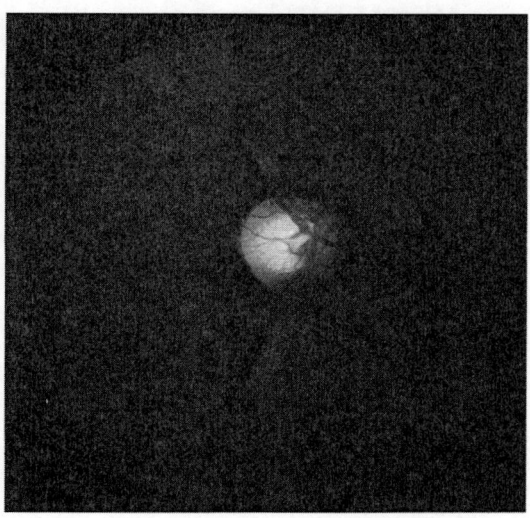

Figure 10   The normal fundus in a coloured patient.

The fundus should be examined methodically in the following sequence:

Optic disc

Peripheral retina, divided into quadrants: superior nasal and temporal, inferior nasal and temporal

Macula – this should be examined last to minimise photophobia

THE ABNORMAL FUNDUS

The fundus examination should include a search for the following abnormalities:

Microaneurysms

Intra-retinal haemorrhage

Maculopathy

Exudates – hard
            – soft (cotton wool spots)

Venous beading or reduplication

Arteriolar sheathing

New vessels (particularly on the optic disc)

Pre-retinal haemorrhage

Vitreous haemorrhage

Fibrous proliferation

Traction retinal detachment

RECORDING THE FINDINGS

It is most important to provide a record showing:

- date of examination
- visual acuity
- fundoscopy findings

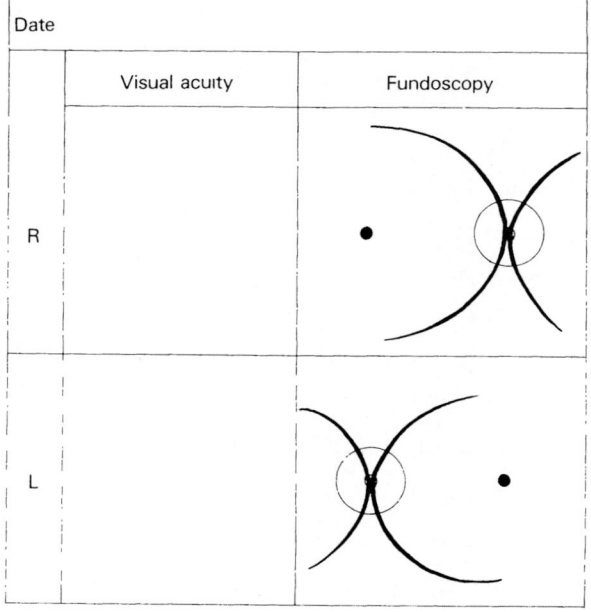

Date		
	Visual acuity	Fundoscopy
R	•	
L		•

Figure 11   A rubber stamp in the notes is useful and should be
large enough to draw in abnormalities.

2

Diabetic Eye Disease

Diabetic retinopathy
Pseudopapilloedema
Rubeosis of the iris
Cataract
Cranial nerve palsy

DIABETIC RETINOPATHY

Types	*Ophthalmoscopic abnormalities*
BACKGROUND	Retinal vein dilatation Microaneurysms (dots) Retinal haemorrhages (blots) Hard exudates
MACULOPATHY	Macular oedema Diffuse maculopathy Circinate maculopathy
PRE-PROLIFERATIVE	Soft exudates (cotton wool spots) Venous beading and reduplication Arteriolar sheathing
PROLIFERATIVE	New vessels Pre-retinal and vitreous haemorrhage
ADVANCED	Fibrous proliferation Traction retinal detachment

Questions Commonly Asked About Diabetic Retinopathy (DR)

Q.1 *Who is most likely to have diabetic retinopathy?*

- Those patients who have had diabetes the longest are most at risk.

- The prevalence of diabetic retinopathy is related to the age at onset and to the duration of diabetes.

- 7% of patients aged 0–19 years at diagnosis will have DR after 10 years.
  10% of patients aged 20–39 years at diagnosis will have DR after 10 years.
  25% of patients aged 40+ years at diagnosis will have DR after 10 years.

All patients attending the Diabetic Clinic should have the year of diagnosis and their date of birth prominently displayed in the notes.

Q.2 Which other patients are at risk of developing diabetic retinopathy?

- Patients with evidence of microangiopathy elsewhere, especially renal disease, e.g. patients with proteinuria.
- Patients with hypertension.
- Patients with poor glycaemic control.
- Patients who become pregnant.
- Patients using the contraceptive pill.
- Patients who smoke cigarettes.

Q.3 How often should diabetic patients have their fundi checked for retinopathy?

- **Every patient should have a fundus check at the time of diagnosis.**

- The fundi should also be examined if a patient complains of visual symptoms such as seeing black 'floaters', 'tadpoles' or 'spiders' webs'.

- *Type 1 diabetes (insulin-dependent):*
  Diagnosis usually occurs within a few weeks of onset of diabetes. Retinopathy is seldom found at presentation.
  Patients aged less than 19 years at diagnosis should have their fundi checked at presentation, 5-yearly for 10 years and then yearly if the fundi are normal.
  Patients aged 20 years and over at diagnosis should have their fundi checked at presentation, after 3 years and then yearly if the fundi are normal.

- *Type 2 diabetes (non-insulin-dependent):*
  Patients may have diabetes for several years before diagnosis and therefore may present with quite advanced retinopathy.
  They should have their fundi checked at presentation, after 3 years and then yearly if the fundi are normal.

- Patients who have any of the risk factors listed under Q.1 and Q.2 will need more frequent examination of their fundi, as will those who have the retinal abnormalities described in the following pages.

Background Retinopathy

Retinal vein dilatation
Microaneurysms (dots)
Retinal haemorrhages (blots)

Action

1. There is no need to refer to an ophthalmologist at this stage, provided visual acuity is satisfactory. The eyes should be examined at least annually, but more frequently if 'risk factors' (pp. 22–23) are present.

2. Although impaired glycaemic control has not been proved to reverse this situation, evidence is accumulating that it may slow down its progression. It is therefore reasonable to

Assess control by

- reviewing clinic blood glucose and urine testing results.
- encouraging the patient to monitor the blood glucose with an appropriate test strip.
- checking glycosylated haemoglobin (HbA_1).

Improve control by

- reviewing the diet.
- reviewing compliance to and suitability of therapy.
  Patients receiving diet alone may need oral agents.
  Patients receiving oral agents may need insulin.
  Patients receiving insulin will need injection technique, sites and timing checked before altering regime.

Background Retinopathy

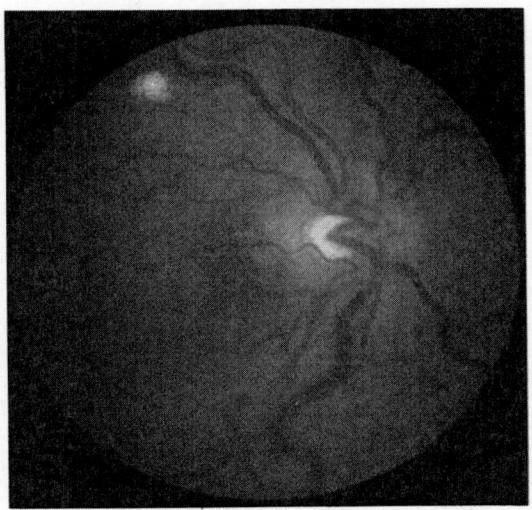

Figure 12   Retinal vein dilatation – the earliest clinical sign of diabetic retinopathy.

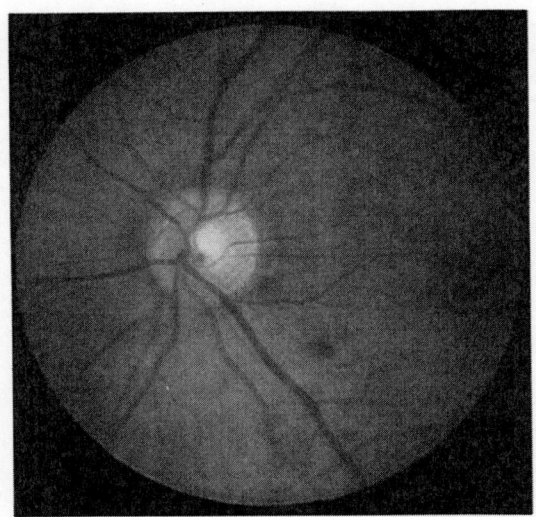

Figure 13   Microaneurysms (dots), retinal haemorrhages (blots).

Background Retinopathy

Hard exudates

Action

1. The patient should be referred to an ophthalmologist
   - if visual acuity has deteriorated
   - if there are more than just a few scattered hard exudates
   - if there has been a progression since the previous examination – emphasising the importance of accurate charting.

2. If the patient is not referred, the eyes should be re-examined within 6 months.

3. Attention should be paid to improving glycaemic control (p 24).

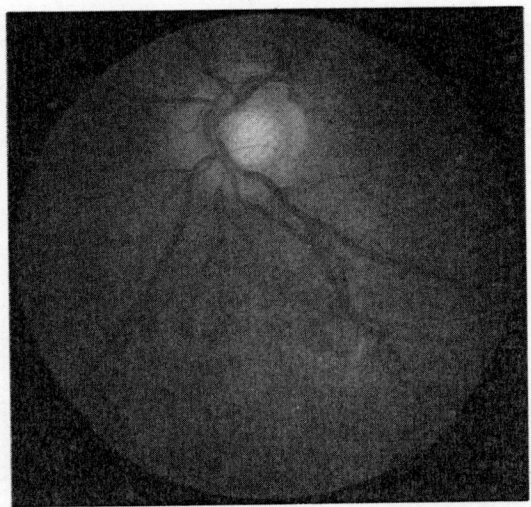

Figure 14 Hard exudates – an early stage.

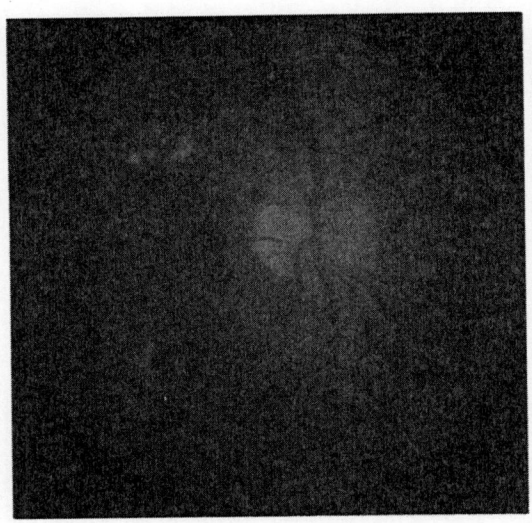

Figure 15 Extensive hard exudates – a later stage.

Diabetic Maculopathy

Macular oedema

Visual acuity will be impaired and the pinhole test (p. 12) will make the vision worse (a useful clinical clue).

Action

1. Early referral to an ophthalmologist.
2. Attention to glycaemic control (p. 24).

Diabetic Maculopathy

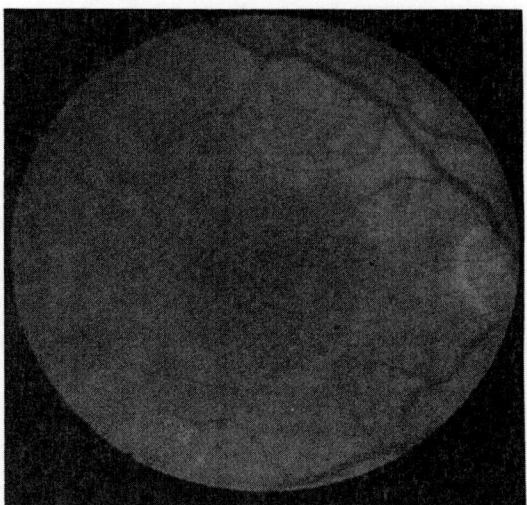

Figure 16 Macular oedema – perhaps the most difficult abnormality to identify because the fundus may appear normal to the inexperienced observer.

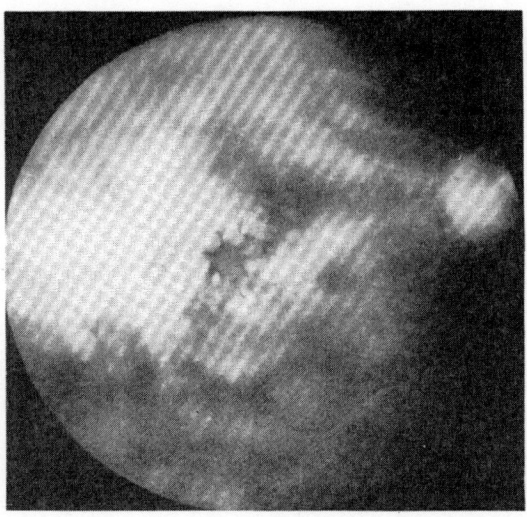

Figure 17 Fluorescein angiography (p. 74) confirms the presence of macular oedema. Dye leaking from abnormal retinal vessels accumulates in the oedematous retina.

Diabetic Maculopathy

Diffuse maculopathy

Action

1. Early referral to an ophthalmologist, within a few weeks.
2. Attention to glycaemic control (p. 24).

Diabetic Maculopathy

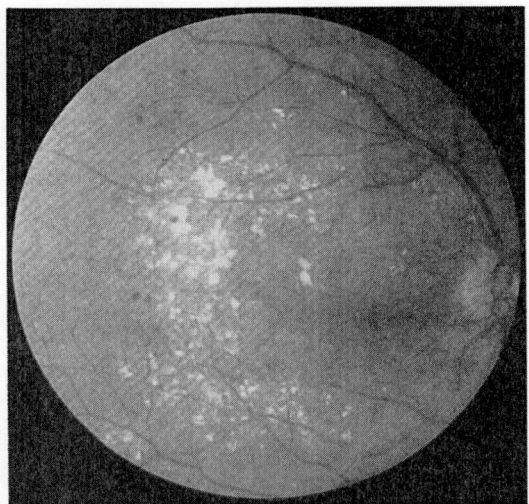

Figure 18 Diffuse maculopathy with exudates and haemor-
rhages scattered around the fovea (centre of the macula).
Visual acuity will be impaired.

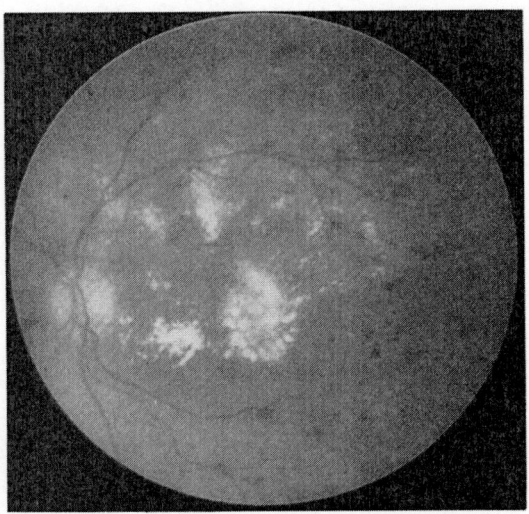

Figure 19 Diffuse maculopathy with hard exudates accu-
mulating in the fovea. Visual acuity will be impaired.

Diabetic Maculopathy

Circinate maculopathy

Action

1. Early referral to an ophthalmologist, within a few weeks.
2. Attention to glycaemic control (p. 24).

Diabetic Maculopathy

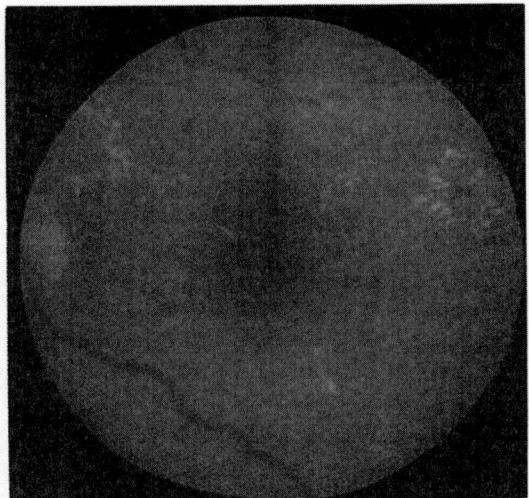

Figure 20 Circinate maculopathy. The hard exudates are arranged in rings in the macular area. Visual acuity may be normal at this stage.

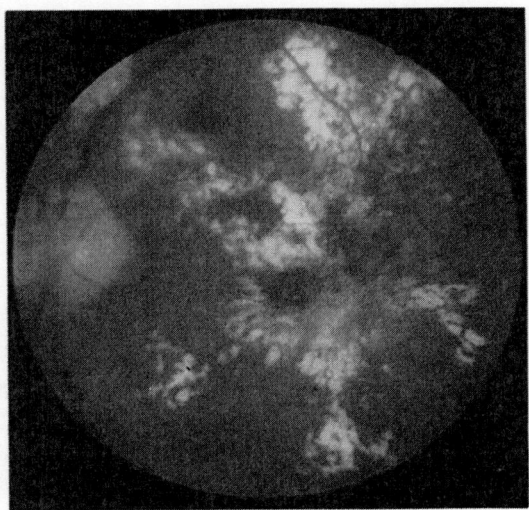

Figure 21 When exudates have extended into the centre (fovea) of the macula retinal photocoagulation will not improve visual acuity.

Pre-proliferative Diabetic Retinopathy

Soft exudates (cotton wool spots), venous beading, venous reduplication and arteriolar sheathing are features of pre-proliferative diabetic retinopathy. Other signs of increasing retinal ischaemia (capillary closure and intraretinal abnormalities) are best seen on fundus fluorescein angiography (p. 74). There is a 50% risk of progression to proliferation within two years if three or more of these features are present.

Action

1. Early referral to an ophthalmologist, within a few weeks.

2. Attention to glycaemic control (p. 24).

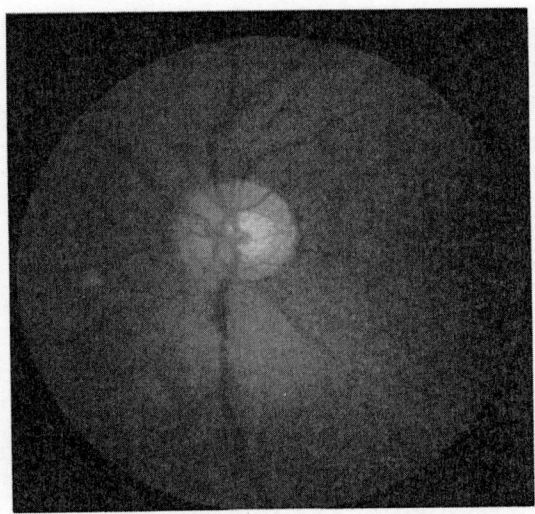

Figure 22   Cotton wool spots and venous beading.

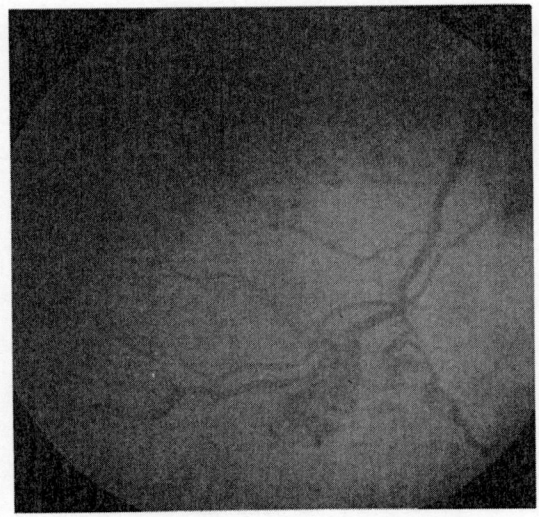

Figure 23   Venous reduplication.

Proliferative Diabetic Retinopathy

This is a very serious stage of the disease: retinal and vitreous haemorrhage invariably follow. Depending on the amount of new vessel formation, the patient has a 10–25 % risk of severe visual loss within two years. New vessels on the optic disc reflect severe retinal ischaemia and are particularly prone to haemorrhage.

The patient may be asymptomatic until the time that haemorrhage occurs – emphasising the importance of regular fundus examination of patients at risk.

Action

The patient needs urgent referral to an ophthalmologist, i.e. within 14 days.

Retinal photocoagulation, although not immediately effective, reduces the risk of eventual severe visual loss by more than 50 %.

Proliferative Diabetic Retinopathy

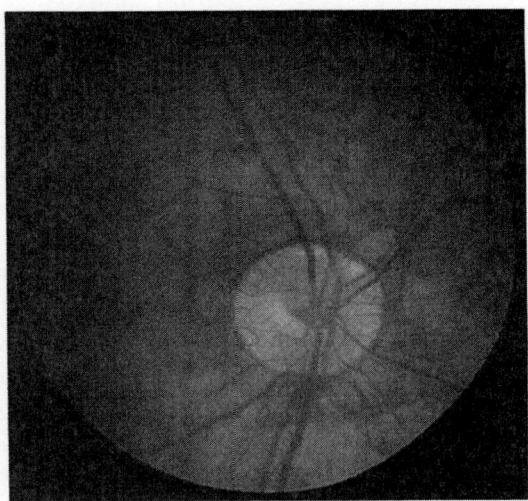

Figure 24 New vessels extending from the optic disc form irregular networks above and below the disc.

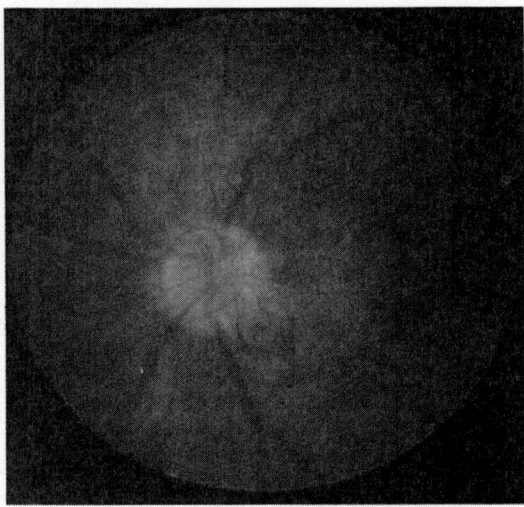

Figure 25 Extensive new vessel formation affecting the optic disc and retina.

Proliferative Diabetic Retinopathy

Haemorrhage from new vessels may impair visual acuity. The patient typically complains of 'black floaters', 'spiders' webs' or 'tadpoles' in the vision.

Action

These patients need very urgent referral (by telephone) to an ophthalmologist.

Delay of a few days may result in complete vitreous haemorrhage, when retinal photocoagulation may be impossible.

Proliferative Diabetic Retinopathy

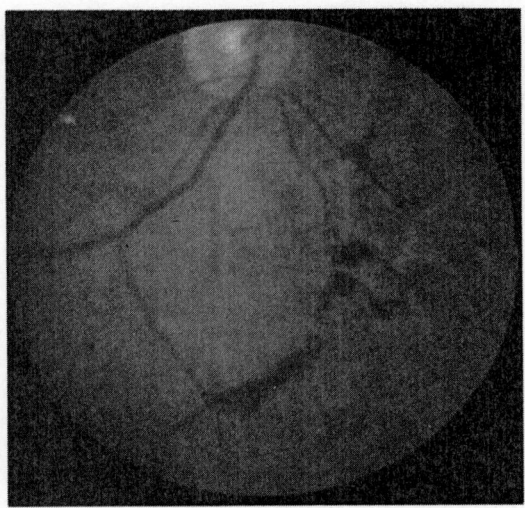

Figure 26 Pre-retinal haemorrhage from new vessels obscures the underlying retinal vessels.

Figure 27 Haemorrhage from new vessels on the optic disc.

Proliferative Diabetic Retinopathy

Vitreous haemorrhage from new vessels will obscure the fundus details on examination. The haemorrhage may impair visual acuity for several months. Recurrent haemorrhages frequently occur.

Action

These patients need very urgent referral (by telephone) to an ophthalmologist. It may be possible to give retinal photocoagulation treatment despite the hazy fundus view.

The other eye also requires thorough examination and may need prophylactic treatment.

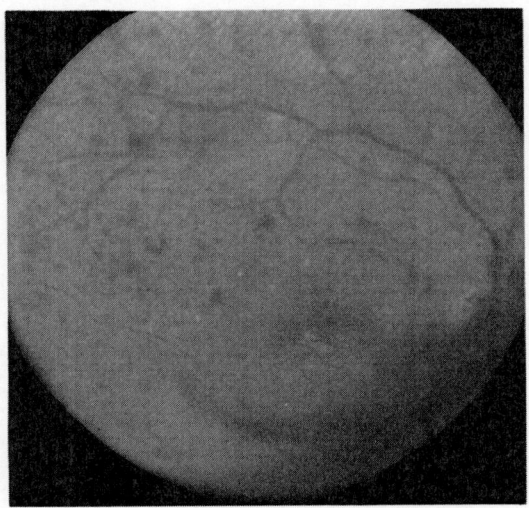

Figure 28   Early vitreous haemorrhage obscuring the inferior half of the retina.

Figure 29   Complete vitreous haemorrhage resulting in a hazy fundus view.

Advanced Diabetic Retinopathy

In this advanced stage of diabetic retinopathy retinal photocoagulation is not indicated as it may increase the traction on the retina. However it may be possible to cut the fibrous bands and flatten the retina during vitrectomy surgery (p. 80).

Action

These patients should have early referral, within a few weeks, to an ophthalmologist. Vitrectomy surgery, before the retina is totally detached, may restore some visual function.

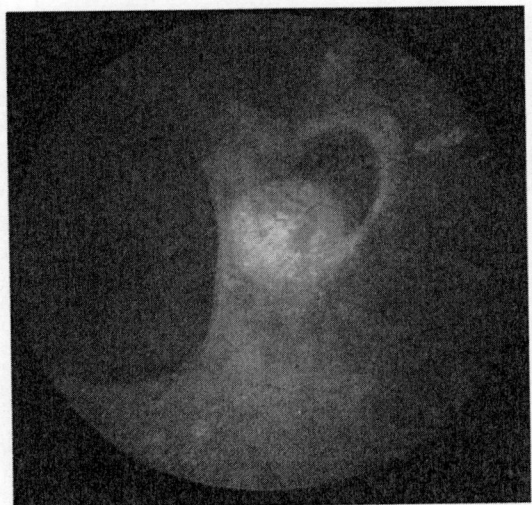

Figure 30   Fibrous proliferation with traction retinal detachment sparing the macula.

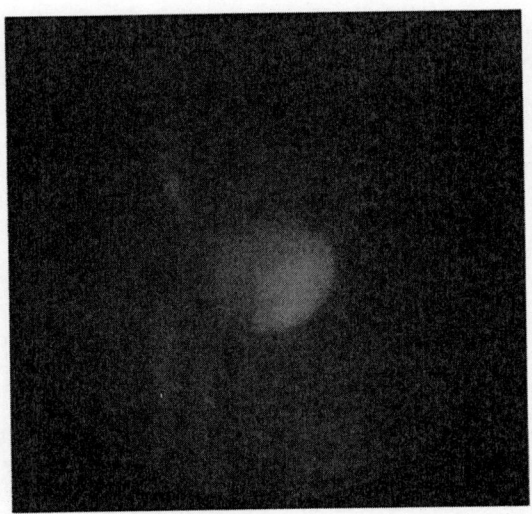

Figure 31   Fibrous proliferation with subtotal traction retinal detachment.

PSEUDOPAPILLOEDEMA

Young diabetics may present with acute swelling of one or both optic discs, which requires differentiation from papilloedema due to raised intracranial pressure. The presence of an associated diabetic retinopathy, which may be mild, can aid the diagnosis and prevent extensive neurological investigation.

The patient is usually asymptomatic, although enlargement of the blind spot may occur. If vision is affected, prognosis for recovery is good, usually within a few weeks. However, swelling of the optic disc may take up to one year to resolve and may result in mild optic atrophy.

Action

Referral to an ophthalmologist for fundus fluorescein angiography which may differentiate between pseudo- and true papilloedema.

PSEUDOPAPILLOEDEMA

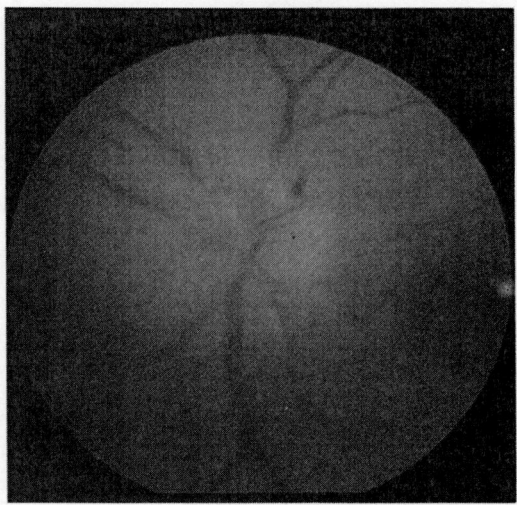

Figure 32   The optic disc is swollen with an ill-defined margin and cup.

RUBEOSIS OF THE IRIS

New blood vessels on the anterior surface of the iris give it a pink hue – hence the term 'rubeosis'. The new blood vessels obstruct the anterior angle of the eye and the outflow of aqueous fluid causing 'neovascular glaucoma'. Neovascularisation of the iris, as in the case of the retina, is a response to ischaemia and therefore is often associated with proliferative retinopathy.

Early panretinal photocoagulation may result in regression of new vessels in both the iris and retina.

Action

If new vessels are seen on the iris the patient should have early referral to an ophthalmologist, ideally within a month.

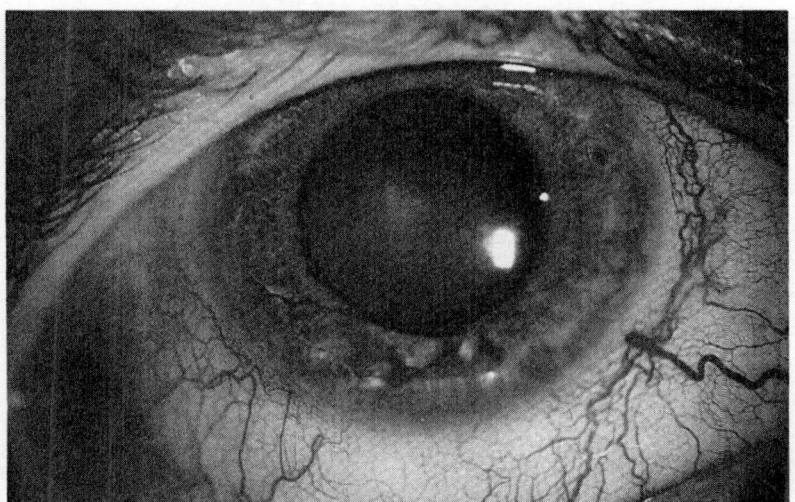

Figure 33   There are new vessels on the anterior surface of the iris, adjacent to the pupillary margin.

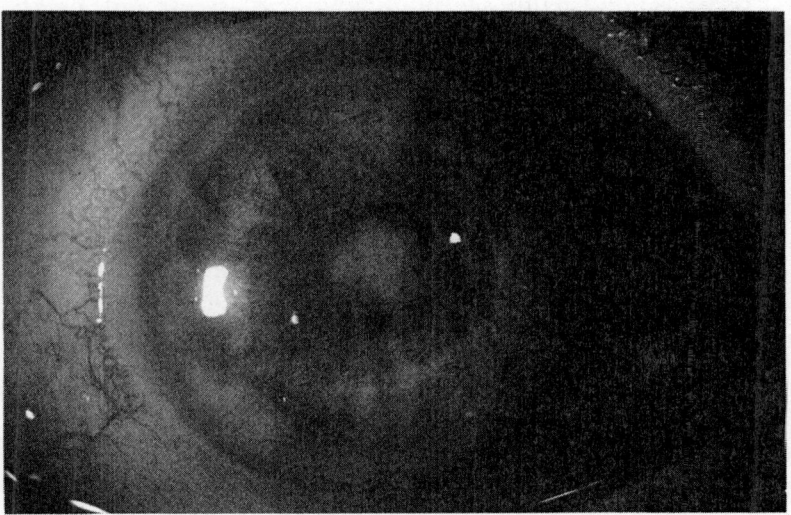

Figure 34   Chronic neovascular glaucoma with new vessels radiating over the anterior surface of the iris. There is a mature cataract. Associated chronic iritis has resulted in nodular exudate on the iris and keratic precipitates on the inner surface of the cornea (best visible in the lower half of the cornea).

47

CATARACT

Cataracts are common in diabetics, and senile cataract occurs at an earlier age than in non-diabetics. Three types of lens opacities occur: true diabetic cataract (juvenile or 'snowflake' cataract), senile cataract and temporary opacities. In addition variations in blood glucose levels have osmotic effects on the lens and vitreous body causing refractive changes and fluctuations of visual acuity. *It is advisable to refrain from prescribing new spectacles until diabetes is stabilised.*

Action

1. Patients with early cataracts should have visual acuity checked annually and be referred to an ophthalmologist when acuity is significantly impaired.

2. If the fundus details are ill-defined the patient should be referred to an ophthalmologist within a few months. Indirect ophthalmoscopy may allow assessment of the fundus for possible associated retinopathy. If the cataract is too advanced, extraction will have to be considered.

3. In young diabetics with 'snowflake' cataract accompanying loss of vision may occur within days or weeks. Urgent referral should be considered as cataract extraction will be necessary before the fundus can be examined.

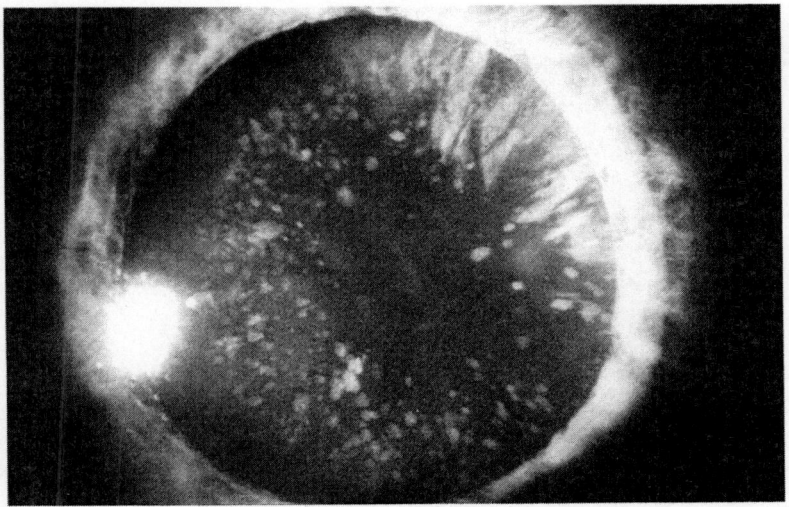

Figure 35 Juvenile or 'snowflake' cataract may present acutely and may progress rapidly.

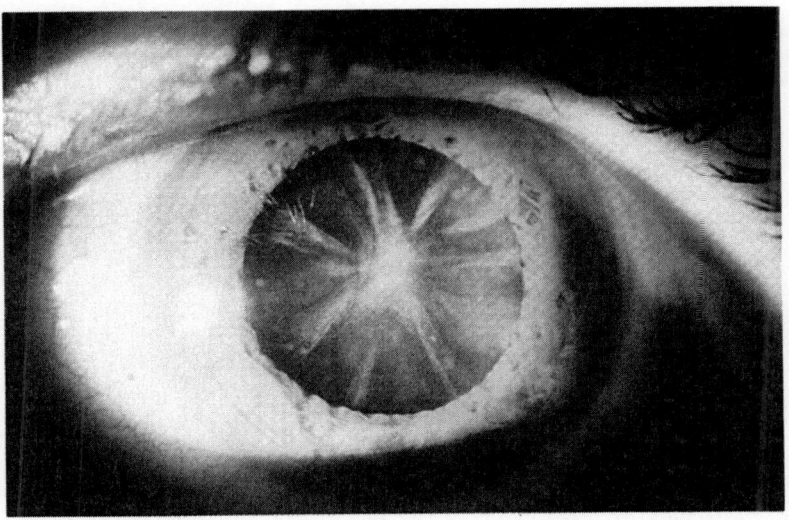

Figure 36 Advanced senile cataract obscuring the fundus view.
(Figures 35 and 36 courtesy Dr Barry E. Wright)

CRANIAL NERVE PALSY

Palsy of the third, fourth or sixth cranial nerve may occur with only mild diabetes. Improvement of ophthalmoplegia and diplopia usually begins within three weeks although symptoms may persist for up to three months. It is important to distinguish diabetic ophthalmoplegia from that due to an intracranial space-occupying lesion or migraine. When the third nerve is involved the pupil is usually spared in diabetes but dilated in the other two conditions.

Action

Referral to a neurologist may have to be considered to exclude a cause other than diabetes.

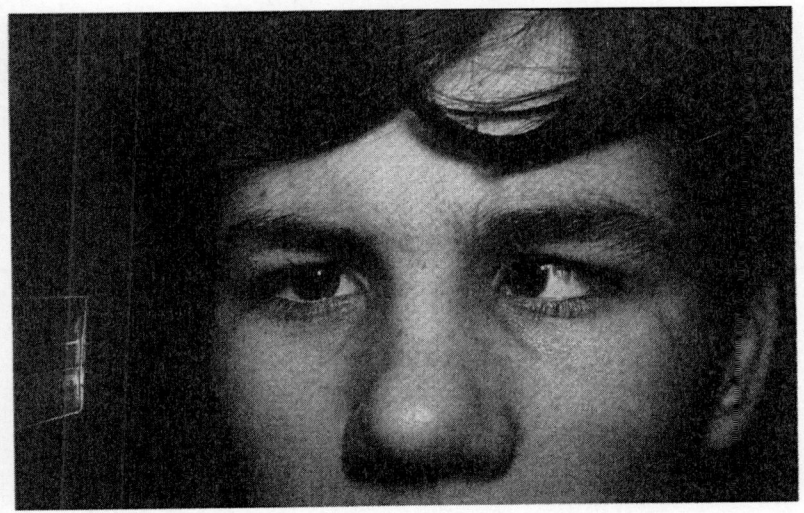

Figure 37   Sixth nerve palsy with limitation of abduction of the right eye.

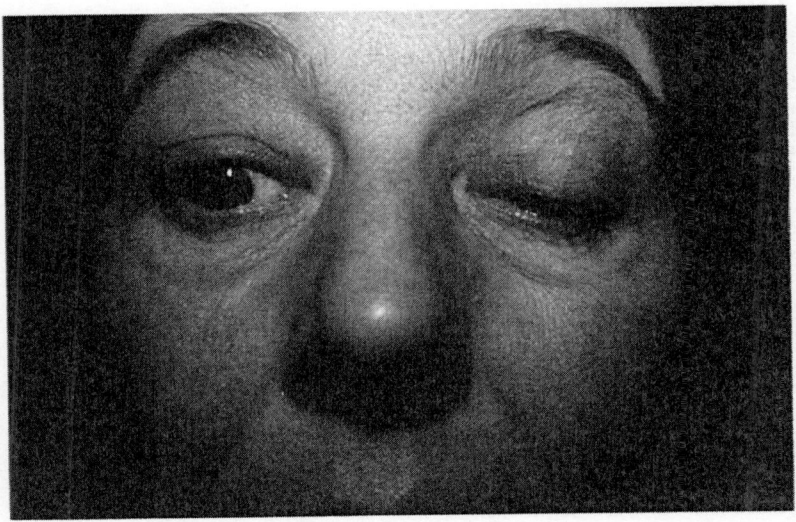

Figure 38   Third nerve palsy with ptosis affecting the left eye.
(Figures 37 and 38 courtesy Orthoptic Department, Birmingham and Midland Eye Hospital)

3

Other Ocular Abnormalities Sometimes Associated with Diabetes

Retinal vein occlusion

Asteroid hyalosis

**Cupping of the optic disc
due to chronic glaucoma**

Lipaemia retinalis

Xanthelasmata and corneal arcus

RETINAL VEIN OCCLUSION

Diabetes mellitus may be associated with retinal vein occlusion, but other predisposing conditions to be considered are hypertension, hyperlipidaemia and hyperviscosity of the blood. Retinal vein occlusion also causes retinal ischaemia which may lead to new vessel formation and vitreous haemorrhage. Cases of central retinal vein occlusion run the additional risk of developing rubeosis of the iris with neovascular glaucoma (p. 46). Retinal photocoagulation may prevent all these complications.

Action

Urgent referral to an ophthalmologist.

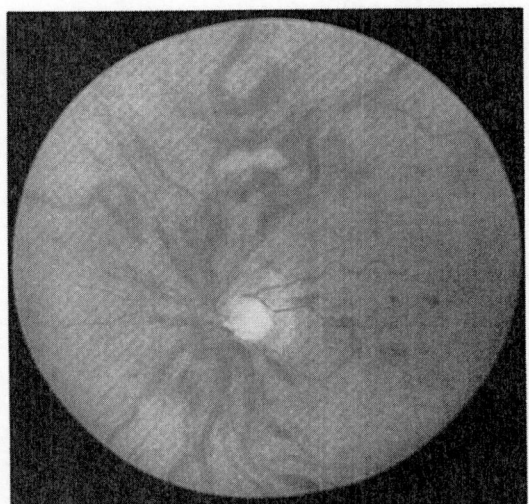

Figure 39   Central retinal vein occlusion with dark, dilated, tortuous veins and numerous scattered haemorrhages.

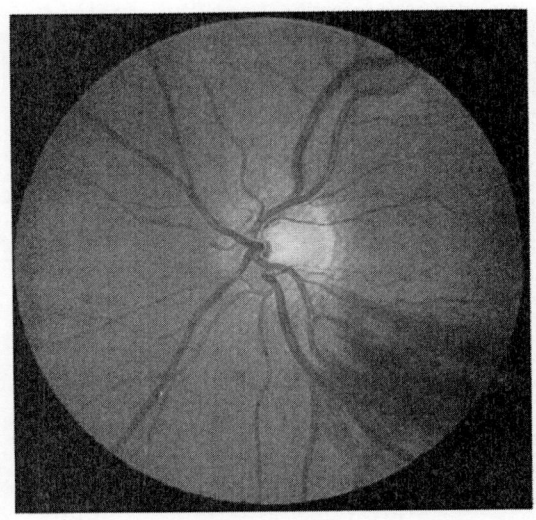

Figure 40   Branch retinal vein occlusion.

ASTEROID HYALOSIS

In this condition numerous small yellow opacities composed of calcium phosphate and lipid occur in the vitreous gel. It is more common in diabetics than in the general population, but it is not necessarily associated with diabetic retinopathy. It is harmless and has no effect on vision. However it may be confused with the hard exudates of diabetic retinopathy.

Action

Referral to an ophthalmologist for thorough fundus examination.

ASTEROID HYALOSIS

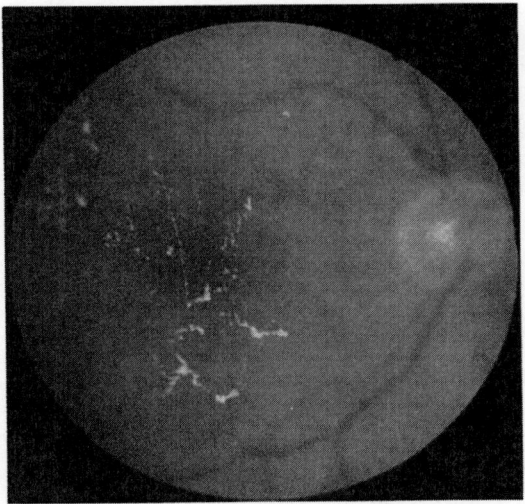

Figure 41 Asteroid hyalosis in an otherwise normal fundus.

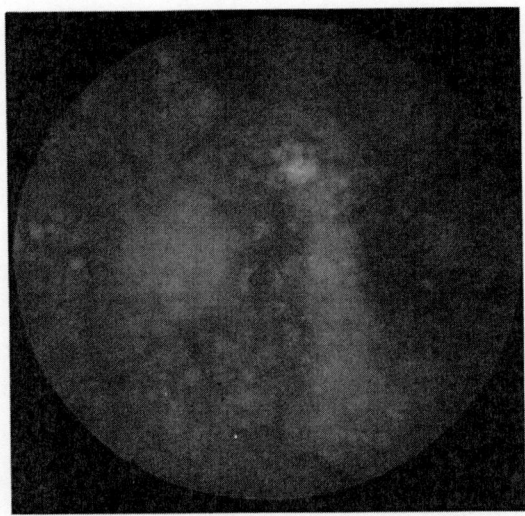

Figure 42 The opacities typically overlie the retinal vessels on fundoscopy. There is underlying diabetic retinopathy.

CUPPING OF THE OPTIC DISC (Chronic glaucoma)

Chronic glaucoma is reported to occur more frequently in diabetics than in the general population. The elevated intraocular pressure results in cupping of the optic disc and visual loss in the peripheral field. The patient is usually asymptomatic until the final stages when 'tunnel' vision occurs.

Action

Urgent referral to an ophthalmologist for assessment of intraocular pressure and visual field.

CUPPING OF THE OPTIC DISC (Chronic glaucoma)

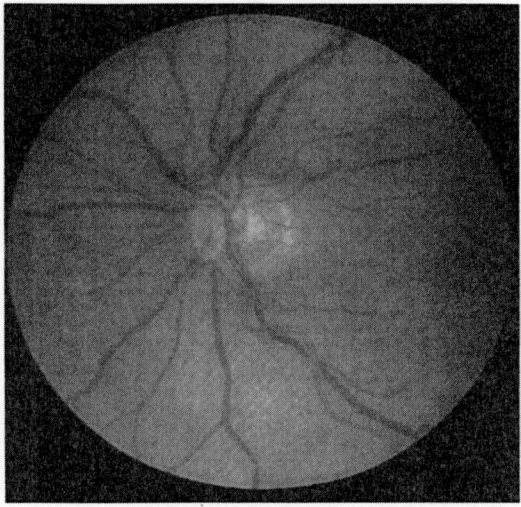

Figure 43   Normal cupping of the optic disc.

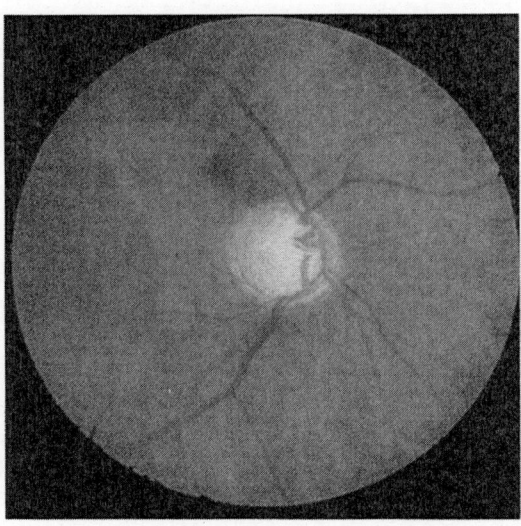

Figure 44   Glaucomatous cupping of the optic disc.

LIPAEMIA RETINALIS

This condition occurs with marked hypertriglyceridaemia which may be a feature of severely uncontrolled diabetes. The hypertriglyceridaemia and the fundus abnormalities are reversible usually with control of the diabetes.

Action

A careful dietary assessment should be made. Alcohol abuse may be present. Control of the diabetes may be achieved by diet with or without oral agents, but insulin may be required.

LIPAEMIA RETINALIS

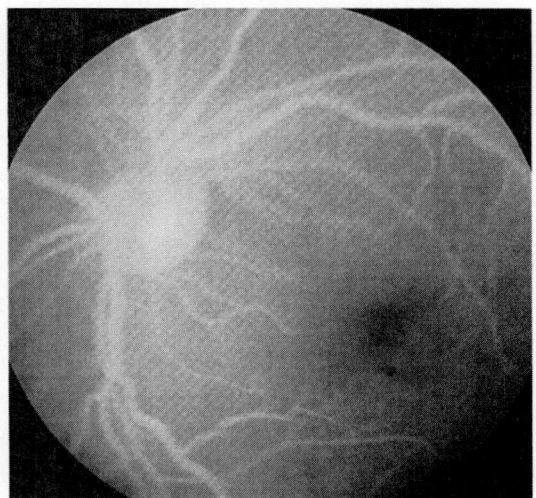

Figure 45 The blood vessels in the fundus appear milky due to hypertriglyceridaemia.
(Figure 45 courtesy Dr Barry E. Wright)

XANTHELASMATA AND CORNEAL ARCUS

Xanthelasmata may be associated with hyperlipidaemia and/or diabetes. When hyperlipidaemia is present it is usually hypercholesterolaemia.

Corneal arcus is commonly seen in older patients and probably signifies underlying atherosclerosis. In patients aged under 40 years it suggests premature atherosclerosis and an underlying cause should be sought.

Both xanthelasmata and corneal arcus may occur in patients without diabetes or an apparent lipid abnormality.

Action

1. Examine the patient carefully for xanthomata of the skin and tendons.

2. Obtain a blood sample after a 12-hour fast and determine serum cholesterol and triglyceride levels.

3. The diagnosis of hyperlipidaemia should rest on two fasting blood samples. If confirmed, thyroid, renal and hepatic function should also be assessed.

   Significant hyperlipidaemia should be treated initially with diet and then drug therapy if necessary.

4. Cosmetically disfiguring xanthelasmata can be removed by a simple plastic surgery procedure.

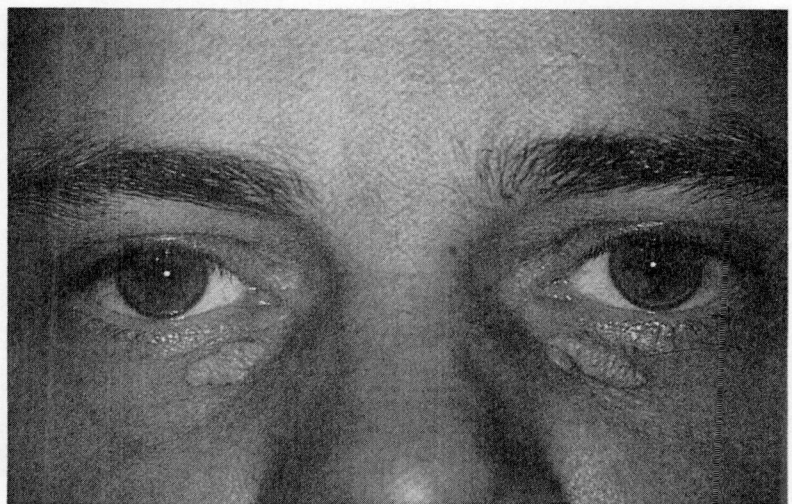

Figure 46 Bilateral xanthelasmata and corneal arcus. Characteristically there is a clear zone of cornea peripheral to the arcus – a feature distinguishing it from calcific band keratopathy.

4

Fundus Abnormalities Requiring Differentiation from Diabetic Retinopathy

Myelinated nerve fibres

Choroiditis

Senile macular degeneration

MYELINATED NERVE FIBRES

Myelinated retinal nerve fibres appear as shiny white patches with feathery margins. They typically extend from the margin of the optic disc but may also be situated in other areas of the retina. The retinal vessels are characteristically partially obscured. This is a harmless congenital abnormality.

Action

Nil, other than to distinguish them from hard or soft exudates (pp. 27, 31, 33, 35).

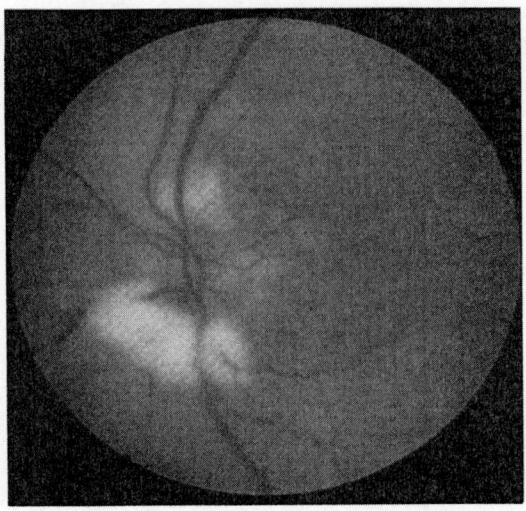

Figure 47   Myelinated nerve fibres typically extend from the optic disc.

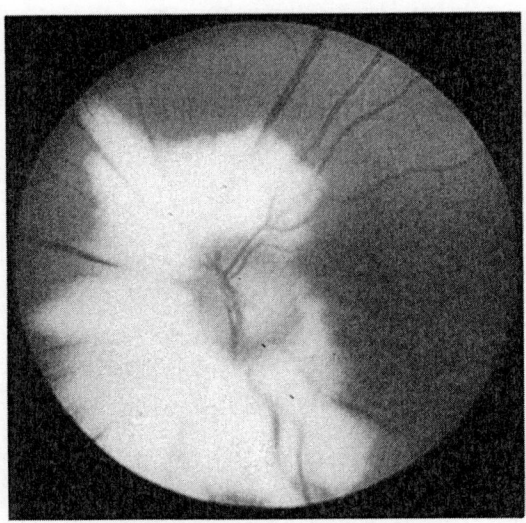

Figure 48   Myelinated nerve fibres partially obscuring the retinal vessels.

CHOROIDITIS

Inflammation of the choroid may be caused by infections such as *Toxoplasma*, *Toxocara*, syphilis, tuberculosis or by granulomatous disorders, for example sarcoidosis. To the inexperienced observer the scars of choroiditis may resemble the changes found after retinal photocoagulation.

Action

Referral to an ophthalmologist to determine whether the choroiditis is active.

CHOROIDITIS

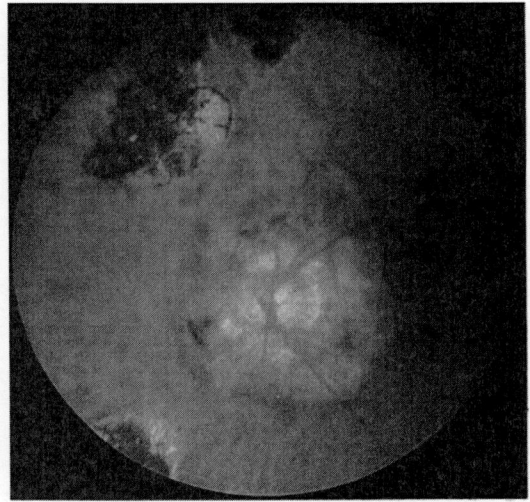

Figure 49   Choroiditis.

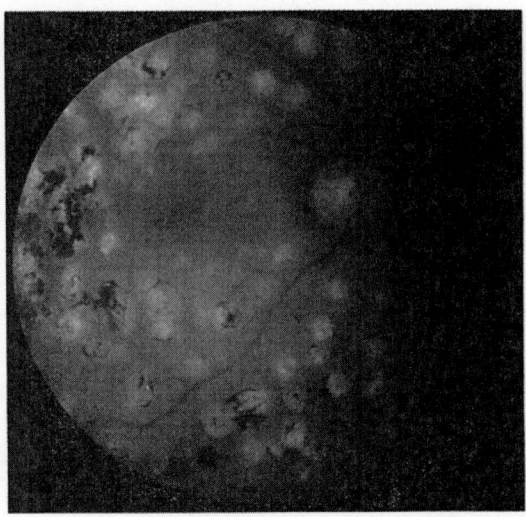

Figure 50   Photocoagulation scars in the retina.

SENILE MACULAR DEGENERATION

This disorder is the commonest cause of blindness in old people and typically affects reading vision before distant vision.

All the stages illustrated will impair central vision to some extent. The pinhole test (p. 12) will make vision worse. To the inexperienced observer these abnormalities may resemble those found in diabetic maculopathy.

Action

Early referral to an ophthalmologist is essential as laser photocoagulation of subretinal new vessels may retain useful vision in selected cases.

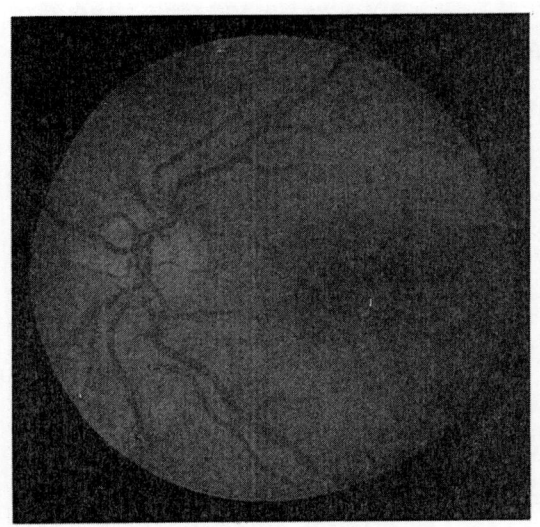

Figure 51   Dry pigmentary macular change.

SENILE MACULAR DEGENERATION

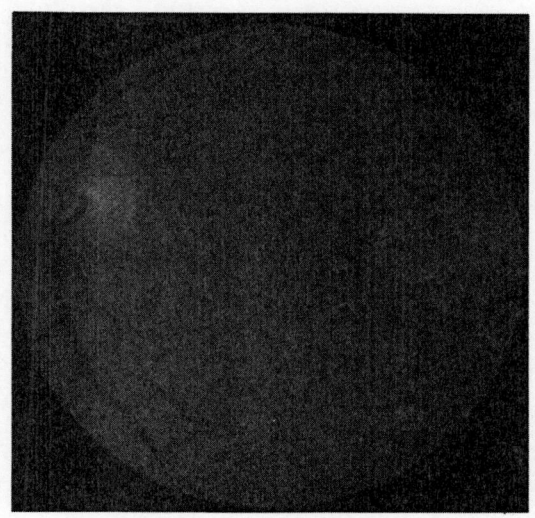

Figure 52 Macular drusen.

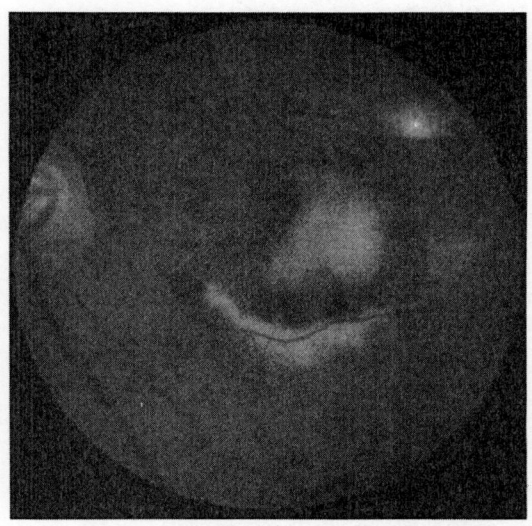

Figure 53 Disciform macular scar.

5

Special Techniques Used in Ophthalmology

Fundus fluorescein angiography

Retinal photocoagulation

Vitrectomy

FUNDUS FLUORESCEIN ANGIOGRAPHY

Fundus fluorescein angiography is used to demonstrate abnormalities in the vascular architecture of the fundus before retinal photocoagulation is performed. A sodium fluorescein solution is injected intravenously and its circulation through the fundus recorded with a fundus camera. Normal retinal blood vessel walls are impermeable to sodium fluorescein and retain the dye within the vessels. In diabetic retinopathy the new vessels leak dye through their walls due to breakdown of the blood–retinal barrier. In addition retinal ischaemia due to capillary closure shows up as dark underperfused areas on the angiogram.

Information to the Patient

1. This is an out-patient procedure requiring no anaesthetic.

2. The fluorescein dye stains other tissues in the body: the skin will appear yellow for a few hours afterwards and the urine yellow for a few days. The latter may interfere with urine tests for glucose.

3. For clear fundus views the pupils will be dilated widely with eye drops. This will result in some blurring of vision and photophobia for several hours. Reading vision is more affected than distant vision.

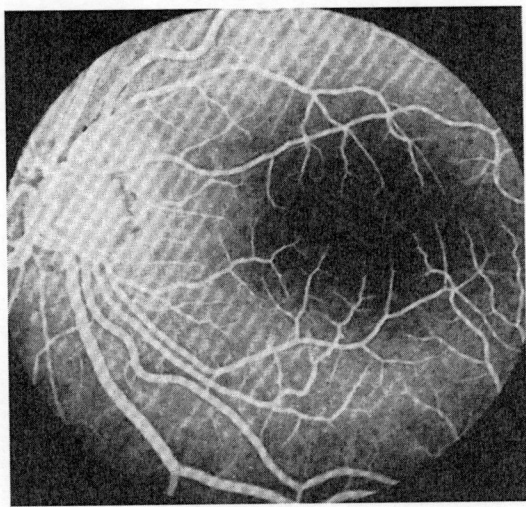

Figure 54   Normal fundus fluorescein angiogram.

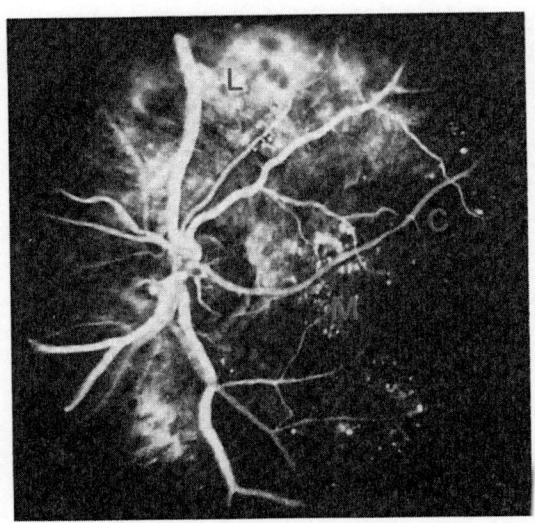

Figure 55   Diabetic retinopathy showing microaneurysms (M), areas of capillary closure (C) and leakage (L) from new vessels.

RETINAL PHOTOCOAGULATION

Although the mechanism underlying neovascularisation is not known, it is thought that retinal ischaemia plays a major role. The rationale for panretinal photocoagulation for proliferative diabetic retinopathy is to ablate areas of retinal ischaemia. In severe cases new vessels may be treated directly. Focal retinal photocoagulation is used to seal leaking microaneurysms and so decrease the formation of exudates.

Two types of retinal photocoagulation are currently in use:

Xenon-arc photocoagulation (white light)
This form of treatment is usually uncomfortable for the patient and may require retrobulbar anaesthesia. It is also the technique used under general anaesthesia if the patient is unable to co-operate for treatment.

Laser beam photocoagulation (monochromatic light)
This form of treatment is not painful. The only anaesthetic administered is eye drops so that a contact lens can be placed on the eye and the laser beam brought to a focus on the retina. It is always an out-patient procedure.

Information to the Patient

1. Both these forms of treatment may be given as out-patient procedures. However if a general anaesthetic were given for xenon-arc photocoagulation an overnight stay is usually required.

2. Return to work is usually possible the following day (out-patient) or within a few days (after general anaesthesia), but strenuous physical activity may have to be avoided for several weeks.

3. Several attendances may be required to complete the course of treatment for each eye.

4. At each attendance the pupils will be widely dilated to allow thorough fundus examination. This will result in some blurring of vision and photophobia for several hours. Reading vision is more affected than distant vision.

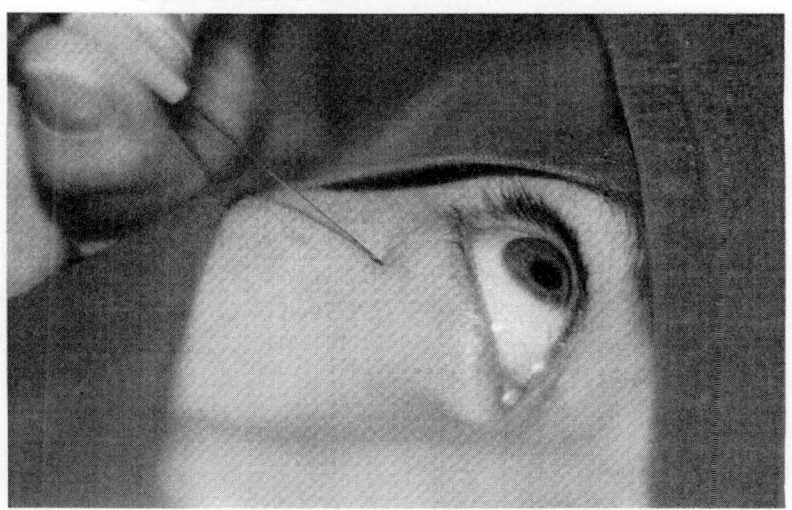

Figure 56 Retrobulbar anaesthesia for xenon-arc photo-coagulation.

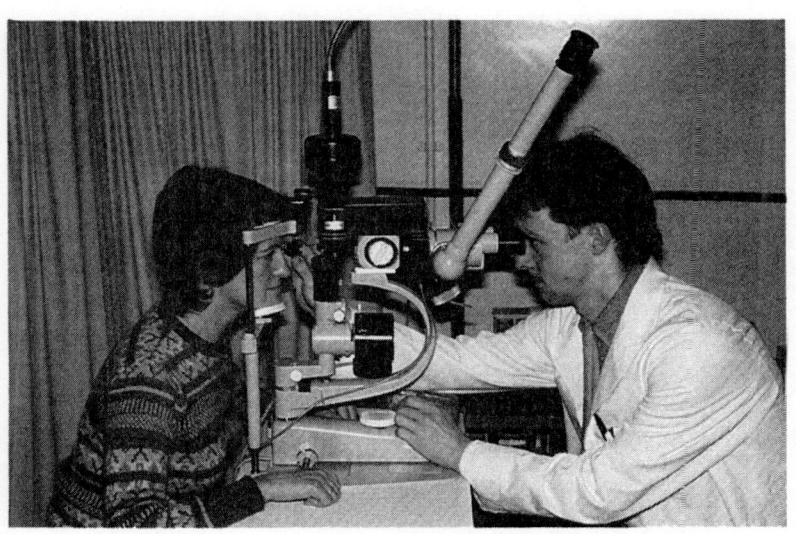

Figure 57 Laser photocoagulation in progress.

Effects of Retinal Photocoagulation

Macular Exudates

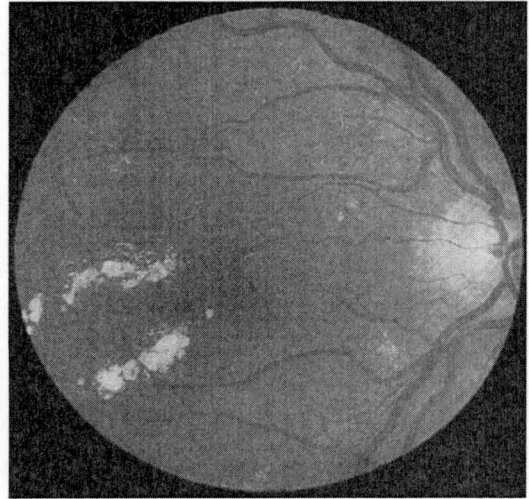

Figure 58 Before treatment.

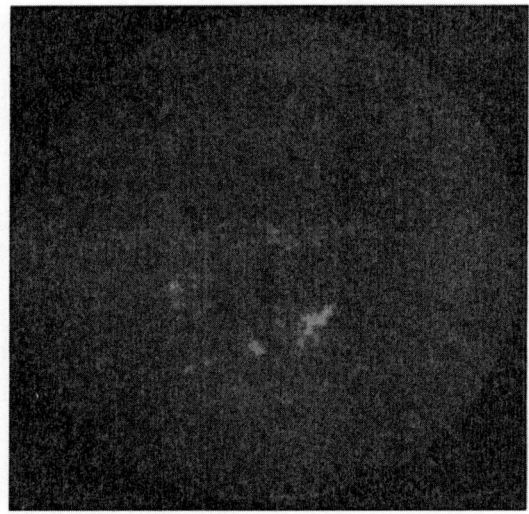

Figure 59 After treatment, showing partial resolution of the exudates.

Effects of Retinal Photocoagulation

New Vessels

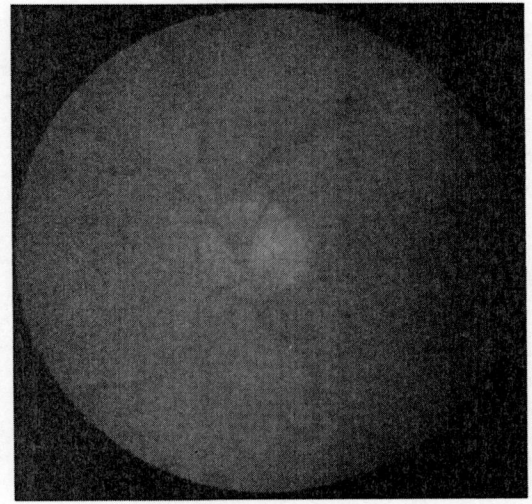

Figure 60   Before treatment.

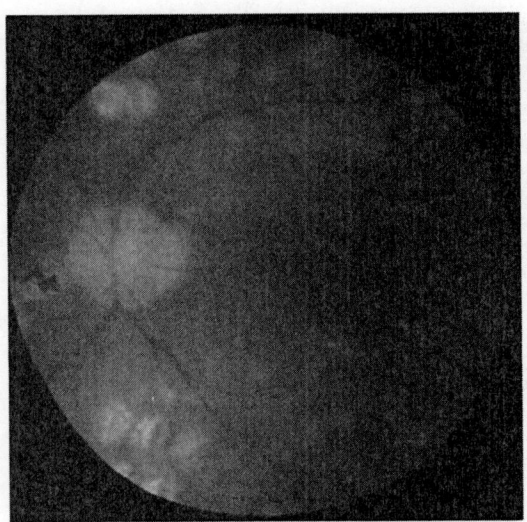

Figure 61   After treatment. The new vessels on the optic disc
and retina have regressed.

VITRECTOMY

In vitrectomy surgery micro-instruments are introduced into the eye through the sclera. The fundus is viewed with an operating microscope through the patient's cornea and vitreous haemorrhage aspirated, new vessels coagulated or fibrous bands cut. The vitreous fluid is replaced with a balanced salt solution.

This procedure is used in advanced diabetic retinopathy. It is difficult, requires a general anaesthetic and is available only in specialist centres.

Information to the Patient

1. This procedure requires a general anaesthetic and an in-patient stay of about 7 days.

2. Strenuous physical activity will have to be avoided for several months post-operatively.

3. Return to work may not be possible for several weeks or even months after surgery.

VITRECTOMY

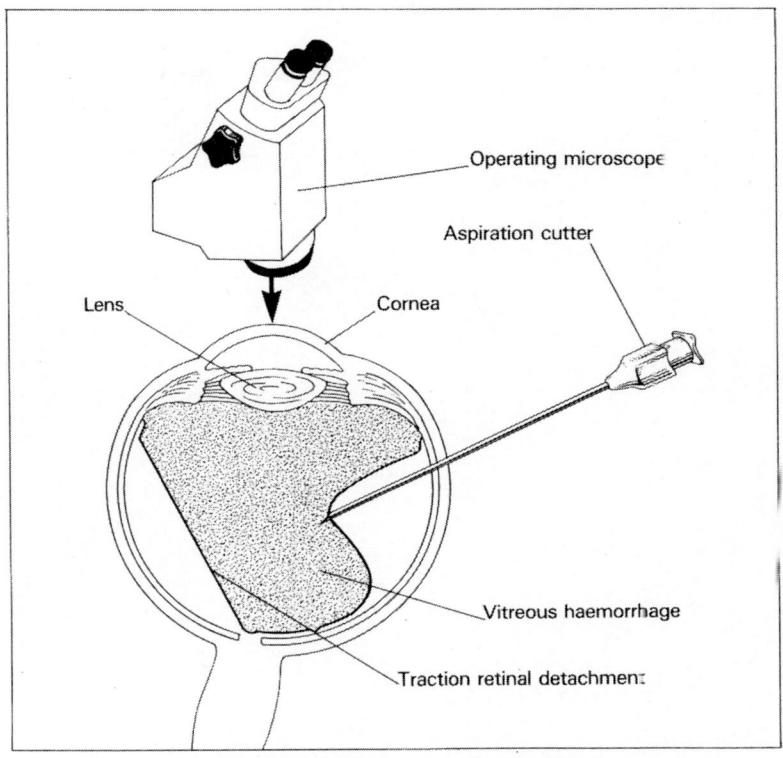

Figure 62 Vitrectomy technique.

6

The Referral Letter

The referral letter to an ophthalmologist should contain the following information, enabling a degree of priority to be readily decided:

Age and sex of patient.

Type and duration of diabetes.

Form of treatment.

Other factors: pregnancy, hypertension, nephropathy.

Visual acuity (corrected).

Presence of lens opacities.

Fundus abnormality.

Conclusion

Retinopathy is common in diabetic patients and is usually asymptomatic. Examining for its presence and preventing its progress must be principal aims. If those involved in diabetic care are familiar with the spectrum of eye disorders and the priorities for management, they can utilise available facilities to the best advantage.

Index